suhrkamp taschenbuch 4878

Jahrzehntelang herrschte der Burroughs-Clan über Bull Mountain – ein Drogenimperium im Norden Georgias. Die Macht wurde von Vater zu Sohn und von Bruder zu Bruder weitergegeben. Jetzt sind fast alle Burroughs-Brüder tot. Der letzte Überlebende, Clayton, ist ein gebrochener Mann im Kampf mit seinen Dämonen. Als konkurrierende Clans zur feindlichen Übernahme von Bull Mountain ansetzen, wird ihm bewusst, dass es nur einen Weg gibt, sich, seine Frau und ihren neugeborenen Sohn zu schützen: Er muss den Burroughs-Clan in seine vielleicht letzte große Schlacht führen.

Brian Panowich besuchte die Georgia Southern University, beschloss danach aber, durchs Land zu ziehen und Musik zu machen. 2009 begann er mit dem Schreiben. Zwei seiner Erzählungen waren für den Spinetingler Award nominiert. Sein erster Roman *Bull Mountain* wurde mit dem *International Thriller Writers Award* für das beste Debüt ausgezeichnet.

Johann Christoph Maass, geboren 1973, war Schlagzeuger, bevor er Literaturwissenschaften studierte. Er arbeitet als freier Übersetzer in Berlin. Zu den von ihm übertragenen Autoren gehören u. a.: Jonathan Lethem, Barney Norris, Howard Jacobson, Chad Harbach und Ron Jonson.

Zuletzt erschienen: *Bull Mountain* (st 4657)

Brian Panowich

BULL MOUNTAIN BURNING

Roman

Aus dem amerikanischen Englisch von
Johann Christoph Maass

Suhrkamp

Die Originalausgabe erschien 2018 unter dem Titel
Like Lions
bei Head of Zeus Ltd., London.

Erste Auflage 2018
suhrkamp taschenbuch 4878
Deutsche Erstausgabe

Umschlagfoto: Duncan Andison/Arcangel Images
Umschlaggestaltung: zero-media.net
Druck und Bindung: CPI – Ebener & Spiegel, Ulm
Printed in Germany
ISBN 978-3-518-46878-4

BULL MOUNTAIN
BURNING

Für Neicy
Für Mom
Und für meine Welpen,
Talia, Ivy & Olivia

Strike a few matches
Laugh at the fire
Burn a few edges
Put them back in the pile
Swing from the pain I don't want to kill
It's time to go play in a minefield.

Travis Meadows

Wenn du durch die Hölle gehst, geh weiter.

Winston Churchill

PROLOG

Bull Mountain, Georgia
1972

Annette kannte jede Diele in- und auswendig.

Es hatte Monate gedauert, sich das Schema einzuprägen. Sie wusste, welche Bohlen knarzten und stöhnten, wenn sie darauf trat, weshalb sie genau darauf achtete, mit ihren nackten Füßen nur auf die paar wenigen zu treten, die fest angenagelt waren. Diese ganz bestimmten Streifen alter Eiche waren ihre Verbündeten geworden. Ihre Freunde. Sie schenkte ihnen das Vertrauen, sie nicht zu verraten. Dasselbe konnte sie über nichts und niemanden sonst sagen. Trotzdem, sie war achtsam, denn dies war der erste Versuch, die Route im Dunkeln abzulaufen. Sie zählte jedes Mal bis zehn, wenn sie ihr Gewicht auf eine von ihnen verlagerte, und tappte in Zeitlupe im Zickzackkurs durch den Flur. Sie passierte den Raum, den sich ihre beiden ältesten Söhne teilten. Vielleicht würde nach heute Nacht das permanente Gezanke zwischen den beiden darüber, wer in die obere Koje durfte, endlich aufhören. Der Gedanke war ein schwacher Versuch, das, was sie nun vorhatte, mit einem besseren Gewissen zu tun. Sie verharrte vor der Tür der Jungen und lauschte dem leicht durchbrochenen Schnarchen, hervorgerufen von der verkrümmten Nasenscheidewand ihres mittleren Sohnes. Sie erinnerte sich gut an den Tag, an dem er sich den zerstörten Knorpel eingehandelt hatte. Sein Vater war nicht gerade begeistert gewesen, als der Junge eine Dose Farbe in der Scheune verschüttet hatte. Er war vier Jahre alt gewesen. Sie lehnte sich gegen das solide Holz des Türpfostens – ein weiterer erprobter Komplize – und ließ zu, dass ihr das nasale Atmen ihres Sohnes zumindest in einem Ausmaß das Herz brach, dass es ihr selbst den Atem verschlug – allerdings nicht so sehr, als dass sie selbst ein Geräusch von sich gegeben oder Tränen vergossen hätte. Ihre Tränen waren vor langer Zeit versiegt. Sie führte zwei Finger zu den Lippen und platzierte dann den Abschiedskuss sanft auf der Tür. Sie schaute zu Boden und suchte nach der nächsten Diele in der Abfolge, dann nach der nächsten. Sie bewegte sich so langsam und flüssig wie Molasse. Einige Minuten später erreichte sie die letzte Tür zu ihrer Linken. Sie hielt inne, geräuschlos wie ein Dieb, und kam sich auch wie einer vor. Vorsichtig klemmte sie sich die Sportschuhe aus dem Ramschladen unter die Achsel. Sie hatte sie vor einigen Wochen während einer ihrer unbegleiteten Ausfahrten ins Tal unten in Waymore aus einer Mülltonne gefischt und sie in ihrem Schrank unter der Brauttruhe versteckt. Es waren Männerschuhe, und sie waren zwei Nummern zu groß, aber sie würden ihre Füße draußen vor Dornen und dem Brombeergestrüpp im Wald schützen – besser schützen als alles, was ihr zu besitzen je gestattet gewesen war. Sie ließ die Hand auf dem angelaufenen Messingknauf der Schlafzimmertür ruhen. Noch immer im Schneckentempo, nahm sie sich beinahe eine ganze Minute Zeit, den Knauf so weit zu drehen, bis der Metallzahn des Schlosses sich aus dem Schnapper zurückzog. Sie hatte die Scharniere gestern am frühen Morgen geölt, damit sich die Tür vollkommen geräuschlos bewegen ließ. Auch sie war zu einer Verbündeten geworden, trotzdem nahm sie sich Zeit, sie Zentimeter für Zentimeter zu öffnen.

Das Baby schlief. Annette durchquerte den mondhellen Raum, setzte nach wie vor jeden einstudierten Tritt mit Bedacht und sah zu, wie sich die Brust ihres jüngsten Sohnes in der Wiege hob und senkte. Sein Anblick genügte ihr, um festzustellen, dass sie noch immer die Fähigkeit besaß zu weinen. Vor der Wiege bahnte sich die Feuchtigkeit hinter den dunklen Tränensäcken unter den Augen ihren Weg. Sie war sich sicher, sie würde zu weinen beginnen. Sie war sich ebenso sicher, dass das ihr Ende bedeuten würde. Ihre Tränen. Das Salz würde ihr die Sicht verschleiern und dafür sorgen, dass sie einen falschen Schritt machte, und ein einziges leises, unfreiwilliges Schniefen würde in der Todesstille des Hauses gellen wie eine Sirene. Die Unfähigkeit, ihre Gefühle zu unterdrücken, würde der Grund dafür sein, warum sie erwischt wurde. Und sie würde ihren Tod bedeuten. Sie schloss die Augen und atmete tief durch. Sie dachte zu viel nach. Sie musste los. Mondlicht schien durch die Vorhänge, die sie aus einem alten Bettlaken gemacht hatte, und das bläuliche Licht verwandelte das rostrote Haar des Babys in blanken Kupferdraht. Sie beugte sich vor und glättete mit dem Handrücken die dünnen Strähnen auf seinem fragilen Schädel, nahm ihn dann schnell ihn die Arme und drückte ihn an ihre Brust. Ihre Bewegungen waren unbeholfen und hastig, und beinahe hätte sie einen der Schuhe fallenlassen. In diesem Moment war ihr Herzschlag so heftig, dass er jeden Muskel durchzuckte. Sie stand mit geschlossenen Augen da und presste mit dem Ellbogen den Schuh gegen die Hüfte. Sie stand so lange starr da, bis sie spürte, wie sie wieder atmete. Sie positionierte den Schuh erneut unter der Achselhöhle und drückte das Baby an sich, als es aufwachte.

»Shhh«, wisperte sie mit kaum hörbarer Stimme. »Ich bin ja da.«

Beruhigt durch die Wärme und Geborgenheit der Mutter, sank das Baby wieder in den Schlaf, ohne auch nur einen Mucks zu machen. Dies war das Einzige, was sie hatte dem Zufall überlassen müssen. Das Einzige, was sie nicht hatte planen können. Die Reaktion des Säuglings auf sie hätte alles gleich hier und jetzt beenden können, aber ihr Sohn, ihr makelloser Wonneproppen, würde ihr heute Nacht nicht zum Verhängnis werden. Zwei ihrer Söhne waren ihr bereits abhandengekommen, ihr gestohlen worden. Hilflos hatte sie über die Jahre hinweg zusehen müssen, wie dieser Ort seinen Anspruch auf sie geltend gemacht hatte. Sie hatte gedacht, dass wenn die Jungen erst etwas älter waren, sich in ihnen auch ein Fünkchen von ihr zeigen würde, aber da war nichts. Nichts gedieh in ihren Herzen außer demselben kohlpechrabenschwarzen Nichts, das bereits von ihrem Ehemann Besitz ergriffen hatte, seinem Vater und so vielen seiner Familie vor ihm.

Aber nicht von dir. Annette legte ihre Hand auf den flaumigen Kupferkopf des Säuglings. *Noch kann ich dich retten. Wir können einander retten.*

Sie zog sich von der Wiege zurück und schlüpfte so geräuschlos aus dem Zimmer, wie sie hineingekommen war, ließ dabei die Tür offenstehen, damit Mondlicht in die Diele fiel und ihr den Weg zur Vordertür – zum Wald – und in ihr neues Leben wies.

Die vergangenen Monate über hatte Annette ihren Mann bestohlen – bloß ein paar Dollar hier und dort. Von

Gummibändern zusammengehaltene Bündel und lose Stapel von Zehn- und Zwanzig-Dollar-Scheinen lagen überall im Haus herum, so dass sie sich sicher war, die kleinen Beträge, die sie sich in den Ärmel gesteckt oder beim Putzen in den BH gestopft hatte, würden niemals auffallen. Sie hatte ihre Fluchtkasse mit einem roten Zopfgummi fixiert und sie in einem Marmeladenglas in der Nähe einer Gruppe von Amberbäumen am Rande der Rodung vergraben. Sie hatte außerdem etwas in Plastikfolie verpacktes Brot und gepökeltes Hirschfleisch gebunkert und eine Wolldecke für das Baby, falls das Wetter umschlagen sollte, aber heute Nacht war es trocken und heiß. Sie würde sie nicht brauchen. Das war gut. So musste sie weniger tragen.

Die Vordertür ließ sich mit der gleichen geölten Leichtigkeit öffnen wie die Tür zum Kinderschlafzimmer. Hier musste sie keine Schlösser öffnen. Es gab sie, aber sie waren nie nötig. Niemand traute sich, dieses Haus zu betreten. Es wurde verschlossen gehalten von Angst, und diese Angst hielt Eindringlinge davon ab, überhaupt nur darüber nachzudenken, es zu betreten. Sie hatte auch Annette davon abgehalten, darüber nachzudenken zu gehen. Vorsichtig drückte sie die Fliegengittertür auf. Das laute Klicken, das der Schnapper der Tür normalerweise produzierte, wurde durch einen kleinen Streifen Gewebeklebeband unterbunden. Sie hatte ihn dort angebracht, bevor sie zu Bett gegangen war. Das war ein riskantes Manöver gewesen und hätte entdeckt werden können, aber sie hatte keine Wahl gehabt. Statt des Klickgeräuschs des sich öffnenden Schnappers zu dieser Nachtzeit hätte genauso gut das Horn des Erzengels Gabriel ertönen können. Als sie gegen das Schutzgitter drückte, konnte sie sogar das Phantomecho in ihrem Kopf hören. Sie würde das Geräusch niemals vergessen, egal wie weit sie es auch hinter sich ließ. Es würde sie ewig heimsuchen. Es war das Geräusch einer Gefängniszelle, die sich allabendlich schloss. Sie just mit der Sache einschloss, die alle anderen außen vor hielt.

Auf der Veranda angelangt, im schwarzen Schatten des Vordachs, ließ sie die Tür zurück in den Rahmen gleiten und machte dann zwei große Schritte zu dem soliden Mauerstein am oberen Ende der Treppe. Gleich jenseits des Hofs und der Rodung vor ihr lag das Leben, von dem sie bereits beinahe zehn Jahre lang träumte. Ein Leben, das sie akribisch in allen Details heraufbeschworen hatte. Für sie und ihren Sohn, irgendwo weit weg von dem Blut und Zorn, die ihre Welt beherrschten. Sie spürte, wie die kalte Luft den Schweiß in ihrem Nacken kühlte, und sie gestattete sich, erneut tief durchzuatmen. Noch im selben Augenblick, als sie den süßen Geruch von Tabak und Maiswhiskey roch, der sich mit der Nachtluft mischte, legte sich unter der Haut eine Eisschicht um ihre Knochen.

Nein.

Sie schloss die Augen und lauschte. Außer dem Zirpen der Grillen war nichts zu hören. Dort war nichts, aber sie musste auch gar nichts hören, um zu wissen, dass er da war. Sie wusste es einfach.

Sie presste die Augen zu und drückte das Baby so fest an sich, wie sie konnte. Ihr Körper blieb ruhig, aber ihre Gedanken rasten. Sie betete zu Gott, es möge nur ein Streich sein, den ihr ihre Phantasie spielte. Sie flehte ihn an.

Gott sagte: *Renn.*

Sie konnte sich nicht bewegen, und nach diesem Augenblick des Zögerns gab es keinen Gott mehr, der der Rede wert gewesen wäre, nur noch das sanfte Klicken des Hahns am Revolver ihres Mannes.

»Ist es ein anderer Mann?«, hörte sie ihn aus der Dunkelheit hinter ihr sagen.

Sie konnte sich noch immer nicht rühren, nicht einmal zusammenzucken. Nicht sprechen. Das Eis, das ihre Knochen umgab, breitete sich in ihrem Blut aus, verwandelte es in dickflüssigen Brei. Die Pinien am anderen Ende der Rodung wogten in Zeitlupe, während sich der Abstand zwischen ihnen und ihr verdreifachte. Sie konnte nicht einmal blinzeln, obgleich ihre Augen trocken und kalt waren.

»Ich habe dich etwas gefragt, Frau.«

Sie wusste, er würde sie kein drittes Mal auffordern. Sie fand ihre Stimme und antwortete ehrlich.

»Nein.«

»Ist es, weil ich dich geschlagen habe?«

»Nein.«

»Warum dann?«

Sie wollte lügen, wusste aber, es war sinnlos. Sie sagte nichts.

»Du hast fast zehn Minuten gebraucht, um durch den Flur zu kommen. Ich bin hier draußen fast eingeschlafen.«

»Ich …«

»Solltest du in Erwägung ziehen, den Mund aufzumachen, um mich anzulügen, Annette, dann wird die Sache hier noch hässlicher, als sie bereits ist. Ich frage dich also noch einmal. Wo willst du hin?«

Annette sah zu ihrem Sohn hinab und akzeptierte die Realität des Augenblicks. »Weg.«

»Wohin weg?«

»Bloß weg. Weg von dir.«

»Dreh dich um, verdammt.« Seine Stimme klang tief und körnig wie feuchter Kies.

Annettes Körper entspannte sich, und sie tat, wie ihr geheißen. Ihr Ehemann saß auf der Veranda in dem Schaukelstuhl aus Pinienholz. Er hatte ihn für sie gemacht, als sie zum ersten Mal schwanger gewesen war. Er war in die Dunkelheit des Vordachs gehüllt, vollständig unsichtbar, bis er bereit war, sich zu zeigen. Als er aufstand, war das Erste, was sie sah, das silberne Blitzen in seiner linken Hand. Sie hatte bereits einen Moment zuvor gehört, wie der Colt zum Leben erwacht war, und jetzt konnte sie sehen, wie er dort an seiner Hüfte hing wie ein stählerner Handschuh – eine natürliche Verlängerung seiner Hand. Annette kannte diese Hand gut – wie hart und gnadenlos sie sein konnte. Jetzt konnte sie ihn sehen. Er trug kein Hemd und war barfuß. Er trug nichts außer der Arbeitshose, die er sich vom Schlafzimmerboden geschnappt hatte.

»Während du da drin die Flure entlanggekrochen bist, hab ich das Klebeband an der Fliegengittertür entdeckt. Schlau. Du warst immer verdammt schlau. Das hab ich an dir geliebt. Schlau wie ein Fuchs.« Er sprach über sie bereits in der Vergangenheitsform. »Ich hab den Scheiß schon kommen sehen. Gestern stank das ganze Haus nach WD-40, daher wusste ich, dass du so weit warst, die Sache anzugehen. Du hast jede Tür im Haus geölt – jedes Scharnier. Ich nehme an, du hast den Scheiß überall hingeschmiert, damit ich nicht erkenne, dass du bloß deinen Fluchtweg präparierst. Auch das war schlau, aber am Arsch bist du jetzt trotzdem.«

Sein Gesicht konnte sie nicht erkennen, aber sie wusste, er lächelte. Er sprach derart beiläufig, dass es sie krank machte.

»Hättest du die Hintertür nicht eingefettet, zusammen mit dem Rest, dann hättest du mich vielleicht durchgehen hören, nachdem du aufgestanden bist.« Er machte einen Schritt nach vorn und zwang Annette von der Veranda herunter. »Dann wärst du davongekommen.«

»Warte mal«, sagte sie, hielt die geöffnete Hand hoch, um den kommenden Schlag abzuwehren, aber Gareth machte keine Anstalten, sie zu schlagen. Er grinste bloß und stieg von der Veranda hinab. Im Mondlicht konnte sie ihn nun genau sehen. Seine fahle Haut leuchtete auf, und sie konnte jeden ausdefinierten Muskelstrang seines Brustkorbs erkennen und jede Ader in seinen Armen. Das Licht war so hell, dass sie ihren eigenen Namen lesen konnte, eintätowiert über seiner linken Brustwarze – *gleich oberhalb meines Herzens*, wie er ihr einmal erklärt hatte. Sie erinnerte sich, wie er sie noch in derselben Nacht mit einer zusammengerollten Zeitschrift geschlagen hatte, weil sie selbst kein dazu passendes Tattoo wollte. Das war die Nacht gewesen, in der sie entschieden hatte, ihn zu verlassen. Das lag nun beinahe zehn Jahre zurück.

»Willst du mich los sein, Annette?«

»Ja«, sagte sie.

»Weil du mich nicht mehr liebst? Ist es das?«

»Nein, Gareth. Das tue ich nicht mehr.« Sie war überrascht, dass es so einfach war, es zu sagen, und merkte, dass es ihn traf, das zu hören, an der Art, wie er die Oberlippe schürzte. Zorn war stets seine Reaktion auf Schmerz. Sie bedauerte, es gesagt zu haben, weshalb sie versuchte, es abzumildern.

»Lass uns einfach gehen, Gareth, bitte. Ich werde verschwinden und dich nie wieder behelligen.«

Gareths Lippe entspannte sich und verzog sich zu jenem halben Lächeln, das sie zu hassen gelernt hatte. »Ich werde dich gehen lassen, Annette. Das verspreche ich.« Er sah hinab auf den silbernen Colt.

»Tue das nicht, Gareth. Lass Erbarmen in dein Herz. Ich bin deine Frau. Du hast mich einmal geliebt, oder nicht? Du kannst uns einfach gehen lassen.«

»Meine Frau?« Gareth kaute auf dem Wort herum. »Das meint doch, bis der Tod uns scheidet, Annette. Hab ich Recht? Das war ein Versprechen, das wir uns gegeben haben. Oder etwa nicht? Erinnerst du dich daran?«

Tränen hatten auf Annettes Gesicht schmale Schlieren gebildet. »Ja.«

Gareth hob die Waffe und zielte auf seine Frau.

»Gareth, warte.«

»Halt den Mund.« Er kam noch einen Schritt auf sie zu, der Colt war jetzt nur noch Zentimeter von ihrem Gesicht entfernt.

»Warte«, sagte sie erneut.

»Halt den Mund, hab ich gesagt. Hast du wirklich geglaubt, ich würde das hier zulassen? Bist du wirklich so dämlich? Du hast gedacht, du könnest dir einfach meinen Sohn schnappen, und ich würde das zulassen?«

»Er ist unser Sohn«, sagte sie. Sie klang beinahe, als schäme sie sich. Sie sah hinab auf ihre nackten Füße im feuchten Gras, als Gareth den silbernen Colt noch dichter an ihr Gesicht hielt.

»Runter auf die Knie.«

»Gareth, bitte.«

»Sofort.« Die Körnigkeit feuchten Kieses kehrte in seine Stimme zurück.

Dies hier ist das Ende, dachte sie. *Er wird mich umlegen, hier an Ort und Stelle.* Man würde sie in Segeltuch einrollen, auf die Ladefläche eines Trucks werfen und zu irgendeiner Müllkippe am Southern Ridge karren.

»Mach, was du für richtig hältst, Gareth, aber tu unserem Sohn nichts.«

»Unserem Sohn etwas tun?« Gareth lachte, und es klang aufrichtig. Mit großer Geste schaute er sich auf dem Grundstück um. »Du bist diejenige, die ihn gerade vom sichersten Ort auf diesem Berg entführen wollte. Du bist diejenige, die ihn bloß mit einer Decke um ihn herum in die Wälder mitnehmen wollte und, oh, warte mal …« Gareth griff in seine Hosentasche und warf ein Päckchen Bargeld auf die Erde. »… einer Decke und 340 Dollar, die du mir gestohlen hast.«

Das Geld war nicht mehr in dem Marmeladenglas, wurde aber noch immer von dem roten Haargummi zusammengehalten, mit dem Annette es umwickelt hatte, bevor sie es verbuddelte. Gareth ließ diese Enthüllung wirken, während Annettes Augen zu stumpfem Glas wurden. Die Realität dessen, was diese gefalteten Geldscheine versinnbildlichten, nahm ihr jeden Mut, den sie noch gehabt hatte.

Er hatte es gewusst. Er hatte die ganze Zeit Bescheid gewusst. Sie hatte nie eine Chance gehabt.

Ihre Beine wurden weich, und sie sank auf die Knie, ohne weitere Aufforderung. Der Fall schüttelte das Baby durch, es erwachte und bewegte sich, aber sie lockerte die Umarmung nicht. Sie starrte hinab in sein winziges rundes Gesicht, ein Gesicht, das eines Tages genauso aussehen würde wie das des Mannes, der mit einer Waffe vor ihr stand, und es durchströmte sie ein bittersüßes Gefühl von Frieden, angesichts der Gewissheit, dass sie zumindest die Transformation nicht mehr miterleben würde. Das gab ihr Kraft, und sie sah zu ihrem Mann hinauf. Sie wollte ihm sagen, dass die Flammen der Hölle bereits darauf warteten, seine Knochen zu rösten, aber sie tat es nicht. Sie konnte nicht. Nicht, als sie ihren mittleren Sohn, Buckley, bloß einige Meter hinter seinem Vater stehen sah. Er trug eines der T-Shirts seines Vaters. Es reichte ihm bis über die Knie, an einer Seite war es ihm von der blassen, knochigen Schulter gerutscht. Er war fast sieben und zeigte keinerlei Anzeichen von Angst im Dunkeln – bloß Neugier. Annette wischte sich die salzigen Tränenrinnsale von den Wangen und versuchte, wie die Mutter des Jungen zu klingen, nicht wie ein Häufchen Elend.

»Buckley, Baby. Geh wieder rein. Es ist alles in Ordnung.«

Der Junge kratzte sich an der Hüfte, bewegte sich aber nicht.

»Okay, Baby? Hör auf deine Mommy und geh wieder rein.«

»Deddy?«, sagte der Junge und sah zu seinem Vater auf. Selbst im Beisein seines Sohnes ließ Gareth die Waffe nicht einen Augenblick lang sinken.

»Buckley, hol deinen kleinen Bruder. Geh und leg ihn wieder in die Wiege.«

»Nein«, bat Annette. »Lass uns einfach gehen.«

Gareth kam noch näher und fuhr ihr mit dem kalten Stahllauf des Revolvers über die Wange. »Hörst du, Buck? Deine Miststück-Mama interessiert sich einen feuchten Kehricht für dich oder Halford. Sie will sich bloß Clayton schnappen und abhauen. Wir sollen zur Hölle fahren. Sie hat uns nicht mehr lieb, mein Sohn. Was hältst du davon?«

Buckley antwortete nicht. Er ging zu seiner Mutter und streckte die Arme aus, so wie sein Deddy es von ihm verlangt hatte. Es war sinnlos, sich zu widersetzen. Deddy hatte es gesagt, also tat der Junge es. Was sie sagte, was sie wollte, spielte keine Rolle. Hatte es nie. Sie küsste den Säugling auf die Stirn und reichte ihn seinem Bruder. Als es in Buckleys Armen lag, fing das Baby an zu weinen, und der knochige kleine Junge bemühte sich, es zu trösten. Er war klein, aber kräftig, und hielt das Baby fest umschlossen, bis es sich beruhigt hatte, und dann sprach er. Er sah seiner Mutter direkt in die Augen.

»Wiedersehen, Miststück-Mama.«

Die beiden Wörter, kaum laut genug, um überhaupt vernehmbar zu sein, dröhnten wie Donner in Annettes Ohren. Sie kam sich so alt und hohl vor wie der Eichenstumpf im Garten hinten, neben dem Gareth und sie immer gesessen und ihr Leben geplant hatten, noch bevor sie überhaupt dieses Haus gebaut hatten. Nichts von dem spielte jetzt noch eine Rolle. Nichts spielte über dies hinaus eine Rolle. Nichts. Sie betete, dass Gareth zumindest warten würde, bis die Kinder im Haus waren, bevor er es tat. Sie ließ das Kinn auf die Brust sinken. Sie war innerlich vollkommen leer. Keinerlei Gefühl war mehr in ihr. Gareth presste brutal den Lauf in ihren dichten braunen Haarschopf und drückte ab.

Der Abzug knallte mit einem gedämpften *Klick* gegen den Bolzen. Annette zuckte zusammen und hob dann langsam den Blick. Gareths Augen hatten sich zu schwarzen Schlitzen verengt, aber etwas war anders. Sie waren feucht. Das hatte sie noch nie zuvor gesehen. Sie verfolgte, wie er die Waffe sinken ließ und das gefaltete Geld vom Gras aufhob. Annette hielt den Atem an, als er es ihr vorne in die Bluse steckte. Er tat es auf grobe Weise, und es tat weh, aber das war ihr egal. Umbringen würde er sie nicht.

»Ich habe dich geliebt.«

Annette sagte nichts.

»So gut ich eben konnte.« Er wischte sich mit dem Handrücken über das Gesicht. »Also nimm einfach das Geld, das du mir gestohlen hast, und verschwinde von meinem Berg. Komm nicht zurück. Solltest du je wieder herkommen oder dich auch nur meinen Kindern nähern, dann wird der hier« – er hielt den Colt hoch – »beim nächsten Mal nicht ungeladen sein.«

Sie verharrte weiterhin auf den Knien, nicht sicher, was sie tun sollte.

»Hast du mich verstanden?«

Sie nickte, auch wenn sie es nicht verstand. In ihrer Brust fühlte sie ein magnetisches Ziehen, das von diesem Mann – diesem Monster – ausging, aber sie rührte sich nicht.

»Dann verzieh dich. Du mieses Stück.« Er steckte den Colt in den Hosenbund und drehte ihr den Rücken zu. Sie sah zu, wie er die Stufen zum Haus hinaufging und das Klebeband vom Schnappverschluss an der Fliegengittertür abzog. Sie hörte das fürchterliche Klick-Geräusch, als sie hinter ihm zufiel. Hier draußen klang es anders.

Buckley sah vom Fenster des vorderen Zimmers aus zu, wie seine Mutter im Dunklen herumkroch, um ihre Schuhe aufzulesen, und verfolgte dann, wie sie wie ein Schatten im Wald verschwand. Er hielt eine winzige Hand ans Glas und drückte sie platt. Er würde sie nie wiedersehen.

Mach's gut, Miststück-Mama.

Gareth ging in die Küche, hob das Baby von den kalten Steinfliesen, wo Buckley es zurückgelassen hatte, und wiegte es so lange, bis es zu weinen aufhörte. Dann legte er den Jungen zurück in die Wiege und setzte sich in den

Schaukelstuhl neben dem Fenster. Aus der Hosentasche zog er ein Walkie-Talkie hervor, drehte die Lautstärke herunter und drückte auf die Sprechtaste.

»Val, bist du da?«

»Ja, Boss. Genau da, wo ich sein soll. Sie kommt direkt auf mich zu.«

Gareth hielt das Walkie-Talkie locker im Schoß und starrte es an.

»Boss, bist du da? Wie soll ich die Sache angehen? Sie weiß eine Menge.«

»Spielt keine Rolle.«

Es folgte ein langes Schweigen. »Sie ist deine Frau, Gareth.«

»Auch das spielt keine Rolle.«

Er wartete die Antwort nicht ab. Er schaltete das Funkgerät aus und stellte es auf den Fußboden. Die nächsten paar Stunden blieb er noch wach, in der Hoffnung, zu hören, wie die Fliegengittertür sich erneut öffnete. Das würde sie, da war er sicher, aber sie tat es nicht.

1

»The Chute«

Irgendwo in den Untiefen der Wälder
im Norden Georgias
Gegenwart

Der erste Feuerstoß ließ die Eingangstür der berüchtigten Billiardspelunke, einer umgebauten Scheune hoch oben auf dem Berg, in einer Wolke aus Splittern und Kleinholz zerstäuben, aber die dichtgedrängte, schwitzende Menge im Innern nahm wegen der Musik offenkundig keine Notiz davon. Erst die zweite Ladung Schrot, die die Decke durchsiebte und die Diskokugel zerschmetterte, sorgte für Aufmerksamkeit. Die Musik verstummte mit einem Kratzgeräusch, und Spiegelglassplitter, Akustikfliesen und Büschel rosafarbener Holzwolle segelten auf die Tanzfläche. Pulverdampf und Rigipsstaub erzeugten in der Bar einen dichten blauen Nebel, der stark nach Kordit roch. Innerhalb von Sekunden ging flackernd die Deckenbeleuchtung an. Ein Mann, ausstaffiert mit einem schwarzen Kampfanzug, das überstrapazierte Bein einer hellbraunen Strumpfhose über das Gesicht gezogen, lud die Flinte in seinen Händen ein drittes Mal durch.

»Pimmel auf den Boden, ihr Hurensöhne, sonst kriegt ihn jemand höchstwahrscheinlich weggepustet, ich schwöre.«

Ein Raum voller Statuen starrte ihn kollektiv mit leerem

Blick an, aber der Mann wirkte entspannt, erfreut, schließlich im Zentrum der Aufmerksamkeit zu stehen.

»Kein Witz, Leute. Der Letzte von euch Schwuchtiberts, der noch steht, wird einen ganz schlechten Tag haben. Jetzt hört auf, mich mit offenem Mund anzuglotzen, und runter mit euch.«

Der Schütze gestikulierte mit dem Lauf seiner Mossberg in Richtung des Betonbodens zu seinen Füßen. Er war von frisch verschüttetem Jägermeister glitschig und dünstete schales Bier aus, aber die Gäste des nächtlichen Zufluchtsorts begannen zu begreifen, was gerade ablief, und gingen, als der Rauch sich lichtete, nach und nach auf die Knie. Die Bar war ein baufälliges Gebäude, das einmal zum Trocknen von Marihuana gedient hatte. Es war auf einer Betonplatte errichtet, eine einfache Rahmenkonstruktion aus Kanthölzern, Gipskarton und Verputz, und verdankte seinen Ruf in den Blue Ridge Foothills seiner vollständigen Ignoranz gegenüber den Moralvorstellungen der Mehrheit der Bevölkerung. In dieser Gegend im Norden Georgias gehörte der Schuppen damit zu einer seltenen Spezies. Nacht für Nacht erwirtschaftete der Laden eimerweise Geld.

Die Klientel des Tuten's Chute, oder einfach des Chute, wie die Einheimischen es nannten, bestand aus einer wilden Mischung von Streunern, Perverslingen, neugierigen Collegestudenten und Fetischjägern aus anderen Teilen des Bundesstaates. Der Art von Leuten, die in den traditionelleren Whiskeybars rund um Helen und Rabun County fehl am Platz waren. Typen der Art, die die meisten Leute gar nicht kennen wollten.

Der Mann mit der Waffe ging weiter in den Club hinein, gefolgt von drei anderen Männer mit von Strumpfhosen entstellten Gesichtern. Alle drei bewegten sich nach einem eingeprobten Muster, indem sie die Menge an den Flanken passierten und sich auf der weitläufigen Tanzfläche verteilten, dabei eine Bestandsaufnahme der Räumlichkeiten des Clubs und seiner Gäste machten. Der Anführer der Gangster ließ seinen Blick von einem Augenpaar zum nächsten hüpfen und wartete darauf, dass jemand diesem standhielt.

»Der, da vorne«, sagte er und zeigte auf einen Bullen von einem Mann mit einem überproportionierten, glattrasierten Schädel. Er war der Einzige, der nicht in die Knie gegangen war.

Einer der Gangster näherte sich ihm von hinten und rammte ihm mit Wucht den Kolben seines Gewehrs zwischen die Schulterblätter. Der Stoß ließ den großen Jungen in die Knie gehen. »Runter, hat der Mann gesagt, du verdammter Spasti.«

Der Hüne grunzte wie ein Tier, als er hinfiel, aber schüttelte den Schmerz rasch wieder ab und schickte sich an, wieder aufzustehen. Ein zweiter Hieb stoppte ihn, und diesmal lag er bäuchlings auf dem Boden, alle viere von sich gestreckt. Alle in der Bar zuckten ungläubig zusammen, als der Riesenschädel sich erneut aufzurappeln versuchte. Der Anführer presste seinen Gewehrkolben mit Wucht in den teigigen Nacken und drückte ihm seinen Kopf wieder flach auf den Boden.

»Unten bleiben, Corky, oder es wird dich deine Riesenmelone kosten.«

Der Mann am Boden sagte etwas in Richtung Beton, das niemand verstand.

»Bleib unten, Nails.« Eine neue Stimme war im Raum zu

hören, und alle Köpfe drehten sich zur Theke. Freddy Tuten, ebenfalls ein Baum von einem Mann, war aus einem kleinen Büro hinter der Bar aufgetaucht. »Tu einfach, was der Mann sagt.«

Der Mann am Boden gehorchte. Er rührte sich nicht mehr und lag mit dem Gesicht nach unten auf dem Beton. Der Mann mit dem Gewehr nahm es von Nails' Nacken und wandte sich dem Mann zu, wegen dem er hergekommen war. Freddy Tuten war mindestens sechzig Jahre alt, aber er besaß die Statur eines Schwergewichtsboxers. Der Gangster kannte lediglich Freddies Ruf, aber die Gerüchte stimmten. Er hatte immer gehört, man sehe Freddy selten etwas anderes tragen als einen pinkfarbenen Bademantel aus Taft, auf dem in Kursivschrift der Buchstabe *T* eingestickt war. Der Mann mit der Schrotflinte hatte nicht geglaubt, dass ein erwachsener Mann in diesen Bergen mit einem solchen Aufzug durchkommen würde, bis jetzt. Denn heute Abend war keine Ausnahme. Freddy war exakt so gekleidet wie beschrieben, auch das mit dem Buchstaben am Revers stimmte. Er trug sogar hellblauen Lidschatten und grellen, kaugummipinkfarbenen Lippenstift. Aber so durchgeknallt der Alte auch aussehen mochte, dessen war sich der Gangster wohl bewusst, unterschätzen sollte man ihn nicht. Die Gerüchte berichteten auch von Freddys Lieblingswaffe – einem Baseballschläger aus Aluminium –, und die Dinge, die er damit Leuten angeblich angetan hatte, waren nicht schön. Freddy stand hinter der Theke und hielt den Schläger locker in beiden Händen. Das knapp einen Meter lange Metallrohr sah aus, als habe es ebenso viele Jahre auf dem Buckel wie sein Besitzer, und den Kerben und Dellen nach zu urteilen, waren das harte Jahre gewesen.

»Da sieh mal einer an«, sagte der Gangster. »Du musst wohl der berühmte Freddy Tuten sein.«

»Das ist richtig. Und du bist ganz offensichtlich der dämlichste Kackvogel diesseits des Bear Creek.«

Trotz der geplätteten Nase und dem verzerrten Wirbel, den die Strumpfhose aus dem Gesicht des Gangsters machte, war klar zu erkennen, dass er grinste. Schrotflinte versus Baseballschläger, das beruhigte. Geschissen auf die Gerüchte. Er hob die Mossberg und zielte damit direkt auf Freddy.

Tuten nahm eine Hand vom Schläger und kämmte sich das schulterlange, graumelierte Haar hinters Ohr. »Ich an deiner Stelle würde die Schrotflinte runternehmen, Junge.«

»Große Worte von jemandem in einem pinkfarbenen Bademantel. Was, wenn ich stattdessen einfach den Abzug drücke? Meinst du, der Schläger wird eine Ladung Schrot aufhalten?«

Tuten schüttelte den Kopf. »Nein, ich denke nicht.« Er schmiss den Schläger auf die Theke, der bis zum äußeren Ende kullerte und dann mit einen unbeeindruckend dünnen *Ping* auf dem Boden landete. »Ich nehme an, nichts kann mich retten, wenn du dich dazu entscheidest, das zu tun, aber ich kann dir versprechen, dass den Abzug zu betätigen deine einzige Option ist, solltest du vorhaben, hier lebend rauszukommen.«

Der Mann mit der Flinte lachte, aber es klang hohl und bemüht. Sein Gespräch mit diesem alten Silberrücken war vorbei. Sie waren aus einem bestimmten Grund hier, und er musste zur Sache kommen. Er sollte sich hüten, hier die Zeit mit Quatschen zu verplempern. Das war genau das, was der Alte wollte. Der Gangster drehte sich um, hob die Stimme und wandte sich an seine Männer. »Curtis, du und Hutch fesselt alle auf dem Boden mit Kabelbindern, wie ich es euch erklärt habe. JoJo, du stellst dich da vorne hin und hältst die alte Schwuppe hier in Schach, während er den Safe öffnet. Sollte er irgendetwas anderes tun als das, was ich ihm sage, pustest du ihm seinen verdammten Schädel weg.«

»Verdammt, und ob ich das tun werde«, sagte JoJo und richtete vom anderen Ende der Theke aus sein Gewehr auf Tuten. Der Anführer griff in seine Tasche und zog einen dicken schwarzen Packen Plastikfolie hervor. Einige der Leute, die am Boden an allen vieren gefesselt wurden, zuckten zusammen, als er die Mülltüte aufschüttelte und sie vor Tuten auf die Theke legte.

Der Alte schaute eher wie ein enttäuschter Großvater drein als wie eine alternde Dragqueen, die mit vorgehaltener Waffe ausgeraubt wurde. Er griff nach der Tüte und schüttelte erneut den Kopf. »Dämlich«, sagte er leise und wandte sich dem hinteren Tresen zu.

»Wie war das, Alterchen? Was hast du gesagt?«

»Ich sagte, dass du dämlich bist. Dämlich. Ich meine, ist dir überhaupt klar, dass du gerade allen hier drin die Namen all deiner Kumpel verraten hast – Hutch, JoJo, Curtis. Ich meine, verdammt, Junge. Wie schwer meinst du, wird es mir fallen, euch Typen zur Strecke zu bringen, wenn der ganze Schwachsinn hier vorbei ist?«

»Nun, vielleicht zeigt dir das, wie viel Sorgen wir uns deswegen machen, dass du in deiner pinkfarbenen Robe weißt, wer sind.«

Der Gangster versuchte hart zu klingen, aber Tuten wusste, dass er ihm doch gerade ein kleines bisschen Angst eingejagt hatte. Er konnte es riechen. Seine Stimme hatte an den Rändern leicht brüchig geklungen.

»Meine Robe sollte dir eigentlich egal sein, Penner. Was dir hingegen nicht egal sein sollte, ist, wem das Geld im Safe gehört. Wen glaubst du eigentlich, raubst du hier aus?«

»Aussehen tut's, als wär's die Zahnfee.«

Tuten schüttelte zum dritten Mal den Kopf und ging hinüber zum Safe. »Reiß nur weiter deine Schwulenwitze Junge. Glaub nur weiterhin, dieser kleine Schaufenstereinbruch, den du und deine Jungs hier ausgebrütet haben, würde sich für dich auszahlen. Ich kann dir versprechen, das wird er nicht.«

»Rück einfach das Geld raus, Schlampe.«

Mittlerweile wurde Tutens Geduld einer harten Probe unterzogen. Er konnte dieses Scheiße-Gelaber nur eine bestimmte Zeit lang aushalten, aber er hielt sich im Zaum und tat wie ihm geheißen. Er räumte ein paar Flaschen von Valentines berühmtem Pekannuss-Whiskey zur Seite und griff dann nach dem gerahmten Foto, mit dem er das Zahlenschloss des in der Wand eingelassenen Safes verdeckte. Er hielt einen Moment lang inne und starrte es an. Es war eine Aufnahme von ihm und einem anderen Mann in einem Army-Tarnanzug, die vor über vierzig Jahren gemacht worden war. Das sepia-getönte Foto sah nicht einmal echt aus. Es sah eher aus wie eine Requisite aus einem Film über den 2. Weltkrieg oder ein nachgemachtes Stück Nostalgie-Nippes, wie man es in einem Stammtischlokal findet.

»Mach hin, Arschloch.« Der Gangster klopfte mit dem Lauf seiner Schrotflinte auf die Theke. Tuten stellte das Bild vorsichtig vor eine Reihe Schnapsflaschen aus Plastik und machte sich am Schloss zu schaffen.

»Weißt du«, sagte er, während er an dem Rädchen drehte. »Ich nehme an, es ist wohl besser, dass du dämlich bist.

Ich meine, es wäre furchtbar, würde ich rausfinden, dass du richtig schlau bist, einen Job hast, Familie – vielleicht Kinder –, weißt du, Menschen zu Hause, die von dir abhängig sind.«

»Halt einfach die Fresse und dreh weiter.«

»Weil das eine Schande wäre. Wenn man dämlich ist, ist es für alle Beteiligten leichter, wenn man tot ist.«

»Beeil dich, verdammt noch mal.«

»Ach, und JoJo, Hutch und Curtis da drüben? Mann, ich hoffe wirklich, dass sie auch dämlich sind.« Tuten sah sich über die Schulter hinweg um. »Na, zum Teufel. Müssen sie wohl sein, da sie dir hier reingefolgt sind.«

Alle drei Männer starrten Tuten an, und er warf ihnen ein breites Grinsen zu.

»Ganz ruhig, Jungs. Der labert nur so daher. Versucht, uns aus dem Konzept zu bringen. Es ist, wie ich gesagt hab. Jeder weiß, dass bei der Bude hier die Luft raus ist. JoJo hatte Recht. In den Wäldern hier wartet kein großer böser Wolf mehr. Es gibt jetzt bloß noch diese alte Schlampe, die die Kohle von den anderen Schlampen einstreicht.« Er wandte sich an Tuten. »Du kannst dir also das Theater sparen. Wir alle wissen, es gibt auf diesem Berg nicht auch nur eine Menschenseele, die es einen feuchten Dreck interessiert, ob du lebst oder stirbst. Also halt die Fresse, öffne den Safe und mach die verdammte Tüte voll. Ich sag's jetzt nicht noch mal.« Der Gangster schob mit dem Gewehrlauf die Tüte näher zu Tuten und schaute sich um. »Macht mich schon krank, hier nur rumzustehen. Hier stinkt's wie in einer Kläranlage. Ich verstehe nicht, wie ihr Kissenbeißer es hier drin aushaltet.«

Tuten sagte nichts mehr. Auch er war des Geplänkels

überdrüssig. Er starrte das Foto auf dem Tresen an, während er an dem Schloss arbeitete. Es war sein Bruder, Jacob, der auf dem Bild neben ihm stand. Drei Tage nachdem das Foto gemacht worden war, hatte ihm ein koreanischer Soldat ins Gesicht geschossen. Es war der einzige Gegenstand in der ganzen Bar, der ihm wichtig war, und er hatte es gründlich satt, diesem homophoben Stück Scheiße zuzuhören. Er drehte am Zahlenschloss, ohne den Blick von dem Foto abzuwenden – links, rechts und wieder nach links.

Der Gangster bemerkte das Foto überhaupt nicht, aber er bemerkte sehr wohl die knotigen Knöchel des Alten. Sie waren allesamt kreuz und queer mit Beulen aus Narbengewebe überzogen. Er musste wohl einmal ein Straßenschläger gewesen sein, aber das war lange her. Jetzt war er bloß ein alter Mann mit Lippenstift und Lidschatten. Der Gangster klopfte erneut auf die Theke. »Fünf Sekunden, alter Mann.«

Als der Safe mit einem Klicken aufsprang, konnte jedermann im Raum spüren, wie sich die Spannung löste. Tuten zog die Stahltür auf und achtete darauf, langsam genug hineinzugreifen, damit niemand einen Rappel bekam.

»So ist's fein. Los geht's. Mach den Sack voll.«

»Wollt ihr auch das Dope?«

»Verdammt, und ob wir das Dope wollen«, krähte JoJo durch die Bar, als habe man ihn gefragt.

Tuten füllte den Müllsack mit faustdicken Bündeln Bargeld und zwei verschließbaren Frischhaltebeuteln voll schmutzig gelbem Badewannen-Crank. Der Mann mit der Flinte wurde beim Anblick des Geldes ganz nervös. Das hatte alles schon viel zu lange gedauert. Er sah sich um und sondierte den Raum. Seine Jungs hatten die Hände aller, die bäuchlings auf dem Boden lagen, mit Kabelbindern fixiert, waren dabei auf wenig oder keine Gegenwehr gestoßen, Curtis aber hatte noch immer Schwierigkeiten mit dem kahlköpfigen Typen, der ein paar Minuten zuvor nicht hatte unten bleiben wollen.

»Was ist das Problem, Curtis? Fessle das Arschloch.«

»Versuch ich ja, Clyde, aber verdammt. Guck dir mal seine Hände an.« Curtis zerrte Nails' linken Arm nach oben. Die Hand des Mannes war doppelt so groß wie eine normale Männerhand und zu einem ovalen Etwas angeschwollen. Die Stummelfinger, die herausguckten, waren kaum ein Glied lang und überwiegend von dicken, vergilbten Fingernägeln überwuchert, die sich bogen und seine Fingerspitzen verdeckten. Die Hand des Mannes sah aus wie ein Gummihandschuh, den man aufgeblasen und am Handgelenk zugeknotet hatte – bloß mit Krallen.

»Was zum Henker?«, sagte Clyde. »Fessle ihn einfach, Herrgott noch mal.«

Curtis mühte sich mit dem dünnen Plastikstreifen ab. »Ich krieg den verdammten Kabelbinder einfach nicht drum.«

»Dann scheiß drauf. Wir sind hier eh fertig. Knall ihn einfach ab.«

Curtis ließ Nails' Arm los und stand auf. Er schickte sich an, eine kleinkalibrige Pistole aus dem Hosenbund zu ziehen.

»Warte mal«, sagte Clyde. »Mit der Erbsenpistole wirst du nicht weit kommen. Lass mich mal machen.«

»Einen Moment mal.« Tuten warf die Tüte mit dem Geld und den Drogen auf die Theke. »Warum nimmst du nicht einfach, weswegen du hergekommen bist – Clyde? Nimm's einfach und lass den Mann in Frieden. Er wird dir keine Scherereien machen. Du hast mein Wort.«

Clyde legte den Kopf schief und starrte Tuten an. »Ach, du Scheiße. Woher denn der plötzliche Tonartwechsel, Tuten? Hast du eine Schwäche für den Spasti hier?«

Tuten schob die Tüte mit dem Geld weiter in Clydes Richtung.

»Ich glaub's nicht.« Clyde lachte. »Ist der verdammte Wasserkopf hier etwa dein Lover?«

»Nein«, sagte Tuten. »Nichts dergleichen. Nails ist nicht schwul. Ich will bloß nicht, dass er euch tötet, bevor ich keine Gelegenheit hatte, herauszufinden, wer ihr eigentlich seid.«

»Er – uns töten?« Clyde lachte jetzt noch lauter, und diesmal klang es ehrlich. Er dreht der Theke den Rücken zu und richtete das Gewehr auf Nails, aber da war es bereits zu spät.

Nails schwang die entstellte Faust, die Curtis nicht hatte fesseln können, über den Fußboden wie eine Abrissbirne. Er erwischte Clyde und Curtis beide an den Knöcheln und schlug ihnen mit einem Hieb die Beine weg. Sie fielen rückwärts zu Boden, und Clydes Gewehr flog wirbelnd Richtung Tür. Innerhalb von Sekunden hatte sich Nails den Aluminiumschläger geschnappt, den Tuten ihm ganz offensichtlich vor einigen Minuten zugerollt hatte, um ihn mit voller Wucht auf Clydes linkem Schienbein niedersausen zu lassen. Das Knirschen und Knacken des Knochens schallte durch den Raum.

»Verdammte Axt«, sagte Tuten, zog die Worte in die Länge. Clyde brüllte in einer beinah unhörbaren Stimmlage, und draußen irgendwo in den Wäldern bellte ein Hund. Nails zog Clyde an dem Fuß, der an seinem zertrümmerten Bein hing, über den mit Schutt bedeckten Fußboden zu sich heran. Clyde verlor das Bewusstsein.

Nails musterte den dürren Mann mit dem ramponierten Bein, keinerlei Anzeichen von Mitleid in seinen eigentümlichen, überproportionierten Augen. »Tut mir leid, Fred. Ich muss ihn umlegen. Ich bin kein Spasti. Er hat mich Spasti genannt – zwei Mal.«

»Ich hab's gehört, Nails. Tu, was du tun musst, aber lass mir zumindest zwei von den anderen am Leben.«

»Halt!«, brüllte Curtis. Er hatte seine .22er fallenlassen, als er zu Boden ging, es war ihm aber gelungen, in Richtung Tür zu hechten und Clydes Gewehr zu schnappen. Er zielte damit auf Nails. »Na, und wer ist jetzt der gottverdammte Boss?«, sagte er und lud die Mossberg durch, wie er es bei Clyde gesehen hatte. Die ungenutzte Patrone, die noch in der Kammer steckte, flog seitlich aus der Waffe und drehte sich wie ein Kreisel auf dem Beton. Alle im Raum starrten wie hypnotisiert das kleine rote Windrädchen an.

Nach einem langen Augenblick drückte Curtis ab. Man hörte lediglich ein leeres Klicken. Nails und Tuten schauten verwirrt drein, bevor Tuten in ein dröhnendes Lachen ausbrach, das ihn so heftig erwischte, dass daraus ein Raucherhusten wurde. JoJo und Hutch, die bisher wie die Ölgötzen dagestanden hatten, rannten in Richtung Tür. Curtis warf mit dem nutzlosen Gewehr nach Nails – der es fing – und robbte weiter in Richtung der zerstörten Tür, ließ den ohnmächtigen Clyde am Boden zurück.

Nails setzte sich auf, die Waffe in der Hand. Er war noch immer durcheinander. »Ist das gerade echt passiert?«

»Jep«, sagte Tuten, während er um die Theke herumkam und anfing seine Freunde mit einem Schälmesser von den Kabelbindern zu befreien.

Curtis kam schließlich auf die Beine und stolperte nach draußen auf den El Camino zu, der dort wartete. JoJo saß bereits auf dem Fahrersitz und jagte den Motor wieder und wieder im Leerlauf hoch. Curtis hechtete über die Heckklappe auf die Ladefläche des funkelnd-schwarzen Muscle-Cars, während Hutch auf den Beifahrersitz sprang.

»Los!«, brüllte Curtis. »Los!«

»Was ist mit Clyde?«

»Scheiß auf Clyde, JoJo. Fahr!«

JoJo trat aufs Gaspedal, und der Wagen röhrte. Der Auto-Truck-Hybrid entfachte hinter sich einen Staubsturm, als er sich langsam vom Schauplatz des abgebrochenen Raubüberfalls entfernte. Er fuhr kaum sechs Meter weit den Feldweg entlang, bevor der Motor von selbst aufheulte und das Auto abrupt zum Stehen kam, wodurch Curtis gegen das Heckfenster geschleudert wurde. Der Wagen hüpfte noch ein paar Meter die Buckelpiste entlang, bevor er schließlich spotzend den Geist aufgab.

»Was zum Henker, JoJo?«

JoJo drehte den Schlüssel in der Zündung, aber außer einem tiefen schleifenden Geräusch war nichts zu hören. »Abgesoffen«, sagte er.

»Abgesoffen?«, bellte Hutch. »Wie zum Teufel soll er abgesoffen sein? Wir sind doch schon gefahren. Versuch's noch mal.«

JoJo drehte erneut den Schlüssel, was lediglich ein Klickgeräusch hervorrief, kaum lauter als das Zirpen der Grillen draußen.

»Hast du getankt, wie wir dir gesagt hatten?«, sagte Hutch, schaute nach hinten durch das Rückfenster zur Bar, vor dessen Eingangstür sich nun die Männer sammelten.

JoJo schaute entrüstet drein. »Natürlich hab ich getankt. War kurz bevor wir hergekommen sind bei der Tankstelle. Der Tank ist randvoll, Mann.«

Curtis donnerte mit der Faust gegen das Dach und brüllte durch die Heckscheibe. »Verdammt noch mal, JoJo. Hast du wieder Diesel genommen?«

Jetzt sah JoJo zugleich beleidigt und beschämt aus. »Scheiße, nein, Mann. Ich hab den grünen Stutzen genommen. Du meintest, ich soll den grünen Stutzen nehmen.«

Curtis schlug nun mit beiden Fäusten gegen das Dach. »Nein, nein, nein, du Idiot. *Nicht* den grünen Stutzen nehmen, habe ich gesagt. Ich sagte ...«

Aber es spielte keine Rolle mehr, was Curtis sagen wollte. Die linke Seite seines Gesichts und ein Gutteil seiner Schulter verschwanden in einem feinen rosafarbenen Nebel, der die Heckscheibe überzog, durch die Hutch geblickt hatte. Beinahe im selben Augenblick spritzlackierte er das Innere des Fensters mit Erbrochenem.

Nails stand auf der Veranda des Chute, bedeckt von Clydes Blut, und balancierte Clydes Gewehr in der Armbeuge. Diesmal beachtete niemand die rote Patronenhülse, die in die Büsche flog.

»Bring sie nicht alle um, Nails. Ein paar von denen brauch ich lebend.«

Nails ließ die Waffe sinken und schleuderte sie dann in die Büsche.

»Geht eh nicht. Nicht damit jedenfalls. Sie haben mir nur eine Patrone übriggelassen.«

Tuten schloss seinen Mantel in der kühlen Nachtluft und band sich die flauschige Kordel fest um die Hüfte. Er legte sich das Gewehr, das JoJo im Club beim Rausrennen hatte fallenlassen, über die Schulter und machte sich auf zum Wagen. »Auf dem Nummernschild steht Boneville«.

Nails beschirmte seine Augen mit der Hand und blinzelte. »Ja, stimmt.«

»Wo zum Henker liegt Boneville?«

»Wen interessiert's?« Nails wischte sich die Hände an der Vorderseite seiner Jeans ab. »Soll ich Scabby Mike anrufen?«

»Nee, ist ja mitten in der Nacht. Lass uns erstmal ein paar Anhaltspunkte für ihn sammeln. Du nimmst den da.« Er deutete mit dem Gewehr auf Hutch, der bereits aus dem verendeten Auto geklettert war und sich in den Wald geschlagen hatte. »Ich bin zu alt für das scheiß Gerenne. Ich werd ein bisschen mit dem Fahrer plaudern.«

JoJo saß noch immer hinter dem Steuer, hielt es mit beiden Händen umklammert, als Tuten zur Tür an der Fahrerseite kam. Der Junge murmelte vor sich hin. Er war noch immer damit beschäftigt, sich daran zu erinnern, ob er jetzt den grünen Stutzen benutzt hatte oder nicht.

2

Bezirk Waymore Valley, Georgia

Clayton Burroughs hörte die Nachricht von Scabby Mike ein zweites Mal ab und steckte dann sein Telefon zurück in die Tasche. Er hatte jetzt so lange im hinteren Gang von Pollard's Corner Gas 'n' Go gestanden, dass er vergessen hatte, was er eigentlich hier wollte. Das Percocet machte das manchmal. Benebelte ihn. Die Hände tief in den Taschen vergraben, spielte er mit Telefon und Geldbörse, wartete darauf, dass sich der Nebel in seinem Kopf lichtete, und blickte sich dann noch immer orientierungslos zwischen den Reihen staubiger Aluminiumregale um. Gläser mit Duke's Mayonnaise und Konservendosen zum Aufreißen mit Wiener Würstchen und Dinty Moore Schmalzfleisch standen fein säuberlich aufgereiht in der häufig vergessenen Lebensmittelecke des kleinen Außenpostens. Clayton bezweifelte, dass davon in den letzten Jahren etwas verkauft oder aufgestockt worden war. Niemand erstand beim alten Pollard altmodische Soleier oder verbeulte Dosen mit Babynahrung zu überhöhten Preisen, wo es doch ein paar Kilometer weiter eine IGA gab.

Moment mal kurz … Babynahrung. Endlich machte es bei ihm Klick. Claytons Blick blieb an einem Stapel Carolina-blauer Reisepackungen Feuchttücher für Babys hängen, und schließlich verschwand der Nebel ganz.

Windeln! Das war es, was er auf den Zettel geschrieben hatte. Aber waren es Huggies oder Pampers gewesen?

Er konnte sich das nie merken. Die rote Folie, in der sie verpackt waren, kam ihm bekannt vor, er meinte sie schon mal gesehen zu haben, wenn er im Babyzimmer herumgegeistert ist, aber darauf sein Leben verwetten würde er nicht. Die Medikamente sorgten dafür, dass er solchen Scheiß von einer Minute auf die andere einfach vergaß. Darum hatte er sich einen Zettel geschrieben, aber jetzt konnte er auch den Zettel nicht finden.

Herrgott, Clayton, wenn du Windeln als Entschuldigung vorschiebst, warum du so früh das Haus verlässt, solltest du dir zumindest die Marke merken.

Wieder durchwühlte er seine Hosentaschen, zog dieselbe Brieftasche und dasselbe Mobiltelefon hervor, wie er es bereits dreimal gemacht hatte, um zu schauen, ob sie noch da waren. »Verdammt«, murmelte er und steuerte dann auf die Regale mit den Babysachen zu, bückte sich und schnappte sich schnaufend den mit rotem Plastik umhüllten Klotz. Er klemmte sich ihn fest unter die Achsel wie einen Football und entschied, sich nicht eine Sekunde länger damit zu beschäftigen. Seine Chancen, richtigzuliegen, standen bei fünfzig Prozent. Vielleicht hatte er ja einmal Glück.

Ja, klar, wahrscheinlich, wenn ich mir meine letzte Glückssträhne so angucke, dachte er. Da stehen die Chancen ja noch besser, dass ich rausfinde, dass das Kind überhaupt keine Windeln mehr trägt.

Kate brauchte wahrscheinlich einen Stapel seiner alten T-Shirts vom Sheriff's Department auf. Das würde Sinn ergeben. Wo ihm doch eh permanent die Scheiße um die Ohren flog. Er musste angesichts des absurden Ausmaßes seiner eigenen Negativität beinahe schmunzeln, bis er versuchte, sich aufzurichten und ein Blitz seine linke Seite von der Armbeuge bis zur Kniekehle hinabfuhr. Jedes Mal, wenn er übermütig wurde oder die Pillen ihn vergessen machten, dass er da war, hämmerte ihn der Schmerz zurück in die Realität. Er war immer da – immer – und er würde ihn das auch nie vergessen lassen. Heute war es besonders grässlich. Das war die Strafe dafür, sich am Abend zuvor Kate gegenüber so mies verhalten zu haben. Sie hatte reden wollen. Er nicht. Er war einfach nicht in der Stimmung gewesen. Tatsächlich war er das lange nicht mehr. Er erinnerte sich an Zeiten, als ein Schweigen kein persönlicher Angriff auf ihre Gefühle gewesen war, sondern eine attraktive, starke Eigenschaft, die sie geliebt hatte. Er verzog die Lippe zu einem weiteren Beinahe-Lächeln. Er war sich bewusst, dass das totaler Schwachsinn war, aber in letzter Zeit war er ein Meister darin geworden, seinen Schwachsinn zu rationalisieren. Er versuchte, sich gerade hinzustellen, und ein weiterer Blitz schoss ihm das Bein hinab. Das halbherzige Lächeln verwandelte sich im Handumdrehen in eine angespannte Grimasse. Er mochte in der Lage sein, seinen Schwachsinn zu rationalisieren, aber das Feuer, das in seinen Knochen loderte, ließ sich nicht wegdiskutieren. Er schloss die Augen, wappnete sich und richtete den Rücken ganz auf. Die Pillen halfen ihm normalerweise über die Durststrecke am Morgen hinweg, aber er war der Überzeugung, dass selbst zwanzig Milligramm OxyContin nicht in der Lage waren, sein Karma ganz zu neutralisieren. Er rief sich das Bild seiner Frau vom Vorabend ins Gedächtnis, wie sie auf der Veranda in der Hollywoodschaukel vor- und zurückwippte.

»Du solltest dankbar sein, dass du lebst«, hatte sie gesagt. »Du hättest sterben können, da draußen im Wald, und was wäre dann mit uns?« Sie sagte ständig solchen Scheiß – sie begriff es einfach nicht. Denn wenn man jedes Mal, wenn man einen falschen Schritt machte, sich zu schnell hinsetzte oder etwas Dummes machte, wie sich herunterzubeugen, um nach ein paar beschissenen Windeln zu greifen, spürte, wie die eigenen Knochen aneinanderrieben und sich gegenseitig Kerben verpassten, war es verdammt schwierig, für irgendetwas dankbar zu sein. Er stellte sich vor, wie Kate jetzt gerade in ebenjener Hollywoodschaukel saß und mit einer Nähnadel wieder und wieder auf eine winzige Voodoo-Puppe mit rotem Bart und einem silbernen Stern am Revers einstach. Er schüttelte den Kopf.

Herrgott noch mal, Clayton! Diese Frau ist dein bester Freund. Was hast du für ein Problem?

Seine Überspanntheit lief an diesem Morgen aus dem Ruder.

Clayton ging zum Tresen vor, wo der alte Pollard auf seinem Hocker hinter einer antiken Registrierkasse saß. Pappaufsteller und Drehständer mit Fischködern und Feuerzeugen sorgten auf dem Tresen für heilloses Durcheinander. Der betagte Kleinhändler für Bier, Köder und gerösteten Mais stützte sich schwer auf der Theke ab – den Nacken bis zum Limit gestreckt. Über seine drahtgefasste Brille hinweg spähte er zu einer Horde Jugendlicher hinüber, die im hinteren Teil des Ladens neben den Kühlschränken mit den Softdrinks standen. Clayton folgte dem starren Blick des Alten. Er erkannte nur einen von ihnen. Einen Jungen namens Reggie Cole. Er war ein guter Junge, wurde aber von einem Mistkerl von Vater erzogen und verdorben. Clayton konnte ein Lied davon singen.

Die ganze Gruppe steckte von Kopf bis Fuß in Flecktarn-Jagdklamotten mit neon-orangefarbenen Applikationen.

Die Kids verbrachten heutzutage mehr Zeit damit, sich bei Ace Hardware mit Klamotten einzudecken, um nach was auszusehen, als tatsächlich irgendwelches Wild aufzustöbern. Er bezweifelte, dass einer von ihnen ums Verrecken überhaupt schießen konnte.

»Rumtreiber«, murmelte er. Sie waren dabei, Bier zu klauen. Er erinnerte sich daran, wie sein Bruder Halford vor mehr als zwanzig Jahren bei genau derselben Sache von genau demselben Alten hinter derselben Theke erwischt worden war. Ihr Deddy hatte ihm deswegen ordentlich den Arsch versohlt. Nicht wegen des Stehlens, sondern weil er sich hatte erwischen lassen. Halford hatte die Prügel ohne eine Träne ertragen. Clayton hatte vom Nebenzimmer aus gelauscht und stellvertretend für ihn geheult. Er erinnerte sich, wie sein Bruder später in sein Zimmer gekommen war und ihm gesagt hatte, er solle nicht zulassen, dass ihn irgendjemand je weinen sehe. Das lasse ihn schwach aussehen. Er sagte, er habe die Prügel verdient, und hätte Clayton stattdessen dran glauben müssen, hätte er sich ganz sicher nicht im Bett zusammengerollt und für ihn geflennt. Damals hatte Clayton ihm nicht geglaubt, wusste jetzt aber, dass es die Wahrheit war. Er schüttelte die Erinnerung ab und warf die Windeln auf den Tresen. Er griff sich eine Handvoll Slim-Jims-Salami-Snacks und eine *McFalls County News-Times* und schob dem Alten die Sachen hin.

»Verdammt noch eins, Clayton. Guten Morgen.«

»Morgen, Tom.«

Der alte Mann schob seine Brille zurecht. »Leck mich am Arsch, aber diese Rotzbengel dahinten ziehen mich noch bis aufs letzte Hemd aus.«

Clayton machte sich nicht die Mühle, sich noch einmal

nach ihnen umzusehen, und Pollard zog Claytons Einkäufe zu sich herüber und hielt die Windeln prüfend in Händen, als habe er so etwas in seinem Laden noch nie gesehen. Mit allem anderen verfuhr er genauso.

»Hab mir vor ein paar Monaten einen von diesen großen, lustigen Spiegeln anbringen lassen, aber verdammt, erkennen kann ich deshalb noch immer nichts. Hab keine Ahnung, wozu die gut sein sollen, zum Teufel.«

»Nun, wenn du aus sechs Meter Entfernung nicht den Spiegel sehen kannst, Tom, ist dein letztes Hemd wohl schon weg, ohne dass die blöden Kids irgendwie nachhelfen müssen.«

Pollard bedachte Clayton über seine Brille hinweg mit einem leeren Blick, knurrte und bongte dann jeden Artikel mit einem Finger auf der antiken Kasse ein. Während Clayton wartete, drehte er sich um und schaute in den runden Fischaugen-Spiegel, der in der hinteren Ecke hing. Es war offensichtlich, dass die Kids die Masche schon einmal durchgezogen hatten, allerdings noch nicht so oft, als dass sie perfekt gewesen wäre. Sie wickelten es ganz langsam ab. Sie standen in einer Traube da, direkt vor dem Spiegel, um die Sicht auf den Bierkühlschrank zu verstellen, während der Kleinste in der Gruppe – Reggie – im toten Winkel in Aktion trat. Ein oder zwei Minuten lang gaben sie dem Winzling Deckung, während er ein paar Zwölferpacks aus der Tür schleppte. Einen aus der Gruppe ließen sie zurück, der eine Cola oder irgendwas kaufte, während der Rest hintereinanderweg nach draußen marschierte. Dieser Teil war entscheidend. Er legitimierte den Besuch, für den Fall, sollte jemand ihre Absichten in Frage stellen. Sie hatten ihre Nummer drauf, aber ihr Timing war mies, und normalerweise würde sie das teuer zu stehen kommen, aber weil die Schmerzen in seinen Beinen heute Morgen so schlimm waren und aufgrund der Tatsache, dass Clayton den kleinen Racker Reggie mochte – zum Teufel, einfach weil sie die Eier hatten, das Ding durchzuziehen, während er im Laden war –, behielt Clayton, was er wusste, für sich und wandte sich wieder Pollard zu.

»Was schulde ich dir, Tom?«

»Kannst du erkennen, was da hinten vor sich geht, Clayton?«

»Nee, ich seh gar nichts.«

Der Alte rief über Claytons Schulter hinweg: »Ihr müsst was kaufen, oder schert euch zum Teufel. Glaubt nicht, ich würde nicht sehen, was ihr kleinen Scheißer da vorhabt.«

Ein paar der Jugendlichen lachten.

»Verdammt noch mal, Clayton, ich hab hier unten eine .22er, und noch bin ich nicht zu alt, um den kleinen Mistkerlen zu zeigen, wo der Hammer hängt.«

»Das sind doch bloß Kinder, Tom. Lass die Waffe, wo sie ist.«

»Bloß Kinder, am Arsch. Die sollten in der Schule sein und nicht dahinten an meinen Sachen rumfummeln.«

»Kann dich ja verstehen, Tom.«

»Ich schenk dir den ganzen Kram hier, wenn du nach hinten gehst und einem von ihnen in den Fuß schießt. Egal, welchen.«

»Welchen Fuß oder welchem Kind?«

»Scheiße, Clayton, ich mein's ernst.«

»Nein, tust du nicht, Tom. Und jetzt komm zu Potte, was schulde ich dir?«

»Du willst es also einfach dabei belassen?«

Clayton hatte vorgehabt, sich heute nicht in irgendwelche Schwierigkeiten zu bringen, aber seine Antwort kam schnell und ohne dass er sie auch noch einmal abwog.

»Wie wär's mit zwei Halblitern Evan Williams und einem Päckchen Camel Lights?«

So schnell kann es passieren, meine Damen und Herren, dass das Teufelchen auf deiner Schulter nach vorn schnellt und anordnet, dir selbst den Nachmittag zu ruinieren.

Der Alte wurde nun plötzlich stinkfreundlich, ganz, als habe er Clayton seit seinem Eintreten gerade das erste Mal erkannt.

»Nun denn, alles klar.«

Während der alte Mann die gedrungenen Flaschen unter dem Tresen hervorholte, drehte Clayton einen Ständer mit Feuerzeugen im Zippo-Stil und sah sich die unterschiedlichen Ausführungen an. Einige von ihnen zierten recht aufschlussreiche Beispiele für die Kultur der Südstaaten, Sprüche wie *Mach fertig!* oder *Wir kommen wieder, keine Frage* in roten, weißen und blauen Buchstaben. Ein anderer lautete: *Bier und Frauen stößt man unten an* – Humor allererster Güte. Er fragte sich, wer wohl das Arschloch war, der Geld dafür kriegte, sich einen solchen Müll auszudenken. Clayton hätte ihm nur allzu gern die Fresse poliert. Andere Feuerzeuge zierten Bilder von Fischen, Traktoren oder Südstaatenflaggen, denn das war zweifellos alles, worauf die Mentalität hier in Claytons Heimatstaat basierte: Fische, Traktoren und Südstaatenflaggen. Dieser Mist irritierte ihn. Er fragte sich, warum er nicht alle irritierte.

Die ganze Welt denkt, bei uns ginge es zu wie in Duck Dynasty. *Dabei sind das bloß ein Haufen Ivy-League-Weicheier, zur Hölle, die nur noch reicher werden, als sie oh-*

nehin schon sind, und zwar damit, die Südstaaten wie einen verdammten Witz aussehen zu lassen. Zehn Minuten allein auf diesem Berg, und jeder dieser Prolls würde sich in sein Under-Armour-Outfit scheißen.

Er kaute auf der Lippe, linste erneut zu den Jugendlichen hinüber und hielt den Drehständer mit den Feuerzeugen an. Er nahm eines aus der Plastikhalterung. Gebürstetes Metall – keine Bilder, keine lächerlichen Sprüche, keine bigotten Stereotypen. Er schob es über den Tresen zu den Flaschen mit Bourbon. »Das nehme ich auch noch.«

»Nun denn, alles klar«, wiederholte Pollard. Er beäugte es von beiden Seiten und warf es in die Tüte. »Macht sechsundzwanzig Dollar.« Die Kasse zeigte $ 38,32 an.

Clayton gab dem Mann zwei Zwanziger. »Behalt das Wechselgeld, Tom.«

Pollard nahm die Scheine und inspizierte auch diese – auf beiden Seiten. Keiner der Männer verabschiedete sich, als Clayton zur Tür hinausging.

Er stieg in den Bronco, ließ den Motor aufheulen und angelte in der Papiertüte nach einer der Whiskeyflaschen. Er schraubte den Verschluss ab und nahm einen kräftigen Schluck gegen die morgendliche Kälte. Er stellte die Lüftungsschlitze so, dass ihm die heiße Luft direkt ins Gesicht fuhr, und sah zu, wie Reggie Cole mit ein paar Zwölferpacks High Life aus dem Laden kam. Der Rest der Bagage folgte, alle lachten sich scheckig. Clayton lächelte und dachte wieder an seinen Bruder. Zumindest würde Reggie sich heute Abend keine Abreibung abholen, weil er erwischt worden war. Clayton nahm noch einen Schluck und ließ den Whiskey auf der Zunge brennen, bevor er ihn hinunterschluckte. Er vermisste seine Brüder, und der Whiskey ließ das Gefühl, schuld daran zu sein, dass sie nicht mehr da waren, nur noch viel schlimmer werden. Er war kurz davor, sein Telefon herauszuholen und Scabby Mike zu sagen, sie sollten sich woanders treffen. In Mikes Nachricht hatte es geheißen, er wolle ihn am Burnt Hickory Pond treffen. Für gewöhnlich hätte er alles getan, um diesen Friedhof zu meiden. Es war einfach zu früh. Aber vielleicht war es nun langsam an der Zeit. Vielleicht war ein Besuch bei der Familie sogar überfällig.

3

Burnt Hickory Pond

Clayton war als Erster am Tümpel eingetroffen. Er hatte den ersten Halbliter Bourbon bereits auf der Fahrt geleert und stand nun in dem hohen, verwilderten Riedgras, das die drei Grabsteine auf der Lichtung zwischen Tümpel und Wald zur Hälfte verdeckte. Clayton verstand, warum Halford und Buckley hier hatten begraben werden wollen. Der Ort bedeutete ihnen etwas. Als Kinder hatten sie alle drei mehr Zeit hier verbracht als irgendwo sonst auf dem Berg, aber Clayton hatte es nie wirklich eingeleuchtet, warum Halford sich entschieden hatte, auch ihren Vater hier zu beerdigen. Abgesehen davon, dass er den Waldbrand gelöscht hatte, den Buckley einmal verursacht hatte, als er versuchte, ein Hornissennest auszuräuchern, und der einen Streifen Laubbäume am Waldrand zerstört hatte – ebenjenen Streifen uralter Bäume, dem der Ort seinen Namen verdankte –, hatte sein Vater Claytons Wissen nach nie auch nur einen Fuß auf dieses Stück Sumpfland gesetzt. Gareth hatte nicht einmal in dem Tümpel gefischt. Er hatte es gehasst, in einem Flachbodenboot zu hocken. stattdessen hatte er es geliebt, Forellen zu angeln, oben am Bear Creek, in offenem Gelände, bis zur Hüfte im reißenden Wasser. Dass Halford ihren Deddy hier statt an einem Ort wie Cooper's Field begraben hatte, wo all die älteren Burroughs bestattet waren, war Clayton also immer schon etwas komisch vorgekommen, aber er hatte bereits vor langer Zeit aufgehört, verstehen zu wollen, warum sein ältester Bruder die Dinge getan hatte, die er getan hatte. Halford war tot, und er war durch Claytons Hand zu Tode gekommen. Er war tot, weil das Leben so gespielt und keinem von ihnen wirklich eine Wahl gelassen hatte. Zumindest war es das, was Clayton sich allabendlich glauben zu machen versuchte, bevor er mit Hilfe von Medikamenten Schlaf fand.

Er goss etwas Whiskey aus der zweiten Flasche über den rauen Granit des Grabsteins seines Bruders und sah zu, wie der Stein die Flüssigkeit absorbierte, während sie über die eingemeißelten Buchstaben rann. Beinahe hätte er laut zu den hier gefangen gehaltenen Seelen gesprochen, aber das Klopfen eines umgebauten V8-Motors, das von der Straße herüberdrang, nahm seine Aufmerksamkeit in Beschlag – und damit verschwand alles, was er hätte sagen wollen. Er nahm einen weiteren Schluck Whiskey und steckte die Flasche dann in seine Carharrt-Jacke. Scabby Mike umkreiste die Lichtung und brachte die fürchterlich klingende alte Klapperkiste vor dem Tümpel zum Stehen. Er fuhr denselben Pick-up bereits, seit er sich rasierte, und die alten Trittbretter bedeckte mehr Rost als Farbe. »Scabby« Mike Cummings war zu dem schrecklichen sprechenden Namen gekommen, nachdem ihn eine unentdeckte Windpockenerkrankung als Kind schwer gezeichnet hatte. Als sie Kinder waren, hatte er Clayton immer leidgetan. Leute, die ihn nicht kannten, taten sich schwer, ihn anzuschauen. Er wurde bemitleidet und oft gemieden. Ihr Verlust, so sah Clayton es, denn die Leute, die ihn kannten, bemerkten die Narben kaum.

Ein guter Mensch war einfach ein guter Mensch, und trotz Mikes Position als Halfords Handlanger während der letzten paar Jahre war er just das – ein guter Mensch.

Heute sahen die ledrigen Pockennarben, die sechzig Prozent von Mikes Gesicht bedeckten, hellrosa verquollen aus, was an Nesselsucht erinnerte. Aus der Entfernung sah sein Gesicht aus, als läge eine dünne Schicht Kaugummi darüber. Seine Narben traten immer bei Sommerhitze in dieser Weise hervor, oder wenn er gestresst war, und das beunruhigte Clayton, denn sonderlich heiß war es gerade nicht. Mike stieg aus dem Wagen und nahm die Mütze ab. Das tat er immer. Mit der unvernarbten Seite seines Mundes lächelte er ein schiefes Lächeln. Es war nicht das warme Lächeln, das er bei Anlässen aufsetzte, bei denen Biere aufgemacht wurden, um zu diskutieren, wie beschissen es in diesem Jahr bei den Braves lief, sondern ein Lächeln, das Clayton als Vorboten schlechter Neuigkeiten erkannte. Er fragte sich, ob irgendjemand auf diesem Berg überhaupt noch aus ehrlicher Freude lächelte. Er konnte sich nicht entsinnen, wann er das zum letzten Mal getan hatte.

Auf der Beifahrerseite stieg ein weiterer Mann aus und tippte sich an den abgenutzten Cattleman. Clayton war sich nicht sicher, wer das war, aber er kam ihm bekannt vor. Der Mann war groß und fit und hatte Gesichtszüge, die wie gemeißelt aussahen. Er war glattrasiert und gutaussehend. Keinen Bart zu tragen oder nicht wenigstens ein paar Bartstoppeln sprießen zu lassen, war für einen erwachsenen Mann in diesen Breiten ungewöhnlich und ließ ihn eigenartig aussehen. Clayton neigte dazu, einem glattrasierten Gesicht nicht zu trauen. Er fand, er sah wie ein Schwachkopf aus. Doch er erwiderte das Nicken und verfolgte, wie die beiden Männer näher kamen.

»Clayton, das hier ist Mark – Mark Tuley. Er ist einer von meinen Leuten.« Das hieß, er genoss das Vertrauen, mit anzuhören, was sie zu besprechen hatten. Er streckte Clayton die Hand hin, sein ganzer Arm war mit exotischen, schwarz-grauen Tätowierungen bedeckt. Monochrome Tentakel einer halbverborgenen Meereskreatur schlängelten sich aus seinem sauberen, enggeschnittenen weißen T-Shirt. Auch das bewies, dass er nicht aus der Gegend war.

»Kennen wir uns?« Clayton ergriff die Hand und schüttelte sie. Er bemerkte, dass die Knöchel des Mannes zerschrammt und rau waren.

»Ist lange her, und ich würde nicht behaupten, dass wir Freunde waren, aber ja, wir sind uns begegnet.«

Clayton studierte das Gesicht des Mannes, und Mark hielt seinem Blick stand.

»Verdammt, Clayton«, sagte Mike, »ich habe doch gesagt, er gehört zu mir, also was soll das Augengeficke?«

Clayton ließ Marks Hand los. »Wer ist da noch im Pick-up?«

»Was?« Mike und Mark schauten sich beide um. Ein jüngerer Mann zappelte in der Fahrerkabine herum. Als er, wer immer es war, sah, dass ihn alle anschauten, winkte er. Clayton hielt ihn für ein Kind. Mike schüttelte den Kopf und kratzte sich am Hinterkopf. »Das ist T-Ride, der Junge meiner Schwester. Ich hab ihm gesagt, er soll im Wagen bleiben. Er ist noch nicht bereit für all das hier.«

»Verstehe«, sagte Clayton. »*All das.* Warum erklärst du mir nicht mal, worum es bei *alldem* so geht, Mike?«

Mike wischte sich das fettige Haar aus dem Gesicht und zog die genauso fettige Baseballkappe wieder auf, stramm und tief. Er warf Clayton – und dann Mark – einen Blick zu, als wäre er unschlüssig, wie es nun weitergehen sollte. Er atmete tief durch, sah zum Pick-up und ging dann rüber.

Vor der Heckklappe blieb er stehen und löste den einfachen Ankerstich-Knoten, mit dem eine Ecke der Abdeckplane befestigt war, die die komplette Ladefläche bedeckte. Er ging zur anderen Ecke und tat dasselbe. Nachdem er erneut tief Luft geholt hatte, warf er sie nach hinten und kam wieder um den Wagen herum. »Komm und sieh dir das an.« Er bedeutete Clayton und Mark, zu ihm zu kommen.

»Grundschule, richtig?«, sagte Clayton im Gehen.

»Korrekt«, sagte Mark. »Sechste Klasse. Die Klasse von Mrs. Summers.«

Clayton blieb stehen. »Warte mal. Du warst mit Kate zusammen.«

Mark lachte. »Ich war zwölf, Mann. Das Mädchen hat mir Todesangst eingejagt.«

»Nun, das kann ich mir lebhaft vorstellen«, sagte Clayton, und sie liefen weiter auf den Pick-up zu.

Mark sagte noch etwas, aber als Clayton sehen konnte, was Mike da auf der Ladefläche aufgedeckt hatte, versiegte sein Reservoir an Plattitüden im Handumdrehen. Umgeben von einem Wirrwarr verblichener leerer Bierdosen und auf eine dünne Lage Kiefernnadeln gebettet, lag da ein etwa 18- bis 20-jähriger Junge. Er hatte einen dichten dunkelbraunen Haarschopf und ein pausbäckiges Gesicht. Unter den Augen, quer über das gebrochene Nasenbein, explodierten dunkel frische lilafarbene Hämatome. Er war gefesselt, aber er bewegte sich, und Clayton war erleichtert, nicht die Leiche eines Jungen vor sich zu haben. Der Gefangene, der auf dem Bauch lag, drehte sich so weit, dass er aufschauen konnte, und seine Augen waren weit aufgerissen und zuckten voller Angst verwirrt hin und her. Die Verzweiflung in seinem Gebaren ließ etwas nach, als sein Blick an Clayton hängenblieb. Sein Mund war mit Gewebeband verklebt, genauso wie seine Hände und Füße. Letztere waren nackt und dreckig. Clayton schloss daraus, Mike habe dem Jungen die Schuhe weggenommen für den Fall, dass er sich befreien konnte. Es war schwieriger mit nackten Füßen zu rennen. Clayton hasste es, dass er solche Dinge wusste. Das Weiße im linken Augen des Jungen war komplett rot eingefärbt, man hatte ihm offensichtlich eine ordentliche Schelle verpasst, und da die Schwellung noch immer zunahm, konnte das noch nicht allzu lange her sein. Clayton dachte an die Knöchel seines neuen Freundes Mark. Ein Rinnsal getrockneten Bluts aus einer unsichtbaren Wunde hatte das Haar des Jungen verklebt, und seine linke Gesichtshälfte war von den Abdrücken der Kiefernnadeln und des geriffelten Metalls der Ladefläche schraffiert. Clayton wandte den Blick von dem Jungen ab und Mike und Mark zu, dann wieder ihm zu. Instinktiv suchte er mit den Augen rasch den Tümpel und die Umgebung ab, um sicherzugehen, dass sonst niemand das hier sah, auch wenn er wusste, dass das nicht der Fall war. Niemand kam einem Friedhof der Burroughs derart nah. Und weil auch Mike das wusste, hatte er den Ort als Treffpunkt ausgewählt. Clayton trat vom Pick-up zurück, und Mike und Mark taten es ihm gleich. Er holte einmal tief Luft, um sich zu beruhigen, und ließ sie wieder entweichen, bevor er sprach. Als er es tat, sprach er so deutlich und kontrolliert, wie sein Rausch es ihm gestattete.

»Wer zum Teufel ist das? Und warum war es so wichtig, ihn hierher zu bringen – zu mir?«

»Er ist ein verschissener Viner!«, brüllte T-Ride aus dem Heckfenster des Pick-ups.

»Halt den Mund«, sagte Mike, »und mach das verdammte Fenster zu, bevor ich dir einen richtigen Arschtritt verpasse.«

T-Ride schloss das Fenster und sah zu, wie Clayton ungeduldig darauf wartete, dass jemand anfing zu reden.

Mike gab Mark mit einer kurzen Kopfbewegung ein Zeichen. »Nur zu, Mark. Sag du es ihm.«

Mark beobachtete, wie sich der lädierte Junge auf der Ladefläche heftig hin- und herwarf und durch das silberfarbene Klebeband Grunzlaute von sich gab. »Sein Name ist Joseph Viner. Sie nennen ihn JoJo. Er ist der Enkel von Twyla Viner.«

»Sollten mir diese Namen irgendwas sagen?«, sagte Clayton tonlos.

»Wäre unwahrscheinlich. Ist eine kleine Truppe im östlichen Georgia. Wäre normalerweise niemals auf dem McFalls-County-Radar aufgetaucht. Die alte Dame ist eh nicht das Problem; sie ist eher eine Art Frühstücksdirektorin, seit ihr Mann vor ein paar Jahren gestorben ist, aber ihr Sohn – der Deddy dieses kleinen Mistkerls hier, Coot nennen sie ihn – gehört mit zum Übelsten, was man sich so vorstellen kann. Der ganzen Haufen stammt aus einem Nest namens Boneville.«

»Wo zum Henker ist Boneville?«

»Eben.«

Clayton war die kryptischen Antworten langsam leid. »Mike, du und dein Kumpel solltet mir mal langsam sagen, was zum Teufel hier vor sich geht.«

»Boneville ist ein winziges Pisskaff an der Ostgrenze zu South Carolina.«

Claytons leerer Gesichtsausdruck blieb unverändert. »Zum letzten Mal, warum zum Henker sollte mich das interessieren?«

»Nun«, fuhr Mark fort, »das *White-Trash*-Bürschchen hier gehörte zu einer Bande, die einen Raubüberfall draußen bei Proutty Hollar vermasselt hat. Weißt du, wo das ist? Auf einen Nachtclub namens The Chute …« Er verstummte und sah zu Mike hinüber, unsicher, was er sagen durfte.

»Schon gut, Mark. Erzähl weiter.«

»Gut, also The Chute. Ein Hüne namens Freddie Tuten betreibt ihn. War mal ein Außenposten, den dein Vater als Trockenhaus genutzt hat, bis …«

Clayton nahm die kleine Flasche Whiskey aus seiner Jacke. »Ich weiß, wo das ist, Mark. Ich habe mein Leben lang dort gelebt.« Er nahm einen Schluck aus der Flasche und verstaute sie wieder in der Jacke. »Ich weiß bloß noch immer nicht, warum mich das einen Scheißdreck interessieren sollte, Mike. Warum sollte überhaupt irgendjemand den alten Tuten beklauen wollen? Er hat noch nie mehr als ein paar Hundert Kröten im Safe gehabt. Was haben sie dort zu finden gehofft?«

Mark schickte sich an zu antworten, aber Mike schnitt ihm das Wort ab. »Das ist nicht der Punkt, Clayton. Ich glaube, du siehst hier nicht das große Ganze.«

»Und warum sorgst du dann nicht endlich mal für eine Erleuchtung, Mike? Ich frag die ganze Zeit schon danach, was der Punkt ist, aber ich kriege einfach immer nur mehr Schwachsinn vorgesetzt.«

Mike kam nahe an Claytons Gesicht heran, verärgert, dass er das überhaupt erklären musste. »Der Punkt ist, der Laden, den sie da versucht haben auszunehmen. Das ist seit Jahren der inoffizielle Goldesel der Familie Burroughs. Das weißt du. Jeder weiß das. Und aus dem Grund genoss der Laden eine gewisse Unantastbarkeit. Er gehört zu den wenigen Unternehmungen, die für all die Leute da oben überhaupt noch etwas einbringt, nachdem die Bundespolizei hier durchgeritten ist und beinahe alles dichtgemacht hat.«

»Du meintest, Tuten hätte die Sache geregelt. Warum also sollte es euch oder mich kratzen, wenn ein Haufen zweitklassiger Meth-Junkies seine Bar überfallen?«

Mark trat zwischen die beiden Männer. »Weil, Mr. Burroughs, sollten wir mittlerweile an einem Ort leben, den die ›zweitklassigen Meth-Junkies‹ dieser Welt nicht mehr fürchten, Sie, Ihre Frau und – am allerwichtigsten – ihr Sohn allesamt in Gefahr sind. Um genau zu sein, jeder, der auf diesem Berg lebt.«

Clayton schwieg eine Minute lang, während er den Mann mit dem glattrasierten Gesicht anstarrte. Wie ein Dummkopf sah er nun nicht mehr aus. Er sah ehrlich besorgt aus. Clayton sah zu Mike hinüber, der zustimmend nickte. Jetzt, wo Halford tot war, war Mike hier oben für alles verantwortlich. Es war eigenartig zu sehen, wie er sich bei diesem Mark zurückhielt.

»Glaubst du, dass meine Familie in Gefahr schwebt, Mike?«

»Ich glaube, dass, wenn wir auf das, was letzte Nacht passiert ist, keine Antwort geben, genau das der Fall sein wird.«

Clayton zündete sich eine Zigarette an. »Wo ist der Rest?«, sagte er und ging an ihnen vorbei zurück zur Heckklappe des Pick-ups.

»Der Rest von wem?«

»Der Rest der Gang. Du meintest, er sei Teil einer Gruppe gewesen.«

»Nails McKenna ist ihnen passiert.«

Clayton stieß hustend den Rauch aus. »Im Ernst?« Den

Namen hatte er eine ganze Weile nicht gehört. Von den Umstehenden wussten alle Bescheid, eine weitergehende Erklärung war nicht notwendig. Clayton sah auf JoJo hinab. »Mach ihn los und schick ihn nach Hause.«

»Clayton, ich glaube, das ist keine gute Idee.«

»Er ist noch ein Kind, Mike. Er ist bloß ein dummer Junge, der was Bescheuertes angestellt hat, bei dem alle seine Freunde umgekommen sind. Er hat seine Lektion gelernt.« Er starrte weiterhin JoJo an. »Hab ich Recht, Junge?«

Der Jugendliche grunzte unter dem Klebeband.

»Dieses *Kind* hier wollte dir ans Leben, Mann. Als Tuten ihn so weit hatte, dass er auspackte, konnte er gar nicht wieder aufhören. Laberte davon, die Herrschaft der Burroughs über den Norden Georgias sei am Ende. Dass es bloß eine Frage der Zeit sei, bevor er und sein Deddy sich alles unter den Nagel reißen würden. Er meinte außerdem … Warte mal, weißt du was? Warum sagt er es dir nicht einfach selbst?« Mike hob die Hände zu einer gespielten Abwehrgeste.

»Nur zu, Mark«, sagte er. »Mach schon.«

»Das ist nicht dein Ernst.«

»Der Mann hat gesagt, mach ihn los, also mach ihn los. Und fang beim Knebel an.«

Mark gab keine Widerworte. Aus einer Scheide an seinem Gürtel zog er ein Messer mit feststehender Klinge und beugte sich über die Heckklappe. Der Jugendliche wich beim Anblick des riesigen Messers zurück und grunzte erneut, aber Mark packte ihn bei den Haaren, schleifte ihn über die Ladefläche und drückte ihn runter.

»Ich werd mein Bestes tun, nur das Klebeband durchzuschneiden, aber wenn du weiterhin wie eine Memme rumzappelst, ist es durchaus möglich, dass ich dir auch noch was anderes absäbele, wie die Nase oder ein Ohr. Hörst du mir zu, JoJo?«

Ein ersticktes Geräusch des Einverständnisses kam unter dem Knebel hervor, und der Jugendliche hielt still, während Mark das graue Gewebeband an seinem Hinterkopf durchtrennte und es nicht allzu vorsichtig abriss, gemeinsam mit etwas Haut und Büscheln schmierigen Haars. Der Junge versuchte zu sprechen, aber obwohl er vom Klebeband befreit worden war, klang seine Stimme noch erstickt.

»Jetzt aufmachen«, sagte Mark. »Und ich schwöre dir, Junge, solltest du versuchen, mir in die Finger zu beißen, ist mir scheißegal, was der Mann hier sagt, ich werd dich gleich hier wie ein Schwein abschlachten.« Er gewährte dem Jungen einen weiteren eingehenden Blick auf das Messer, und JoJo lag so unbeweglich da wie eine Mokassinschlange. Er öffnete den Mund, so weit er konnte, und Mark nahm zwei Finger, um langsam ein rund zehn Zentimeter langes, vollgesabbertes pinkes Stück Stoff herauszuziehen. Er kam sich dabei etwas merkwürdig vor, so als vollführe er einen Zaubertrick, und warf schließlich Freddie Tutens Bademantel-Kordel auf den Schotter. JoJo hustete trocken und fuhr sich mit der Zunge über die ausgetrockneten Zähne. Sobald er sprechen konnte, tat er es auch.

»Mein Deddy wird euch verdammt noch mal alle totschlagen.«

»Dein Deddy ist ein Crack-Junkie, der noch nicht mal die Zeit totgeschlagen kriegt.«

»Fick dich, du Schwuchtel.«

Clayton legte Mark die Hand auf die Schulter und schob ihn etwas beiseite. Der Junge starrte ihn mit teenagerhafter

Dreistigkeit an, befeuert eher von Adrenalin und Neugier als von Angst.

»Du redest noch keine fünf Sekunden, und ich kann dich jetzt schon nicht leiden. Aber du sitzt in der Patsche, Junge, und ich werde versuchen, dir da rauszuhelfen.«

»Du willst mir helfen, Karottenkopf? Dann sorg dafür, dass der hässliche Wichser und sein Boyfriend mich vollständig losmachen, und dann verrammel deine Türen, bevor Coot mit der Kavallerie hier anrückt.«

»Es wird keine Kavallerie kommen, um dich zu holen, Junge. Ich bin die einzige Chance, die du hast.«

Der Junge verengte die Augen zu Schlitzen und starrte Clayton angestrengt ins Gesicht. Das rote Haar, der buntgefleckte Bart. Das braune Hemd und der Hut. Clayton sah, wie ein Ausdruck des Wiedererkennens über das Gesicht des Jungen huschte.

»Leck mich, du bist es. Der Sheriff, der seinen eigenen Bruder niedergeschossen hat.«

»Vorsicht, Junge.«

»Mann, das ist mal eiskalt, verdammte Scheiße. Hab gehört, die Geschichte hat aus dir einen Alki mit Krüppel-Bein gemacht.«

Clayton trat einen Schritt zurück und ließ die Heckklappe herunter.

»Ist dein Schwanz auch verkrüppelt? Das wäre echt ne Schande, denn wie ich höre, hast du dir ne ziemlich hübsche Frau geangelt.«

Clayton neigte den Kopf leicht zur Seite, und Mike legte ihm eine Hand auf die Schulter. Clayton schüttelte sie ab und drückte seine Zigarette auf der rostigen Klappe aus. »Das ist deine letzte Chance, JoJo. Halt den Mund und hör zu, bevor du den einzigen Freund verlierst, den du hier hast.«

»Freund? Wir sind keine Freunde. Aber deine hübsche Frau? Na ja, mit der könnte ich mich anfreunden – richtig gut anfreunden sogar. Ich sag dir was. Ich kann euch drei Homos hier nichts versprechen, aber wenn ihr mich gehen lasst, werd ich mal sehen, ob ich sie damit davonkommen lasse, mir den Schwanz zu küssen.«

Mike holte so schnell aus, dass niemand sah, wie er den Schlag ausführte, bevor er auf JoJos Kiefer landete. Aber Clayton drängte ihn zurück.

»Nein«, bellte er und trat zurück, um seine Jacke auszuziehen. »Holt das Stück Scheiße da raus und bringt es her.«

Clayton betrat den weichen Boden unweit des Ufers. Mike und Mark fassten JoJo rechts und links unter der Achsel und zerrten ihn vom Pick-up. Mit einem dumpfen Schlag landete er auf dem Boden, fing die Wucht des Aufpralls mit der Schulter auf, aber der Junge fing bloß an zu lachen.

»Nur zu«, sagte er. »Verprügelt mich nach Lust und Laune. Ich kann das ab, aber ihr wisst genauso gut wie ich, warum ihr mich letzte Nacht nicht gekillt habt, und aus demselben Grund werdet ihr mich auch diesmal nicht killen.«

»Bringt ihn her.«

Mark und Mike schleppten JoJo an den Rand des Tümpels und legten ihn auf den Rücken. Sein Kopf landete gerade weit genug im Wasser, um ein paar kleine Wellen auf der grünen, glasartigen Oberfläche zu erzeugen. Clayton ignorierte die Schmerzen in seinem Bein und ging neben ihm in die Hocke.

»Und warum genau, Junge? Warum glaubst du, atmest du noch?«

JoJo grinste breit wie ein Hai, etwas Blut verschmierte seine gelben Zähne. »Weil du weißt, dass ich die Wahrheit sage. Du weißt, mein Deddy wird über diesem Ort Feuer regnen lassen, wie du es noch nie erlebt hast. Du weißt, dass du nicht den Mumm hast, uns aufzuhalten, und anfangen werden wir bei dem hübschen Ding bei dir zu Hause.«

Clayton lächelte den Jungen an, ehe er ihn an Schulter und Gürtel packte und umdrehte, so dass er mit dem Gesicht nach unten im Tümpel lag. Clayton stand auf und sah zu, wie JoJo versuchte, sein Gesicht aus den acht bis zehn Zentimetern Wasser herauszuheben, aber da seine Hände auf dem Rücken gefesselt und seine Füße mit Klebeband zusammengebunden waren, sorgte er lediglich dafür, nur noch tiefer im Schlick zu versinken. Ein gurgelndes Geräusch drang aus dem Wasser, und Clayton legte sich die Hand ans Ohr.

»Was sagst du, JoJo? Ich kann dich nicht verstehen. Wie läuft's denn jetzt so mit dem Große-Töne-Spucken, du Pisser?« Clayton wischte sich die matschigen Händen an den Hosenbeinen ab, während JoJo sich wand wie ein frisch gefangener Fisch. Mike und Mark bewegten sich auf den Tümpel zu, aber Clayton hob eine Hand, und die beiden Männer blieben, wo sie waren. Er hob seine Jacke vom Boden auf und fischte den Whiskey heraus. Er trank ihn aus und warf die leere Flasche hinter sich ins Wasser. Als er die Jacke angezogen hatte, hatte sich um JoJos Kopf herum eine dünne Schicht aus Blasen gebildet, und sein Körper begann im Sand zu zucken.

Clayton steckte sich eine weitere Zigarette an und zog den Rauch tief ein. Mike und Mark den Rücken zugewandt, stand er da.

»Jetzt schneidet ihn los und bringt ihn nach Hause. Ich werde das nicht noch mal sagen.« Er setzte sich in Richtung Bronco in Bewegung. Er humpelte jetzt, überanstrengt und nicht in der Lage, es zu verbergen. »Ladet ihn auf der Veranda seiner Großmutter ab. Ich will, dass Coot and the Gang wissen, was sie erwartet, sollten sie sich entscheiden, in die Fußstapfen dieses Idioten zu treten. Damit ist alles dazu gesagt. Ich muss mich umziehen und zur Arbeit, bin spät dran.«

»Ja, Sir«, sagte Mike, nahm wieder seine Kappe ab und sah zu Mark hinüber, der bereits JoJos Gesicht aus dem Wasser gehoben hatte, und keiner der beiden verlor ein weiteres Wort, während Clayton aus einer Reisetasche im Bronco ein frisches Uniformhemd zog. Die beiden sahen zu, wie er den silberfarbenen Stern des McFalls-County-Sheriffs von der Brust löste, ihn an das saubere Hemd heftete und es anzog.

»Clayton«, sagte Mike. »Das Meeting mit Florida. Wir sprachen darüber. Erinnerst du dich?«

Clayton rieb sich die Nasenwurzel und sah hinüber zu den drei Grabsteinen auf der Lichtung. Mike und Mark schauten ebenfalls. Er spürte den Kopfschmerz, der im Anmarsch war, und kratzte sich den Bart.

»Clayton?«

»Setz es einfach an, Mike. Ich werd da sein.«

»Alles klar, gut.«

Clayton wandte sich nicht noch einmal zu ihnen um, aber er blieb noch eine Minute oder länger dort stehen und starrte in Richtung der Granitbrocken, bis seine Hände aufhörten zu zittern. Dann kletterte er hinter das Steuer des Bronco und verschwand den Berg hinab.

»An wen hat dich das erinnert?«

Mark setzte die Mütze ab und klopfte etwas Erde ab. »Ich muss zugeben, Mike, ich hätte nicht gedacht, dass er dazu in der Lage ist.«

»Tja, Halford allerdings schon. Wenn du mich fragst, ich glaube, deshalb hat er Clayton so gehasst.«

»Weil in ihm genauso viel Gareth Burroughs steckt wie in Hal?«

»Nein. Mehr.«

Mark rollte JoJo auf den Rücken. »Teufel noch mal. Ich glaub, ich habe Clayton total falsch eingeschätzt. Komm her und sieh dir das an.«

Mike beugte sich hinab und sah dem Jungen in die leblosen Augen. Er griff nach unten und bewegte JoJos Kopf von einer Seite zur anderen, ließ dann das eigene Kinn auf die Brust sinken. »Verdammte Scheiße.«

Er erhob sich und packte am Klebeband zwischen JoJos Fußknöcheln an, und mit Marks Hilfe warf er die Leiche auf die Ladefläche des Pick-ups. T-Ride schaute jetzt mit entschieden weniger Wagemut durch die Rückscheibe. Er hatte noch nie eine Leiche gesehen. Mark nickte dem Jungen zu. T-Ride nickte zurück und versuchte, einen härteren Gesichtsausdruck aufzulegen, aber es gelang ihm nicht, und er wandte sich ab. Mike hatte Recht. Der Junge *war* nicht bereit für *all das hier*.

Mark knallte die Heckklappe zu und vergaß im gleichen Moment das tote Problem auf der Ladefläche des Pick-ups. »Ich kann immer noch nicht glauben, dass die kleine Kate Ferris als Hausfrau bei einem Burroughs gelandet ist.«

Mike gluckste. »Kate ist niemandes Hausfrau, Mark.« Er ging um den Pick-up herum, um die Plane festzubinden, und senkte die Stimme, damit T-Ride ihn nicht hörte. »Du hast doch von dem Bundesbeamten gehört, der letztes Jahr aufkreuzte, oder? Der, der Clayton das Hinkebein verpasst hat. Ihm beinahe die Lichter ausgepustet hat.«

»Klar doch, Agent Jolly, oder irgendwie die Richtung. Das Letzte, was ich gehört hab, war, er wär vermisst gemeldet worden.«

»Sein Name war Holly. Simon Holly. Er war ein Special Agent.«

»War?«

Mike grinste.

»Du hast einen Bundesbeamten getötet?«

»Nein, Sir. Ich war's nicht. Das Mädchen war's. Hat drauf bestanden.«

Mark straffte die Plane. »Kein Scheiß?«

Mike zog den Knoten fest. »Willkommen zu Hause, Mark.«

4

Cripple Creek Road

Kate Burroughs starrte aus dem Fenster über der Küchenspüle, das auf ein kleines, verdorrtes Maisfeld hinausging. Das Feld war eingerahmt von einem weitläufigen Areal mit Zuckerahorn und Gelbkiefern, zwischen denen hier und dort die Blüten von Hartriegelbäumen explodierten wie Popcorn. Der pink-weiße Blütenstand stellte das vollständige Desinteresse des offiziellen Baums des Staates Georgia an der herbstlichen Tag-Nacht-Gleiche unter Beweis. So wie die meisten Lebewesen, die in den Gebirgsausläufern des McFalls County lebten, tat auch der Hartriegel, was ihm verdammt noch mal Spaß machte. Kate aber hatte kaum noch ein Auge für seine Blüten. An den meisten Morgen fixierte sie einen zerklüfteten Stumpf, der am hinteren Ende der Wiese aufragte und einmal ein knapp zehn Meter hoher Magnolienbaum gewesen war. Sie hatte diesen Baum geliebt. Bevor Eben zur Welt kam, hatte sie stundenlang im Schatten seiner wachsartigen grünen Blätter gesessen. Sie hatte beinahe jedes Buch, das sie besaß, unter diesem Baum gelesen. Sie hatte die Nachmittage lesend verbracht und dann die perlweißen Blüten gesammelt, um damit den Küchentisch zu dekorieren. Sie hatten im Haus für einen sauberen und süßen Geruch gesorgt, wie Geißblatt nach dem Regen. Sie sah noch immer die Wäscheleine vor sich, hoch oben am Stamm befestigt, die bis zur vorderen Veranda gereicht hatte. Manchmal hatte sie sogar mit dem blöden Baum gesprochen, hauptsächlich darüber, dass sie eines Tages Mutter werden wollte, während sie saubere Bettwäsche zum Trocknen aufhängte. Damals hatte sie sich so sehr gewünscht Mutter zu werden, und jetzt, da sie es war, war die Magnolie nicht mehr da, um es mitzuerleben. Sie weinte an dem Tag, als sie sie fällte. Pilzfäule hatte begonnen, den Baum zu überziehen – ein pelzig-grauer Krebs, der längst viel zu weit gestreut hatte, als dass man hätte versuchen können, ihn zu stoppen. Im siebten Monat schwanger, hatte Kate einen ganzen Tag gebraucht, ihn mit einer selbstgebauten Teleskopsäge und einer alten rostigen Kettensäge, die sie vor diesem Tag noch nie in der Hand gehabt hatte, zu fällen. Mit jedem Ast, der zu Boden fiel, zerbrach ihr Herz ein wenig mehr. So war das manchmal. Kein verheerender Schlag mit der Axt, sondern eine Reihe kleiner Stiche und Schnitte, die dafür sorgten, dass sie als schluchzendes Bündel in der Hitze saß, wo einmal Schatten gewesen war.

Es war ein hartes Jahr gewesen. Ungefähr zur selben Zeit, als Kate die Fäule in ihrem Lieblingsbaum bemerkt hatte, war ihr Mann, Clayton, im Zuge der Ermittlungen in einem Fall, in den seine Gangsterfamilie verwickelt war, beinahe erschossen worden. Als er wieder fit genug war, dass Kate ihn aus dem Trauma Center in Atlanta nach Hause holen konnte, war auch von Clayton nur noch eine leere Hülle übrig, wie bei ihrem geliebten Magnolienbaum. Fährt der Daumen Gottes in die Erde, nimmt er einem alles. Nicht einmal die Bäume verschont er.

Man sagt zwar, was einen nicht umbrachte, mache einen stärker, aber das letzte Jahr hatte Kate eines Besseren belehrt. Manchmal nahm die Welt einfach gerade ausreichend Boshaftigkeit zusammen, um einen just an den Rand des

Todes zu katapultieren, ohne dass man starb. Man machte weiter – und erholte sich irgendwann. Diese Erholung aber war nicht das Ergebnis irgendeiner neugewonnenen imaginierten Stärke, sondern der hartnäckigen Weigerung, überhaupt noch Schmerzen jedweder Art zu erdulden. Was einen nicht umbrachte, stumpfte einen also ab, das traf es eher.

Der Baum war tot. Sie behandelte den Stumpf mit Salz. Sie machte weiter.

Kate öffnete das Fenster und sog tief die Bergluft durch die Nase ein. Sie drehte den Wasserhahn auf und wartete, dass das Brunnenwasser heiß wurde. Die Luft draußen war kühl, aber nicht kalt, und die Brise half, den Raum zu weiten – die Wände zurückzudrücken, die Tag für Tag näher zu kommen schienen. Sie ließ den Blick über das Grundstück schweifen, bis er bei dem leeren Kiesstreifen neben ihrem Jeep innehielt. Wieder war Clayton vor Sonnenaufgang verschwunden. Das kam nun immer häufiger vor, seit er sich wieder besser bewegen konnte. Beinahe zwölf Jahre lang war sie die Ehefrau eines Sheriffs gewesen, aber es fühlte sich an, als sehe sie ihn jetzt noch seltener als vorher – vor der Verletzung, und bevor er Vater wurde.

So etwas Ähnliches wie ein Vater, hätte sie beinahe laut gesagt.

Sie spürte, wie der tägliche Anflug von Groll sich heute schon früh meldete, weshalb sie sich entschied, Kaffee zu kochen, um ihn damit zu bekämpfen. Kaffee konnte so ziemlich alles in die Flucht schlagen, wenn man nur genug davon trank. Sie goss einige frischgemahlene Bohnen mit dem siedenden Wasser aus dem Hahn auf und ließ die heiße Flüssigkeit im Topf ziehen. Der Geruch ihres liebsten Lasters, vermengt mit der Morgenluft, sorgte dafür, dass die Wände sogar noch ein Stück zurückwichen. Sie trank ihren Kaffee mit einem Klacks frischer Sahne von der Farm der Harpers ein Stück die Straße runter und warf einen Blick auf die Kit-Cat-Uhr an der Wand. Ihr blieben noch ungefähr zehn Minuten, bevor es nicht mehr um sie ging. Sie besah sich die Notiz, die Clayton am Kühlschrank hinterlassen hatte, er fahre zu Pollard's Eckladen, um ein paar Dinge zu besorgen, die sie nicht brauchten. Seine jüngste Ausrede dafür, verschwinden zu müssen, während die Familie noch schlief. Sie nippte an ihrem Kaffee und verdeckte das silberfarbene Stern-Logo des McFalls County Sheriff's Department mit beiden Händen. Dieser Becher hatte stets auf Claytons Schreibtisch im Arbeitszimmer gestanden, seit dem Tag, an dem er den Eid abgelegt hatte. Er hatte ihm einmal etwas bedeutet. Jetzt war er bloß ein weiterer Becher in der Küche.

Clayton hatte sich selbst als guten Sheriff begriffen – als guten Mann und Ehepartner. Als einzig wohlgeratenen Sprössling eines kranken Baumes. Und Kate hatte sich darüber definiert, die Frau dieses guten Mannes zu sein. Sie war damit zufrieden gewesen. Sie waren *beide* damit zufrieden gewesen, nun aber war sie sich nicht sicher, ob er überhaupt irgendetwas davon war – nicht mehr. Und das einzige Gefühl, das der Becher in ihrer Hand bei ihr auslöste, war Groll.

Sie nahm einen anderen Becher aus dem Schrank, einen schlichten, weißen, und schüttete ihren Kaffee um. Sie nahm einen Schluck. Schon besser. Für Kate waren die meisten Dinge simpel. Wenn dein Kaffeebecher das Problem ist, füll deinen Kaffee in einen anderen Becher um, und weiter geht's. Problem gelöst. Es brachte nichts, weiter darüber nachzudenken. Clayton war da das genaue Gegenteil, er hielt an allem fest. Er hortete Schuld und Schmerz, wie manche Menschen das mit Zeitschriften oder Zeitungen taten, bis die Dinge irgendwann Teil der Einrichtung wurden. Mehr als zehn Jahre lang hatte sie zugesehen, wie all die Gewalt und Verderbtheit, die vom Berg herabkamen, sich ihm auf die Schultern legten und dort auftürmten. Erst jetzt hatte er wieder genügend Kraft in den Beinen, nach dem, was passiert war, um die Last auch aufrecht tragen zu können. Sie schüttelte den Kopf und fühlte sich schuldig, weil sie, was Claytons Zustand betraf, so verbittert und pessimistisch war. Sie wollte heute nicht so denken. Er hatte eine Menge verloren, und sie verstand das, aber das Leben war mit hoher Geschwindigkeit im Anmarsch, und seine Wunde heilte einfach nicht. Sie war es langsam überdrüssig, in einem leeren Bett und einem kalten Haus aufzuwachen, statt durch den Guten-Morgen-Kuss und den schläfrigen Blick des Mannes geweckt zu werden, der sie einmal vergöttert hatte.

Sie ging durch die Küche zur Haustür und griff nach dem Gehstock, den sie für Clayton gemacht hatte. Es war ein Stecken aus gut abgelagerter Eiche, von dem sie gehofft hatte, er würde sich als passender Ersatz für das Abzeichen erweisen, aber er lehnte seit dem Tag, an dem sie ihn mit nach Hause gebracht hatte, an der Türangel neben dem Eingang. Sie war die Einzige, die ihn je berührt hatte. Es gehörte beinahe schon zu ihrer täglichen Routine, ihn von den Dielen aufzuheben, auf die er, verursacht durch die morgendliche Brise, gefallen war. Er brauche keine Krücke, sagte Clayton. Es lasse ihn schwächlich aussehen. Sie wollte ihm sagen, dass Alkoholiker zu sein ihn schwächlich aussehen lasse. Sie lehnte den Stock wieder an die Wand neben der Tür.

Sie hatte darüber nachgedacht, ihn zu verlassen. In letzter Zeit sehr häufig sogar. Besonders nach einem handfesten Anschrei-Wettbewerb wie dem gestern Abend. Sie hatte vergessen, worum es überhaupt gegangen war. Es spielte keine Rolle. Sie fochten jetzt immer den gleichen Kampf aus, eins ums andere Mal, und es endete auch immer gleich. Sie ging früh zu Bett, aber ließ die Tür unabgeschlossen. Sie verbarg sich unter den Quilts und Decken und wartete darauf, dass der Türknauf sich drehte, gefolgt von einer wortlosen Entschuldigung und seinem warmen Atem in ihrem Nacken, aber meistens wartete sie vergebens. Während sie allein im Dunkel lag und auf irgendeine unfassliche Einsicht wartete, die ihren Ehemann auf wunderliche Weise zurück in den Mann verwandelte, der er einst gewesen war, knallte Clayton vorsätzlich Schränke zu und lief in der Küche hin und her wie ein Tier im Käfig und wartete darauf, dass sich bei ihr die gleiche Transformation vollzog. Während keiner von ihnen zuzugeben bereit war, dass der eigentliche Schaden, den sie sich gegenseitig zufügten, nicht im Kampf angerichtet wurde, sondern im Abwarten. Es waren jene Stunden der Stille, die auf das Schreien folgten, in denen der eigentliche Wahnsinn einsetzte und der Teufel Gelegenheit bekam, sein Gift zu verspritzen.

Kate nahm noch einen Schluck von ihrem aufgewerteten Kaffee und sah hinaus zu dem leeren Streifen Kies vor dem Haus. »Okay, Kate. Schluss jetzt«, sagte sie. »Das reicht.« Dies sollte nicht einer dieser Tage werden. Das wäre niemandem gegenüber fair. Sie schloss die Augen und schüttelte trotzig den Kopf, als könnte sie die Melancholie von sich abschütteln wie eine schwere Decke, und verbrachte dann die nächsten paar Minuten damit, Ebens Fläschchen unter dem noch immer laufenden heißen Wasser zu wärmen. Dieses letzte Jahr würde nicht die fünfzehn gemeinsamen Jahre davor einfach zunichtemachen. Sie würden das überstehen. Mussten sie einfach. Sie musste daran glauben, weil es nicht mehr nur um sie beide ging. Und wie auf's Stichwort hörte Kate die ersten raschelnden Geräusche aus Ebens Zimmer. Sekunden später drang der erste Schrei ihres Sohnes an diesem Tag an ihr Ohr. Sie lächelte, und der ganze Groll, den sie den Morgen über angesammelt hatte, verflog – einfach so.

Kate und Clayton hatten ihre halbe Ehe über versucht, Eltern zu werden, und es beinahe aufgegeben. Verdammt, sie hatten aufgegeben. Nicht so einfach für zwei Vierundvierzigjährige, noch ein Baby zu bekommen, das wussten sie beide. Eben, der auf diesem Berg gezeugt und zur Welt gebracht worden war, war der lebende Beweis, dass noch immer Wunder geschahen an Orten, die sie nicht verdienen. Dieser Säugling mit den rosigen Wangen, der jetzt im Arbeitszimmer auf dem Rücken lag wie eine Schildkröte und sein Bestes gab, das Mysterium seiner Füße zu ergründen, verhinderte, dass Kate irgendwelchen Gedanken an Reue oder an falsche Entscheidungen in ihrem Leben nachhing. War das letzte Jahr ein tragischer Katastrophenfilm gewesen, so war Eben Burroughs das Happy End à la Hollywood. Sie wünschte, auch Clayton würde das begreifen. Entscheidend für ein Happy End war zu wissen, wann der Abspann kam, nämlich bevor das Schicksal erneut zuschlug. Aber wie viele Wunder standen ihr noch zu? Zwei dürften genug gewesen sein.

Sie beendete das Aufwärmen der Milch und spritzte sich einen warmen Klecks davon aufs Handgelenk, um die Temperatur zu testen.

»Bist du bereit für dein Essen, kleiner Mann?«

Eben machte ein grunzendes Geräusch, und Kate schmolz dahin. Mehr brauchte es nicht. Sie hob das Baby vom Boden hoch und wickelte es in eine rote Wolldecke, die sie während der Schwangerschaft gehäkelt hatte. Sie trug den Säugling hinaus zur Hollywoodschaukel und stand einen Moment lang im wärmenden Sonnenlicht, bevor sie sich auf die Kiefernbretter der Schaukel setzte, um ihren Sohn zu füttern. Von der Veranda aus sah der Berg wunderschön aus – die verschiedenen Grün- und Blautöne, dazu der allgegenwärtige Glorienschein aus Wolken, der dem Gipfel etwas sowohl Geheimnisvolles als auch Majestätisches gab. Sie hatte diesen Ort immer geliebt, aber in letzter Zeit kam es ihr mehr und mehr so vor, als sei es nichts weiter als ein kalter Fels. Eben war das alles egal. Er stürzte dem Fläschchen entgegen. Er war unleidlich und hungrig. Er erinnerte sie in diesem Augenblick an ihren Vater, und sie war überrascht über den Ekel, den sie empfand.

»Männer«, raunte sie. »So bedürftig. So stumpf.« Sie projizierte da sicherlich etwas. Clayton mochte verloren sein, aber Eben war hier. Er hatte immer noch sie. Sie schwang auf der Hollywoodschaukel vor und zurück und starrte abwesend auf das Maisfeld hinaus. Ein Singvogel nistete im Kopf einer Vogelscheuche. Eben saugte gierig an seiner Flasche, warme Milch lief ihm am Kinn hinab und tränkte die rote Wolle. Auch die Vogelmutter fütterte ihre Jungen. Kate hatte den Vogel bereits einige Male zuvor gesehen. Sie beobachtete die Küken und lauschte ihrem Geschrei. Es war laut wie Donner und verdarb die Ruhe des Augenblicks. Sie zog ihre eigene Decke etwas fester um die Schultern und überlegte, was ihr wohl sonst noch den Morgen verderben mochte. Sie legte den Kopf zurück und schloss die Augen – just bevor das Telefon klingelte.

Natürlich.

Behutsam zog sie dem Jungen das Fläschchen aus dem winzigen saugenden Mund und zerstreute leise flüsternd seinen Unmut. »Sorry, Kleiner. Wir müssen gehen und schauen, was für einen Grund dein Vater diesmal hat, nicht nach Hause zu kommen.« Sie hatte keinen Zweifel, dass es etwas total Törichtes und Unwichtiges war. Das war es immer, aber wenn es nach Kate ging, hätte auch die ganze Welt in Flammen stehen können. Nichts war wichtiger als der Junge in ihrem Schoß, der darauf wartete, das Gesicht seines Vaters zu berühren oder an seinem Bart zu zupfen. Eben auf der Hüfte balancierend, ging sie zurück in die Küche und nahm den Hörer ab.

»Ehemann.«

»Hey, Baby. Hör zu …«

»Ich weiß schon«, sagte sie. »Du kamst zur Arbeit und hast dann entschieden, dass sie gut ohne dich können, und bist auf dem Weg nach Hause.« In dem Moment, als sie ihr aus dem Mund kam, bedauerte sie bereits, ihre Wunschvorstellung artikuliert zu haben, wegen der bevorstehenden Enttäuschung.

»Nun, nein.«

Selber schuld, Kate.

»Ich musste heute Morgen draußen beim Burnt Hickory eine kleine Sache klären, aber ich bin jetzt auf dem Weg.«

»Eine kleine Sache«, wiederholte sie tonlos.

»Ja, ja, nichts von Bedeutung. Wollte dich bloß wissen lassen, dass ich dort war.« Er verstummte. »Kate.«

»Du brauchst nicht meine Erlaubnis, um dich selbst fertigzumachen.«

»Kate, ich versuch gar nicht …«

»Nein, Clayton, tust du nicht. Du versuchst es gar nicht.«

»Komm schon, Kate.«

»Komm schon, Kate, was denn? Wie oft muss ich mir das noch anhören? Ich führe dieses Gespräch nicht noch mal. Du willst dich volllaufen lassen und dich in Selbstmitleid suhlen? Nur zu. Aber lass mich damit in Frieden. Ich hab heute einfach nicht den Nerv dazu.«

»Ich trinke nicht.«

»Mir egal.«

»Was soll der Scheiß, Kate?«

Und ob er trank. Ohne Whiskey im Blut beschimpfte er sie nie. Er sagte noch etwas, aber Kate hatte innerlich bereits den Ton abgedreht. Sie ging zu der Kit-Cat-Uhr hinüber, die an der Wand beim Esszimmertisch hing. Sie zählte zehn Klick-Klacks ihres Schwanz-Pendels und schüttelte angewidert den Kopf. Sie schloss die Augen und lehnte ihren Kopf an die Wand hinter sich. Sie wollte losschreien, aber im Laufe der vergangenen Monate hatte sich Schorf über ihrem Streit gebildet, und im Moment knibbelten sie bloß daran herum. Dann aber brach es einfach aus ihr heraus: »Ich liebe dich, Clayton, aber vielleicht sollten du und ich uns mal eine Auszeit nehmen.« Sie löste den Kopf von der Wand, überrascht, etwas dieser Art ohne Schwierigkeiten vorgebracht zu haben – etwas so Endgültiges, von derartiger beiläufiger Kälte und Ehrlichkeit.

»Was zum Teufel meinst du damit, Kate?«

»Du bist der Detective, Clayton. Find es heraus.«

»Nur damit ich das richtig verstehe …«

Und los geht's, dachte Kate und verlagerte Eben auf die andere Hüfte.

»Ich ruf an, um dir zu sagen, wo ich stecke, wie du es forderst, und du sagst mir, du willst dir eine Auszeit nehmen? Ich kann's dir einfach nicht recht machen. Ruf ich nicht an, bin ich ein Arsch. Ruf ich an, bin ich auch ein Arsch. Ich kann keinen Blumentopf gewinnen.«

»In Sachen Familie sollte es nicht ums Gewinnen gehen, Clayton. Was ist daran so schwer zu verstehen?«

Stille flutete die Leitung, während Mann und Frau darauf warteten, dass der jeweils andere die richtige Kombination an Worten aussprach, um den angerichteten Schaden wieder zu beheben, aber der Zug war abgefahren. Es gab keine richtigen Worte. In der winzigen Küche war kein Geräusch zu hören, außer dem Tick-Tack des Schwanz-Pendels der Kit-Cat-Uhr.

Tick-Tack, Tick-Tack.

Der schwarze Plastikschwanz hätte genauso gut ein Timer sein können, der den Countdown vorgab bis zur nächsten Abfolge hasserfüllter Worte und Entscheidungen, die man besser nicht traf und die die Kluft nur vergrößern würden. Als Clayton schließlich das Schweigen brach, hörte sie nicht einmal, was er sagte. Sein Ton war aggressiv und das reichte schon. Sie legte auf – mit Wucht – und hob dann Eben von ihrer Hüfte. Das Telefon klingelte und klingelte. Sie ließ es klingeln, ging wieder nach draußen und ließ hinter sich die Tür zuknallen. Sie hörte, wie der Gehstock an der Wand entlangrutschte und zu Boden fiel. Sie ließ ihn liegen. Als sie wieder ihren Platz auf der Veranda eingenommen hatte, hörte das Telefon auf zu klingeln, und sie fütterte ihren Sohn zu Ende. Ihr Blick ruhte auf seinem Gesicht, schweifte weder zum Stumpf der Magnolie noch zur Vogelscheuche. Sie starrte den Jungen an, während es in ihrem Kopf rotierte, ihr Gemütszustand schwankte zwischen ruhig, wütend und tief traurig. Sie wartete, bis das Baby sein Bäucherchen gemacht hatte, und wollte gerade aufstehen, um bei einem Spaziergang Herr ihrer Stimmung zu werden, als das Telefon erneut klingelte. Ihr war bewusst, dass nichts, was sie zu sagen hatte, zu diesem Zeitpunkt irgendwie konstruktiv gewesen wäre. Er würde seinen Standpunkt darlegen wollen, beweisen, dass er im Recht war. Das tat er immer, wenn er trank. Der Ton würde immer lauter werden, sie würden aneinander vorbeireden und sich alsbald verhalten wie zwei Menschen, die sie nicht wiedererkannte.

Sie ging trotzdem ins Haus.

Als sie die Hand auf den Hörer legte, hielt sie inne und versuchte mit Willenskraft, das Klingeln abzustellen. Sie konnte auch einfach hinaus auf die Veranda gehen oder in ihren Jeep steigen und wegfahren –irgendwohin. Bloß weg von hier. Aber das tat sie nicht. Trotz dessen, was sie gesagt hatte, war sie nicht bereit aufzugeben. Sie weigerte sich zu glauben, dass sie wirklich am Ende waren, jetzt schon. Also nahm sie den Hörer ab.

»Was, Clayton? Was willst du? Ich mach das nicht länger …«

Bevor sie den Satz beendete, war ihr bereits klar, dass nicht Clayton am Apparat war.

»Hi. Kate? Mark hier. Lange nichts gehört.«

5

Knight's Inn Motel,
Interstate 92. Tampa, Florida

»Ja, ich bin's, Baby. Du, wird später bei mir heute Abend.«

Bob Kane presste sich mit der Schulter das Telefon ans Ohr, während er bei dem Angestellten des Gemischtwarenladens den Beutel Eis bezahlte. »Ja, ja, ich weiß. Ich schwöre, dieser verdammte Frischling, Pooler, legt hier immer wieder das System lahm, und es gibt niemanden sonst, der es wieder in Gang bringen kann.« Er legte einen Zehner auf den Tresen und stopfte sich die Geldbörse zurück in die Hosentasche. »Da hast du verdammt noch mal Recht, und ob da eine Gehaltserhöhung fällig ist. Die Docks wären allesamt am Arsch, wenn ich nicht da wäre und sie am Laufen hielte. Wie war die Behandlung heute?«

Der junge Mann, der sein Haar in einem Männerdutt zusammengebunden trug, tippte den Preis für das Eis ein und gab Bob das Wechselgeld. Bob hievte sich den schwitzenden Plastikbeutel auf die Schulter und tastete nach dem Geld, versuchte gleichzeitig den Hörer am Ohr zu behalten. »Tut mir leid, Baby, aber da muss ich den Ärzten Recht geben. Du musst dranbleiben.« Er ließ einen Vierteldollar auf den Tresen fallen, der zu Boden kullerte. Der Junge mit dem Dutt grinste. Bon steckte sich das Restgeld in die Tasche und hielt sich dann das Telefon vor die Brust. »Was ist das denn bitte für eine beschissene Frisur?«

Der junge Mann lächelte einfach weiter.

Bob schüttelte den Kopf und führte das Telefon wieder zum Ohr. »Was?«, sagte er. »Nein, nein. Ich hab nichts über deine Haare gesagt. Das stört mich überhaupt nicht. Ich mag die Perücke. Das weißt du.«

Er sah nicht, wie der Junge ihm den Mittelfinger zeigte, als er aus dem Laden ging. Das war wahrscheinlich auch gut so.

Nachdem er im Neonlicht der Ladenfront noch ein paar Minuten mit seiner Frau telefoniert hatte, beendete er das Gespräch.

»Das hört nie auf«, murmelte er einem Mann zu, der gerade den Laden betrat, und positionierte das Eis auf seiner Schulter neu. Er überquerte den Parkplatz, wartete auf eine Lücke im Verkehr und eilte dann über die vierspurige Straße zurück zum Motel.

Nachdem er es über die Fahrbahn geschafft hatte, lief er über einen Denny's-Parkplatz und versuchte, sich an eine Zeit zu erinnern, in der er sich nicht mit den Launen einer Frau hatte herumschlagen müssen. Seine Mutter war im vergangenen Jahr gestorben, und auch wenn er das niemals laut sagen würde, er war erleichtert. Seit dem Tod seines Vaters 2002 hatte er der Frau jeden einzelnen Tag als Botenjunge gedient. Es war kein Wunder, dass sich sein Vater bereits mit dreiundfünfzig frühzeitig verabschiedet hatte. Seine Mutter hatte den Mann zurechtgestutzt, bis von ihm fast nichts mehr übrig war. Jetzt war seine Frau krank, und seit dem Tag, an dem sie den Knoten entdeckt hatten, erwartete sie, dass er stets auf Abruf war, und zwar von morgens bis abends. Er und Kelly hatten seit über einem Jahr keinen Sex mehr gehabt, hauptsächlich wegen der Chemo. Sie war immer müde. Aber um ehrlich zu sein, auch bevor sie krank wurde, war der Sex bereits so kalt und gefühllos gewesen wie eine Steuerprüfung. Niemand würde es ihm also übel nehmen, dass er sie betrog.

Er musste beinahe laut lachen. Wem mache ich da etwas vor? Natürlich würde man ihm das übel nehmen. Alle würden ihn hassen.

Alle außer Penny.

Sie verstand, wie hart das alles für ihn war, und sie verfügte über Mittel und Wege, Kelly und all ihre Pillendöschen und Arztbesuche vollständig aus seinem Kopf zu verbannen, zumindest für heute Nacht. Nachdem er jetzt endlich auch noch das verdammte Eis besorgt hatte. Von all den Rattenloch-Motels in Hafennähe musste Bob natürlich das einzige aussuchen, das nicht nur eine, nicht zwei, sondern drei kaputte Eismaschinen besaß. Die Schlampe an der Rezeption mit dem Schnurrbart, der dichter stand als sein eigner, hätte ihm das ruhig sagen können, aber wie auch immer.

Weiber mit Schnauzern und Typen mit Dutts. Beschissen ging die Welt zugrunde.

Bob wischte sich den Schweiß von seinem kahler werdenden Schädel und umrundete das Motel.

Raum 104. Penny. Endlich.

Er griff nach der Schlüsselkarte in seiner Khakihose und blieb dann wie erstarrt stehen. Er brauchte keinen Schlüssel, die Tür stand einen Spalt weit offen. Als er gegangen war, hatte er Penny angewiesen, sie hinter ihm zu verriegeln. Das war hier zwar nicht die übelste Gegend der Stadt, aber warum Scherereien heraufbeschwören?

Frauen erwarten, dass man auf jede ihrer Launen eingeht, aber können nicht mal eine einfache Anweisung befolgen, wie die beschissene Tür zu verriegeln.

Er umfasste den Türknauf, als ihn ein Anflug von Panik überkam. Vielleicht hatte Kelly von Penny erfahren und war ihm hierher gefolgt. Vielleicht saß sie da drin mit ihrer lächerlichen Perücke auf dem Kopf. Vom Verstand her war der Ehebrecher immer in der Defensive.

Kann unmöglich sein, befand er und schob die Tür weit auf.

»Penny?« Er ließ den Blick durch die leere viereckige Kiste schweifen. »Penny?«, sagte er noch einmal, klang diesmal etwas besorgt. »Baby, ich bin zurück.«

Die lilafarbene Bettdecke aus Knautschsamt war noch immer straff gespannt, genauso wie zu dem Zeitpunkt, als sie eingetroffen waren. Er hatte insgeheim erwartet, Penny darauf ausgestreckt zu sehen, in dem schwarzen Spitzenfummel, den er ihr gekauft hatte, aber man konnte noch immer einen Vierteldollar auf der übergroßen Matratze hüpfen lassen, sie war unberührt. Er legte den Beutel mit dem Eis auf dem kleinen Tisch ab, und das Kondenswasser begann sofort, Lachen zu bilden und auf den Teppich zu tropfen.

Der Fernseher war ausgeschaltet.

Er wusste ganz sicher, dass er ihn eingeschaltet hatte, bevor Penny angefangen hatte wegen dem Eis herumzuzicken. Und sie wusste, dass er es mochte, wenn im Hintergrund ESPN ohne Ton lief, während sie zur Sache kamen.

Sie ging davon aus, er mochte es, wenn Licht brannte, damit er sie sehen konnte, und das stimmte auch zum Teil, aber hauptsächlich ging es darum, dass es außer ihrem straffen kleinen Körper noch etwas anderes gab, worauf er sich konzentrieren konnte. Ohne etwas, das ihn ablenkte, würde er kaum das Vorspiel überstehen.

»Penny?«, sagte er zu dritten Mal. Seine Stimme nun laut und ungeduldig.

Als die Toilettenspülung ging, entspannte Bob sich. Und los geht's, dachte er und grinste.

»Verdammt, Mädchen. Du hast mir Angst gemacht. Du hast die Tür sperrangelweit offengelassen. Hab schon gedacht, jemand wär reingekommen und hätte dich geklaut.« Er drehte sich um und holte eine Dreiviertelliterflasche Bacardi Silver und eine Plastikflasche Sodawasser aus der Papiertüte. Der Wasserhahn im Bad ging an. »Zu sauber brauchst du dich gar nicht zu machen da drin«, sagte er und ließ zwei dicke Limetten aus einer anderen Tüte auf den Tresen plumpsen. »Wirst ja eh gleich wieder dreckig.« Er riss den Beutel Eis auf, ignorierte die Überschwemmung, die er auf dem Tisch verursachte, und warf eine Handvoll Eiswürfel in die vom Motel bereitgestellten Plastikbecher. Er goss den Rum hinein und fügte Sodawasser hinzu. »Alles bereit für dich, Mädchen. Kann losgehen.« Bob durchwühlte die Tüte nach dem Messer, das er mitgebracht hatte, um die Limetten zu schneiden. Das Rauschen laufenden Wassers verstummte, und die Tür öffnete sich.

»Ganz lieben Dank, Bob, aber ich bin eher ein Bourbon-Girl, muss also passen.«

Bob fuhr herum, als er die Stimme hörte, die nicht Pennys war. Er hielt das kleine Gemüsemesser in der einen und die reife grüne Limette in der anderen Hand.

»Verdammt, Bob. Da fahr ich den ganzen Weg hierher, und du bedrohst mich mit einem Messer?«

Die großgewachsene, blasshäutige Frau lächelte entgegen ihrer Äußerung unbeeindruckt von dem kleinen Messer und trocknete sich mit einem der kleinen Hotelhandtücher die Hände fertig ab. Verwirrung huschte über Bobs Gesicht wie eine Balletttruppe über eine Bühne. Die große Frau zeigte eine Reihe schneeweißer, auf Hochglanz polierter Zähne. Dann runzelte sie die Stirn, verschränkte die Arme und schlug den Tonfall einer Kindergärtnerin an. »Würdest du das bitte weglegen, Bob? Es macht mich etwas nervös.« Sie warf das feuchte Handtuch aufs Bett.

Bob Kane schaute auf das fünf Zentimeter lange Schälmesser in seiner Hand, als wüsste er gar nicht, was das sei, und schüttelte dann hektisch den Kopf, als versuche er, nach einem Nickerchen wieder munter zu werden.

»Vanessa?« Er sprach den Namen der Frau aus wie eine Frage.

Vanessa stemmte die feingliedrigen Hände in die Hüften. »Bob, das Messer, ich mein's ernst.«

Bob warf das Messer auf den Tresen, als sei es plötzlich siedend heiß, hielt aber weiter die Limette fest, quetschte sie wie einen Baseball.

»Was zum Teufel machst du hier, Vanessa? Wo ist Penny?«

Vanessa trug einen weißen Hosenanzug und ihr dickes schwarzes Haar in einem langen, wirren Knäuel, das ihr bis zum Gesäß reichte. Sie zog sich die Mähne über eine Schulter vor die Brust und nahm auf der Bettkante Platz. Mit beiden Händen strich sie die lilafarbene Decke glatt und lehnte sich zurück. Sie antwortete, ohne aufzublicken. »Penny? Du meinst das junge Ding, mit dem du heute Abend Ehebruch begehen wolltest? Sie musste gehen. Tut mir leid, Bob. Ich bin mir sicher, das ist ne echte Überraschung.«

Bob sah zu, wie die Frau die Beine übereinanderschlug. Sah zu, wie sie sich, auf die Hände gestützt, noch weiter zurücklehnte und es sich bequem machte. Auf dem Bett, für das er bezahlt hatte. Bob umklammerte die Limette noch fester und zeigte damit auf seinen ungebetenen Gast.

»Was zum Teufel geht hier vor, Vanessa? Warum bist du hier, und was zum Henker hast du mit Penny angestellt?«

Vanessa schaute beleidigt drein. »Angestellt? Wir haben überhaupt nichts *angestellt* mit dem Mädchen. Sie ist gegangen. Was soll ich sagen?«

»Wir?«, sagte Bob und fühlte sich plötzlich ziemlich wackelig. Er gab die letzte Hoffnung auf die hübsche junge Kellnerin auf.

»Aber natürlich *wir*, Bob. Du glaubst doch wohl nicht, ich würde mitten in der Nacht zu einem fremden Mann aufs Hotelzimmer gehen ohne jemanden, der dafür sorgt, dass meine Interessen gewahrt bleiben?«

Bob, noch immer die Limette umklammernd, sah sich nervös in dem leeren Zimmer um, bis sein Blick bei der Badezimmertür verharrte.

Vanessa drehte sich um, um ihrerseits zur Tür zu schauen, wandte sich dann wieder Bob zu. »Es ist außer uns niemand im Raum, Bob. Ich habe meinen Geschäftspartnern versichert, du seiest ein vernünftiger Mensch und wir kämen allein zurecht. Ich hab sie gebeten, draußen zu bleiben.«

Bob entspannte sich ein wenig und legte schließlich die Limette neben das Messer. »Hör zu, Vanessa. Ich bin mir nicht ganz sicher, was du von mir willst, aber du kannst nicht einfach hier reinplatzen und so tun, als wären wir alte Freunde. Ich kenne dich kaum.«

Vanessa erhob sich, glättete ihre Hosenbeine auf der Rückseite und setzte sich dann auf einen Stuhl neben dem Beistelltisch an der Wand. Erst jetzt bemerkte Bob den Stapel von Papieren neben der Liste der Fernsehprogramme des Knight's Inn.

»Als wir das letzte Mal miteinander sprachen, hatte ich den Eindruck, du wüsstest haargenau, was ich von dir will, und warst auch bereit, die angemessenen Maßnahmen zu ergreifen, um mich noch besser kennenzulernen.«

»Nun, werte Dame, der Eindruck ist falsch. Du hast mich gebeten, im Frachtcomputer Dokumente zu fälschen. Ich sagte, ich würde schauen, was ich tun kann. Ich hab mir die Sache angesehen, und das Risiko war es schlicht nicht wert. Tut mir leid, Süße, aber ich kann dir nicht helfen.«

»Nichts da, Süße«, parierte Vanessa die Vertraulichkeit angewidert, »wir hatten eine Vereinbarung.«

»Auch da irrst du dich. Es gab nie eine Vereinbarung. Ich hatte eine kleine Sache am Laufen, von der nur ein paar Leute wussten, und richtig glücklich war ich damit von Anfang an nicht. Mich würde noch immer interessieren, wie du überhaupt davon erfahren hast. Das Leck muss ich stopfen.«

»Spielt keine Rolle«, sagte Vanessa beiläufig und untersuchte die Spitzen ihrer topgepflegten French Nails.

»Und ob das verdammt noch mal eine Rolle spielt. Aber wie auch immer, es ist eine Sache, ein paar Containernummern zu vertauschen, aber was du da vorhast, ist eine ganz andere Kiste. Gibt zu viele Kontrollen. Ist mir zu heiß, deswegen kann ich dir, wie schon gesagt, nicht helfen.«

»Ja, Bob, hast du schon gesagt. Ich glaub bloß, dass du nicht begreifst, in welch einzigartiger Position du da bist. Ich glaube noch immer, dass du mir eine große Hilfe sein könntest.«

»Gott noch mal, Mädchen, bist du taub? Ich kenn dich nicht, und ich schulde dir einen Scheißdreck.« Bob deutete auf die Papiere auf dem Tisch. »Deshalb schlage ich vor, du beherzigst, was ich dir sage, nimmst das da mit, was immer es ist, und verziehst dich.« Bob verschränkte die Arme, lehnte sich gegen den Resopaltresen und musterte Vanessa eingehend von Kopf bis Fuß. Bis jetzt hatten sie meistens per Telefon kommuniziert. Sie war eine wunderschöne Frau. Ihre Augen waren riesig und eisblau. Zu den Rändern hin hatten sie etwas Trauriges und glühten mit stiller Intensität. Ihre Haut war derart blass, dass sie unter ihrem kostspieligen maßgeschneiderten Anzug perlmuttern schimmerte. Sie spielte in einer weit höheren Liga als Penny und war Lichtjahre entfernt von seiner Frau, aber irgendetwas in ihren Augen war einfach – unheimlich. Es lag eine Kälte in ihnen, die Bob nervös machte.

Sie musste sich dieses Effekts sehr bewusst sein, ihr Blick brannte sich mit der Hitze einer Lötlampe geradewegs in ihn hinein. Sie entwirrte ihre übereinandergeschlagenen Beine wieder und spreizte sie nur wenige Zentimeter auseinander. Dann beugte sie sich auf ihrem ungemütlichen Holzstuhl nach vorn, sich auch dieses Effekts sehr bewusst. Es war eine eingespielte Bewegung, die die Knöpfe ihrer Bluse unter Spannung setzte und gleichzeitig dafür sorgte, dass sich ihr Dekolleté nach vorne schob. Bobs Blick landete genau da, wo sie ihn haben wollte. Sie lächelte. Einen Mann bloß mittels der eigenen Körperhaltung herumzukommandieren, gab ihr ein Gefühl von Macht.

Bob sprach, als lese er aus einem Drehbuch, das Vanessa selbst verfasst hatte. »Hör zu, warum vergessen wir nicht den ganzen Schwachsinn mit den Docks und treffen eine ganz andere Vereinbarung, du und ich. Ich meine, das Zimmer ist bezahlt und alles.«

Vanessa täuschte Schamhaftigkeit vor und gab vor, peinlich berührt zu sein. »Also, Bob, seh ich denn aus wie eines dieser Mädchen, die mit ihrem Höschen in der Handtasche nach Hause gehen?«

»Ich würde fast darauf wetten, du gehörst sogar zu denen, die gar kein Höschen tragen.«

»Du bist ein selbstsicherer Mann, Bob.«

»Das muss ich in meiner Position auch sein.«

Vanessa stand auf und schaltete vom Modus erotische Frau direkt wieder auf Geschäftston um. Ihre Stimme klang kalt und präzise.

»Dann zeig dich mal selbstsicher hinsichtlich deiner Möglichkeiten im Frachthafen von Tampa und nimm das Angebot an, wegen dem ich hier bin. Wenn du das tust, kannst du dir ebenso sicher sein, dass die arme, kranke Mrs. Kane nichts von diesem Schäferstündchen mit einer Frau erfährt, die halb so alt ist wie du.«

Bobs flirtendes Gehabe löste sich ebenfalls in Luft auf, und seine Stimme wurde laut. »Du bist also hier, um mich zu erpressen? Wow, was bist du nur für eine dämliche Schlampe?«

Vanessas Augen verengten sich leicht, aber nicht genug, als dass Bob es bemerkt hätte.

Sein Gesicht war rot angelaufen, und er brüllte. »Du glaubst, du könntest mich zwingen, etwas zu tun, wofür ich im Bundesgefängnis landen könnte, indem du mir drohst, meiner Frau zu erzählen, ich würde nebenbei eine kleine Nutte ficken?« Er lachte. »Nur zu, Süße. Erzähl ihr, was du willst. Du würdest mir einen Gefallen tun. Wenn du fertig bist, muss ich mich vielleicht mit keiner von euch Schlampen mehr rumschlagen.«

Vanessa verzog keine Miene. »Hör zu, Bob, ich bin nicht hier, um dich zu erpressen oder um dich dazu zu bringen, irgendwelche Gesetze zu brechen. Ich seh schon, das Schiff ist abgefahren – verzeih mir das Wortspiel. Ich habe bloß gedacht, ich mach mir noch mal die Mühe, da wir mal ... so gute Freunde waren und so weiter.« Sie warf sich das Haar über die Schulter. »Ich werde dich auf keinen Fall drängen.«

»Fantastisch, also verschwinde.«

»Natürlich, aber bevor ich gehe, müsstest du mir die hier noch unterschreiben.« Sie legte eine bleiche Hand auf die Unterlagen auf dem Tisch. »Ich hab die betreffenden Seiten für dich markiert – damit es schnell geht. Dann bist mich in null Komma nichts los.«

»Und was glaubst du, soll ich dir da unterschreiben?«

»Deine Kündigung.« Die kalte Intensität kehrte in Vanessas Augen zurück. »Und eine Empfehlung für deinen Stellvertreter.«

Bob starrte sie ausdruckslos an und brach dann in Gelächter aus. »Meine Kündigung?« Er beugte sich über den Tisch und durchblätterte den Papierstapel, verstreute die Seiten. Er lachte erneut, und sein Bauch wackelte. Vanessa stimmte in das Gelächter mit ein. »Du glaubst, ich spazier einfach so von dannen und übertrage diesem Vollpfosten, Pooler, die Verantwortung, nur weil du das sagst?«

»Ja, Bob. Ja, das tue ich.«

Bobs Lachen erstarb, während er weiterlas. Vanessas ebenfalls. Sie trat vom Tisch zurück, aber ihr Lächeln blieb.

»Du bist vollkommen durchgeknallt, wenn du glaubst, ich würde diesen Scheißdreck hier unterschreiben. Niemals werde ich das tun.«

Vanessa entfernte sich noch ein Stück, lächelte aber weiterhin. »Lies einfach weiter, Bob. Schau dir die letzte Seite an. Ich verspreche dir, die dürfte dich ziemlich interessieren.«

Bon senkte wieder den Blick und blätterte zur letzten Seite vor. Es war ein Abschiedsbrief an seine Frau. Perfekt formuliert. So gut ausgedacht, dass er verwirrt darüber nachdachte, wann er ihn womöglich selbst verfasst haben könnte. Er schrieb darin, er würde Florida verlassen, sie verlassen, für eine andere Frau. Er war so ehrlich, dass es wehtat, als er auf den Krebs zu sprechen kam und wie sehr er ihn fertigmachte. Er sagte noch eine ganze Menge mehr. Dinge, die er immer schon hatte sagen wollen. Dinge, die er gesagt hatte – zu Penny. Bobs Augen wurden schwarz, und er schleuderte die Unterlagen quer durch den Raum.

»Niemand wir diesen Scheiß glauben.«

»Doch, das werden sie. Sobald sie mit Penny sprechen und sie die Geschichte bestätigt.«

»Du verrückte Schlampe. Weißt du, wer ich bin? Ich kenne Leute. Einflussreiche Leute. Du glaubst, du hättest Macht über mich, weil du mich mit irgendeiner rothaarigen Nutte in einem Motelzimmer erwischt hast? Oder weil ich einem Spitzel an den Docks auf den Leim gegangen bin, der meine Operation ausgeplappert hat? Nun, stell dir vor, einen Scheißdreck hast du gegen mich in der Hand. Du kennst mich nicht. Ich habe 2012 die Streiks überlebt. Ich hab's mit dem verdammten Präsidenten aufgenommen, und ich bin derjenige, der noch am Leben ist – ich, Bob Kane. Ich hab die Gewerkschaft hinter mir. Ich habe großen Einfluss, und du hast nicht den leisesten Schimmer, mit wem du dich hier anlegst.«

Vanessa blieb von dem Ausbruch des Vorarbeiters unbeeindruckt. »Ich weiß genau, mit wem ich es zu tun habe,

Bob.« Ihr Lächeln verschwand. »Mit nichts weiter als einem weiteren weichlichen, schwächlichen Schwein mit großem Mundwerk – das damit höchstwahrscheinlich seinen zu klein geratenen Aktivposten kompensieren muss.«

»Du Miststück.« Er stürzte auf Vanessa los.

Sie wich zur Seite aus, so dass sie nun durch das Bett getrennt waren, während gleichzeitig die Badezimmertür aufflog. Bob hatte kaum Zeit, auf das Knallen zu reagieren, bevor eine dünne Gestalt in einem schwarzen Kapuzenpullover heraustrat und eine Pistole mit langem Schalldämpfer auf ihn richtete. Der Mann gab einen einzelnen, erstickt klingenden Schuss ab, und die Kugel drang knapp oberhalb von Bobs linkem Ohr in den Schädel ein. Es gab keine Austrittswunde, keinen Impuls durch die Druckwelle und kein Blut, während die Kugel in Bobs Schädel rotierte. Der frühere Vorarbeiter stand einfach da und starrte in Vanessas glühend blaue Augen. Er sah überrascht aus, war sich der Tatsache allerdings keinesfalls bewusst, dass er gerade gestorben war. Vanessa beobachtete ihn mit Faszination, die jedoch rasch Enttäuschung wich, als Bobs Körper am Fußende des Bettes zu Boden sackte.

Der dünne Mann mit der handlichen Pistole Kaliber .22 schraubte den Schalldämpfer ab und verstaute die beiden Teile in den Taschen seines Kapuzenpullovers.

»Ich versteh nicht, was du an diesen Psycho-Spielchen findest, Vanessa. Du wusstest, er würde das hier nicht unterschreiben.« Der schmächtige Mann beugte sich hinab und begann, die Papiere aufzusammeln, die quer über den Teppich verstreut lagen.

»Ich will den Menschen die Möglichkeit einräumen zu zeigen, dass ich vielleicht doch falschliege.«

»Sie werden dich jedes Mal enttäuschen.«

»Du bisher noch nicht, Chon.«

»Das Schlüsselwort hier ist *bisher*, Vanessa.«

»Du bist ein solcher Pessimist, Chon.«

»Nein, ich bin Realist, und Fakt ist, dass wir mit dem hier gerade eine Menge Zeit verschwendet haben. Ich sammele das jetzt noch zusammen und werd dann den Rest des Zimmers verwüsten, damit es nach einem größeren Kampf aussieht. Du solltest gehen. Geh nach Hause und lass mich den Rest erledigen, wie ich es von Anfang an vorhatte.«

»Verdammt noch mal!« Vanessa sagte es laut genug, dass der schmächtige Mann zusammenfuhr und nach der Waffe in seiner Tasche tastete. Chon schaute sich im Zimmer um, bemerkte aber nichts. Als er wieder Vanessa ansah, seufzte er auf. Sie war mit einem winzigen Blutstropfen beschäftigt, kaum größer als ein Marienkäfer, der auf ihrer Hüfte gelandet war.

»Das geht nie wieder raus. Scheiße. ich hab nicht ohne Grund gesagt, keine Waffen und kein Blut.«

»Und der Grund war deine Kleidung?«

Vanessa starrte ihn an, und Chon schüttelte bloß den Kopf. Sie sah sich im Zimmer um, und ihr Blick fiel auf die geöffnete Flasche Sodawasser auf der Anrichte. »Glück muss man haben.« Sie schnappte sich die Flasche und humpelte damit Richtung Badezimmer, als sei sie getroffen worden, bedacht darauf, dass das rote Kügelchen nicht platzte und einsickerte.

»Vanessa, wir sollten uns konzentrieren.«

»Gib mir mal eine Sekunde.«

»Vanessa, bei allem Respekt, ich …«

Sie drehte sich im Türrahmen um und sah ihn an. »Das

reicht jetzt, Chon. Ich werde nicht tolerieren, dass sich noch jemand aufführt, als sei er mein Boss. Du arbeitest für mich, also ruf deine Biker-Freunde an und stell sicher, dass sie sich um ihren Teil des Geschäfts kümmern, und zerbrich dir nicht den Kopf darüber, wie ich meinen Teil handhabe.«

»Die Jackals sind Perfektionisten, Vanessa. Dafür kann ich mich verbürgen.«

»Ist auch besser für sie.«

»Ich hab bisher noch nicht erlebt, dass Bracken und seinen Leuten ein Fehler unterlaufen wäre.«

»Das Schlüsselwort hier ist *bisher*, Chon.«

Chon kaute an der Lippe, sagte aber nichts.

»Gut«, sagte Vanessa. »Mach den Anruf und hinterlass den Raum so, wie du es für angebracht hältst. Ich werd jetzt in dieses eklige Motel-Badezimmer gehen und mich um den Fleck kümmern, bevor ich ausraste. Sind wir uns einig?«

Glücklich war Chon damit nicht, aber es gab keine Diskussion. Er nickte. »Sicher, Vanessa. Wäre das dann alles?«

»Nein«, sagte sie, bloß um sich streitlustig zu geben.

»Was denn noch?«

Vanessa hatte nichts weiter. »Ich liebe diese Hose, verdammte Scheiße.« Sie knallte hinter sich die Badezimmertür zu, die Chon leicht verblüfft anstarrte. Nach ein paar Sekunden zog er ein Paar Latexhandschuhe hervor und machte sich an die Arbeit.

Vanessa setzte sich auf den Toilettendeckel, goss Sodawasser auf ein weiteres Handtuch und tupfte damit den Blutfleck ab. »Diese Hose kostet sechshundert Dollar. Fuck. Mir egal, wie viel man gerade hat, sechshundert Dollar sind auf jeden Fall zu viel Geld, um sie einfach in die Tonne zu werfen. Würdest du mir da zustimmen?«

Das zierliche, rothaarige Mädchen, das halbnackt und mit verquollenen Augen in der Badewanne saß, sagte kein Wort.

»Na klar ist es das«, antwortete Vanessa für sie. Sie befeuchtete den Fleck erneut mit dem Handtuch. »Das Geheimnis ist, bloß zu tupfen, nicht zu reiben, aber Blut ist wirklich das Schlimmste. Genauso gut hätte ich einfach sechshundert Dollar in Brand stecken können.« Sie tat ihr Bestes, den Fleck zu entfernen, und warf dann das Handtuch schnaufend ins Waschbecken. »Arschloch«, sagte sie und zeigte der Badezimmertür den Mittelfinger. Das Mädchen in der Wanne sagte noch immer nichts. Sie versuchte, reglos dazusitzen, indem sie die Knie fest an die Brust drückte, aber sie trug nichts außer einem billigen Babydoll-Body und Höschen, und sie fror erbärmlich. Die Angst in ihren Adern und die kalte Emaille an ihrer Haut machten es unmöglich, das Zittern zu kontrollieren. Ihr Magen krampfte sich zusammen.

Vanessa stützte die Ellbogen auf die Knie und ließ das dunkele Haar über die Augen fallen. Das Klappern der Zähne des Mädchens erfüllte den winzigen Raum und brachte Vanessa schließlich in die Realität zurück. Sie schob sich das Haar hinters Ohr und wandte sich dem Mädchen zu.

»Penny, richtig? Ist das eine Abkürzung für Penelope?«

Das Mädchen nickte.

»Sprich mit mir, Penny.«

»Ja.« Ihre Stimme klang zaghaft und weich. »Es ist der Name meiner Großmutter.«

»Nun, ein viel besserer Name jedenfalls als Penny – zumindest, wenn du als Nutte arbeiten willst.« Vanessa schaute nachdenklich drein. »Wahrscheinlich ist Penny tatsächlich der schlechteste Name für ein Mädchen, das für Geld fickt.«

Diesmal sprach Penny etwas lauter. »Ich bin keine Nutte, Ma'am …«

Vanessa legte einen Finger auf ihre Brombeerlippen und schüttelte den Kopf. »Ist gut, Schätzchen, ich versteh schon. Jungs deines Alters bezahlen nicht dafür, und verheiratete Männer fragen nie, wie viel. Jedes Mädchen deines Alter mit einem ansehnlichen Paar Titten und halbwegs bei Verstand begreift das, und glaub mir, jede von uns zieht es irgendwann in Betracht, sich einfach auf die Art durchzumogeln.« Vanessa richtete sich auf und drückte mit den Oberarmen ihre Brüste zusammen. Sie sah auf ihren Ausschnitt hinab, als sei er ihr eher eine Last als ein Geschenk, und beugte sich dann wieder vor, die Arme abermals auf die Knie gestützt. »Aber nicht alle wählen diesen Weg. Die schlaue Variante ist, sie nach deinen Regeln spielen zu lassen. Den Jungs zu zeigen, dass man auch ohne sie auskommt. Sich selbst die Türen öffnet. Seine Getränke selbst zahlt. Die eigene Rechnung. Das verwirrt sie. Erschüttert ihre Einstellung und verlagert die Macht dahin, wo sie hingehört. Wenn du das tust«, sagte Vanessa und ließ einen Finger unter den dünnen schwarzen Träger von Pennys Body gleiten, »wirst du irgendwann Sechshundert-Dollar-Hosen tragen statt Billigunterwäsche von Target.« Sie ließ den Riemen los, und er traf mit einem heftigen Schnalzen auf die nackte Haut des Mädchens.

Penny zog ihre Beine noch dichter an sich heran und hatte das Gefühl, sich erbrechen zu müssen.

»Begreifst du irgendetwas von dem, was ich sage?« Vanessa beugte sich vor, um im Gesicht des Mädchens zu lesen, und seufzte vor Enttäuschung. »Nein – ich sehe, das tust du nicht. Das tun die meisten Nutten nicht, aber ich werde dir die Möglichkeit einräumen, zu zeigen, dass ich damit falschliege. Denn ich bin nicht vollkommen abgestumpft wie mein Kollege da draußen.« Sie sprach jetzt mit weicherer Stimme. »Sieh mal, willst du wirklich dein ganzes Leben zitternd in Badewannen sitzen, während Schweine wie Bob Kane dich erniedrigen? Ist das wirklich alles, was du erreichen willst?«

Das Mädchen schwieg.

»Antworte mir, Penny.«

»Nein, Ma'am.«

»Dann verstehe das hier als Chance, die Dinge zu ändern. Als mein Geschenk an dich.«

Das Mädchen schaute Vanessa an, aber nur kurz, bevor sie wieder in die Wanne hinabstarrte.

»Das wird als Nächstes passieren: Du wirst jetzt hier noch eine Weile sitzen, während mein Freund im anderen Zimmer die Bühne bereitet – für dich. In ungefähr einer Stunde wirst du das Motel-Telefon benutzen und die Polizei verständigen. Wir werden mithören, ich werde also wissen, wann und wen du anrufst. In der Geschichte, die du der Polizei erzählst, geht es im Kern darum, dass dieses Arschloch, das du aber deinen Freund nennen wirst – und der dich übrigens innerhalb von acht Minuten sowohl als *Nutte* als auch als *Schlampe* bezeichnet hat –, seine Frau verlassen, seinen Job an den Nagel hängen und mit dir in den Sonnenuntergang reiten wollte. Aber sofort, nachdem ihr eingecheckt habt, seid ihr zwei Turteltäubchen von drei oder vier ansonsten nicht weiter auffälligen Männern auf dem Parkplatz schikaniert worden. Bob hat seine Klappe so weit aufgerissen, dass es schließlich zu einer tätlichen Auseinandersetzung kam. Da seid ihr hier reingerannt und habt euch eingeschlossen, in Todesangst. Bevor du auch nur Piep sagen konntest, ist einer der ununterscheidbaren Gangster dir und Bob ins Zimmer gefolgt und hat ihn erschossen. Danach haben sie es mit der Angst zu tun gekriegt und sind weggerannt. Die Details überlasse ich dir. Du bist ein aufgewecktes Mädchen. Du wirst es den bescheuerten Cops hier in der Stadt schon verkaufen, da bin ich mir sicher.«

»Was, wenn sie mir nicht glauben?« Von Hoffnung beflügelt, klang Pennys Stimme jetzt selbstsicherer.

»Penny, ich hab meinem Freund da draußen gesagt, du kriegst das hin. Also, tust du das? Kriegst du es hin, oder soll ich rausgehen und ihm sagen, ich hätte mich geirrt?«

»Ja, Ma'am.« Penny weinte jetzt, aber das Zittern hatte aufgehört.

»Braves Mädchen, denn ich hasse es, mich zu irren. Also. Nachdem sie dich haben gehen lassen, wirst du mit dem Fallout klarkommen müssen, der dann folgen wird, aber da kommst du durch. Wenn sich der Staub einmal gelegt hat, ist der Rest babyleicht. Was du dann tust, liegt ganz bei dir.« Vanessa kam wieder nah heran. »Aber ich rate dir, deinen Abschluss in Englisch an der Appalachian University zu beenden, den du in North Carolina geschmissen hast, und deine Großmutter stolz zu machen. Sie ist übrigens echt süß. Ich liebe diesen kleinen Hund, den sie hat. Alte Frauen und ihre Hündchen, was?«

Alle Farbe wich aus Pennys Gesicht, und sie hatte Schmerzen beim Atmen.

»Verstehen wir uns?«

Penny nickte – heftig – mit fest geschlossenen Augen.

»Mach die Augen auf und vergiss den Mund nicht.«

»Ja, Ma'am, ich habe verstanden.«

»Gut, denn wenn du das hier versaust …« Vanessa packte Penny am Kinn und riss es heftig herum, so dass sich ihre Blicke trafen. »Ich glaube nicht an dritte Chancen oder unverdiente Gnade. Ich weiß, wo du wohnst, Pen. Ich weiß auch, wo deine Eltern, Ron und Sabrina, wohnen. Ich weiß, wo die Behindertenschule deines kleinen Bruders ist und wie einfach man da mal zu Besuch hingehen kann. Es wäre eine Schande, irgendjemanden von ihnen leiden zu lassen, nur weil du nicht in der Lage bist, einen guten Ratschlag anzunehmen.«

»Ich verstehe, Ma'am. Ich schwöre. Ich krieg das hin.«

»Das ist schön.« Vanessa ließ Pennys Gesicht los, stand auf und warf den Stapel fein säuberlich gefalteter Kleider, der auf dem Waschtisch lag, dem Mädchen in den Schoß. »Jetzt zieh dich an und fang an zu üben, was du der Polizei erzählen wirst. Und denk daran …«

Ein Telefon klingelte.

»Entschuldige mich eine Sekunde.«

Penny presste sich die Kleider fest an die Brust, während Vanessa ein Mobiltelefon aus der Gesäßtasche fischte und auf das Display schaute. Sie sah elend aus. »Das glaub ich jetzt nicht.« Sie tippte auf das Telefon und hielt es sich ans Ohr. »Was in Gottes Namen willst du, Coot?«

»Hey, Bessie May. Lange nichts gehört.«

»Auf den Namen höre ich nicht mehr, Coot. Schon seit über sechs Jahren nicht, und das weißt du. Also noch mal: Was willst du?«

»Du musst nach Hause kommen.«

»Ich bin zu Hause.«

»Nein, Schwesterchen. Du musst zu deinem richtigen Zuhause zurückkommen.«

»Und warum zum Teufel sollte ich das jemals tun wollen?«

»Weil JoJo tot ist, darum. Man hat ihn ertränkt. Unter Wasser gehalten wie eine streunende Katze.«

Vanessa schwieg. Sie hielt das Telefon locker in der Hand und wartete auf den Rest.

»Bessie May. Bist du noch dran?«

»Ich hab dir gesagt, das ist nicht mehr mein Name.« Vanessas gedehnte Sprechweise aus dem nördlichen Georgia kam ihr so einfach über die Lippen, dass sie die eigene Stimme beinahe selbst nicht wiedererkannte.

»Nun denn, egal, spielt keine Rolle, wie du zum Teufel dich da unten auch nennen magst. Du musst nach Hause kommen und das ist nicht als freundliche Bitte gemeint. Die Sache ist, der Junge und seine strunzdummen Freunde sind irgendwie auf die hirnverbrannte Idee gekommen, ein paar große Fische in Nord-Georgia auszunehmen.«

Jetzt war es Vanessa, der es den Atem verschlug, und sie umklammerte das Telefon so fest, dass es beinahe zerbrach.

»Dieselben Vögel aus Nord-Georgia, über die du vor ein paar Monaten mit Mama gesprochen hast. Wenn das mal nicht scheißinteressant ist, oder? Du weißt selbst, dass der Junge dümmer ist als ein Schaf, geschweige denn den Mumm hat, ein paar schwere Jungs plattzumachen, weshalb ich mal annehme, er ging von einem todsicheren Ding aus. Hörst du noch zu, Bessie May?«

»Ich hör zu, Coot.«

»Ich frag mich, wie er wohl auf die Idee gekommen ist?«

»Was genau willst du mir sagen, Coot?«

»Hab's bereits gesagt. Beweg deinen Arsch nach Hause. Und zwar pronto.«

»Wie ist es passiert?«

»Die Einzelheiten erzähl ich dir, wenn du hier bist.«

»In Ordnung. Gib mir ein paar Tage.«

»Die Beerdigung ist …«

Vanessa beendete das Gespräch. Sie stand schweigend da und legte das Telefon auf den Waschtisch. Sie sah zur Decke hoch und verfolgte, wie das grüne Lämpchen des Rauchmelders mindestens zwanzigmal blinkte, bevor sie langanhaltend und genervt ausatmete und sich wieder Penny zuwandte.

»Ich nehme mal an, Zigaretten hast du keine, oder?«

6

Der Familiensitz

Achtundvierzig Stunden qualvoll stiller und eintöniger Büroarbeit hingen in der Luft der Dienststelle des McFalls County Sheriffs, als Claytons zweites Mobiltelefon, das für inoffizielle Aktivitäten reserviert war, endlich klingelte. Mike gab durch, dass seine Verbindungsmänner in Florida nun die Staatsgrenze überquert hätten und Richtung Norden unterwegs seien. Clayton verbrachte den Rest des Tages damit, aus dem Fenster zu starren und seine Waffe mit Spucke auf Hochglanz zu polieren. Als es Zeit wurde, lud er den Großteil seiner Aktenordner und sonstiger Unterlagen auf dem Tisch seines einzigen Deputys, Darby Ellis, ab. Er zögerte kurz und warf einen Blick auf das Bürotelefon auf seinem Tisch. Er sollte Kate anrufen. Er streckte die Hand nach dem Hörer aus, griff stattdessen aber nach seinem Colt. Er ließ ihn ins Holster gleiten, schnappte sich Hut und Jacke vom Haken neben der Tür und verließ ohne ein Wort das Büro.

Cricket, die Empfangsdame der Dienststelle und die einzige Leitstellendisponentin des Countys, schaute von ihrem Schreibtisch aus zu, wie die Tür hinter ihm ins Schloss fiel. Dann wandte sie sich zu Deputy Ellis um und flüsterte, so als wären nicht bloß sie beide im Raum: »Meinst du, wir werden ihn irgendwann einmal zurückbekommen? Du weißt schon, so wie er mal war?«

»Keine Ahnung«, sagte Darby. »Ich habe wirklich keine Ahnung.«

Der muskulöse junge Deputy ließ sich auf einen Bürostuhl neben Cricket fallen. »Es scheint einfach immer nur noch schlimmer zu werden mit ihm. Hast du das gerochen, als er reinkam? Er trinkt jetzt wieder morgens.«

Cricket schob die Brille hoch. »Gestern waren seine Hosen und Stiefel voller Schlamm – Schlamm vom Pond. Ich war den ganzen Morgen damit beschäftigt wegzuputzen, was er reingeschleppt hat, und er schien es nicht mal zu bemerken. Ich wünschte, ich wüsste, was wir tun könnten – sagen könnten.«

Darby legte seine Hand auf ihre. »Ich weiß. Das geht mir auch so, aber der einzige Mensch, der ihn vor dem schützen kann, was er da durchmacht, ist er selbst. Alles, was wir tun können, ist da zu sein.«

»Ich habe vor Kurzem mit Kate gesprochen. Ich war rausgefahren, um mir das Baby anzuschauen. Sie meinte, er sei nie da, und ich hatte nicht den Mut, ihr zu sagen, dass er auch nie hier ist. Wo ist er bloß die ganze Zeit?«

»Am Burnt Hickory, nehme ich an.«

Cricket zog die Hand weg und setzte sich in ihrem Stuhl auf. »Vielleicht solltest du ihm hinterherfahren, Darby. Ich meine, vielleicht dringst du ja zu ihm durch.«

Darby stupste sich den Hut etwas weiter die Stirn hoch. »Es gab da eine Zeit, Cricket, da wäre ich mit dem Mann durch die Hölle gegangen. Du weißt, das ist die Wahrheit. Hab ich ja auch getan. Aber wohin auch immer er jetzt unterwegs ist, es ist kein Ort, wo du mich gern sehen würdest. Das kann ich dir versprechen.«

Cricket machte sich nicht die Mühe, ihre Geringschätzung für diese Antwort zu verbergen, und begann wieder an dem Bericht herumzutippen, an dem sie gearbeitet hatte.

Darby saß da, sah ihr einen Augenblick lang zu und stand dann mit einem Seufzen auf. Er ging zur Tür und griff nach seiner Jacke. »Ich besorg mir vernünftigen Kaffee. Willst du auch welchen?«

»Nein.« Cricket sah nicht einmal vom Computerbildschirm auf.

»Nun, dann bis später, nehme ich an.«

Cricket antwortete nicht. Darby schüttelte den Kopf und zog die Jacke an. »Alles klar, wie auch immer.«

Clayton stieg in den Bronco, lenkte den Wagen auf die Main Street und fuhr Richtung Norden bis hinauf zum Gipfel des Bull Mountain. Während der dreiviertelstündigen Fahrt rauchte er Kette und warf die Kippen aus dem Fenster auf den Asphalt und dann, als der Asphalt aufhörte, auf den Schotter jener Straße, die zum Haus seines Vaters führte, oder dem Familiensitz, wie es nun genannt wurde. Seine letzte Fahrt hier hinauf war ziemlich übel ausgegangen, als sein Bruder mittels seiner Fäuste noch einmal bekräftigt hatte, wie wenig willkommen Clayton hier war. Diesmal nun hatte man ihn eingeladen.

Der König war tot. Lang lebe der König.

Clayton hatte sich gerade eine weitere Zigarette zwischen die Lippen gesteckt, als sich das Funkgerät mit einem rauschenden Bäuerchen meldete, gefolgt vom sanften Klang von Crickets Stimme. »Sheriff? Bitte melden.«

Clayton zündete sich die Zigarette an und wartete, bis Cricket ihn ein weiteres Mal rief, bevor er nach dem Mikrofon griff. »Was gibt's, Cricket?«

Rauschen.

»Es hat jemand wegen eines widerwärtigen Gestanks

angerufen, der aus einem Trailer an der White Bluff Road kommt. Hausnummer 1128.«

»Ein widerwärtiger Gestank?«

»Ja, Sir. Die Anruferin meinte, es rieche nach Ammoniak und – ihre Worte – Katzenpisse.«

»Wer hat angerufen?«

»Reba Braun, Sir. Sie meinte, der Geruch sei sogar auf der Straße so schlimm, dass einem die Augen tränen würden.«

Rauschen.

Herrgott noch mal. Clayton rieb sich mit dem Mikrofon die Stirn, um die Kopfschmerzen zurückzudrängen. Nachdem ihn Cricket ein weiteres Mal angefunkt hatte, warf er die Kippe weg und drückte den Knopf am Mikrofon. »Gib Darby den Einsatz.«

Rauschen.

»Sir, White Bluff 1128 ist das Haus der Coles.«

»Das weiß ich, Cricket. Was willst du mir damit sagen?« Er wusste, was sie sagen wollte.

»Ich will mich nicht mit Ihnen streiten, Sheriff, aber wenn Sonny Cole zu Hause ist, meinen Sie, Darby kommt schon mit so was klar?«

»Er ist ein McFalls County Deputy, oder nicht?«

»Sicher, Sir. Bloß …«

Clayton sah den Familiensitz vor sich auftauchen. »Cricket, ich bezahle den Jungen nicht dafür, dass er jeden Tag sein Krafttraining macht, im Büro herumsitzt und mit dir flirtet. Der Junge muss sich seinen Lebensunterhalt verdienen. Und jetzt gib ihm den Einsatz.«

Rauschen.

»Ja, Sir.«

Clayton hörte noch, wie Cricket Darby anfunkte, bevor

er die Hand ausstreckte und das Gerät ausschaltete. Der Wald entlang der Schotterpiste war einer Lichtung gewichen. Ein spindeldürrer Junge in einem roten Flanellhemd und mit einem fusseligen Kinnbart, wie er sich bildet, bevor man sich einen wirklichen Bart stehen lassen kann, erhob sich von seinem Stuhl am Haupttor und sprach in sein Walkie-Talkie. Der Junge ließ sein automatisches Gewehr an einem Lederriemen lose über die Schulter hängen, während sich das knapp drei Meter hohe Aluminiumtor leiernd öffnete. Clayton nickte dem Jungen zu, während er darauf wartete, sein staatseigenes Fahrzeug durch den gewaltigen Maschendrahtzaun steuern zu können, der das Epizentrum aller kriminellen Aktivitäten im Norden Georgias – sein Elternhaus – umgab. Der Zaun war erst vor Kurzem errichtet worden. Als Clayton das letzte Mal den Berg so weit hinaufgefahren war, war er noch nicht da gewesen. Der dürre junge Mann winkte ihn hinein und tippte sich an die Baseballkappe, als Clayton ihn im Schritttempo passierte und den Wagen dann auf dem Schotterparkplatz abstellte. Der Mann am Tor, der eigentlich noch ein halbes Kind war, rief ihm noch etwas zu, nachdem Clayton den Motor ausgestellt hatte: »Sie können direkt reingehen, Mr. Burroughs. Sie werden bereits erwartet.«

Es kam Clayton komisch vor, dass man es einem einzelnen Mann überließ – vielmehr einem Jungen –, ganz allein das Tor des Burroughs-Anwesens zu bewachen, weshalb er, während er zu bestimmen versuchte, wo er ihn schon einmal gesehen hatte, rufend zurückgab: »Wieso bist du hier draußen ganz allein?«

»Glauben Sie mir, Mr. Burroughs, ich bin nicht allein.« Er deutete auf die Sicherheitskameras, die auf jedem einzelnen der Zaunpfähle montiert waren. Sie überwachten das gesamte Areal. Das war ebenfalls neu. Clayton erinnerte sich, dass die Anzahl der Männer, die zu Halfords Lebzeiten den Ort bewacht hatten, in die Dutzende gegangen war – eine Armee von Schatten, stets bereit, jeden abzuballern, der anklopfte, wenn der Boss dazu den Befehl gab. Nun gab es ein dürres Kind mit einer Flinte und einen Haufen Kameras. Als Halford auf dem Berg das Zepter führte, hatte er die Dinge nach alter Väter Sitte geregelt, Mike aber hatte sich offenkundig dem Konzept des *High-Tech-Redneck* verschrieben und sich die moderne Technologie zu Nutzen gemacht. Entweder das, oder aber an den Geschichten, von denen Clayton in letzter Zeit Wind bekommen hatte, Halfords Crew sei immer mehr zusammengeschrumpft, war mehr Wahres dran, als er zunächst angenommen hatte.

Aber warum sollten sie auch nicht das Weite suchen? Was gab es denn hier oben noch für sie? Das Imperium war zerfallen.

Clayton hatte selbst dafür gesorgt, als er die Waffe gegen sein eigen Fleisch und Blut gerichtet hatte und den Anführer exekutiert hatte.

»Man nennt mich T-Ride!«

»Was?« Clayton sah sich nach den Jungen am Tor um. Der lächelte und hielt seine Kappe mit beiden Händen fest, und da setzte das Erkennen ein. Es war Mikes Neffe. Der Junge aus dem Pick-up bei dieser Scheißaktion am Burnt Hickory letztens.

»Ich weiß, wer du bist, Junge. Wie geht's deiner Mutter und dem Rest?«

Clayton war das eigentlich egal. Es war mehr eine automatische Reaktion, genau wie die des Jungen.

»Können nicht klagen, denk ich mal, und würd ja auch nichts bringen, wenn wir's täten.«

»Ist wohl so, ja.« Clayton sah hinauf zu den roten Blinklichtern der Kameras, während sich das Tor zwischen ihnen schloss. »Hör zu, Junge, mir ist es egal, wie viele Kameras Mike hier auf dich gerichtet hat, halt du auch selbst gut die Augen offen.«

»Jawohl, Sir.« T-Ride klopfte gegen das Gewehr, das ihm über der Schulter hing. »Das hier hält mir den Rücken frei.«

Clayton nickte und löste dann sein Abzeichen vom Hemd. Er warf es auf den Fahrersitz. Hier oben wusste jeder, wer er war, aber er sah keinen Sinn darin, auch noch Salz in die Wunde zu streuen. Er ging zu Beifahrerseite hinüber, griff durchs Fenster und nahm seinen Colt aus dem Handschuhfach. Er zuckte leicht zusammen, als er ihn in das an seinem schlimmen Bein befestigte Holster gleiten ließ. Leicht humpelnd lief er los, nicht stark genug allerdings, als dass der Junge am Tor es bemerkt hätte. »Pass gut auf hier draußen, Junge.«

»Mach ich, Mr. Burroughs.« Der Junge wartete, bis das Tor sich mit einem Klickgeräusch geschlossen hatte, bevor er unweit der Baumgrenze wieder seinen Posten einnahm. Er legte sich das Gewehr über die Knie und zuckte seinerseits etwas zusammen, als er daran dachte, wie der Mann in dem acht Zentimeter hohen Tümpelwasser unter Clayton Burroughs Stiefel ertrunken war. Clayton nahm davon keine Notiz mehr, genauso wenig wie davon, wie die Hände des Jungen zitterten. Tatsächlich hatte er ihn bereits in dem Moment vergessen, als er sich umdrehte und auf das Haus zusteuerte.

In den Niederungen war die Sonne bereits verschwunden, aber in diesen Höhen besaß der Himmel oberhalb der Kulisse der schier endlos sanft ansteigenden Blue Ridge Mountains noch eine orangerote Färbung. Das gelblich rote Abendlicht schläferte die Giganten nach und nach ein, beraubte sie ihrer Konturen. Die Kämme und Schluchten waren bereits verschwunden, nur noch die Goliath-Silhouetten ragten in der Ferne empor. Es war wunderschön – und vielsagend. Dieser Himmel würde bloß ein paar Minuten lang so bleiben. Er war das perfekte Beispiel dafür, wie flüchtig Schönheit hier oben sein konnte, bevor alles von tiefstem Schwarz verschluckt wurde.

Auf dem Schutt und Kies, die den Familiensitz umgaben, wo sich einst Rasenflächen erstreckt hatten, standen Pickups und Geländewagen, mattschwarz oder Haftgrund-grau, einige davon neu, andere alt – die meisten waren alt –, ein paar hielten nur noch aus Trotz zusammen oder weil die Eigner zu viel Freizeit hatten. Das war kein Vorgarten mehr. Es war ein Hillbilly-Fuhrpark. Halford hatte das Haus in eine Festung verwandelt. Der ganze Ort hatte die Anmutung eines Staatsgefängnisses in Miniaturform. Fensterläden aus Holz und handgeschnitzte Schaukelstühle waren Bewegungsmeldern, Kameras und Stacheldraht gewichen. Die Bluthunde, die auf der Veranda schliefen, waren verschwunden, nun gab es abgerichtete Pitbulls, die am Maschendrahtzaun festgemacht waren.

Dies war einmal ein Zuhause gewesen, jetzt war es ein Stützpunkt.

Clayton und seine Brüder waren hier aufgewachsen, aber nichts an dem Familiensitz glich noch dem Ort, an den er sich erinnerte. Das Haus selbst stand noch immer in der

Mitte, ein einfacher Bau mit Satteldach, gebaut hauptsächlich aus Gelbkiefer und Zeder. Zu beiden Seiten der Eingangstür gab es zwei Fenster. Bloß waren diese jetzt mit galvanisierten, an Scharnieren hängenden Stahlplatten bewehrt – pockennarbig von diversen Kugelhageln. Anbauten aus Betonwerksteinen waren zu beiden Seiten des Hauses zur zusätzlichen Sicherung und um weitere Männer unterbringen zu können, errichtet worden. Während er zwischen den Autos hindurchlief, sah er zum Dach hinauf. Riesige Flutlichtscheinwerfer waren installiert worden, wie man sie aus Football-Stadien von Highschools kannte, und nachdem er einmal am Zaun die roten Blinklichter der High-End-Überwachungskameras bemerkt hatte, sah er sie nun überall. Praktisch an jeder Ecke waren Kameras. Er hielt nach der Bank an der Feuergrube Ausschau, wo er zum ersten Mal versucht hatte, Kates Hand zu halten. Sie war verschwunden. Die Feuergrube ebenfalls. Das riesige Vogelhaus, das einmal auf einem hölzernen Pfahl an der Seite des Hauses gestanden hatte, war auch nicht mehr da. Der Pfahl stand noch, aber jetzt hingen bloß Fetzen von Gewebeklebeband und Nylonseilen an ihm herunter. Er konnte bloß raten, wozu er in den vergangenen Jahren genutzt worden war.

Clayton erinnerte sich, dass in seiner Kindheit zu dieser Tageszeit immer ein entfernter Geruch nach Blut und frischem Wildbret, Maismehl oder frischem Brot in der Luft gelegen hatte. Ungeachtet dessen, wofür sein Vater stand, hatte er sich doch immer die Zeit genommen, alle Jungs zusammenzurufen, wenn die ganze Familie abends zusammen aß. Auch das war vorbei. Jetzt roch die Luft nach Waffenöl und Diesel. Diese Anlage hatte sein Zuhause verschlungen, wie eine Mokassinschlange eine Feldmaus.

Er ging die Stufen zur Haustür hinauf und beobachtete, wie sich die darüber montierte Kamera in seine Richtung drehte und seinen Bewegungen folgte. Er starrte das rote Lämpchen an, war sich der Tatsache bewusst, dass die Farbe Rot eigentlich Halt bedeutete, eine weitere Warnung, die er ignorieren würde, genau wie Crickets Anfrage eine gewesen war, die er aber einfach an seinen unerfahrenen Deputy delegiert hatte. Das Schuldgefühl deswegen begann sich bemerkbar zu machen, als er das laute Klicken des Schlosses hörte. Ohne zu merken, dass er es überhaupt tat, fuhr er mit den Fingern seiner linken Hand über den Holzgriff seines Colts, während er gleichzeitig die Tür aufdrückte.

Er trat die Füße auf einem gelben Teppichfetzen, der gleich hinter der Tür lag und vor Dreck starrte, ab. Die Hartholzböden waren fleckig und an einigen Stellen verzogen, fühlten sich aber noch immer so stabil an wie die in seinem Elternhaus. Gareth baute Dinge für die Ewigkeit. Er schaute sich in der mit Zedernpaneelen verkleideten Diele nach einem bekannten Gesicht um. Das Licht, das von den noch original erhaltenen Lampen des Hauses ausging, erfüllte den Raum mit einem elektrisch-bernsteinfarbenen Schein, die Kiefernbalken sorgten dafür, dass verzerrte Schatten in alle Ecken des Clubhauses seines Bruders fielen. Clayton richtete sein Augenmerk auf Mike, der aufstand und seine Kappe abnahm, als er hereinkam. Mindestens ein Dutzend weiterer Männer, die Klamotten von der Farbe sonnengebleichten Strohs und getrockneten Schlamms trugen, verstummten, als der Gesetzeshüter in ihr Reich eindrang. Der Raum stank nach verschüttetem Whiskey, Zigarettenqualm und Männern, die seit Tagen ohne Seife oder Dusche ausgekommen waren. Er fragte sich, ob Halford es geduldet hätte, dass diese Leute, die er befehligte, das Haus ihres Vaters derart besudelten, oder hatte er selbst es dazu kommen lassen? Er spürte das Brennen der Blicke aller im Raum auf der Haut wie einen Ausschlag und war sich plötzlich der Schweißperlen bewusst, die sich unterhalb der roten Stoppeln auf seiner Oberlippe gebildet hatten. Er gehörte nicht mehr hierher. Er sehnte sich nach einem Drink. Von der Küche aus fixierten ihn weitere Augenpaare. Die gelbkornblumenblaue Tapete triggerte eine Erinnerung an eine Prügelei, die er und sein Bruder Buckley dort ausgetragen hatten, als er Kate zum ersten Mal mit nach Hause gebracht hatte, um sie der Familie vorzustellen. Clayton hatte seinen Bruder an dem Abend beinahe totgeschlagen wegen einer Bemerkung über sie, an die er sich nicht einmal mehr erinnerte. Woran er sich aber erinnerte war, dass sein Vater nichts unternahm, um sie zu stoppen, wie er lächelte und Kate bloß vorsichtig aus der Schusslinie nahm. Er erinnerte sich außerdem an den Ekel in Kates Blick an diesem Abend. Es war das letzte Mal gewesen, dass sie zum Essen gekommen war.

Mark Tuley war in der Küche, stand bei einem Mann, der mindestens dreimal so alt war wie er. Mark nahm seine Bierflasche von einem aus einer Sperrholzplatte und aufgestapelten Munitionskisten improvisierten Tisch und prostete Clayton damit zu, als dieser den Raum durchquerte. Clayton nickte zurück in der Hoffnung, selbst ein Bier ergattern zu können. Er führte eine imaginäre Flasche zu den Lippen, und Mark grinste, bevor er zum Kühlschrank ging. Je weiter Clayton sich in die Schlangengrube hineinbegab, umso mehr der anwesenden Männer erkannte er. Frank Wells, ein Feuerwehrmann mit einer für Clayton unüberschaubaren Kinderschar, saß neben den Rosier-Brüdern – Zwillingen, die beide Robert hießen, wobei einer von ihnen als Bobby firmierte. Welcher, wusste er nicht. Keiner tat das. Das kam in den Gebirgsausläufern hier alle Nase lang vor. Claytons Gedankenfaden riss abrupt mit einem durchdringenden Geräusch, als er ein weiteres Gesicht entdeckte, das er seit Jahren nicht gesehen hatte. Es war die riesige, deformierte Visage eines Mannes namens Nails McKenna, der ganz allein auf einem schmuddeligen Sofa in der dunkelsten Ecke des Raums saß. Clayton hatte ihn seit der Zeit vor seiner Hochzeit mit Kate nicht mehr leibhaftig gesehen. Sie waren einmal Freunde gewesen. Sie alle drei. Nails saß ganz allein da, nicht nur weil sein Aussehen den Leuten Angst machte, sondern wegen seines Rufs, ein eiskalter Killer zu sein. Er besaß die Fähigkeit, sogar den gänzlich Unerschrockenen Angst einzujagen, aber Clayton war froh, ihn zu sehen. Er kannte Nails noch aus der Zeit, als die Leute ihn nicht fürchteten und alle ihn Nelson nannten. Bevor Jahrzehnte der Verhöhnung wegen seiner leichten geistigen Beeinträchtigung oder seiner inzestuösen Familie aus ihm den beunruhigenden Einzelgänger gemacht hatten, der er war. Bevor die Menschen, die in diesem Raum saßen, ihm seine Kindheit gestohlen und ihn in einen knallharten Killer verwandelt hatten. Alle nannten ihn Nails aufgrund der Deformierung seiner linken Hand, wegen der seine Fingernägel den Klauen eines Tieres ähnelten. Clayton hatte das Gefühl, der Spitzname passe zu ihm, allerdings nicht wegen der Hand. Nails McKennas Geschichte war womöglich die traurigste Geschichte von Bull Mountain, aber er hatte das alles überlebt. Er war immer noch da. Clayton glaubte, dass jemand, um ein solches Leben durchzustehen, wohl aus

Stahl sein musste – eben wie ein Nagel. Er streckte Nails die rechte Hand entgegen, und der hünenhafte Mann erhob sich ein Stück weit, um sie zu schütteln.

»Schön, dich wiederzusehen, Nelson.« Clayton bedachte ihn mit einem flüchtigen Lächeln, das Nails allerdings in keinster Weise erwiderte. Die Fähigkeit zu Lächeln hatte er vor langer, langer Zeit verloren.

»Wie geht's Katelyn?«

»Ihr geht's gut, Nails. Nicht, dass ich's verdient hätte.«

»Und dem Kleinen?«

Clayton zuckte mit den Schultern. Er vermochte es nicht zu sagen.

Nails ließ Claytons Hand los, ächzte leise und ließ sich zurück auf das Sofa sinken. Er starrte in sein Bier, und Clayton ließ die Unterhaltung an der Stelle versanden.

Der Alte, der bei Mark stand, war Ernest Pruitt, und wo die beiden Männer so nebeneinanderstanden, war es einfach, die Verbindung zu erkennen. Ernest hatte zum inneren Kreis gehört, als Gareth Burroughs noch lebte. Daher gehörte Mark quasi zur Verwandtschaft. Jetzt begriff Clayton, warum sich Mike vor ein paar Tagen ihm gegenüber beinahe unterwürfig verhalten hatte. Ernest hob das graubärtige Kinn und tippte sich an den Hut. Clayton nickte ihm zu, fand es allerdings gleichzeitig ein wenig merkwürdig, dass der alte Hase ihm überhaupt Respekt zollte. Das hatte er noch nie getan. Keiner der Anwesenden hatte das getan, aber die Dinge hatten sich geändert, und das war im Raum deutlich zu spüren. Tatsächlich hatten die meisten der Männer entweder ihren Hut abgesetzt oder waren aufgestanden, als er hineingekommen war.

»Clayton«, sagte Mike und fasste sich an den Schirm seiner Kappe. Mark reichte ihm ein Bier, und Clayton griff danach, ohne sich zu bedanken.

»Bringen wir's hinter uns.«

»In Ordnung, folg mir einfach.« Mike führte Clayton durch das einstige Wohnzimmer, wo ein riesiger, protziger Fernseher das Herzstück des Raums gebildet hatte. Nun war es leer, bis auf die Munitionskisten, die an den Wänden aufgereiht standen, und einen massiven, gut bestückten Gewehrständer. Sie gingen durch eine dicke Eichentür, durch die es in einen Raum ging, zu dem Clayton nie Zugang gehabt hatte, als er noch hier lebte. Es war das Privatbüro seines Vaters gewesen – »die Kriegsratskammer« hatten seine Brüder es genannt. Als sie eintraten, erhoben sich drei Männer von ihren Stühlen an einem glattgeschliffenen, antiken Bauerntisch aus Eiche. Die in Leder und Jeans gekleideten Männer wirkten genauso fehl am Platz wie Clayton, jedoch um einiges entspannter. Sie standen da und warteten darauf, vorgestellt zu werden. Clayton schüttelte einem von ihnen, der Moe hieß, die Hand. Er war klein und gedrungen und trug das Haar zu einem Pferdeschwanz gebunden. Sein Händedruck fühlte sich schlaff und feucht an. Der zweite Mann, ein jüngerer mit Bürstenhaarschnitt und strahlendem Blick, nahm Claytons Hände in seine und stellte sich als Jay Martin vor. Er sah eher wie ein Versicherungsmakler im Biker-Kostüm aus als wie ein echter Biker. Beide trugen Lederwesten mit Aufnähern, die Auskunft über ihren Rang innerhalb des Motorradclubs der Jacksonville Jackals gaben. Sein ganzes Leben lang hatte Clayton diese Leute aus der Distanz beobachtet. Jetzt schüttelte er ihnen die Hände. Er wusste nicht, wie es ihm damit ging. Er sehnte sich nach einer Zigarette. Die Luft in dem kleinen Konferenzzimmer fühlte sich noch dünner an, so als wären sie irgendwie noch mal drei Kilometer höher befördert worden, während sie dort standen. Er hatte ein beklemmendes Gefühl in der Brust, das sich noch einmal verstärkte, als er des starren Blicks des dritten und letzten Mannes gewahr wurde, den zu treffen er hergekommen war. Der hier das Sagen hatte. Er war sicher dreißig Zentimeter größer als alle anderen im Raum, und seine Gesichtszüge sahen aus, als seien sie aus Granit herausgemeißelt. Nicht nur Augen und Lippen, sondern auch seinen Fingernägeln und sogar der Jeanskluft, die er trug, fehlte jegliche Farbe. Graue Stoppeln, die seinen Kopf umrahmten, gingen in einen graumelierten Bart über, und es war unmöglich, sein Alter zu bestimmen. Er konnte fünfzig sein, genauso aber fünfhundert. Sein Gesicht trug Falten, die ihm aber nichts Weiches gaben oder ihn zerbrechlich oder alt wirken ließen. Sie waren eher in ihn hineingefräst – so wie Wasser im Laufe der Zeit Fels erodiert, Furchen in Sandstein einkerbt. Clayton starrte die Hand des grauen Mannes zu lange an, bevor er sie schüttelte. Das ließ ihn schwach erscheinen, und noch im selben Augenblick wusste er, dass er einen Fehler gemacht hatte. Da war er sich sicher. Der Steinmensch hatte einfach durch ihn hindurchgestarrt, seit er den Raum betreten hatte, und gewusst, dass Clayton seinen Mut zusammennehmen musste, um dem starren Blick standzuhalten. Er würde in Clayton jenes verängstigte Kaninchen sehen, das sein Vater in ihm gesehen hatte, und das würde schließlich alle das Leben kosten. Er spürte, wie sich Schweiß auf seiner Oberlippe ausbreitete, wie Stirn und Nacken feucht wurden. An den Rändern seines Gesichtsfelds sah er explodierende Sterne, und er war sich sicher, in Ohnmacht zu fallen.

Scheiße noch mal, Clayton. Reiß dich verdammt noch mal zusammen. Das ist das Haus deines Deddys. Lass dir das von denen nicht gefallen. Lass das nicht zu, du dämlicher alter Bastard.

»Clayton«, sagte Mike, fasste ihn am Ellbogen, um ihn zu stützen.

Der Steinmann ergriff das Wort. »Mr. Burroughs, meine Name ist Bracken Leek, ich bin Präsident des Jacksonville-Chapter der Jackals. Außerdem bin ich ein Freund Ihrer Familie.«

Im denkbar tragischsten Sinne war es komisch zu sehen, wie klein seine eigene Hand in der des Giganten aussah. Wenn er wollte, konnte Bracken einfach die Finger um seine schließen und Clayton jeden Knochen seiner Hand brechen, was er aber nicht tat. Er schüttelte sie fest und hielt sie lange genug fest, dass Clayton die Wärme des Blutes hinter dem Stein spüren konnte, bevor er losließ.

»Ich weiß, wer Sie sind, Leek.«

»Daran habe ich keinen Zweifel, Sheriff.«

»Was also wollen Sie?«

»Warum setzen wir uns nicht«, fiel ihnen Mike ins Wort und bedeutete Clayton und den Bikern, Platz zu nehmen. Clayton wollte sich gerade auf einen der Stühle auf der Bracken und seinen Männern gegenüberliegenden Seite setzen, aber Mike bugsierte ihn diskret zu dem größeren Stuhl am Kopfende des Tisches. Clayton nahm Platz, und die Erleichterung, die Last von seinem linken Bein zu nehmen, war ihm anzusehen. Was für keinen im Raum außer Mike erkennbar war, war, dass es zweifelsohne eine eigenartige Mischung an Gefühlen sein musste, die ihn Clayton aufbrandeten. Er saß in just dem Stuhl, der seinem Bruder Halford und davor seinem Vater gehört hatte. Dem Stuhl, von dem aus sein Großvater vor ihnen allen das Reich der Burroughs gelenkt hatte. Es füllte ihm die Brust mit etwas Heißem, etwas, an das er nicht gewöhnt war und das er nicht gleich erkannte. Niemand glaubt tatsächlich, es gäbe im Leben nichts Wichtigeres als Geld oder sogar Liebe, bis sich einmal die Gelegenheit bietet, am Kopfende des Tisches Platz zu nehmen – bis man einmal gespürt hat, wie sich Macht anfühlt. Das war es, was Clayton fühlte, als er auf dem Stuhl Platz nahm – Macht. Mike konnte sich ein Lächeln nicht verkneifen, als Clayton den Hut abnahm und ihn auf den Tisch legte, als gehöre er dorthin. Er beugte sich vor und wiederholte seine Frage.

»Nun – was wollen Sie von mir?«

7

Zufahrtsstraße 19

»Verstanden.«

Deputy Darby Ellis hängte das Sprechteil des Funkgeräts zurück in die Halterung und wendete den Crown Vic, Baujahr 2002, achtete dabei darauf, die Schlaglöcher zu beiden Seiten der Straße zu meiden. Gott sei Dank, dachte er. Er hatte bloß wenige Kilometer Rückstand zu seinem Boss gehabt, als Cricket ihn abbeorderte. Er fuhr wesentlich lieber zu einem Notfalleinsatz als auch nur in die Richtung, in die Clayton fuhr.

»Geht um eine vermeintliche Drogenküche an der White Bluff Road«, hatte Cricket ihm erklärt.

»Vermeintlich am Arsch.« Darby wusste nur zu gut, was sich bei dieser Adresse abspielte, zumindest wusste er, worauf er sich einließ.

Sonny Cole war ein heruntergekommener Primitivling, der sein ganzes Erwachsenenleben über immer wieder gesessen hatte. Es war ein Kreislauf, der Frau und Sohn in einem Dauerzustand der Verwahrlosung gefangen hielt. Was sich auch in dem Wohnwagen widerspiegelte, den sie bewohnten. Er mochte einmal weiß oder beige gewesen sein, aber in den letzten zehn Jahren hatte Schimmel jeden Quadratzentimeter überzogen und der viereckigen Kiste einen mattgrünen Anstrich verpasst. Autos parkten keine davor, aber das musste nichts heißen; seines Wissens hatte Cole nie eines besessen. Es gab andere Dinge, für die das Geld der Familie draufging, wie Schnaps, Bier und Crank. Darby fuhr mit dem Crown Vic bis vor die Eingangstür und schaltete den Motor aus. Er stieg aus und setzte den Hut auf. Die Steifheit des Stetson hatte sich noch nicht gegeben, und er genoss noch immer das Gefühl von Autorität, die er ihm gab. Darby hatte sein ganzes Leben lang Polizist werden wollen, und es fiel ihm mitunter immer noch schwer, zu begreifen, dass er nun tatsächlich einer war. Er zupfte an seinem Hemdschoß, um sicherzustellen, dass er vorzeigbar aussah, fuhr dann mit der Hand über die Handschellen an seinem Pistolengurt und ließ sie kurz auf seiner Glock 9 ruhen, die Eigentum des Countys war. Er klopfte gegen die Plexiglastür des Wohnwagens, und als sich nichts rührte, klopfte er ein zweites Mal, diesmal etwas stärker. Der ätzende Geruch nach Ammoniak lag schwer in der Luft und trieb ihm Tränen in die Augen. Er schaute hinab auf das mit Aufklebern übersäte BMX-Rad, das neben den Stufen auf der Erde lag, und die frischen Spuren, die vom Hinterrad wegführten, und rieb sich die Augen.

Welches Arschloch tut so etwas, wenn das eigene Kind in der Nähe ist?

Darby kannte die Antwort auf die Frage bereits. Er stand vor einem Wohnwagen, der genau dieser Sorte Arschloch gehörte. Darby hoffte, dass bei der Sache hier nicht der Rest der Familie mit hineingezogen wurde. Das Rad gehörte Sonnys Sohn, Reggie, und der Junge konnte überall sein. Darby betätigte das Schultermikrofon. »Cricket, bekomme keine Reaktion an der Tür, aber hier ist ganz definitiv was faul. Werd mich mal etwas umsehen. Zwischenstand alle fünf Minuten.«

Rauschen.

»Verstanden, Darby. Alle fünf Minuten. Sei vorsichtig.«

»Oh, hast du Angst um mich, Mädchen? Gefällt mir. Aber keine Sorge, ich bin hier ruckzuck durch, und dann kannst du mir bei Pizza und Netflix zeigen, wie besorgt du um mich bist.«

»Konzentrier dich, Darby. Alle fünf Minuten.«

»Jawohl, Ma'am.«

Darby stieg die aus Backsteinen aufgestapelten Stufen hinunter, zog seine Waffe und ging um den Wohnwagen herum. Er kletterte über eine verrostete PKW-Achse und wich einem frischen Haufen Hundescheiße aus. Mit der freien Hand bedeckte er Nase und Mund, um den stechenden Geruch der Chemikalien und Fäkalien abzuwehren. Die Luft war dick und voller Dunst, aber gut zwanzig Meter weiter hinten konnte er einen Schuppen ausmachen, ein improvisiertes Gebäude aus galvanisierten Stahlblechen, Nägeln und Spanplatten. Eine Stablampe baumelte in dem weit offenstehenden Tor, angeschlossen an ein endloses, grell orangefarbenes Verlängerungskabel, das sich durchs Gras schlängelte und hinter dem Wohnwagen verschwand. Darby schüttelte den Kopf und rieb sich die Augen. Der Schuppen war eine halbe Freiluft-Drogenküche, und offenbar war es Sonny Cole vollkommen egal, ob jemand davon wusste, weil die Tür offenstand und der Betrieb auf Hochtouren lief. Darby konnte zwei Männer in Unterwäsche erkennen, die ansonsten nur Gasmasken trugen und im Eingang des Schuppens etwas aus einem riesigen Plastikkanister in einen noch größeren Plastiktank schütteten. Wieder rieb Darby sich die Augen und verfolgte, wie die beiden den Kanister auf dem Boden absetzten, aber als er noch einmal genauer hinsah, realisierte er, dass es sich keineswegs um

Männer handelte. Es waren zwei Jungen – zwei sehr kleine Jungen. Das war nicht Sonny Cole. Es waren sein Sohn, Reggie, und ein anderer Junge, ungefähr gleich alt.

»Dieser Dreckskerl«, wisperte Darby und ließ die Glock zurück ins Halfter gleiten. »Das ist ein Haufen verdammter Kinder.« Er griff nach dem Schultermikrofon, aber bevor er die Taste bedienen konnte, ließ ihn das Durchlade-Geräusch einer Schrotflinte erstarren.

»Flossen weg von der Funke, Junge, und schön hoch damit, bevor ich dir die Rückseite von deinem hübschen Blondschopf wegblase.«

Darby tat es, aber nicht bevor er den kleinen orangefarbenen Knopf an der Seite des Ansteckmikrofons gedrückt hatte. Der Notruf ging direkt zur Leitstelle durch – und zum Sheriff. »Sonny, hör zu …«

»Ah-ah. Kein Wort mehr. Und ich mein's ernst. Jetzt beweg deinen Arsch rückwärts, bis ich Stopp sage.«

Darby machte einen zögerlichen Schritt rückwärts.

»Sehr schön. Weiter geht's. Los jetzt.«

Darby machte einen weiteren Schritt und noch einen und dann noch einen, bis er wieder um die Ecke herum und der Schuppen nicht mehr zu sehen war. Ihm sackte das Herz in die Hose, als er spürte, wie Metall ihm gegen die Wirbelsäule drückte.

»Spürst du das? Jetzt dreh dich schön langsam um und lass die Pfoten da, wo ich sie sehen kann.«

Darby drehte sich um und ließ dabei die Hände ein paar Zentimeter sinken. Sonny richtete die Schrotflinte auf seine Schulter.

»Nimm die beschissenen Hände wieder hoch, so wie vorher.«

»Sonny, ich bin jetzt Deputy des Sheriffs. Ist nicht die beste Idee, was du hier vorhast.«

Sonny machte einen Schritt nach vorn und hielt Darby das Gewehr ruckartig unmittelbar vors Gesicht. »Hab ich dir nicht gerade gesagt, du sollst verdammt noch mal die Fresse halten?«

Darby zuckte zusammen und schloss die Augen, während Sonny ihn scharf taxierte und das Abzeichen des Deputys entdeckte. Er lachte und senkte die Waffe einige Zentimeter. »Jetzt guck sich einer den Scheiß hier an. Clayton hat diesen schnöseligen Grünschnabel zu seinem Deputy gemacht? Ist wohl tatsächlich so durchgeknallt, wie man hört.«

Darby öffnete langsam die Augen. Sonny war dürr wie ein Zaunpfahl, stand da, in den Händen seine schwere Flinte, und starrte Darby durch eine Taucherbrille aus dem Ramschladen hindurch an. Sein Oberkörper war frei, und er trug nichts außer einer dreckigen Levi's und Kampfstiefeln. Und obgleich Sonny Cole schwarz war, glänzte seine Glatze weithin, und er sah wegen des Flickwerks aus grauen und bläulichen Gefängnistätowierungen, das seine eher helle Haut überzog, eher wie ein Nazi-Skinhead aus – ein Nazi-Skinhead, der gleich schwimmen gehen wollte.

»Sonny, ich bin nicht hier, weil ich Ärger suche, aber ich kann nicht dulden, was die Kinder dort hinten machen. Das muss aufhören.«

»Und ich würde sagen, du wusstest haargenau, dass das Ärger geben würde, einfach hierherzukommen und so zu tun, als hättest du das Sagen darüber, was auf meinem Grundstück abläuft.« Sonny zielte aus rund dreißig Zentimetern auf Darbys Brust, und der Deputy hielt die Hände weiterhin gut sichtbar in die Höhe.

»Dein Junge stellt Drogen her, Sonny, und ich bin vereidigter Deputy dieses Countys. Das heißt, ich habe sehr wohl das Sagen darüber, was dort hinten laufen darf, und allein, dass du mich hier mit der Waffe bedrohst, reicht aus, um dich wieder hinter Gitter zu schicken – diesmal womöglich für immer.«

Sonny stand einfach da, zuckend und auf der Lippe kauend.

»Warum nimmst du also nicht die Waffe runter, und wir bringen das hier zu einem guten Ende, solange wir noch können? Ich will nicht deiner Familie an die Karre fahren, Mann. Ich will bloß für Ruhe und Ordnung sorgen.«

Sonnys dunklen Augen wurden unter der Plastiktaucherbrille glasig, und er fuhr einfach damit fort zu zucken und zu kauen, bis sich ein Lächeln auf seinem Gesicht breitmachte. Aus dem Lächeln wurde Gekicher und schließlich ein Lachen aus vollem Hals.

»Für Ruhe und Ordnung sorgen? Willst du mich verarschen, Junge? Du hast wohl zu viel *Rauchende Colts* geguckt, oder was weiß ich. Hier oben gibt es keine Ruhe und Ordnung, für die man sorgen könnte. Das Abzeichen interessiert heutzutage einen Scheißdreck. Zur Hölle, dein Boss – der Sheriff? Er ist derjenige, der jetzt hier oben das Sagen hat. Er ist kein beschissener Gesetzeshüter mehr, genauso wenig wie du, du Trottel, also geh und schwing deinen Weißbrotarsch wieder in deine Pisskarre da drüben und verzieh dich von meinem Grundstück, bevor ich tatsächlich …«

Die Schreie, die von hinter dem Wohnwagen kamen, sorgten dafür, dass beide Männer sich umdrehten. Einer der Jungen brüllte. Darby und Sonny liefen zur Ecke des Wohnwagens und sahen, wie Reggie direkt auf sie zurannte, die Gasmaske in der Hand. Der andere Junge war nirgends zu sehen, aber eine riesige Stichflamme loderte aus dem Eingang zum Schuppen hervor, und ein weiterer Schrei drang aus dem Inneren. Als der zweite Junge auftauchte, brannte er lichterloh. Er schaffte es nur wenige Meter aus dem Schuppen heraus, bevor er auf die Knie fiel. Darby schaffte es seinerseits nur wenige Meter in Reggies Richtung, bevor ihn die Explosion nach hinten wegriss und alles weiß wurde – dann schwarz.

8

Meadows Bestattungsinstitut,
kurz hinter Boneville, Georgia

»Haben die wirklich JoJos Leiche einfach so im Vorgarten abgeladen?«

»Direkt auf der Veranda. Am helllichten Tag.«

»Krass mutig.«

»Das ist nicht mutig, Mann. Das ist vollkommen krank.«

»Scheiße, Mann, die sind mit Coots Jungen umgesprungen, wie mit ner Tüte brennender Hundekacke. Die hätten genauso gut noch klingeln und wegrennen können.«

»Wie? Wie beim Negerklingeln, oder was?«

»Pass auf, was du sagst, Donnie, oder ich neger-klingel dir die Vorderzähne raus.«

»Scheiße, Tate, so meinte ich das doch nicht.«

»Das kann man leider nicht anders meinen, du Sackgesicht.«

»Könntet ihr beiden euch vielleicht etwas leiser unterhalten und mir und eurer Mutter etwas Respekt zollen?« Coot Viner sah seine Cousins an, Donnie und Tate, und die beiden gingen wieder dazu über, einander zu ignorieren und zu versuchen, hinsichtlich JoJos Hinscheiden nicht allzu gleichgültig zu wirken. Keiner von ihnen hatte den kleinen Scheißer sonderlich gemocht. Selbst sein Vater hatte ihn kaum ausstehen können. Ständig hatte er etwas zu lästern gehabt. Er war einer von denen gewesen, die, wenn sie hörten, jemand sei am Nordpol gewesen, natürlich schon dreimal dort gewesen sein wollten. Alle hatten gewusst, dass er früher oder später so enden würde. Es war bloß eine Schande, dass er Clyde Farr und den Rest der Jungs mit ins Verderben hatte reißen müssen. Nicht, dass ihm nicht die gesamte Familie gesagt hatte, um den Norden Georgias einen großen Bogen zu machen, aber er war nun mal Coots einziger Sohn, und so hatten alle mitspielen müssen. Und er war, noch entscheidender, Twylas einziger Enkel, weshalb alle ihr zuliebe ihre Meinung über den Jungen für sich behielten.

»Sorry, Coot. Ich wollte nicht respektlos sein.«

»Mir egal, ob du's wolltest oder nicht, Donnie.« Coot nahm einen Schluck aus einem silbernen Flachmann und rieb sich die Nase. »Und wenn du das nächste Mal vor Tate mit Worten wie ›Nigger‹ herumwirfst, egal ob in der Kirche oder nicht, sorg ich dafür, dass er dir mit dem Stiefel ein zweites Arschloch verpasst. Jetzt entschuldige dich auch bei ihm – leise. Und dann halt die Backen.«

Donnie sah auf seine dreckigen Arbeitsstiefel und rieb sie aneinander. Coot beugte sich in seine Richtung vor und wartete.

»Tut mir leid, Mann.«

»Bei ihm hab ich gesagt, Dumpfbacke, nicht bei mir.«

Donnie wandte sich an Tate. »Tut mir leid, Mann.«

Tate richtete sich in der Kirchenbank etwas auf, verschränkte die Arme und streckte die Brust raus. Es gefiel ihm, dass Coot sich mal auf seine Seite stellte, obgleich er niemanden kannte, der das Wort Nigger häufiger benutzte als er. »Und ob dir das leidtut.«

Coot lehnte sich zurück und gähnte. Niemand in der vollgestopften Kapelle widersprach, während der Prediger, der die Trauerrede hielt, sich langatmig darüber ausließ, dass JoJos Leid nun schließlich ein Ende gefunden habe. Wie aufs Stichwort nickten ein paar Köpfe zustimmend wie Puppen, aber Coot strich sich bloß über den weißblonden Kinnbart und gähnte erneut. Er wusste, dass dieser ganze Schwachsinn von wegen, es warte da im Jenseits ein reicher Lohn, ein Haufen Scheiße war. Tot hieß tot – nicht mehr und nicht weniger, bloß tot. Jeder, der vorgab, es besser zu wissen, war ein verdammter Narr, der versuchte, der eigenen sinnlosen Existenz einen Sinn zu geben.

Der fettleibige Prediger hatte dunkle, nasse Flecken an den Achseln seines taubenblauen Hemds und wischte sich immer wieder den Schweiß weg, der ihm die Stirn hinablief. Es machte den Eindruck, als sei bei ihm die Angst, in Anwesenheit des Klans des Verstorbenen etwas Falsches zu sagen, größer als die Sorge, ob dessen Seele nun unsterblich war oder nicht. Er leierte bloß den gleichen Sermon herunter, den er immer lieferte, wenn ihm jemand einen Scheck dafür ausstellte. Er hatte etwas von einer Packung Cornflakes: Nach außen machte er auf gesund und nahrhaft, in Wahrheit aber war er derart zuckrig, dass einem die Zähne wegfaulten. Er machte Coot krank. Er war seit der Grundschule nicht mehr in der Kirche gewesen oder einer Kapelle wie dieser hier und konnte es ungeachtet der Tatsache, warum er hier war, nicht erwarten, sich schnellstmöglich wieder zu verziehen. Um den einfachen Holzsarg herum lagen genügend kitschige Kunstblumen-Arrangements, um eine Deponie vollzumüllen, und Coot hoffte, dass sie auch just dort landen würden, wenn der Zirkus hier vorbei war. Er wollte nicht, dass irgendetwas von dem Müll bei ihm zu Hause landete, auch wenn er wusste, dass seine Mutter das gerne wollte. Er rutsche auf der unbequemen Holzbank etwas zur Seite, um mehr Platz zu haben, und streckte die Beine aus. Sein Anzug war gebraucht. Es hatte einmal seinem Vater gehört, passte vom Schnitt her nicht und juckte wie nichts Gutes. Um den Ansteckschlips zu lockern, zog er an seinem Hemdkragen, der ihm in den Adamsapfel schnitt, doch das klaustrophobische Gefühl nahm nur noch zu. Er saß in der ersten Reihe, »für die Familie« reserviert, eingekeilt zwischen zwei Cousins und seiner Mutter. Es war gut, dass an Orten wie diesem die Mütter der Verstorbenen Gangplätze bekamen, so konnte Twylas fahrbarer Sauerstofftank gleich neben ihr stehen und die Plastikschläuche verhedderten sich nicht überall. Alle paar Minuten hob die alte Frau ihren Schleier und hielt sich die Atemmaske vor Mund und Nase, um ihr Emphysem zu beschwichtigen. Twyla Viner war steinalt und nicht in bester Verfassung, aber Coot war überzeugt, dass die alte Wachtel sie noch alle überdauern würde.

Bis jetzt hatte sie auch noch nicht eine Träne verdrückt.

Das irritierte Coot. Wäre es der Sohn seiner Schwester gewesen, Vanessa, der da in der Kiefernkiste lag, überlegte er, wäre seine Mutter ein schniefendes Häufchen Elend, aber sie saß da, in ihrer Pose à la »Ich hab's euch gesagt«, die in Coot das Verlangen wachrief, seinerseits ein paar Kiefernkisten zu füllen. Er tastete in der Seitentasche seiner Jacke nach dem Whiskey, aber Twyla streckte den Arm aus und legte ihm eine kalte, zerbrechliche Hand aufs Knie. Die Haut an ihren Knöcheln war dünn wie Papier. Sie lugte durch den zarten Spitzenstoff, der ihr Gesicht verdunkelte, und warnte ihn wortlos, die Flasche stecken zu lassen. Auch das irritierte ihn, aber er gehorchte. Vorsichtig lehnte sie den Kopf an seine Schulter und machte leise keuchende

Geräusche an seinem Ohr. Er wusste bereits, was sie sagen wollte, bevor sie auch nur den Mund aufmachte.

»Wo ist deine Schwester, Daniel?«, wisperte sie.

Coot schaute sich um, ließ den Blick über die Gesichter seiner Freunde und das Meer von Menschen schweifen, die bloß hier waren, um ihm und seiner Mutter in den Arsch zu kriechen, und versuchte zu erkennen, ob seine kleine Schwester sich hineingeschlichen und hinten irgendwo Platz genommen hatte. Hatte sie nicht.

»Ich weiß nicht, Mama, aber sie hat gesagt, sie würde hier sein, also wird sie auch kommen. Du kennst Bessie May. Sie tickt einfach ein bisschen anders als der Rest der Welt.«

»Ihr Neffe ist tot, Daniel. Dein Sohn.«

»Ich weiß, Mama.«

»Mein Enkel ist tot.«

»Ich weiß, Mama.« Coot legte seine Hand auf ihre.

»Sie sollte hier mit uns sitzen.«

»Ich weiß, Mama.«

Twyla hob den Kopf von seiner Schulter und nahm einen tiefen Atemzug aus ihrer Sauerstoffmaske. Sie hob die Hand von seinem Bein, aber nicht ohne es noch auf die mütterliche »Guter Junge«-Art zu tätscheln, die er so zu hassen gelernt hatte, bevor sie sich beide wieder dem Jesus-Knusperflocken-Verkäufer zuwandten. Dieser Teil – die Sache mit der Kirche und das ganze Prediger-Trara – war nur für Twyla. Sie brauchte das, und Coot gestand es ihr zu. Sein Teil kam später. Nachdem zu Hause das Essen gegessen sein würde und der Schnaps draußen bei Pond ausgetrunken, würde seine Zeit kommen. Dann würde er Gelegenheit haben, die eigentliche Feier ins Werk zu setzen, und der Gedanke daran war das Einzige, was den Zorn, der direkt unter der Haut zu brodeln begann, im Zaum hielt. Er saß da und wartete, bis der schwitzende Fettsack auf dem Podium sein letztes »Amen« gesprochen hatte.

9

Der Familiensitz

Einer aus Scabby Mikes Gefolgschaft, ein jüngerer Mann mit einer Narbe um das linke Ohr und einem riesigen Kropf, kam in die Kriegsratskammer und stellte einen Krug Eistee, eine Schale frisch gepflückter Äpfel und ein Gebinde roter Plastikbecher auf den Tisch.

»Danke, Tank.«

»Nicht dafür, Mike.«

Wie gastfreundlich, dachte Clayton. Südstaaten-Gangster, die sich noch ihrer Kinderstube erinnern.

»Wie steht's mit etwas, was ein paar mehr Umdrehungen hat?«, sagte Clayton.

»Kommt sofort, Mr. Burroughs.«

Tank verließ den Raum, und Clayton wandte seine Aufmerksamkeit wieder den Männern am Tisch zu. »Nun denn, Leek, warum kommen wir nicht gleich mal zur Sache? Was tun Sie hier?«

»Das soll nicht überheblich klingen, Mr. Burroughs, aber ich denke, Sie wissen bereits, warum wir hier sind.«

»Dann überheben wir uns also mal nicht. Sprechen Sie mit mir, als wäre ich fünf. Einfache Antworten auf einfache Fragen.«

Bracken ließ zu, dass der Anflug eines Lächelns über sein versteinertes Gesicht huschte.

»Ist daran irgendwas lustig?« Clayton spürte, wie sein Herz raste, blieb aber nach außen hart.

»Nein, Mr. Burroughs, war nicht despektierlich gemeint. Es ist bloß einfach etwas verwirrend, wie ähnlich Sie ihrem ...«

»Ich wem sehe? Meinem Bruder? Hören Sie zu. Damit wir das gleich geklärt haben. Ich bin nicht mein Bruder. Halford war ein selbstsüchtiges Arschloch, der sich für nichts und niemanden interessierte außer sich selbst – und er war ein Drogendealer, der diesen Berg zu einem Eldorado für andere Drogendealer gemacht hat. Bevor Sie also in Erinnerungen schwelgen, sollten Sie genau wissen, worin der Unterschied zwischen uns beiden liegt.«

Mike rutschte nervös auf seinem Stuhl hin und her, und Tank kam mit einem Schraubglas Pekannuss-Schwarzgebranntem und einem Whiskeytumbler zurück, der bereits mit gut einem Zentimeter des klaren hochprozentigen Fusels gefüllt war. Er stellte beides auf den Tisch. Clayton verschwendete keine Zeit und leerte das Glas in einem Zug. Niemand sagte etwas, bevor er es zurück auf den Tisch gestellt hatte. »Ich habe rein gar nichts mit meinem Bruder gemein.«

Moe bedeutete Jay, ihm das Glas mit Selbstgebranntem rüberzuschieben.

»Nein«, sagte Bracken. »Mit Ihrem Bruder haben Sie nichts gemein. Ich wollte sagen, wie sehr Sie mich an ihren Vater erinnern.«

Clayton war sich nicht ganz sicher, ob er diesen Vergleich durchgehen lassen konnte, aber er sagte nichts. Sein Gesicht glühte vom Whiskey rot auf, und er wartete, bis sich das Brennen im Hals legte. Er hatte vergessen, wie stark der Fusel hier oben sein konnte; dennoch gab er Zeichen, dass das Schraubglas zu ihm zurückkehrte. Nachdem Moe sich einen kleinen Schluck eingeschenkt hatte, schob er das Glas wieder dem Mann am Kopfende des Tisches zu.

»Hören sie zu, Leek. Die Bundespolizei hat alle Drogenküchen, die Sie und Halford hier oben hatten, stillgelegt. Die sind dicht – und zwar für immer. Die Marihuana-Plantagen sind vertrocknet oder abgefackelt worden, und der ganze Ort steht unter Beobachtung der Regierung. Die Sache hier oben ist gelaufen, und selbst wenn es in meinem Interesse wäre, Geschäfte dieser Art wieder zu billigen, was nicht der Fall ist, könnte ich das gar nicht, selbst wenn ich wollte. Die Party ist vorbei. Bull Mountain ist am Arsch.«

»All dessen bin ich mir sehr wohl bewusst, Sheriff. Wir haben auch nicht vor, auf Ihrem Berg wieder eine Produktion zu etablieren.«

Clayton sah Mike an und schenkte sich einen weiteren Drink ein. Das entsprach in keinster Weise dem, was er zu hören erwartet hatte. Er studierte Leeks Gesicht, konnte seine Züge aber nicht lesen. Er hatte ebenso vergessen, wie rasch ihm der Fusel die Sinne vernebelte. »Was wollen Sie dann hier?«

»Einfache Antworten auf einfache Fragen«, zitierte Bracken Claytons eigene Worte. »Worum es im Kern geht?«, sagte er. »Mein Club braucht weiterhin Zugang zu den Lieferrouten, die zu etablieren uns Jahre gekostet hat. Sie führen hier hindurch nach Tennessee und in die Carolinas. Alabama regeln wir selbst, aber Halford und Ihr Vater haben Kontakte zur Bundespolizei, der Georgia Highway Patrol und zu anderen Behörden auf Bundesebene, die in dieser Region das Sagen haben, aufgebaut. Diese Kontakte kommen mehr und mehr zum Erliegen, und zwar sehr schnell.

Sie sind in der einmaligen Situation, sie wiederaufzunehmen, sogar in noch stärkerem Maße als Ihr Vorgänger.«

»Mein Vorgänger?«

»Entschuldigen Sie, Mr. Burroughs. Noch einmal, nichts für ungut, ich versuche bloß, Feingefühl zu zeigen. Ich meine Ihren Bruder.«

Clayton winkte ab. »Und meine einmalige Situation besteht darin, dass ich zufällig der County Sheriff bin?«

»Genau. Wir haben eine Menge Zeit und Geld investiert, um einen riesigen blinden Fleck zu schaffen, der sich von Valdosta bis nach Gatlinburg erstreckt, dieses Gebiet ist für unsere Geschäfte von zentraler Bedeutung, weil es das Tor zu vielen anderen Regionen darstellt, in denen wir geschäftlich aktiv sind. Dieser blinde Fleck muss unbedingt blind bleiben, und wir brauchen die Garantie, auf der sicheren Seite zu sein, wie man sie uns in der Vergangenheit stets eingeräumt hat, um unsere Operationen weiterführen zu können.«

»Was für Operationen?«

»Das ist unsere Angelegenheit.«

»Nein, denn mit Ihren Anliegen, die Berge durchqueren zu dürfen, machen Sie es zur Angelegenheit jedes Einzelnen, der hier lebt. Es ist eine berechtigte Frage, die jeder im Raum gern beantwortet hätte, um einschätzen zu können, ob es sich überhaupt lohnt, weiter darüber zu reden. Ich habe bereits gesagt, dass ich Ihnen nicht dabei helfen werde, den Meth-Handel hier oben neu zu beleben, auch wenn das bloß bedeuten würde, dass meine Dienststelle ein Auge zudrückt, während Sie es hin und her transportieren. Wenn es hier darum geht, unterscheidet sich das in keinster Weise von dem, was Sie zuvor am Laufen hatten, und dann lautet meine Antwort Nein.«

»Keine Amphetamine, Mr. Burroughs. Wir richten den Club auf andere Geschäftsfelder aus. Legale. Wir haben mit einigen Profis aus dem medizinischen Bereich in Tennesse und North Carolina Kontakte geknüpft, die gern expandieren würden und dabei unsere Hilfe benötigen. Und sie sind gewillt, sich bei denjenigen, die ihnen das zu bewerkstelligen helfen, mit hübschen und regelmäßigen Zahlungen zu revanchieren.«

»Profis aus dem medizinischen Bereich?«

»Genau.«

»Und in welchem Geschäftsfeld wollen sie expandieren?«

»Sie betreiben schon jetzt eine Reihe von Klinken und würden gern weitere eröffnen.«

»Kliniken?«

»Genau.«

»Spezialisiert auf Schmerztherapie, vermute ich jetzt mal.«

Jay und Moe schauten einander an, dann Clayton. Sie waren beeindruckt.

»Sie haben richtig vermutet«, sagte Bracken.

»Sie reden von OxyContin«, sagte Clayton, und Bracken blinzelte nicht einmal. In Clayton wuchs der Verdacht, dass er das womöglich gar nicht konnte. Den Rest reimte er sich ohne weitere Nachfragen zusammen. »Und Sie brauchen sichere Routen, um die gestohlenen Medikamente aus Florida in diese Klinken nördlich von uns zu bringen.«

»Ganz genau, bloß dass die Medikamente nicht gestohlen sind. Sondern gekauft.«

»Okay, wenn Sie es sagen. Und Halfords Verbindungen zur Polizei sollen sie Ihnen vom Hals halten, während Mike hier verhindern soll, dass die aufständischen Einheimischen Ihnen bei der Sache in die Parade fahren, richtig?«

»Genau.«

»Und das nennen Sie legal?«

»Ich nenne es Fortschritt.«

»Und Sie erzählen dem hiesigen Sheriff von Ihrem Vorhaben, bloß weil er zufällig Burroughs heißt? Mutig, mutig.«

»Nein, Sheriff. Nicht, weil ich mutig bin oder wegen Ihres Namens. Sondern aus Respekt. Respekt vor Ihrem Vater – vor Ihrem Bruder.«

»Ich hab's Ihnen gesagt, ich bin nicht Halford. Und ich mag zwar Sheriff sein, aber ich kenne niemanden – nicht auf diese Weise.«

»Mike hier kann das einrichten.«

»Warum läuft das dann nicht einfach über Mike?«

»Weil Mike weiß, wo sein Platz am Tisch ist.«

Clayton wartete darauf, dass die Demütigung auf Scabby Mikes Gesicht eine Reaktion hervorrief, aber das war nicht der Fall. Er nickte stattdessen erneut zustimmend.

»Die Familie. Stimmt ja. Und Sie sagen, ich kann entscheiden, ob die Sache läuft oder nicht? Einfach so?«

»Ja, Sheriff. Sie haben die Möglichkeit, uns abzuweisen, ohne weitere Diskussion – einfach so.«

Clayton zögerte keine Sekunde lang. »Nun, dann – nein.« Die harte Silbe schwebte über den Köpfen der Anwesenden, während er sich sein zweites Glas Fusel in den Rachen kippte. Er stellte das Glas ab und rieb über einen Asteinschluss in der Tischplatte, wie um zu signalisieren, dass das Treffen sich dem Ende zuneigte. »Dann wäre das ja geklärt. Drogen sind Drogen, ob nun Kinder oder Arme daran zugrunde gehen und unabhängig davon, ob sie aus einer Badewanne auf diesem Berg oder einem Labor in Indien stammen. Damit will ich nichts zu tun haben. Wenn wir hier also tatsächlich geradeheraus reden, und die Sache hängt allein an mir, lautet die Antwort nein – auf keinen Fall.«

Alle im Raum schwiegen. Clayton erwog, es noch einmal zu sagen, aber das war nicht nötig.

»Sir, wenn Sie erlauben«, sagte Jay ruhig. »Kinder sind nicht die Zielgruppe legal verschriebener Schmerzmittel. Und es tut mir leid, das sagen zu müssen, Sheriff, aber die Mittellosen können sich genau dieselben Präparate bei jedem Walmart oder jeder ortsansässigen Drogerie in der Region besorgen, weshalb ich da keinen Unterschied zu unserem Vorhaben sehe, bis auf die Tatsache, dass Sie es zulassen, dass Bonzen-Unternehmen einen Riesenhaufen Geld machen, der gerechterweise ihren eigenen Leuten zugutekommen könnte.«

»Flott dahergeschwafelt, Junge.« Es war unübersehbar, dass der Schwips vom Selbstgebrannten begonnen hatte, Clayton die Hemmungen zu nehmen. »Legal verschriebene Schmerzmittel?«, sagte er und lehnte sich über den Eichentisch nach vorn. »Jayden, richtig? Flotter Name auch. Darf ich dich mal was fragen, Jayden? Hältst du mich für bescheuert?«

»Warte mal kurz, Clayton«, sagte Mike. »Vielleicht könnten dir Bracken und seine Leute mal erklären, wie das Zustandekommen dieser Partnerschaft nicht nur den im Raum Anwesenden zugutekommen könnte, sondern jedem hier auf diesem Berg – Kate eingeschlossen und Eben.«

Clayton runzelte die Stirn und sah seinen pockennarbigen Freund an. »Erwähne so viele Namen, wie du willst, Mike. Aus der Sache wird nichts.«

»Also ich, äh, würde es schon gern hören.«

Alle drehten sich um. Mark Tuley steckte seinen Kopf

durch die offene Tür, an deren Rahmen er gelehnt hatte. »Ich meine, komm schon, Clayton, die Männer hier sind von weit her gekommen. Das Mindeste, das wir tun können, ist anzuhören, was sie zu sagen haben, bevor wir sie in die Wüste schicken, oder?«

Mark setzte sich neben Mike, als sei dort sein Platz, und goss sich etwas Eistee ein. Er war der Erste, der die mit Kondenswasser bedeckte Karaffe anfasste. Clayton lehnte sich nach hinten und kratzte sich den Bart. Er mochte den Jungen. Recht war ihm das nicht, aber so war es. Bracken wartete auf Claytons Erlaubnis, fortfahren zu dürfen.

»In Ordnung, Leek. Dann tun Sie Mr. Tuley mal den Gefallen. Vielleicht ist ja auch für mich noch was Neues dabei.«

Mark nippte an seinem Tee und nickte Clayton zu. »Danke, Sheriff.« Er wandte sich Bracken zu. »Mach's ihm schmackhaft, Großer. Die Bühne gehört dir.«

Clayton hätte beinahe laut aufgelacht.

»In Ordnung, Mr. Tuley. Wie Sie wissen, haben Ihre Leute hier oben ein Riesenproblem. Wir können helfen, es zu lösen.«

»Erklär's uns.«

»Halfords bedauerlicher Tod und die Razzien der Bundespolizei, die diesen Ort alles gekostet haben, was er und sein Vater aufgebaut hatten, haben eine Leerstelle hinterlassen, die ein überaus störendes Element zu füllen versuchen wird. Dieses schwarze Loch lockt bereits jetzt eine Menge Wölfe bis an Ihre Türschwelle, hauptsächlich wegen des Namens. Diese Leute wissen, dass die Burroughs-Organisation daniederliegt, und haben vor, den Kreislauf von Stoff und Geld wieder in Gang zu setzen, ein Unterfangen, das sie durch den letzten lebenden Burroughs dauerhaft bedroht sehen.«

»Ich komme wunderbar allein klar, Leek.«

»Ich meinte damit nicht Sie, Sheriff. Ich spreche von Ihrem Sohn.«

Clayton schwieg.

»Sie können nicht so tun, als wüssten sie von den Vorgängen nichts, Mr. Burroughs. Sie hatten vor einigen Tagen sogar selbst eine Begegnung mit einigen dieser Leute, von denen ich spreche.«

Clayton warf Scabby Mike einen eiskalten Blick zu. Mike zuckte nur mit den Achseln und nickte dann zustimmend.

»Diese Dinge werden nicht aufhören«, sagte Bracken. »Ich weiß das. Ich habe das in diesem Geschäft schon Hunderte Male gesehen. Ja, genau das ist es nämlich, ein Geschäft. Und wenn Sie ihre Rolle darin so definieren wollen, dass Sie für Frieden sorgen und Bull Mountain freihalten von Crank, dann sollten Sie mit mir zusammenarbeiten. Ich kann Ihnen helfen, genau das zu realisieren. Wie sagt man so schön? Kümmert man sich nicht um den Acker, kümmern sich Unkraut und Ungeziefer darum.«

»Habt ihr damals viel Landwirtschaft betrieben, Bracken?« Mark schnappte sich einen Apfel aus der Schale.

»Orangenplantagen, gut einen halben Hektar, damit hat unser Vater die Familie ernährt, Mr. Tuley, aber das tut nichts zur Sache. Der Punkt ist, und das weiß jemand mit Ihrer Intelligenz und Geschichte genauso gut wie ich, dass, sollte dieses Machtvakuum noch länger keinerlei Regulierung unterliegen, Sie es mit wesentlich Schlimmerem zu tun bekommen werden als ein paar Jugendlichen aus Boneville. Leute werden sterben – Ihre Leute. Das wollen Sie nicht. Und ich will das auch nicht.«

Mark ließ Clayton den Ball aufnehmen. »Und was bieten

Sie an, Bracken? Waffen?« Clayton ließ den Blick ostentativ über all die Feuerwaffen im Raum gleiten. »Wie viele Waffen werden wir denn so brauchen?«

Bracken stützte die Ellbogen auf. »Sheriff, die Leute, die sich gegen Sie verschwören, haben ein genauso riesiges Arsenal an Schrotflinten und Jagdgewehren wie Sie. Der Unterschied ist, dass sich mehr und mehr Leute gegen Sie stellen werden, wenn die Gegenseite sich bereiterklärt, sie zu bezahlen. Es wird für Mike hier schwerer und schwerer, sie zu überzeugen zu bleiben. Fragen Sie ihn.«

Wieder nickte Mike zustimmend.

»Was die Waffen betrifft? Klar, für Feuerkraft kann ich sorgen, so dass alles ersetzt wird, was nach Halfords Tod von der Regierung konfisziert wurde. Ich kann außerdem einen weiteren Chapter der Jackals abstellen, um die Mannstärke zu erhöhen, und ich kann, was das Wichtigste ist, Ihre Familie an meinem Geschäft mit diesen Ärzten aus dem Norden beteiligen. Das ist unfassbar lukrativ, und das Geld in ihren Händen wird die Einheimischen besänftigen. Ich kann Ihnen helfen, dass Ihr Berg das hier überlebt.«

Wieder legte sich Schweigen über den Raum. Mark nippte an seinem Tee. Er hatte sein Messer herausgeholt und schnitt Stücke von seinem Apfel. Er schmatzte, während er aß. Es nervte Clayton langsam, wie entspannt er war.

»Warum fragen Sie, Leek?«

»Ich verstehe nicht, Sheriff.« Bracken lehnte sich in seinem Stuhl zurück.

»Ich ebenso wenig. Ich meine, warum fragen Sie uns? Warum stürmen Sie hier nicht einfach mit vorgehaltener Waffe rein und nehmen sich alles? Nehmen sich die Routen, reißen sich alles unter den Nagel, ohne sich drum zu scheren, was ich davon halte?«

»Weil Familie wichtig ist.«

»Wir sind nicht verwandt, Leek.«

»Nicht blutsverwandt, aber genauso wenig bin ich mit den Männern hier neben mir blutsverwandt, und doch würde ich für jeden von ihnen mein Leben geben, genauso wie sie für mich. In meiner Welt geht Familie über Blutsbande hinaus, Sheriff, und mein Club hat bereits vor langer Zeit das Brot mit Ihrer Sippe gebrochen. Das bedeutet dem Club etwas. Mir bedeutet es alles. Ich bin nicht Ihr Feind.«

»Sie reden die ganze Zeit über meine Familie, als wäre ich nie Teil davon gewesen. Ich werd Ihnen mal was über Familie erzählen, Leek.« Claytons Streitlust war erwacht, gleichzeitig verfiel er mittlerweile in ein leichtes Lallen. »Erinnern Sie sich an die Flut, die hier 1985 wütete?«

»Clayton, vielleicht ist das jetzt nicht der richtige Zeitpunkt.« Mike legte ihm die Hand auf den Arm, aber Clayton riss ihn weg.

»Nein, Mike. Der Kollege hier hat so einen Riesenrespekt vor meiner Familie. Ich will ihm gern mal etwas darüber erzählen.« Er sah Bracken an.

»Ich erinnere mich an die Flut. Sie brachte unsere Geschäfte mit Ihrem Vater für Monate zum Erliegen. Was ist damit?«

Mark setzte sich gerade hin, fragte sich, was zum Henker das jetzt mit irgendetwas zu tun hatte.

»Dieser irrsinnige Regen, der damals runterkam, hat das ganze Tal weggespült. Wir waren noch Kinder.« Clayton sah Mark an. »Warst du noch hier? Erinnerst du dich daran?«

»Klar. Ich kann dir folgen.«

»Der Regen also. Hörte tagelang nicht auf. War wie eine Art Weltuntergang oder so. Ich erinnere mich an diese Scheiße noch, als wär's erst gestern gewesen.«

»Clayton …«, sagte Mike.

»Wart's einfach mal ab, Mike. Hör zu. Es ist wichtig.« Clayton starrte Bracken an, wandte dann den Blick ab. »Familie ist wichtig, richtig?«, sagte er. Bracken schien nichts dagegen zu haben zuzuhören, und das war gut so, denn sobald ein Burroughs abzuschweifen begann, mussten die Leute sich die Geschichte notgedrungen anhören, ob sie nun wollten oder nicht, also lehnte er sich auf seinem Stuhl zurück und streckte die Beine unter dem Tisch aus.

»Ich war elf«, sagte Clayton. »Ich kannte Kate noch nicht mal – er womöglich schon.« Clayton deutete mit seinem Glas in Marks Richtung, der keine Reaktion zeigte. »Ich erinnere mich so gut an den Regen und alles, weil Halford mich in diesem Sommer zum ersten Mal umzubringen versuchte.«

»Clayton …«

Dieses Mal nahm Clayton Mikes Unterbrechung nicht einmal zur Kenntnis. Er sprach einfach weiter.

»Der Regen sorgte dafür, dass Bear Creek über die Ufer trat und so reißend den Berg hinabstürzte, als sei es der Mississippi. Auf seinem Weg traf er Clark's Hill ziemlich heftig, riss Wohnwagen und Mobilhäuser mit sich, bevor er schließlich die Main Street von Waymore ausspülte. Der Hill hat sich nie wieder richtig davon erholt.« Clayton schaute einen Augenblick nachdenklich drein und fuhr dann fort. »Alles mögliche Zeug aus den Behausungen – Bücher, Möbel, Puppen, Klobürsten und was weiß ich nicht alles – wurde von dem Strom mitgerissen und lag überall verstreut herum. Ein Riesendurcheinander. Wie auch immer, Buckley hatte jedenfalls die verrückte Idee, wir sollten uns irgendwas rausangeln, was wir als Floß benutzen konnten, und uns von der Strömung von ganz oben bis hinunter nach Waymore mitreißen lassen. Er meinte, wir könnten auf der Main Street plündern gehen, da ja die meisten Städter evakuiert worden seien. Zum Teufel, ich wusste damals nicht einmal, was plündern überhaupt heißt. Ich stimmte nur zu, weil ich dann mit meinen Bruder zusammen sein konnte, weil er mich ansonsten die meiste Zeit über wie Dreck behandelte. Buck fand für sich ein altes Sofakissen aus Samt und ich schnappte mir den großen, runden Deckel einer Mülltonne aus Plastik. Zunächst war es ein Riesenspaß. Der Creek floss derart schnell, dass er uns jedes Mal, wenn wir reingingen, auf die Sandbank am Johnson's Gap schleuderte. Wir wurden an den Strand geschleudert und rollten ins Gras und zwischen die Bäume. Wir sauten uns ein wie nichts Gutes, und es war eine der wenigen Gelegenheiten überhaupt, bei denen ich Buckley lachen sah, ohne dass es auf meine Kosten ging.« Clayton goss sich noch etwas Selbstgebrannten ein und schob Moe, der der Einzige am Tisch war, der ebenfalls davon trank, das Schraubglas hinüber. Er fing an, sich auf dem Stuhl seines Vaters wohlzufühlen. »Nachdem wir ein bisschen rumprobiert hatten, hatten wir den Dreh schließlich ziemlich raus, wie wir mit unseren Abfall-Flößen navigieren konnten, und waren der Meinung, wir seien bereit, die Kurve zu bezwingen. Wir latschten also hoch bis Red Rock, bevor wir wieder hineinsprangen, damit wir gut Speed draufkriegten, und starteten dann noch einen letzten Probelauf.« Clayton nippte an seinem Whiskey. »Nie wieder in meinem Leben habe ich solchen Spaß gehabt«, sagte er und lehnte sich versonnen auf dem Stuhl zurück. Er kratzte sich an Hals und Bart.

»Ja, und was ist dann passiert?«, platzte es aus Moe heraus, wie aus einem Drittklässler in der Märchenstunde. Mark wäre beinahe in schallendes Gelächter ausgebrochen angesichts dessen, wie dringend der massige Biker das Ende der Geschichte seines neuen Saufkumpanen hören wollte.

»Wir haben die verdammte Kurve gekriegt, das ist passiert«, sagte Clayton, noch immer in anderen Sphären, bevor er wieder fokussierte. »Wir schafften es tatsächlich vorbei, aber da der Deckel der Tonne rund war, drehte ich mich die ganze Zeit über wie eine Windmühle. Auf der Geraden bekam ich das unter Kontrolle, was aber nicht verhinderte, dass ich gegen einen riesigen Ast knallte – oder vielleicht auch einen Baumstamm –, ich weiß es nicht einmal genau, aber was es auch war, es war jedenfalls im Zuge des Regens irgendwo fortgerissen worden, und da war es plötzlich, wie aus dem Nichts, und ragte seitlich in den Creek hinein. Ich hatte mich gerade einigermaßen stabilisiert, als ich auch schon mit dem Gesicht zuerst vor das Mistding knallte. Ich donnerte mit dem Schädel ordentlich dagegen, und es riss mich abrupt nach hinten. Der Tonnendeckel glitt unter mir weg und wurde den Creek hinabgespült, während ich mich in dem Überhang heillos verhedderte. Ich hing wie angenagelt an dem Ast und lief die ganze Zeit über Gefahr, von der Strömung unter Wasser gezogen zu werden. Hing da, die Beine angezogen, hatte aber keine Kraft, sie nach unten zu bewegen. Das Wasser riss mir die Stiefel weg, und meine Füße fühlten sich an, als würden auch sie von meinen Knöcheln abgerissen. Buck hatte die Kurve ebenfalls gemeistert, war aber dem Ast, der mich erwischt hatte, ausgewichen. Das Letzte, was ich sah, war, wie er sich umsah und irgendetwas brüllte, aber bei dem Affenzahn, den er draufhatte, konnte er nicht anhalten. Sekunden später war er verschwunden.«

Bracken vermittelte nicht den Eindruck, desinteressiert zu sein, aber er schenkte sich ein Glas Eistee ein.

»Wie auch immer, jedenfalls wurde ich Stück für Stück tiefer hinabgezogen, geriet immer mehr in Schwierigkeiten, bis mein Fuß irgendwann irgendwo unter mir Halt fand und ich mich etwas fangen konnte, aber ich wurde trotzdem mit dem Kopf einen guten Zentimeter unter Wasser gezogen. Ich bekam keine Luft. Ich reckte den Hals, bis ich das Gefühl hatte, er würde gleich durchbrechen, aber ich kam trotzdem nicht weit genug hoch. Bei jedem Atemzug schluckte ich eine ordentliche Portion von diesem ekelhaften Flusswasser.«

»Ertrinken ist eine schreckliche Art, zu Tode zu kommen«, sagte Bracken. Clayton musste an den jungen Mann denken, den er am Ufer des Burnt Hickory Pond röchelnd hatte sterben lassen, und fragte sich, ob das Brackens Intention gewesen war.

»Gleich nach Verbrennen«, sagte Mike über sein Glas Tee hinweg, woraufhin Bracken tatsächlich erstarrte. Mike rutschte erneut auf seinem Stuhl hin und her. Clayton war sich nicht sicher, was der Grund dafür war, aber mittlerweile hatte er genügend Fusel intus, dass es ihm auch egal war. Er fuhr fort.

»Ich konnte sehen, wie Himmel und Baumwipfel durch das Wasser hindurch verschwammen, und ich hatte bis zu diesem Zeitpunkt noch nie in meinem Leben solche Angst gehabt. Ich konnte nicht atmen. Ich konnte nicht stehen. Ich konnte mich nicht befreien. Ich konnte gar nichts. Ich war mir sicher, es würden bei mir jeden Augenblick die Lichter ausgehen, und das Traurige daran war, dass ich daran dachte, wie erleichtert mein Vater sein würde zu erfahren, dass es der *ungewollte* Sohn war, der in ungefähr zehn Zentimeter tiefem Wasser ertrunken war.«

»Das ist ein schrecklicher Gedanke für einen kleinen Jungen.«

»Bracken, meinem Vater war es immer egal, ob wir da draußen überlebten oder umkamen. Es hätte ihn bloß interessiert, wie und ob wir es verdient hatten oder nicht.«

»Das ist nicht der Gareth, den ich kannte.«

»Und darum geht's hier. Es war nicht Ihre Familie.«

»Aber Sie sind nicht umgekommen.«

»Nein, bin ich nicht.«

»Also, was ist passiert?«

»Es gelang mir, mich loszumachen. Keine Ahnung, wie. Der Ast bewegte sich oder irgendwas, und ich war in der Lage, mich ans Ufer zu kämpfen.«

»Und in welcher Hinsicht interpretieren Sie nun das, was Ihnen an jenem Tag widerfahren ist, als Mordversuch? Sie sagten, es sei das erste Mal gewesen, dass Halford ...«

»Er war da.« Abrupt und zornig setzte Clayton sich auf. »Gleich in der Nähe, saß auf einem Baumstumpf wenige Meter entfernt und schaute zu.«

Mike beugte sich nach vorne, als wollte er etwas sagen.

»Nein, Mike«, bellte Clayton, und der Tonfall sorgte dafür, dass Mike es dabei beließ. »Dieser Dreckskerl hat dagesessen und zugesehen – darauf gewartet, dass ich ertrinke. Sag nicht, er hätte mir helfen wollen oder hätte nicht kapiert, was vor sich ging. Verteidige ihn bloß nicht. Er sah, wie ich unterging, und hat Platz genommen, um sich die Show anzusehen. Als ich fertig gehustet hatte und wieder normal atmen konnte, sah ich, wie mein großer Bruder aufstand, sich den Schlamm von der Hose wischte und davonging – enttäuscht. Das war mein Bruder, *Mr. Leek*. Das ist die Familie, der Sie Respekt zollen wollen. Und das ist der Grund, warum meine Antwort nein lautet. Die Last, die meine Familie für die Menschen dargestellt hat, die auf diesem Berg leben, ist ihnen endlich genommen worden, und ich will verdammt sein, sollte ich zulassen, dass das alles erneut beginnt – geschweige denn eine aktive Rolle dabei spielen.« Clayton schob seinen Stuhl zurück und erhob sich. Der Schmerz in seinem Bein war angesichts seiner Wut zweitrangig. »Wir sind hier fertig.«

Bracken musterte ihn eingehend und nickte. »In Ordnung. Dann müsste ich mal eben telefonieren.«

»Natürlich«, sagte Mike und stand auf. Clayton war beinahe an der Tür, als er schließlich das orangefarbene Blinken an seinem tragbaren Sprechfunkgerät bemerkte. Er hatte es vor dem Meeting auf lautlos gestellt. Dass das Kontrolllicht nun blinkte, bedeutete allerdings, dass jemand den Notruf ausgelöst hatte, und es gab im County nur eine weitere Person, die das hatte tun können. Er drehte am Lautstärkeregler und betätigte die Sprechtaste.

»Cricket, was ist los?«

Rauschen.

»Sheriff, wo sind Sie gewesen?« Ihre Stimme klang verzweifelt. »Es hat mehrere Notrufe wegen einer Explosion an der White Bluff Road gegeben.«

»Ist das dort, wo wir Darby hinbeordert haben?«

»Wo *Sie* Darby hinbeordert haben, ja. Ich bekomme seit zehn Minuten kein Signal mehr vom ihm. Er ist in Schwierigkeiten, Clayton.«

»Informier die Feuerwehr des County.«

»Hab ich bereits getan, Sir. Hab noch keine Rückmeldung.«

»Fuck. Bin auf dem Weg.« Er hängte das Funkgerät an seinen Gürtel. »Mike, mach das Tor auf.«

»Wird gemacht, Sir.«

Verdammt noch mal, Clayton. Du trägst Verantwortung für diesen Jungen, und du hast ihn geradewegs ins Inferno geschickt, damit du in Ruhe Outlaw spielen kannst. Was ist bloß los mit dir? Wenn Darby Ellis etwas zustößt, bist ganz allein du verantwortlich, du alter Trottel.

Clayton hastete zu seinem Bronco, so schnell, wie sein verkrüppeltes Bein es zuließ.

»Clayton!«, rief Mike von der Veranda aus, und der Sheriff drehte sich um.

»Was ist?«

»An jenem Tag am Creek. Es war nicht, wie du denkst. Ich meine, ja, schon, aber du verstehst da etwas falsch.«

»Spielt keine Rolle, Mike.« Clayton knallte die Tür des Pick-ups zu und machte sich auf zur White Bluff Road, wo er von vornherein hätte sein sollen.

10

Jagdhütte der Burroughs,
unweit des Southern Ridge

Als die Jackals die Hütte erreichten, einige Kilometer vom Gipfel des Bull Mountain gelegen, stand Bracken schweigend und ganz allein auf der Veranda und bedeutete Joe und Jay per Handzeichen, gleich ins Haus zu kommen. Die Nachtluft war dünn, und die leichte Brise an seinem Nacken brachte wenig Linderung. Er hasste die Feuchtigkeit in diesem Staat. In Sachen Hitze war der Unterschied zu Florida gar nicht so groß, zu Hause aber erinnerte einen der Salzgeruch der Luft permanent daran, wie nah man am Meer war, und an die damit verbundene Freiheit. Langgezogene Asphaltschleifen und weite, offene Räume entschädigten einen für Temperaturen wie aus dem Heizgebläse. Hier indes gab es keinerlei Entgegenkommen. Die feuchte Hitze zwang einen mit Gewalt zur Aufgabe, selbst im Schatten. Man fühlte sich schmutzig, woran er sich selbst nach Jahrzehnten noch nicht gewöhnt hatte.

Er wollte einfach nur fahren, ohne Helm, ohne Gepäck, ohne Sorgen, den Wind im Gesicht und den Strand im Rücken – aber dieser Tag lag noch in weiter Ferne. Er würde so lange in dieser mythisch verbrämten Bergwelt gefangen sein, bis das Geschäft abgeschlossen war. Natürlich würde es immer noch ein weiteres Geschäft geben, um das es sich zu kümmern galt – immer noch ein Problem, das gelöst werden musste. Jetzt hielt ihn doch tatsächlich schon wieder ein Mann namens Burroughs – genauso stur wie seine Vorgänger – von seiner nächsten langen Ausfahrt ab. Bracken knöpfte die Jacke auf, in der Hoffnung, das Lüftchen würde sich vielleicht auch an seiner Brust bemerkbar machen, aber das war ihm nicht vergönnt. Es führte bloß dazu, dass klebrige Rinnsale von Schweiß an seinem Körper hinabrannen, von denen ihn nur eine Dusche würde befreien können. Er stand am äußeren Rand der Veranda, starrte in den Wald und hackte eine verschlüsselte Nummer in sein Satellitentelefon.

»Ja, Bracken?« Eine Frauenstimme antwortete.

»Zum jetzigen Zeitpunkt ist die Burroughs-Option ein No-Go.«

»Das ist bedauerlich.«

»In der Tat. Offenkundig hat der jüngste Bruder keinerlei Interesse daran, die Geschäfte der Familie weiterzuführen.«

»Aber ihm ist schon klar, dass dieses Treffen reine Formsache war, oder? Wir brauchen seine Erlaubnis nicht. Und dass er, falls er nein sagt, auch kein größeres Interesse daran zeigt, selbst am Leben zu bleiben?«

»Ich glaube nicht, dass wir an dem Punkt sind, wo Drohungen nötig sind, Vanessa.«

»Ich habe angenommen, dass du, als du um dieses Treffen gebeten hast, das Ergebnis bereits kanntest. Du hast mir versichert, die Sache laufe todsicher.«

»Das habe ich auch gedacht. Es ist für ihn das Schlauste, was er tun könnte – für alle hier oben.«

»So viel zu deinem Ehrenwort, Bracken. Jetzt haben wir da einen vollständig unberechenbaren Gesetzeshüter sitzen, der darüber Bescheid weiß, was wir vorhaben.«

»So ist es nicht. Er hat kein Interesse daran, uns aufzuhalten. Er will bloß nicht mitspielen. Aber er hat sich uns gegenüber nicht respektlos gezeigt.«

»Aber die Steilvorlage annehmen wollte er nicht.«

»Es war das erste Mal, dass ihm jemand diesen Ball zugespielt hat. Er hat noch nicht verdaut, was mit seinem Bruder passiert ist. Ich glaube, er ist einfach durcheinander.«

»Ich habe keine Zeit für Durcheinander.«

»Ich glaube noch immer, es war der richtige Schritt.«

Vanessa schwieg einen Moment, bevor sie mehr schlechte Nachrichten vorbrachte. »Ich nehme an, du hast von dem Überfall dort oben gehört. Wahrscheinlich war das für die Verhandlungen nicht sonderlich hilfreich.«

Bracken hielt sich das Telefon an das andere Ohr.

»Wie hast du davon erfahren?«

»Ich denke, ich bin womöglich dafür verantwortlich.«

»Wovon redest du?«

»Ich rede von meinem idiotischen Neffen und seinen Kumpels. Als ich das letzte Mal in Georgia war – und davon erfuhr, was die Burroughs im Laufe der Jahre angehäuft haben müssen –, muss der Schwachkopf irgendetwas mitgehört haben, was er nicht hätte hören sollen, und sich gedacht haben, dass er einfach selbst losgeht und es sich holt.«

»Dein Neffe? Du meinst, einer der Männer, die die Bar überfallen haben, gehört zu deiner Sippe?«

»Nicht nur irgendeiner der Männer, Bracken, sondern just der, den dein Sheriff-Freund getötet hat.«

Der riesenhafte Biker schloss die Augen und kratzte sich die silberfarbenen Stoppeln am Kinn. »Herrgott, Vanessa. Wie konntest du das bloß zulassen?«

»Vielen Dank für dein Mitgefühl, Bracken.«

»Ich habe keine Zeit für Mitgefühl. Das könnte bedeuten,

dass wir alles verlieren. Wie konntest du nur so nachlässig sein?«

»Reg dich nicht auf, alter Mann. Ich habe die Sache im Griff.«

»Ach, wirklich?«

»Bracken, aus Respekt vor dir und all dem, was wir zusammen bewerkstelligt haben, werd ich dir deinen Ton nachsehen, aber vergiss bloß nicht, wer hier das größte Risiko eingeht. Das hier ist mein Deal. Ich habe dich einbezogen wegen deiner Verbindungen zu diesen Rednecks, und bisher ist dabei bloß Scheiße rausgekommen. Also sei ein bisschen nachsichtig. Mit meiner Familie werde ich schon fertig.«

»Du meintest, dein Neffe? Das müsste dann der Junge deines Bruders sein, richtig?«

»Genau.«

»Ich kenne niemanden, der Coot Viner im Griff hat, wenn er auf dem Kriegspfad ist.«

»Macht mein Bruder dir Angst, Bracken?«

»Es ist jetzt nicht der richtige Zeitpunkt für Spielchen, Vanessa.«

»Du hast Recht. Entschuldige. Hör zu, klär einfach, was du zu klären versprochen hast, und ich kümmere mich um den Rest. Coot wird uns keine Schwierigkeiten machen.«

»Du verlangst von mir eine Menge Vertrauen, Vanessa. Mehr, als ich mir vorstellt hatte.«

»Ich weiß.«

»Du bist dir der Konsequenzen bewusst, solltest du dieses Vertrauen enttäuschen?«

Es herrschte Stille in der Leitung. Bracken beobachtete Moe und Jay durch die geborstenen Läden vor einem der Fenster der Hütte. Sie lachten über irgendetwas. Bracken spürte das Gewicht der beiden auf seinen breiten Schultern. Er drehte sich wieder dem Wald zu und senkte die Stimme. »Ich glaube, der Sheriff braucht mehr Zeit. Er ist noch nicht bereit, sich selbst einzugestehen, wie übel sich die Dinge hier oben entwickeln werden oder welche entscheidende Rolle er dabei spielen könnte, das zu verhindern. Er wird sich einkriegen. Er ist bloß stur, und das ist ein Charakterzug, mit dem ich es hier oben ständig zu tun habe.«

»In Ordnung«, sagte Vanessa kurz angebunden. »Und was die andere Sache angeht?«

»Wir halten die Ohren offen. Wir sind zurückhaltend aufgetreten, seit wir hier sind. Unsere Priorität ist es, die Routen zu reaktivieren. Einen der Männer, der mit am Tisch saß, habe ich nicht erkannt, also hat Jay Nachforschungen angestellt und herausgefunden, dass es sich um einen Fährtensucher aus Atlanta handelt. Ein fähiger Mann mit entsprechendem Ruf, der seine Arbeit gut machen wird.«

»Wie ist sein Name?«

»Mark Tuley. Er gehört zu Jack Parsons Leuten. Kennst du ihn?«

»Natürlich. Jeder im Südosten kennt diesen Namen.«

»Gut. Damit bist du also im Bilde, dass wir nicht länger nach einem möglichen Kandidaten suchen. Tuley ist hier geboren, ist aber erst vor ein paar Monaten geholt worden. Genau deswegen, nehme ich jetzt mal an.«

»Der Kampf gegen die Zeit intensiviert sich also noch mal?«

»Kämpfen sollten wir gegen gar nichts. Wenn, dann sollte uns die Anwesenheit von Tuley dazu anhalten zusammenzuarbeiten.«

»Nun, genau deswegen bist du vor Ort, richtig?«

»Ganz genau.«

»Gut, alles klar, dann bleib dran. Bis in Kürze.« Vanessa legte auf, und Bracken steckte das Telefon in die Tasche. Er schaute zu seinem Motorrad hinüber und seufzte. Er wollte einfach nur fahren.

11

White Bluff Road

Auf dem Grundstück, auf dem Sonny Coles Wohnwagen stand, sah es aus wie in einem Kriegsgebiet. Das Gebäude stand noch, aber die Plexiglas-Fenster waren allesamt herausgesprengt worden, und brennende Trümmerteile lagen überall auf der Grasfläche herum. Clayton hielt, ließ den Bronco laufen und sprang aus dem Wagen. Im Zickzackkurs wich er den kleinen Brandherden aus, stolperte über eine Automobilachse und landete mit dem guten Knie in einem Hundehaufen, den der Deputy wohlweislich gemieden hatte. Für gewöhnlich hätte er Ekel empfunden, hatte aber keine Zeit, ihn überhaupt wahrzunehmen. Es war der Moment, als er die Körper am Boden entdeckte. Sonny Cole und Darby Ellis lagen ausgestreckt im Gras. Ein versengter Deputy-Hut lag nur wenige Meter von der Stelle entfernt, wo Clayton gestürzt war. Halb krabbelnd, halb kriechend bewegte er sich auf den einen der beiden Körper zu, um den er sich Sorgen machte. Er machte eine rasche Bestandsaufnahme, tastete Beine, Brust und Arme des Deputys ab, bevor er Darbys Schultern packte und ihn heftig schüttelte.

»Darby! Wach auf, Junge! Tu mir das nicht an. Darby!«

Darby war zunächst vollständig reglos, nach einigen heftigen Erschütterungen aber stöhnte er auf, und Clayton spürte, wie ihn Erleichterung übermannte. Der Deputy hustete trocken und würgte, und brauner Sabber spritzte auf Claytons Hemd. Er versuchte, etwas zu sagen, aber es gelang ihm nicht. Die Luft roch scharf, und Clayton spürte, wie ihm Augen und Hals brannten.

»Sag nichts, Kumpel. Cricket hat den Krankenwagen schon gerufen. Du wirst wieder. Halt durch.«

Darby versuchte, sich einige Zentimeter vom Boden aufzurichten, aber Clayton stoppte ihn. »Immer mit der Ruhe, Junge. Hilfe ist unterwegs.«

Darby löste sich etwas von Clayton und bewegte den Arm, um auf den Brandherd hinter dem Wohnwagen zu deuten. Es gelang ihm, ein Wort hervorzustoßen.

»Kinder.«

Clayton schaute hin und sah zwei weitere Körper am Boden liegen – kleinere Körper. »Oh, mein Gott.« Er ließ den Deputy los und eilte in Richtung der beiden Jungen. Weit kam er nicht, bevor ihn der chemische Nebel stoppte. Er spürte, wie sich seine Gurgel zusammenzog, und es gelang ihm kaum, normal zu atmen. Er schlug den Kragen hoch und hielt ihn sich vor Mund und Nase, startete aber keinen weiteren Versuch, näher heranzugehen. Er sank wieder auf die Knie, und seine Augen begannen derart zu brennen, dass ihm die Tränen kamen. Er wischte sie fort und sah die beiden Jungen nur ganz verschwommen vor sich, bloß dass sie keine Jungen mehr waren. Es waren nur noch verkohlte Kringel aus Fleisch, die im verbrannten Gras lagen, kaum zu unterscheiden von den verformten und qualmenden Schuttteilen, die kreuz und quer über den Hof verstreut herumlagen. Er betete, es möge nicht Reggie sein, aber er wusste, er war es. Er übergab sich ins Gras und rief sich das Bild von Reggie vor sein inneres Auge, wie er von ein paar Tagen in Pollard's Eckladen ausgesehen hatte. Er übergab sich erneut, aber das trockene Würgen förderte nur noch

Galle zu Tage. Er hörte die Sirenen, die den Pass hinaufkamen – immer näher kamen –, aber für die Kinder war es zu spät. Dieser Berg repräsentierte einen ewigen Kreislauf an Tragödien, der niemals endete. Und er hegte keinerlei Vorbehalte gegenüber jenen, die er verschlang – nicht einmal gegenüber Kindern.

Schließlich zwang er sich aufzustehen, das Gesicht weiterhin hinter dem Kragen verborgen. Er ließ sich wieder neben Darby fallen und zog dessen Kopf und Schultern in seinen Schoß. Nun konnte er die Blinklichter des Krankenwagens sehen und machte sich laut rufend bemerkbar. Er starrte zu Sonny Doles Körper hinüber und rief erneut nach den Rettungskräften. Er wusste nicht, ob Sonny lebte oder tot war, aber er wollte verdammt sein, wenn er zuließ, dass irgendwelche medizinischen Mühen an dieses Stück Scheiße vergeudet wurden, bevor Darby Hilfe bekam. Er sah hinab zu den Hämatomen, die sich an den Wangenknochen des Deputys zu bilden begannen.

»Boss, Cricket wird dermaßen sauer auf mich sein.«

»Sie wird drüber wegkommen, Junge. Das verspreche ich.« Clayton pfiff, und zwei junge Unfallhelfer in Rettungsanzügen des McFalls County hoben Darby aus seinem Schoß. »Abgesehen davon«, sagte er, mehr zu sich selbst als zu irgendjemandem sonst, »ist es nicht deine Schuld. Sondern meine.«

12

Cripple Creek Road

Kate erhielt ihren dritten Anruf von Mark an einem Abend, an dem Clayton und sie tatsächlich gut miteinander auskamen. Einige Tage zuvor hatte es an der White Bluff Road einen Zwischenfall gegeben, bei dem ein paar Kinder aus der Gegend zu Tode gekommen waren, sein Deputy lag im Krankenhaus. Er wollte darüber nicht reden, aber wie bei allem, was an schlechten Dingen im County passierte, hatte er sich dafür die Schuld gegeben und hatte seitdem wesentlich mehr Zeit zu Hause verbracht. Auch trank er längst nicht mehr so viel, seit es passiert war, weshalb sie sich entschied, dass, wenn er die Details für sich behalten wollte, sie ihn auch nicht löchern würde. Sie war einfach dankbar für den Waffenstillstand. Sie waren gerade im letzten Viertel eines alten Spaghetti-Westerns mit Yul Brynner, als das Telefon klingelte. Mark hatte darauf gedrängt, sie zu sehen, seit dem Überraschungsanruf vor einigen Tagen, und jetzt rief er sogar an, obwohl er sehr wohl wusste, dass Clayton zu Hause war. Es war, als wollte er testen, ob sie lügen oder ihm ein für alle Mal sagen würde, er solle sich verpissen.

Während er am anderen Ende der Leitung sprach, rang sie mit sich, ob sie Clayton erzählen sollte, dass ihr Ex wieder in der Stadt war, und ihn die Sache regeln lassen oder nicht, aber am Ende des Gesprächs erklärte sie sich bereit, Mark zu treffen, und dachte sich eine Lüge aus. Sollte er sie einem Test unterzogen haben, war sie tatsächlich durchgefallen – und zwar kläglich. Aber sie und Clayton waren einen weiten Weg miteinander gegangen, und sie würde nicht zulassen, dass irgendein alter Lover Clayton wieder runterzog, weshalb sie sich entschied, ihn zu treffen und ihm zu sagen, er solle dahin zurückkehren, wo er die letzten fünfundzwanzig Jahre verbracht hatte, und sie in Frieden lassen. Zumindest war es das, was sie sich einzureden versuchte.

Als Mark aufgelegt hatte, hielt Kate sich den Hörer an die Schulter und sah zu, wie Eben an den Narben auf der Brust seines Deddys herumknibbelte. Clayton hatte im Laufe des letzten Jahres das kupferrote Haar wachsen lassen; als das Baby nun daran zog, zuckte er zusammen und fing an zu lachen. Das Geräusch hatte sie schon Jahre nicht mehr gehört. Beinahe lachte auch sie los, darüber, wie dumm es war, an einem solchen Abend wie diesem zu tun, was sie zu tun vorhatte, aber vielleicht könnte ja nach heute Abend, nachdem sie diesen Schwachsinn mit Mark ein für alle Mal abgestellt hatte, das Gelächter, das aus dem Wohnzimmer kam, wieder zu einer festen Größe in ihrem Haus werden. Sie hatte für diese glückliche Familie im Raum nebenan gebetet, und dennoch war sie gerade dabei, sich eine Entschuldigung auszudenken, warum sie sie verlassen musste. Die Ironie des Ganzen entging ihr nicht. Sie hatte das Gefühl, in eine Episode von *Twillight Zone* geraten zu sein, in der sie und Clayton die Rollen getauscht hatten. Übelkeit überkam sie, aber das Freizeichen tutete aus dem Hörer in ihrer Hand, gab dem Augenblick wieder Gestalt, und sie hängte rasch den Hörer ein. Noch spürte sie einen Rest von Trotz in sich, so als stehe ihr ein eigenes Geheimnis zu.

»Germaine braucht dringend einen weiblichen Rat«, sagte sie und pflückte sich ihre Jacke aus dem Garderobenschrank.

»Jetzt? Ist schon ziemlich spät, oder?«

»Clayton, ich liebe dich, aber wenn ich diesen dämlichen Film auch nur noch ein Mal anschauen muss, könnte es sein, dass ich weglaufe und nicht mehr zurückkomme.«

Clayton sah beleidigt aus. »Das ist ein Klassiker, Baby.«

»So kann man es auch nennen.«

»Wir können umschalten. Mach gern etwas anderes an.« Clayton tastete auf der Couch nach der Fernbedienung und hielt sie ihr hin. »Hier …«

»Nein, Baby, baut ihr zwei mal eure Männerfreundschaft bisschen aus. Wird nicht lange dauern.« Sie strich mit der Hand über Ebens Kopf. »Vielleicht kannst du *ihn* davon überzeugen, dass dieses Schnarchfestival ein Klassiker ist.«

»Du brichst mir das Herz, Frau.«

Sie fuhr ihrerseits über seine Narben, die kreuzweise auf Brust und Rippen verliefen. »Ich glaube, du wirst es überleben.« Sie beugte sich über die Couch und küsste beide auf die Stirn. »Wird nicht lange dauern.«

»Spielt keine Rolle. Wir werden nicht mehr wach sein.«

Kate deutete auf den Fernseher. »Daran habe ich keinen Zweifel.«

Clayton verdrehte die Augen.

»Achte auf das Babyfon, nachdem du ihn hingelegt hast.«

»Mach ich immer, Kate.«

Sie lächelte. Sie bezweifelte, dass er überhaupt wusste, wie man es einschaltete.

13

Am nördlichen Zufluss des Bear Creek

Kate saß auf der Beifahrerseite von Marks Nissan Tundra, dem neusten und womöglich teuersten Fahrzeug in ganz McFalls County, und tat ihr Bestes, ihn nicht anzustarren. Gerade hatte sie ihren Jeep den zwei Männern anvertraut, die Mark ihr als Nipper und Lo-Fat vorgestellt hatte, und ziemlich genau in dem Moment, als sie die Schlüssel übergab, wurde ihr klar, dass sie ihren verdammten Verstand verloren hatte. Dieses abendliche Rendezvous mit einem Mann, der mittlerweile nichts als ein Fremder für sie war, führte ganz zweifellos die Liste der bescheuertsten Dinge an, die sie je getan hatte. Sie hatte noch nie ihren Mann betrogen. Sie hatte es noch nicht einmal in Betracht gezogen – und würde das auch nicht tun, das wusste sie –, aber angelogen hatte sie ihn bislang auch noch nie.

Nicht bis heute Abend.

Sie fühlte sich schmutzig und hätte gern die letzte Stunde ihres Lebens zurückgespult und wäre nach Hause gefahren, und doch konnte sie nicht aufhören, den Mann anzuschauen, der neben ihr saß. Sie erinnerte sich, wie schön Mark zu Highschoolzeiten gewesen war, und daran hatte sich nichts geändert. Er schien nicht einen Tag gealtert. Wenn überhaupt, war er jetzt, wo er seine jugendliche Weichheit verloren hatte, sogar noch anziehender, als sie es in Erinnerung hatte.

»Erinnerst du dich an diesen Weg?«, sagte Mark.

Kate sah aus dem Fenster. »Nein. Sollte ich?«

»Vermutlich nicht. Für mich ist es ziemlich eigenartig, wieder hier zu sein. Alles ist so anders, aber gleichzeitig auch so vertraut. Es ist, als habe man ein permanentes Déjà-vu.«

Kate wollte ihm beipflichten, tat es aber nicht. Es war schon schlimm genug, dass sie sich wie ein Schulmädchen fühlte; sie wollte nicht auch noch wie eines klingen. Marks tätowierter Arm hing über dem Lenkrad, und er steuerte den Pick-up nur mit dem Handgelenk den einspurigen Feldweg entlang. Während sie immer weiter den Berg hochfuhren, in peinlichem Smalltalk verstrickt, verstummte Mark irgendwann und dreht das Radio lauter. Taylor Swifts Stimme brach unvermittelt durch das Rauschen eines UKW-Senders. Sie steuerten durch die Berglandschaft, begleitet von einem klebrig-süßen Popsong, in dem es darum ging, dass man nie, nie wieder zusammenkommen würde, als Kate plötzlich von der Absurdität des Ganzen überwältigt wurde. Sie streckte den Arm aus und drehte die Lautstärke runter.

»Okay, Mark. Was soll das alles hier?«

»Wie meinst du das?«

»Ich meine, wir haben uns seit über zwanzig Jahren nicht gesehen, also komm zum Punkt und nenn mir den Grund, warum du zurückgekommen bist – und warum du dermaßen drauf aus bist, mich zu sehen. Du kennst mich nicht einmal mehr. Und ich kenne dich nicht. Also erklär mir einfach, worum es hier geht.«

»Ich denke nicht, dass ich dich nicht kenne, Kate.«

Kates Gesicht wurde heiß, und sie spannte die Rückenmuskulatur an. »Tu das nicht. Ich bin glücklich verheiratet, und sollte es das sein, worum es hier geht, dann dreh bitte einfach um.«

»Wow, jetzt mal langsam, Kate. Das meinte ich nicht. Ich wollte bloß sagen, es ist meiner Meinung nach nicht fair, einfach abzutun, was wir hatten. Es hat mir etwas bedeutet.«

»Wir waren Kinder.«

»Wir waren neunzehn, Kate.«

»Und deswegen waren wir noch Kinder, Mark.«

»Nun, wenn es dir so gar nichts bedeutet hat, wie kommt es dann, dass dein Mann überhaupt nichts von uns weiß?«

Kate war überrascht. »Clayton weiß alles über dich. Ich habe keine Geheimnisse vor ihm.«

»Er weiß, dass wir in der Mittelstufe Händchen gehalten haben, aber er weiß nichts von dem Sommer nach unserem Abschluss, oder …«

»Moment mal.« Kate hob eine Hand. »Woher willst du wissen, was mein Mann weiß und was nicht?«

»Weil ich mit ihm gesprochen habe. Ich habe ihn die Tage gesehen.«

»Alles klar. Halt den Wagen an. Sag mir sofort, was zum Teufel hier los ist.«

»Beruhig dich, Kate. Es gibt hier keine Verschwörung. Als ich gerade zurück war, war ich mit Mike Cummings unterwegs, und Clayton lief uns über den Weg. Er hat mich erkannt, aber nichts von dem, was er sagte, gab mir Grund anzunehmen, du hättest ihm irgendetwas von uns erzählt, außer seit wann wir uns kennen.«

»Ich kann nicht glauben, dass ich dieses Gespräch führe. Was habe ich bloß erwartet?«

»Hör zu, Kate, ich werde dir alles sagen, was du wissen möchtest. Frag mich irgendetwas.«

Kate starrte ihn einen Moment lang an und wandte sich dann ab, um wieder aus dem Fenster zu schauen. »Für den Anfang könntest du mir vielleicht mal sagen, wo du die ganze Zeit gewesen bist. Du bist einfach verschwunden. Du hast dich nie verabschiedet. Kein Wort. Was ist mit dir passiert?«

»Das tut mir leid.«

»Nicht, dass es wichtig wäre, aber falls du irgendwo anfangen willst, fang da an.«

»Es ist im Grunde längst nicht so mysteriös, wie es sich anhört.« Mark schüttelte sich eine Zigarette aus dem Päckchen auf dem Armaturenbrett. »Stört es dich?«

»Tut es.«

Er schaute wieder zu ihr hinüber, um zu sehen, ob sie einen Witz gemacht hatte. Hatte sie nicht, weshalb er die Zigarette wieder zurück in die Packung schob.

»Also?«

»Richtig, na ja, du weißt, ich und mein Alter sind nie wirklich miteinander ausgekommen.«

»Ja, das weiß ich.«

»Ich war alt genug, um mit dem alten Drecksack fertig zu werden, als er anfing zu trinken und mich zu verprügeln, aber meine Mutter und mein kleiner Bruder …«

»Raife?«

»Genau. ich konnte nicht immer da sein, um sie zu beschützen. Raife hat das meiste abbekommen. Er war noch ein Kind. Deddy hätte ihn eines Tages umgebracht, hätte ich nichts unternommen, weshalb ich sie, nachdem ich genügend Bargeld gebunkert hatte, da weggeholt habe. So sind wir in Atlanta gelandet. Nicht wirklich weit weg, ich weiß, aber weit genug entfernt von dem Bastard. Wir benutzten den Mädchennamen meiner Mutter und haben uns gemeinsam mühsam ein neues Leben aufgebaut.«

»Warum hast du mir nichts davon gesagt?«

»Ich wollte nicht riskieren, dass er davon erfuhr, wo wir sind. Mein Großvater hatte eine Führungsposition im Burroughs-Clan inne, und wenn Deddy wirklich jemandem die Daumenschrauben hätte anlegen wollen, um unseren Aufenthaltsort herauszufinden, wollte ich nicht, dass du diejenige sein würdest.«

Erneut wurde Kates Gesicht heiß. Die Wärme durchströmte ihren ganzen Körper. »Ist deine Mutter noch dort, in Atlanta?«

»Sie ist gestorben, ein paar Jahre, nachdem wir dort hingezogen waren.«

»Oh, das tut mir leid.«

»Nein, schon in Ordnung. Sie wurde krank. So was passiert. Mein Bruder und ich waren bei ihr, als sie starb. Sie ist friedlich eingeschlafen, sie war also am Ende mit allem versöhnt. Wir auch, aber mein Bruder brauchte nach ihrem Tod jemanden, der auf ihn aufpasste, und das fiel mir zu. Glücklicherweise begegneten wir einer Reihe guter Menschen, die uns schließlich Arbeit gaben. Gut bezahlte Arbeit. Der Job hat uns schon in alle Ecken des Landes geführt – der Welt sogar.«

»Wohin denn zum Beispiel?«

»Wir waren lange in Japan, Afghanistan, den Philippinen. Überall.« Er hielt inne und machte einen abwesenden Eindruck.

»Welche Art von Arbeit führt einen denn nach Japan?«

Mark nahm sich Zeit für die Antwort. »Zwangsenteignung.«

»Du bist Gerichtsvollzieher?«

»Ja, so könnte man es nennen. Ich hole Dinge zurück.« Wieder zögerte er. »Manchmal lasse ich auch Dinge verschwinden. Es ist kompliziert.« Kate bohrte nicht weiter nach.

»Claytons Mutter musste ebenfalls von hier verschwinden. Aus demselben Grund, warum du deine Mutter herausholen musstest.«

Mark sah sie eingehend an, schloss dann kurz die Augen und wandte den Kopf zur Seite. »Ich weiß.«

»Aber sie hat nicht versucht, jemanden außer sich selbst zu retten. Hat ihn einfach zurückgelassen.«

»Sein Glück.«

Kate war von der Antwort überrascht. »Glück« war das letzte Wort, das ihr beim Thema Mutter verlässt ihr Kind eingefallen wäre. »Sein Glück? In welcher Hinsicht?«

»Nun ja, hätte sie Clayton mitgenommen, hätte er dich nie kennengelernt.«

Kate hatte darauf keine Antwort. Einen Augenblick lang fuhren sie schweigend weiter, bevor ein weiterer Song im Radio Marks Aufmerksamkeit erregte und er die Lautstärke nur so weit hochdrehte, um die Pause in der Unterhaltung zu füllen. Einige Minuten lang fuhren sie so weiter, während Pop-Country die Kabine des Pick-ups erfüllte. Kate hasste diese Scheiße. Diesmal stellte sie das Radio ganz aus. »Was also hat dich wieder hergeführt?«

»Du«, sagte Mark beinahe zu schnell, so als habe er auf die Frage gewartet.

Wieder spürte Kate die Hitze. Sie musste wirklich zusehen, dass das Schulmädchen Kate die Koffer packte. »Was genau heißt das?«

»Na ja, jetzt nicht du allein, sondern deine Familie. Die Familie deines Mannes.«

»Und wie genau?«

»Mike und ich kennen uns schon ewig. Das weißt du. In Sachen Vertrauen werde ich damit bei dir sicherlich keinen Blumentopf gewinnen, aber ich war jahrelang für Mike und Halford der Verbindungsmann in Atlanta.«

»Ach, tatsächlich?«

»Ja. Und Scabby Mike ist, ganz anders, als du womöglich denkst, ein guter Mensch.«

»Das weiß ich, und ich finde es furchtbar, dass Leute, die sich als seine Freunde bezeichnen, ihn noch immer so nennen.«

Mark lächelte sie an. Sie vermochte es noch immer, ihn zu überraschen.

»Wie auch immer, jedenfalls hatte ich vor einigen Monaten an der texanischen Grenze zu tun, als Mike mich kontaktierte, um mir zu erzählen, dass mein alter Herr gestorben sei.«

»Habe ich gehört. Tut mir leid.«

»Muss es nicht. Hätte keinen Besseren treffen können. Der Punkt ist aber der, dass Mike mich außerdem auf Stand gebracht hat in allem, was hier im letzten Jahr so los war. Er erzählte mir, Halford sei getötet worden und wer ihn erschossen habe. Er sagte, er spüre, wie die Einheimischen langsam ungeduldig würden und er durchaus Hilfe dabei gebrauchen könne zu verhindern, dass der Ort sich in den Wilden Westen verwandelt.«

»Wann war das hier nicht der Wilde Westen?«

»Glaub mir, Kate. Wir haben es mit einer ganz neuen Spezies zu tun.«

»Was kümmert es dich? Ich meine, offenkundig lief es doch ziemlich gut in der Tiefebene.« Sie strich über das Armaturenbrett des Tundra. »Wieso setzt du aufs Spiel, was du hast, nur um uns hilflosen Landeiern unter die Arme zu greifen?«

Mark wirkte beleidigt. »Das ist meine Heimat, Kate. Gerade du müsstest das verstehen. Du kannst dir sicher vorstellen, wie überrascht ich war, als ich hörte, du hättest in den Burroughs-Clan eingeheiratet. Außerdem fing ich an, mir wegen Großvater Sorgen zu machen. Ich wusste, dass er und die Familie deines Mannes wie Pech und Schwefel zusammenhielten, aber ich hatte keine Ahnung, was es für ihn bedeuten würde, wenn Halford nicht mehr auf ihn aufpasste.«

Kate war es jetzt schon leid, diesen Namen zu hören.

»Dir ist schon klar, dass Halford Burroughs ein Geisteskranker war, oder? Er hat auf niemanden aufgepasst außer auf sich selbst. Ich würde sagen, dein Großvater ist wesentlich sicherer, seit der Psycho tot ist.«

Für den Augenblick ging Mark nicht darauf ein. »Wie dem auch sei, Deddy wird immer älter, und ich habe keine Ahnung, wie lange er uns noch erhalten bleibt, weshalb ich fand, es wäre Zeit, nach Hause zurückzukehren.«

»Ist dein Bruder mitgekommen?«

»Raife? Nee. Nie im Leben würde er hierher zurückkehren. Dafür gibt es hier oben zu viel schlechtes Karma. Er führt in Atlanta die Geschäfte weiter, während ich weg bin.«

»Verstehe.«

»Aber ich habe keine Eile zurückzukehren.«

»Wieso das?«

»Das ganze Bild hat sich verändert.«

Kate spürte, wie erneut eine Hitzewelle über ihre Haut hinwegging.

Verdammt, er tat das mit Absicht.

Sie wischte sich die feuchten Handinnenflächen an ihrer Jeans ab.

»Das ist im Großen und Ganzen der Grund, warum ich dich sehen wollte. Schnall dich bitte an. Der Weg hier oben ist etwas holprig.« Mark bog von der befestigten zweispurigen Straße in einen zugewucherten Schotterweg zu ihrer Rechten ein.

»Wohin fahren wir?«

»Ich möchte dir etwas zeigen.«

»Mark, ich denke, das ist keine gute Idee.«

»Ich versichere dir, Kate, darum geht es nicht. Es dauert nur einen Augenblick, und dann werde ich dich zu deinem Jeep zurückbringen.«

Kate schloss ihren Sitzgurt, und Mark manövrierte den Pick-up den steinigen Weg entlang. Als der Pfad sich zu einer Lichtung hin öffnete, brach auch die tiefe Dunkelheit um sie her auf, und Mark lenkte den Pick-up am breitesten Ausläufer des Bear Creek auf den weichen Untergrund. Diesen Abschnitt des Creek konnte man fälschlicherweise für einen Fluss halten, und das Mondlicht, das vom Wasser reflektiert wurde, sah aus wie eine endlose Kolonie von Glühwürmchen, die über der Oberfläche schwebte. Und ob sie den Weg kannte. Und diesen Ort. Aus ihrer Kindheit nämlich, war aber seither nicht mehr hier gewesen. Sie erinnerte sich an einen heruntergekommenen, aufgebockten Wohnwagen, der ganz hinten auf der anderen Seite des Wassers gestanden hatte, aber der stand nun auch nicht mehr dort. Tatsächlich konnte sie kaum glauben, was sie stattdessen sah. Sie dachte daran, was Mark erst vor ein paar Minuten gesagt hatte.

Das ganze Bild hat sich verändert.

Er hatte nicht von ihr gesprochen. Sondern hiervon. Ein kleines Landhaus aus Ziegeln, anheimelnd und hell erleuchtet, mit einer geschlossenen Veranda vor der eigentlichen Haustür, hatte den alten Wohnwagen ersetzt. Außerdem stand ein hölzernes Schaukelgerüst neben einem Spielhaus für Kinder in der Mitte des Vorplatzes.

Mark stellte den Motor ab, und Kate stieg aus. Sie ging so nah an das Wasser heran, wie es ging, bevor ihre Schuhe im Morast zu versinken begannen. Mark stieg ebenfalls aus und folgte ihr. Ein Mann saß auf der Veranda, ein Kleinkind auf dem Schoß. Er hatte dem Kind unter der Verandalampe vorgelesen, nun aber erwiderte er Kates starren Blick über den Creek hinweg. Ein anderes Kind, ein Junge um die acht Jahre, saß mit einem Block und ein paar Stiften auf der Treppe und beachtete sie nicht. Kate begriff, dass der Mann auf der Veranda Ernst Pruitt war, Marks Großvater. Sie drehte sich um, um sich zu erkundigen, wer die Kinder waren, aber Mark kam ihr zuvor.

»Das sind die Kinder meiner Halbschwester. Sie hatte über die Jahre hinweg ihre eigenen Probleme, und Papa kümmert sich um sie, bis sie ihr Leben auf die Reihe kriegt.«

Kate nickte. »Ist die Straßen befestigt?«, sagte sie und deutete auf die Zufahrt zum Haus.

»Jep. Strom über Erdkabel gibt's auch.«

»Du verarschst mich.«

»Keineswegs.«

»So hab ich den Ort hier nicht in Erinnerung vom letzten Mal, als du mich hierhergebracht hast.«

»Also erinnerst du dich doch.«

Kate antwortete nicht.

»Nein, glaub ich gern, dass hier nichts mehr so aussieht. Es sah schlimm aus. Unser durchgerosteter Wohnwagen stand gleich hinter dem Haus, eine Konservendose auf Rädern mit zwei Schlafzimmern, einem Wohnzimmer, einer Kochnische und einem Klo, das aber nie funktionierte. Mein Alter erklärte den einen Raum zum Kinderzimmer für mich und meinen Bruder, verbannte Mom aufs Sofa im Wohnzimmer und nutzte den anderen Raum, um zu trinken und sich Crank reinzuziehen.«

»Mir war nicht klar, dass du hier aufgewachsen bist.«

»Bin ich auch nicht. Dort jedenfalls nicht.« Mark zeigte auf seinen Großvater und winkte. Ernest winkte nicht zurück. Er hob das Kleinkind aus dem Schoß und rief dann das andere Kind ins Haus. »Ich wuchs in dem Drecksloch auf, das es war, bevor der *geisteskranke* Halford Burroughs den alten Wohnwagen hier wegschleppen und das bauen ließ, was du jetzt dort siehst.«

»Und warum hat er das getan?«

»Aus demselben Grund, aus dem er eine Menge anderer Dinge getan hat, von denen man keine Ahnung hat, wenn man da unten in dieser Blase namens Waymore Valley lebt.«

»Jetzt mach mal halblang. Du klingst genauso wie die restlichen Schwachköpfe hier oben, die Halford für eine Art Helden gehalten haben.«

»Einen Helden? Nein. Aber jetzt mal im Ernst. Als ich ein Junge war, gab es hier draußen nichts außer dem Wohnwagen, an den du dich erinnerst und ein paar andere. Du bist hier großgeworden. Ich erzähle dir nichts, was du nicht schon weißt. Es gab hier draußen nichts außer den heruntergekommenen Feuerfallen ehemaliger, vollkommen verwahrloster Schwarzbrenner, die alle hinter demselben bisschen Kleingeld her waren. Das gesamte Bergareal war gespickt mit improvisierten Küchen, wo richtig finstere Mistkerle in Badewannen rumpanschten. Zu denen mein Deddy gehörte. Sie strampelten sich mit diesem Scheiß ab, um zumindest so viel zu verdienen, dass es für Sprit für die Generatoren, Whiskey im Schrank und eisgekühltes Bier reichte. Es gab nicht einmal fließendes Wasser, abgesehen von dem im Creek. Ich erinner mich, wie ich gleich da vorn für meine Mama Wasser holen musste, damit sie Kartoffeln und Kohl kochen konnte, während Deddy ein Bier nach dem anderen kippte, vollkommen zugedröhnt. Es war nicht so, dass die meisten Kinder nicht hätten zur Schule gehen können, wenn sie täglich den langen Fußmarsch auf sich nahmen, aber wer hätte es ihnen verübeln können, dass sie nicht neben all den adretten, normalen Kindern mit ihren Butterbrotdosen und strahlend weißen Turnschuhen sitzen wollten?«

Kate dachte an ihre alte Butterbrotdose und ihre strahlend weißen Turnschuhe. Sie war eines dieser normalen Kinder gewesen, von denen Mark sprach, und er war sich dessen bewusst.

»Es war einfacher, sich stattdessen hinter Leuten wie meinem Deddy einzureihen und Drogen zu verkaufen oder sogar etwas aufzusteigen und für Claytons Vater in den Plantagen zu arbeiten. Ich hasste diesen Ort. Alles, woran ich mich erinnere, ist, wie Menschen einander und sich selbst wehtaten. Kaum jemand von hier besaß einen Pick-up oder ein Auto. Schusswaffen gab es in rauen Mengen, aber alles, was einem Haushalt einen Anstrich von Normalität verleiht, wie ein Kühlschrank oder ein Fernseher oder selbst ein Radio – tja, es gab nichts von alldem. Wir waren Abschaum, wie es schlimmer nicht geht. Ich war Abschaum, wie es schlimmer nicht geht. Und jetzt schau, Papa wohnt in einem richtigen Haus. Diese Kinder haben einen richtigen Hof, auf dem sie spielen können. Sie haben eine Chance, verstehst du?«

»Und das alles wegen des heiligen Halford, nehme ich an.«

Mark seufzte und holte die Zigarette heraus, die Kate ihm zuvor nicht gestattet hatte. Er nahm einen langen Zug und blies den Rauch weg von Kate. »Hast du gewusst, dass vor einigen Tagen zwei Kinder umgekommen sind – in die Luft geflogen – bei einer Explosion in einem Meth-Labor an der White Bluff?«

Ein scharfer Wind blies vom Creek her, und Kate gab ihm die Schuld an dem kalten Schauer, der sie überlief. »Nein, das wusste ich nicht.«

»Einer der Deputys deines Mannes ist auf der Intensivstation gelandet, einfach weil er da war.«

Kate sagte nichts, aber Mark war klar, dass sie hinter ihren grünen Augen Puzzleteile zusammensetzte. Er nahm noch einen weiteren tiefen Zug von der Zigarette und stieß den Qualm langsam aus. »Es hat eine Zeit gegeben, zu der solche Dinge schlicht nicht vorgekommen wären. Sosehr Claytons Bruder auch mit Makeln behaftet gewesen sein mag, in dieser Hinsicht wehte bei ihm ein anderer Wind.«

»Mit Makel behaftet?«, sagte Kate angewidert. »Halford und sein Vater haben jedem Drogen und Waffen verkauft, der sie bezahlt hat. Der einzige Burroughs, der hier oben je wirklich versucht hat, sich von alldem zu distanzieren, ist der, den ich geheiratet habe. Derjenige, der ein Jahr lang kaum alleine laufen konnte dank deiner Menschenfreunde.«

»Das ist nicht ganz richtig, Kate.«

»Was denn?«

»Halford hat niemals hier verkauft. Wenn er eines getan hat, dann das Drogenproblem von hier fernzuhalten. Er hat es ausgerottet und verbannt. Weißt du, wie viele Kinder zu Hals Lebzeiten auf diesem Berg bei Explosionen in Stücke gerissen wurden? Ich kann es dir sagen. Keines.«

»Bring mich nach Hause, Mark.«

»Mach ich, aber beantworte mir erst eine Frage. Bereust du es?«

»Was sollte ich bereuen?«

»Den Bundespolizisten umgebracht zu haben.«

Sie war jetzt wütend. »Ich sagte, fahr mich nach Hause.«

Mark hielt die Zigarette zwischen Daumen und Zeigefinger. Er blies in die Glut und sie leuchtete hell auf.

»Tust du natürlich nicht. Und ob ich dich kenne. Du tust niemals etwas, an das du nicht glaubst. Bist du deswegen eine Verrückte? Oder eine Frau, die getan hat, was getan werden musste, um ihre Familie zu schützen? Jetzt frag dich einmal, wie vielen Männern wie dem, der versucht hat, deinen Mann zu töten, sind Claytons Vater oder Halford deiner Meinung nach in ihrem Leben begegnet?« Mark zerdrückte mit den Fingern die Zigarettenglut, bevor er den Baumwollfilter in die Tasche steckte.

Kate zog sich die Jacke eng um die Schultern und schob ihr Haar hinters Ohr. Sie wollte nicht mehr reden. Sie wollte nach Hause.

»Mark, ich weiß deine Außenseiter-Meinung darüber, wer und wie die Menschen hier oben wirklich sind, zu schätzen, und ich bin froh, dass sich jemand um deinen Großvater und die Kinder dort unten kümmert, aber wozu hast du mich hergebracht und mir das gezeigt? Was interessiert es dich oder irgendjemand sonst, was ich davon halte?«

In dem Häuschen jenseits des Creek gingen die Lichter aus, jetzt waren die Pick-up-Scheinwerfer, in deren Kegeln sie standen, die einzige Lichtquelle. Mark ging in die Hocke, um auf der Sandbank einen glatten Kiesel aufzulesen. Er ließ ihn über das Wasser hüpfen, und sie verfolgten gemeinsam, wie er bis zur Mitte schnellte und dann versank.

»Als die Bundesbeamten letztes Jahr hier auf dem Berg ihre Razzien durchführten, nahmen sie alles mit, was sie finden konnten, steckten ein, was sie an Bargeld fanden, und hinterließen nichts als verbrannte Erde.«

»Ich weiß. Und?«

»Nun, sie haben längst nicht alles bekommen. Tatsächlich glauben wir, dass sie kaum an der Oberfläche dessen gekratzt haben, was hier herumliegt.«

»Aha.« Kate wurde sich plötzlich des eigenen Gewichts bewusst. Sie hatte das Gefühl, fest im Boden verankert zu sein.

Geld. Es ging hier um Geld. Alles, was auf diesem Berg geschieht, folgt einer Kalkulation.

Sie warf das Haar nach hinten und hob ihrerseits einen Stein auf. »Mich aus heiterem Himmel anzurufen, mit mir über unsere Vergangenheit zu sprechen, mich dazu zu überreden, mit dir hier rauszufahren, mir all das hier zu zeigen, war alles bloß Taktik, um ein Geschäft anzubahnen.« Sie wischte den Stein ab und ließ ihn über die Wasseroberfläche des Creek hüpfen.

Sie sahen zu, wie er davonglitt und bis zur anderen Seite hüpfte.

»Nicht ganz.«

»Behalt's für dich, Gerichtsvollzieher. Wovon soll ich meinen Mann, den Sheriff, deiner und Mikes Meinung nach denn überzeugen? Ich bin mir sicher, es ist etwas, zu dem er bereits nein gesagt hat.«

»Du traust wirklich niemandem, oder?«

»Vertrauen hat den Mann, den ich liebe, beinahe umgebracht, Mark, also spuck einfach aus, weshalb du mich hierher gebracht hast, dann haben wir's hinter uns.«

»Vielleicht ist jetzt nicht der richtige Zeitpunkt.«

»Dann bring mich zu meinem Jeep.«

»Wenn es das ist, was du willst.«

Mark trat hinter sie und streckte die Hand aus. Er legte sie Kate behutsam auf die Hüfte. Zuerst bewegte sie sich gar nicht, so als fühle es sich vollkommen natürlich an, dass sie dort lag. Dann drehte sie sich zu ihm um. Sie trat einen Schritt zurück und öffnete den Reißverschluss ihrer Jacke. Die Bluse, die sie darunter trug, war gerade so tief ausgeschnitten, dass die sanften Erhebungen ihres Dekolletés sichtbar waren. Sie war sich dessen bewusst, dass ein Mann wie Mark gezwungen sein würde hinzusehen, und genau das tat er. Kate griff nach seinem Kinn und bog seinen Kopf behutsam nach oben, bis sich ihre Blicke trafen. »Schau nur gut hin, Mark. Schau gern so lange wie nötig, damit du's aus dem Kopf kriegst, denn dazu wird es nicht kommen. Ich bin Clayton Burroughs Frau. Ich liebe ihn. Du weißt bereits, wie weit ich für ihn zu gehen bereit bin. Das hast du ja selbst vor einer Minute noch mal betont. All deine Annahmen darüber, was zwischen uns passieren wird, sind also falsch.

Du unterscheidest dich in keinster Weise vom Rest der Männer, die hier geboren wurden, aber mein Mann schon. Und wenn du wirklich meine Hilfe willst, um ihn von irgendetwas zu überzeugen, dann solltest du mit dieser Alte-Flamme-Nummer aufhören und ihm und mir den Respekt zollen, den wir verdienen.«

»In Ordnung, Kate. Ich verstehe.«

»Tust du das?«

»Ja.«

»Dann sag mir, wonach ihr hier sucht.«

»Millionen, Kate. Wir suchen nach Millionen. Das Problem ist, da sind wir nicht die Einzigen, und sollten die anderen sie zuerst entdecken, wird alles, was ich dir gerade gezeigt habe, alles, was an Anstand und Wohlwollen auf Bull Mountain noch übrig ist, in Flammen aufgehen. Und das ist die Wahrheit.«

»Und du glaubst, Clayton kann dir helfen, es zu finden?«

»Ich glaube, er ist der Einzige, der das kann.«

14

Cripple Creek Road

Als Kate heimkam, lag das Haus im Dunkeln. Das Verandalicht war aus. Leise schloss sie die Tür auf und trat in die Diele. Sie streifte die Stiefel ab und glitt aus ihrer Jeans, ließ sie einfach liegen. Sie zog die Jacke aus, hängte sie über den Lehnstuhl und setzte sich vorsichtig neben ihren Mann, der auf dem Sofa schnarchte. Er bewegte sich leicht, als sie ihm den schlafenden Eben von der Brust nahm. Sie schloss das Baby fest in die Arme und bedeckte seine winzige Stirn mit Hunderten Mama-Küsschen. Als sie aufstand, berührte Clayton ihr nacktes Bein. Sie ließ ihn gewähren, ging dann in Ebens Zimmer und legte ihn in seine Wiege.

Clayton saß aufrecht da, als sie ins Wohnzimmer zurückkehrte, aufrecht und nüchtern. Schweigend nahm sie ihn bei der Hand und führte ihn den Flur entlang.

»Alles in Ordnung bei Charmaine?«

Kate ging nicht darauf ein, öffnete die Tür zum Schlafzimmer und schloss sie hinter ihnen. Clayton streckte die Hand nach dem Lichtschalter aus, aber sie stoppte ihn. »Lass es aus.«

Sie wollte mit ihm vögeln, ihn aber nicht unbedingt anschauen.

Sie drückte ihn aufs Bett, knöpfte sich die Bluse auf und ließ sie von den Schultern gleiten. Sehen konnte sie Claytons schläfriges Highschool-Lächeln nicht, aber sie wusste, es war da. Seine Unfähigkeit, an irgendetwas anderes zu denken als an sie, wenn sie es taten, wirkte stets wie ein kraftvolles Rauschmittel bei ihr, und Kate wollte sich jetzt kraftvoll fühlen, nachdem sie sich den ganzen Abend über so hilflos vorgekommen war. Sie griff hinter sich, hakte ihren BH auf und ließ ihn fallen.

»Das habe ich nun als Letztes erwartet, als du nach Hause gekommen bist.«

Wieder überging Kate seine Äußerung und setzte sich auf ihn. Er beeilte sich, den Gürtel an seiner Hose zu öffnen, und Kate half ihm, bis er es schaffte, ein Bein zu befreien. Sie küsste ihn – hart –, von Whiskey keine Spur in seinem Atem. Sein Bart kratzte sie im Gesicht. Es war ihr egal. Sie war nicht empfindlich.

Nicht heute Nacht. Empfindlich hatte Zeit bis morgen.

15

Hamilton Road: Haus von Daniel »Coot« Viner, Boneville, Georgia

Coot starrte aus dem Fenster in das Pechschwarz der sternenlosen Nacht. Er sah mitgenommen aus von all dem gewollt freundlichen Händegeschüttel und den Drogen und war dankbar für den Moment der Ruhe. Donnie und Tate hatten beide für ordentlich Schlagseite gesorgt und saßen auf dem Sofa, als warteten sie auf Erlaubnis, sich wieder bewegen zu dürfen.

Twyla saß, wie immer, in ihrem Lehnstuhl neben dem Kamin und blätterte ruhig in einem Fotoalbum mit Aufnahmen jüngerer und hübscherer Versionen ihrer selbst und ihres Mannes, Joe. Die beiden Menschen auf den Bildern kamen ihr jetzt wie Fremde vor. Joe Viner war ein guter Mann gewesen – ihr ein guter Ehemann und seinen Kindern ein guter Vater. Mit Daniel hatte er sich immer größte Mühe gegeben, aber als Joe dann krank wurde, wurde deutlich, dass aus dem Erzeugnis seiner ersten Ehe niemals die Art Mann werden würde, hart arbeitend und ehrlich, zu der sein Vater gehörte. Seine Verwandlung von Daniel in Coot, als er älter wurde, war mehr als ein bloßer Namenswechsel. Sie hatte etwas Metaphysisches an sich gehabt. Er hatte sich gemausert, sich wie eine Schlange gehäutet und in eine andere Spezies verwandelt. Aber erst nachdem der Kehlkopfkrebs ihren Mann schließlich umgebracht hatte, wurde Twyla der eigentlichen Veränderungen gewahr.

Coot verkaufte die Speditionsfirma seines Vaters – die aufzubauen ihn zwanzig Jahre gekostet hatte – und nutzte das Geld, um sich mit der Familie ins Crystal-Meth-Geschäft einzukaufen. Und da Coot noch nie zu etwas hatte nein sagen können, das ihn selbst umbringen konnte, konsumierte er bereits nach kurzer Zeit genauso viel, wie er verkaufte. Als die Gewalttätigkeit untragbar wurde, musste Bessie May – Twylas leibliche Tochter mit Joe – gehen. Obgleich es Twyla das Herz brach und sie mit Coot allein zurückblieb, hatte sie nie versucht, sie davon abzuhalten. Sie verstand. Sie hoffte, dass Coots Sohn Joseph den Grund dafür liefern würde, durchzuhalten – den Grund, daran zu glauben, dass sie noch immer eine Familie hatte, aber jetzt war Joseph genauso tot wie sein Namensvetter, und sie war der Meinung, dass sehr wohl Coot selbst ihn auf dem Gewissen haben könnte. Alle Männer, die sie in dieser Welt geliebt hatte, waren tot, und die einzigen, in deren Adern noch Blut floss, diejenigen, die die Morde verantwortet hatten. Sie selbst besaß außer der Trauer nichts mehr. Die Toten erzeugten ein Vakuum, das das, was von ihr noch übrig war, in sich hineinzog – ein schwarzes Loch in ihrer Brust. Sie hielt sich die Sauerstoffmaske vor das Gesicht und versuchte, ihre zusammengefallene Lunge zu füllen.

»Was weißt du über die Leute, die meinen Enkel getötet haben?«

Coot wandte sich seiner Mutter zu. »Ich warte noch auf Info über einen von ihnen, fest steht aber, dass der andere ein Typ namens Scabby Mike ist. Sollte klar sein bei dem Namen, warum er identifiziert werden konnte. So ein hässlicher Kackvogel. Seine ganze Fresse ist verbrannt, oder irgend so 'n Scheiß.«

»Und zu wem gehören sie?« Twyla nippte an ihrem Rotwein.

Coot spürte, wie die Wut auf seine Mutter wieder in ihm aufstieg. Nicht wegen der herzlosen Art, wie sie von seinem Sohn sprach. Dass JoJo tot war, berührte ihn nicht sonderlich. Der Junge war von Geburt an zu weich gewesen. Sondern weil es sie nicht zu interessieren schien, ob es ihm möglicherweise doch naheging. Es bestätigte einfach die Tatsache, dass er sich von dieser Frau nie gewollt gefühlt hat. Anders als seine Schwester, ihr eigen Fleisch und Blut. Er lächelte seine Mutter beinahe an, als er die Frage beantwortete.

»Sie kommen aus McFalls County. Oben im Norden Georgias.«

Tate rutschte vom Sofa und holte sich ein Bier aus dem Kühlschrank. Twylas Hand zitterte, als sie ihr Weinglas auf einem Beistelltisch abstellte, und zupfte dann nervös an der rot-grünen Wolldecke, die sie sich über die Beine gelegt hatte.

»Bull Mountain, Mama.«

Twylas Augen wurden trüb.

»Dieser Scabby ist ein hohes Tier unter Halford Burroughs.« Der Name hing in der Luft, während der alten Frau immer klarer wurde, dass dieses Problem wesentlich größer war als angenommen.

»Ich habe gehört, der Burroughs-Junge sei tot.« Ihre Stimme klang dünn und atemlos.

»Ist er auch. Sein kleiner Bruder, der Sheriff, hat ihn letztes Jahr abgeknallt.«

Twylas Gesicht, gerade noch samtig weich, wurde zu Stein. Ihre Stimme klang tief und hatte jegliche Autorität eingebüßt. »Ich habe dir immer gesagt, halt dich von Nord-Georgia fern. Die stören uns nicht. Und wir sie nicht.«

»Ich war's nicht, der hingefahren ist, Mama.«

»Und was hatte mein Enkel da in der Gegend verloren?«

»*Mein Sohn*, meinst du, Mama? *Mein Sohn* und dieser Cowboy, Clyde Farr, haben sich überlegt, hinzufahren und einen bescheuerten Raubüberfall abzuziehen. Überrascht dich das? Kanntest du den Jungen überhaupt?«

Tate kam mit drei Flaschen High Life und einem Krug mit süßem Rotwein aus der Küche. »Sie waren auf schnellen Reibach aus, Twyla.« Er reichte ein Bier Coot und ein anderes Donnie und füllte dann vorsichtig Twylas Glas nach. In einem emotional wesentlich weniger aufgeladenen Tonfall fuhr er fort, der alten Frau von dem Plan, Freddy Tutens Bar auszurauben, zu erzählen, den JoJo seinen Freunden untergejubelt hatte. Coot ging zum vorderen Fenster und starrte wieder hinaus ins Nichts. Während Twyla zuhörte, legte sich das Zittern ihrer Hände. »Ich kann nicht glauben, dass du das alles zugelassen hast.«

Coot fuhr herum und knallte seine Bierflasche auf eines der Beistelltischchen. »Zugelassen? Ich habe gar nichts ›zugelassen‹. Ich habe dem Einzeller gesagt, er soll sich verdammt noch mal von dem Berg fernhalten. Mir hat's rein gar nichts gebracht, dass er die Scheiße da abgezogen hat.«

Twyla sah angewidert drein. »Es hat dir nichts gebracht? Das ist alles, was dich interessiert, Daniel. Ob es dir etwas bringt.«

Coot wusste, dass sie auf ihn losging, weil sie niemanden hatte, an dem sie es sonst auslassen konnte, aber er war übernächtigt und ausgelaugt. Er brauchte ein Klümpchen, und seine Nerven lagen blank, weshalb er weiter Öl ins Feuer goss. »Was soll ich dir sagen, Mama? Er ist erwachsen.«

»Er ist nicht erwachsen. Er ist tot.«

»Und was willst du damit sagen? Dass das meine Schuld ist?«

»Nein, Coot. Das will sie nicht sagen.« Alle schauten zu Tür. Vanessa rollte ihren Koffer hinein und stellte ihn neben den Türrahmen. »Sie will wissen, was du jetzt zu tun gedenkst.«

»Ja, leck mich doch am Arsch. Da schau einer an, wen haben wir denn da? Wird aber auch Zeit, dass du aufkreuzt, Bessie May. Du hast die Beerdigung verpasst.«

»Nein, habe ich nicht. Ich war da und fand, du sahst echt schick aus in Deddys Anzug.« Vanessa stellte ihre Handtasche auf den Koffer und ging durch den großen Raum auf ihre Mutter zu.

»Nun, ich habe dich nicht gesehen.«

»Das kommt davon, weil ich nicht gesehen werden wollte.« Sie kniete sich vor den Stuhl ihrer Mutter und nahm ihre Hände. »Meine Anwesenheit hätte bloß alle davon abgelenkt, warum sie da waren. Nämlich, um dir und Mama Beistand zu leisten und deinem Sohn Respekt zu zollen. Wovon ich hier allerdings wenig sehe.«

Twlyas Gesichtszüge wurden wieder weich, während die von Coot etwas Stählernes und Kaltes bekamen.

Donnie setzte sich auf und erwachte seit Stunden zum ersten Mal zum Leben. »Verdammt, Bessie May, du siehst ja super aus.«

»Geh und bring meine Sachen in JoJos Zimmer, Donnie.« Sie drückte ihrer Mutter die Hände. »Und dann können du und Tate nach Hause gehen. Wir sagen euch Bescheid, was, wie, wo, wenn es so weit ist.«

Tate exte sein Bier.

»Ein Scheiß werden sie.« Coot bedeutete Donnie und Tate

zu bleiben, wo sie waren. »Was soll der Schwachsinn, kleine Schwester? Du hast dich jahrelang nicht blicken lassen und meinst, du könntest hier einfach reinmarschieren und allen, denen er wichtig war, einen Arschtritt verpassen?«

»Im Ernst, Coot? Wenn er euch allen so wichtig war, warum seid ihr dann hier und brüllt Mama an und tut nicht das, was zu tun ist?«

»Ich warte noch auf ein paar Informationen.«

»Das ist ja zumindest ein Anfang.«

Donnie stellte sein noch ungeöffnetes Bier ab, stand auf und stellte sich an der Eingangstür neben Coot. »Ich bin zu allem bereit, Coot. Gib einfach dein Kommando.«

»Nimm ihren Koffer.«

»Hä?«

»Nimm ihren Koffer.«

»Was?«

»Meinen Koffer«, sagte Vanessa, ohne sich umzusehen. »Er sagte, schnapp dir meinen Koffer und tu, was man dir gesagt hat.«

Donnie schaute Coot an, aber dessen Miene war ausdruckslos. Er ging zur Tür, murmelte dabei vor sich hin und griff dann schnaubend nach Handtasche und Hartschalenkoffer. Er ging den Flur entlang und verschwand im hinteren Teil des Hauses, und nur Tate schaute ihm nach. Coot durchbohrte weiterhin Vanessa mit Blicken, die sich wieder ihrer Mutter zuwandte.

»Jetzt bin ich hier, Mama, und wir werden die Sache in Ordnung bringen, okay?«

Twyla schaute ihre Tochter an und nickte. Und endlich flossen die Tränen. Coot ließ sich aufs Sofa plumpsen und zog einen Plastikbeutel von der Größe eines Golfballs aus der Hemdtasche. Er hackte zwei Lines Crank auf dem Wohnzimmertisch zurecht.

»Du musst hier gar nichts in Ordnung bringen. Ich werde das auf meine Art regeln.«

»Nein«, sagte Twyla. »Das möchte ich nicht.«

Coot rollte eine Dollarnote zusammen und zog sich das Dope in die Nase. Er legte den Kopf auf dem Sofa nach hinten, damit sich das Brennen einen Weg seine Kehle hinab bahnen konnte. Das grau-schwarze Löwentattoo auf seiner Brust hob und senkte sich und zeigte durch sein aufgeknöpftes Flanellhemd hindurch die Zähne. Ihm tränten die Augen, und er legte die Banknote auf den Tisch, damit Tate sie benutzen konnte. Er wartete, bis er sich hinabgebeugt und seine Line gezogen hatte, und sagte ihm dann, er solle nach hinten zu Donnie gehen, er komme gleich nach. Coot richtete seine blutunterlaufenen Augen auf die Frauen in seinem Haus und sprach klar und deutlich, damit er sich nicht würde wiederholen müssen: »Ich würde keiner von euch beiden je wehtun«, er schaute Twyla an, »weil mein Deddy euch geliebt hat«, und dann Vanessa, »und ihr mein Fleisch und Blut seid. Aber ich habe Neuigkeiten für euch: Ich werde Bull Mountain erklimmen und mir ein Auge holen für das, welches sie ausgestochen haben. Und ihr seid dabei entweder mit an Bord oder steht im Weg, und das ist alles, was es dazu zu sagen gibt.«

Twylas Weinen verstärkte sich zu einem bitterlichen Schluchzen, und Vanessa hielt sie im Arm, während Coot aufstand und nach seinem Bier griff. Er nahm einen langen Zug, bevor er auf dem Weg aus dem Zimmer die Flasche an der Wand zerschmetterte.

16

Der Familiensitz

Mark fuhr mit dem Tundra bis vor das Tor und ließ das Fenster herunter. T-Ride war bereits in dem Augenblick aufgesprungen, als er den Pick-up herannahen sah, und stand jetzt vor der Tür wie ein Hündchen, das darauf wartete, zum Pipimachen rausgelassen zu werden.

»Hi, Mr. Tuley. Mann, das ist ja ein schicker Pick-up. Wie viel kostet denn so einer ungefähr? So einen will ich mir irgendwann auch mal zulegen. Oder meinen Sie, Sie werden ihren irgendwann verkaufen? Verdammt, ich meine, nicht jetzt oder so, aber falls, könnt ich ihnen ja Raten zahlen oder etwas in der Art. Der ist echt ziemlich krass.«

»Immer mit der Ruhe, Junge. Da hast du die Rechnung leider ohne den Wirt gemacht. Aber ein Pick-up ist bloß ein Pick-up. Wenn du weiter so hart arbeitest, wird sich das alles von allein finden.« Mark drehte das Radio leiser. »Sag mal, wieso schiebst du eigentlich immer alleine Dienst hier am Tor? Hat Mike niemanden, den er dir zur Seite stellen könnte?«

T-Ride warf sich in die Brust. »Onkel Mike meinte, ich müsste auch erstmal eine Weile Routinearbeit machen. Er will nicht, dass der Rest der Jungs denkt, ich kriege hier einen Freifahrtschein, bloß weil wir verwandt sind. Ich krieg das hin.«

»Ich weiß, dass du das hinkriegst, T. Ich mach mir bloß Sorgen, wenn du so ganz alleine hier draußen bist.«

»Machen Sie sich mal keinen Kopf, Mr. Tuley. Ich stehe hier draußen unter permanenter Überwachung, und außerdem gibt es ja nur einen Weg hinein und einen hinaus. Und an mir kommt keiner vorbei. Das kann ich Ihnen versprechen.« Er klopfte auf das Scharfschützengewehr, das über seiner Schulter hing.

»In Ordnung, Junge. Ich habe verstanden, aber sei trotzdem wachsam. Das sind gefährliche Zeiten hier oben.«

T-Ride lehnte sich auf den Fensterrahmen. »Hier oben ist es immer gefährlich, Mr. Tuley.«

»Ich denke, da hast du Recht, Junge. Dann lass mich mal durch.«

»Wird gemacht, Sir.«

T-Ride schaute hinauf zu der sie forschend beäugenden Überwachungskamera und sprach in sein Funkgerät. Das Schloss sprang klickend auf und das per Zugschalter aktivierte Rollensystem erwachte röhrend zum Leben. Das Tor setzte sich in Bewegung, und T-Ride grüßte Mark, indem er sich kurz an den Hut tippte.

»Denk daran, was ich gesagt habe, Junge. Immer schön aufpassen.«

»Ja, Sir. Werde ich tun.«

Mark drückte den Knopf, und das Fenster glitt wieder hoch. Er steuerte den Pick-up langsam durch das geöffnete Tor und parkte direkt vor dem Haus. Wenige Minuten später saß er mit Scabby Mike, Ernest Pruitt, Lo-Fat und Nipper um den Eichentisch in der Kriegsratskammer.

Mike nippte an einem Bier. »Und, hast du dich endlich mit Kate getroffen?«

»Ja«, sagte Mark. »Und sie ist genauso starrköpfig wie eh und je.«

»Hab ich dir gleich gesagt.«

»Bin mit ihr zu Papas Haus gefahren, damit sie mal sieht, was Halford da oben Gutes bewirkt hat.«

Ernest spuckte Tabaksaft in einen Styroporbecher, in dem ein Papiertaschentuch steckte. »Ich weiß, Kleiner. Ich hab auch gesehen, wie du versucht hast, ihr an die Wäsche zu gehen.«

Mike warf Mark einen wütenden Blick zu. »Du hast was?«

Mark tat es ab. »Ach, komm schon. Ich hab bloß versucht, sie ein bisschen weichzuklopfen. Deswegen war ich doch dort, richtig? Um sie weichzuklopfen, damit sie Clayton dazu bringt, mitzuspielen. Darum hattest du mich gebeten.«

Mike war jetzt ernsthaft angepisst und knallte seine Baseballkappe auf die Tischplatte. »Ich habe dich gebeten, mit ihr zu reden, du Vollproll. Nicht zu versuchen, sie zu bumsen. Verdammt noch mal, Mark. Einige Dinge ändern sich nie.«

»Beruhig dich. Ich habe nichts in die Richtung unternommen. Ich hab sie bloß ein bisschen weichgeklopft.«

»Ich klopf dich gleich auch mal ein bisschen weich.«

»Okay, Mike. Das reicht jetzt.« Ernest spuckte einen weiteren Strahl in den Kaffeebecher. »Mark ist noch immer mein Enkel, und ich werde nicht hier rumsitzen und zulassen, wie du ihm drohst. Lasst uns weitermachen.«

Für einen Augenblick war es still am Tisch, und Nipper und Lo-Fat fühlten sich unwohl und fehl am Platz. Schließlich brach Mike das Schweigen und sprach mit wesentlich kontrollierterer Stimme. »Hast du ihr von dem Geld erzählt?«

»Ja.«

»Und was hat sie gesagt?«

»Nachdem sie mir erklärt hatte, wir seien bloß ein Haufen verlogener und plündernder Barbaren, meinte sie, sie würde darüber nachdenken, es Clayton gegenüber einmal anzusprechen.«

»Und was genau heißt das, ›darüber nachdenken‹?«

»Das heißt, sie ist nicht sonderlich erpicht darauf, dass ihr Mann durch ihr Zutun erneut in etwas verwickelt wird, das ihn das Leben kosten könnte, und ehrlich gesagt, kann ich ihr das nicht verübeln. Außerdem brauchen wir Clayton nicht. Ich kann herausfinden, wo Halford das Geld gebunkert hat. Ich brauch bloß mehr Zeit.«

»Die Uhr läuft gegen uns, Mark.«

»Dessen bin ich mir bewusst.«

Wieder spuckte Ernest aus. Mark griff nach einem der Äpfel in der Schale auf dem Tisch und schnitt sich ein Stück davon ab. Ein anderer Mann – der mit der Narbe um sein Ohr – betrat den Raum und wartete auf die Genehmigung, sprechen zu dürfen. Mike nickte ihm kurz zu. »Was ist los, Tank?«

»Es gibt ein Problem am Tor.«

»Was für ein Problem?«

»Besuch. Von der ungebetenen Sorte.«

Mark kaute und schluckte den Apfelschnitz herunter. »Wie war das noch gleich von wegen keine Zeit mehr, Mike?«

Scabby Mike stand auf und eilte ins Wohnzimmer, wo bereits ein halbes Dutzend Männer auf die wuchtige Batterie von Monitoren starrte. Bereits einen Sekundenbruchteil später war er bereits zurück. »Es ist Coot Viner, und er hat sich Verstärkung mitgebracht.«

Mark legte das Messer und den zur Hälfte gegessenen

Apfel auf den Tisch. »Bleib ruhig hier, Papa. Wir kümmern uns darum.«

Mühsam stand Ernest auf, unterstützt von Nipper und Lo-Fat. »Ich hab schon Schlachten auf diesem Berg geschlagen, lange bevor du geboren wurdest, Junge. Und ich werde auch diese nicht einfach aussitzen.« Er schnappte sich eine .30/30 von einem Ständer an der Wand des Büros und ging aus der Tür. Nipper und Lo-Fat folgten ihm. Mark seufzte und zog seine Waffe. Er ließ das Magazin herausgleiten, inspizierte es und schob es wieder hinein. Er steckte die Waffe zurück ins Holster und biss noch einmal vom Apfel ab. Als er schließlich aufstand, ging er noch kurz in die Küche, um einen Schluck Eistee zu trinken, bevor er seinem Großvater und dem Rest nach draußen folgte.

Die Geräusche von Schrotflinten und Handfeuerwaffen, die durchgeladen wurden, waren laut genug, um die Bohlen der Veranda erzittern zu lassen, als Mark aus der Tür trat und sah, worauf Mike bereits angelegt hatte. Der Konvoi vor dem Zaun bestand aus zwei mittelgroßen Pick-up-Trucks, die je mit mindestens vier Männern besetzt waren, und einem Suzuki Vitara, den der Mann fuhr, der für diese Parade verantwortlich zeichnete. Mike stellte sich auf die Verandastufen und zielte mit seiner .440er auf den hässlichen Vitara, der in diesem Moment am Fuß des Zauns ausrollte. Der Rest seiner Männer tat es ihm nach. Mehr als ein Dutzend Gewehrläufe säumte das Geländer der Veranda. Die Tür des Vitara öffnete sich und Coot Viner stieg aus. Seine blonden Haare und seine blasse Haut glühten in der Dunkelheit. Er war groß und dünn, sah aber aus, als habe er in den letzten zehn Jahren nicht ein Mal das Krafttraining ausfallen lassen – er war knackifit. Sein Hemd mit Kragen war aufgeknöpft und die Ärmel hochgekrempelt, weshalb hier und dort Gefängnistätowierungen sichtbar waren. Der Löwe auf seiner Brust war offenkundig etwas, das er gern zeigte, von der Veranda aus sah das Tattoo allerdings eher so aus, als hätte er sich Brusthaare aufgemalt. Mike hielt den Mann schon jetzt für einen Idioten. Coots Augen waren derart blau, dass sie völlig unnatürlich aussahen, was Mike sogar aus fünfzig Meter Entfernung wahrnahm. Was er außerdem wahrnahm, war, dass Coot unbewaffnet war. Das galt tatsächlich sogar, soweit er das sehen konnte, für alle Männer, die ihn begleiteten. Zwei Männer, die Nummern eins und zwei in Coots Befehlshierarchie, wie Mike annahm, gingen um den Wagen herum und stellten sich vor die Fahrertür des Vitara neben ihn. Einer der Männer war dick und sah umnachtet aus. Ihm hing hinten das Hemd aus der Hose und vorn ein Bauch, der seine Gürtelschnalle verdeckte – ein Bulle von einem Kerl, dachte Mike, aber viel mehr auch nicht. Der andere Mann, schwarz wie die Nacht, hatte ungefähr die gleiche Masse, war aber wesentlich besser proportioniert. Seine Bewegungen waren das genaue Gegenteil von denen des Fettsacks. Sie waren geschmeidig und bedacht. Er bewegte sich wie ein Schatten. Seine Hautfarbe und seine dunkle Tarnkleidung sorgten dafür, dass er mit der Dunkelheit verschmolz, und Mike musste die Augen zusammenkneifen, um sicherzugehen, dass er überhaupt da war. Eine Sache, die – zumindest nach außen – klar erkennbar schien, war, dass Blödi und der Schatten offenkundig ebenfalls unbewaffnet waren, so wie alle anderen aus der Gruppe. Mike spuckte von der Veranda und presste seine Waffe an die Schulter. »Dreh einfach wieder um, Viner. Du hast hier nichts zu suchen.«

Coot zeigte seine leeren Hände, verschränkte dann die Arme und lehnte sich gegen den Vitara. »Ich würde sagen, ich habe hier eine Menge zu suchen, Scabby Mike. Du bist doch Scabby Mike, oder? Falls nicht, sollte man dich echt so nennen. Du bist vielleicht ein hässlicher Kackvogel.«

Mike überging die Beleidigung. »Das ist hier nicht ganz deine Kragenweite, Viner. Ich sag noch mal, du hast hier nichts verloren, und es wäre das Beste, du würdest deinen Jungs stecken, die Trucks zu wenden und sich wieder Richtung Süden zu verziehen. Das gilt auch für Schoko und Vanille da neben dir.«

Coot schaute erst Donnie an, dann Tate und fing schließlich an zu lachen. »Weißt du was? So hab ich das noch nie gesehen. Du bist witzig – für einen Kackvogel mit Lepra. Ich glaube, ich könnte dich liebgewinnen.«

»Ich werde es dir nicht noch mal sagen.«

»Also erstens …«

Mark schnitt ihm mit einer Handbewegung das Wort ab. Er hatte seine Waffe noch gar nicht gezogen, sondern hielt einen roten Plastikbecher mit Eistee in der Hand. »Also erstens«, äffte er Coot nach, »ist mir klar, dass dich alle hier wegen deiner krassen Tattoos und alldem ernst nehmen sollen, aber seien wir ehrlich. Es ist schon hart, sich überhaupt mit einem Mann zu unterhalten, der gerade mit einem Suzuki Vitara einen Berg hochgefahren ist.« Er sah sich in der Runde der Männer auf der Veranda um. »Ich meine, ich hab doch Recht, oder was meint ihr?« Einige der Männer gluckstein leise. »Wie würdest du überhaupt die Farbe von dem Teil nennen, Fuchsia oder Himbeere?« Das Gelächter auf der Veranda wurde stärker.

»Du musst Tuley sein.«

»Zu Diensten.«

»Ich sollte dich einfach gleich umlegen, Tuley«, sagte Donnie und setzte seine Kappe verkehrt herum auf. Er sah jetzt nur noch dämlicher aus.

»Bist du dir da sicher, Donnie?«

Donnie wirkte überrascht, bei seinem Taufnamen angesprochen zu werden.

»Ja, ja, ich weiß auch, wer *du* bist, und da wir offenbar beide unsere Hausaufgaben gemacht haben, würde ich dir vorschlagen, deine nächsten Worte mit Bedacht zu wählen.«

»Ich bring dich zur Strecke, Mann.«

»Das ist nett. Zu welcher denn? Richtung Burger King vielleicht?«

Mark trank einen Schluck Tee. »Da du meinen guten Rat offenbar nicht annehmen willst, wie wär's, wenn ich das ganze Geflirte hier abbreche, dir ein paar Löcher verpasse und dann Feierabend mache? Und während dir die Tunke raussuppt, können deine Dummbrot-Cousins deinen Fettarsch in der pinkfarbenen Schlampenkutsche zurück nach Boneville kutschieren.«

»Du kannst – fick dich, Tuley.« Donnie stolperte über seine Worte.

»Ja? Ich kann was?« Mark sah zu Mike herüber. »Ist der zurückgeblieben?«

»Okay, das genügt jetzt.« Mike hob eine Hand. Er verlor langsam die Geduld. »Mark, wenn die nicht innerhalb der nächsten dreißig Sekunden zurück in dieses komische Jeep-Dings steigen, bläst du den hibbeligen Schwarzen weg. Ich nehme Blondie.«

»Hätte ich mir ja denken können, du alte Blindschleiche.« Mark stellte seinen Eistee auf das Geländer der Veranda und griff nach seiner Waffe. Er zog den Schlitten der soliden .380 zurück und beförderte eine Patrone, die er selbst gefertigt hatte, in die Kammer. Er war zuversichtlich, dass das Projektil alles zu treffen und zu töten vermochte – sogar einen Schatten. Er richtete die Waffe auf Tate Viner, der sich weder rührte noch beeindruckt schien.

Coot hob die Hände. »Alles klar, Leute. In Ordnung. Wir packen zusammen und verziehen uns. Verdammt, keiner von uns will hier sein, aber kann ich euch noch eine Sache fragen, bevor wir abziehen?«

»Dreißig Sekunden«, sagte Mike.

»Wir sind unbewaffnet hergekommen.« Die Dreistigkeit war aus Coots Stimme gewichen.

»Eigene Doofheit, kann ich nichts zu sagen. Fünfundzwanzig Sekunden.«

»Ihr habt meinen Jungen getötet. Meinen einzigen Sohn.«

»Auch dazu kann ich nichts sagen. Zwanzig Sekunden.«

»Du leugnest es?«

»Dein Junge hat sich selbst umgebracht. Und du stehst ebenfalls kurz davor. Fünfzehn Sekunden.«

»Mein Sohn ist gefesselt und ertränkt und dann vor der Tür meiner Mutter abgeladen worden, wo sie ihn finden sollte. Eiskalter Scheiß ist das. Und ich komme her, unbewaffnet, um mit den Verantwortlichen zu sprechen, und werde so behandelt?«

»Zehn Sekunden.«

Mark konnte nicht anders. »Okay, Coot. Ich beiße an. Was willst du?«

»Einen für einen.«

»Kommt nicht in Frage.«

»Gib mir einfach den Mann, dessen Fuß mein Sohn im

Nacken hatte, und wir können die Sache auf der Stelle beenden.«

»Die Zeit ist eh um, Scooter.« Mark hob den Arm und schoss. Donnies nach hinten gedrehte Truckermütze flog ihm vom Schädel, wie von einem unsichtbaren Faden gezogen. Der Hüne fluchte und griff sich mit beiden Händen an den Kopf.

»Den Nächsten kriegt Schoko direkt in den Schädel.«

Donnie wollte gerade etwas sagen, aber Coot streckte den Arm aus und legte ihm eine Hand auf die Schulter. Er flüsterte ihm etwas ins Ohr, das niemand auf der Veranda verstehen konnte. Donnie starrte Mark an, griff dann nach seiner Mütze und ging auf die andere Seite des Vitara. Tate verharrte erst ruhig an Ort und Stelle, folgte ihm aber schließlich nach. Coot machte einen Schritt nach vorn und legte eine Hand an den Zaun. Er schlängelte die Finger durch die Maschen des Drahtzauns.

»Dich wollte ich eigentlich verschonen, Mike, aus Respekt vor der Krone. Dich ebenfalls, Tuley, aufgrund dessen, wer dein Großvater war.«

Weder Mike noch Mark sagten etwas.

»Mir ist wichtig, dass ihr wisst, ich bin nicht hergekommen, um euch zu behelligen. Das war nicht meine Absicht. Ich bin bloß hergekommen, um eine Schuld auszugleichen, einer für einen, freien Zugriff auf euren Freund, den Sheriff. Und ihr habt das abgelehnt. Also ändern sich meine Bedingungen.«

»Du hast hier keine Bedingungen zu stellen, Coot.« Mike zog den Bolzen seines Gewehrs zurück.

Mark beschlich ein ungutes Gefühl. »Mach das Tor auf, Mike«, flüsterte er.

»Sei still, Mann. Ich hab die Sache im Griff.«

Coot ließ den Zaun los und öffnete die Tür des Vitara. »Jetzt heißt es nicht mehr einer für einen.« Er kletterte auf den Fahrersitz und schloss die Tür. »Ich nehm mir jetzt drei von euch.«

»Ich mein's ernst«, sagte Mark etwas weicher – aber mit mehr Nachdruck. Er legte seine Waffe auf das Geländer.

Der kleine Vierzylinder des Vitara jaulte auf, und Coot rollte das Fenster herunter. »Denk daran, was ich dir gesagt habe, Mike. Ich wollte bloß den einen – den Sheriff. Alles, was jetzt passiert, geht auf deine Rechnung und die von Tuley, diesem Hinterlader. Und wo wir gerade beim Thema sind – ich muss schon zugeben, die alte Schwuppe, bei der wir zuerst waren? Ziemlich heftige Type.«

Nails McKenna bahnte sich einen Weg nach vorne zum Rand der Veranda und stellte sich zwischen Mike und Mark.

»Aber am Ende ist er zusammengebrochen. Das tun sie immer.«

»Mike, wo ist T-Ride?«

»Ich sagte, halt den Mund, Mark.«

Coot warf etwas aus dem Fenster auf die Erde, das ungefähr die Größe eines Basketballs hatte – eines pinkfarbenroten Basketballs. »Tja, er hat fast sechs Stunden durchgehalten, aber irgendwann hat er – oder sie – oder wie auch immer – ausgeplaudert, wer alles dabei war, als mein Sohn in eurem Teich ermordet wurde.«

Alle starrten verwirrt auf den pinkfarbenen haarigen Ball am Boden. Es war Nails, der als Erster begriff, worum es sich handelte. »NEIN!«, schrie er. Seine tiefe Donnerstimme drang bis in jeden Winkel des Platzes und verstärkte die aufkommende Verwirrung nur noch. Er zog seinen

.45er und feuerte Schuss um Schuss auf den Vitara ab, während er mit großen Sätzen den Hof durchquerte. Die Schüsse gingen hier- und dorthin, aber nicht einer traf sein Ziel. Coot ließ den Motor des Vitara aufjaulen und raste davon. Die Pick-ups folgten ihm. Mark sprang über das Geländer, warf dabei seine Waffe und den Eistee in die Büsche und rannte hinter Nails her auf den Zaun zu. »Macht das Tor auf«, brüllte er. »Macht das gottverdammte Tor auf.« Auf der Veranda machte sich Panik breit, während alle versuchten, sich zusammenzureimen, was Mark bereits vermutet hatte. Mike wandte sich an den Mann mit der Narbe am Ohr. »Mach schon, Tank.«

Tank rannte ins Haus, um den Schalter umzulegen, mit dem das Tor bedient wurde. Alle anderen sahen bloß zu, während Nails weiterhin schrie und er und Mark auf das Tor zurannten. Erst als der letzte der beiden Pick-ups weggefahren war, entdeckte überhaupt jemand das um die Virginia-Eiche gebundene Seil, das dort zurückgelassen worden war, wo zuvor der Wagen gestanden hatte. Das Seil war außerdem um einen ohnmächtigen jungen Mann mit fusseligem rotem Bart gebunden, der ein rotes Flannelhemd trug.

»T-Ride!«, brüllte Mark vergebens.

Mike ließ die Waffe sinken und blinzelte in die Dunkelheit hinaus. »Jesus Christus.«

Ein paar weitere Männer folgten Mark über den Hof, während es ihnen dämmerte, was vor sich ging. Coots ganzes Gestichel, seine Beleidigungen und sein Maulheldentum waren bloß Fassade gewesen. Das Taubündel, das neben T-Ride auf dem Boden lag, rollte sich schneller und schneller ab.

Mark schlug in dem Moment gegen den Zaun, als Tank

im Haus auf den Schalter haute. Das Tor begann, sich zu öffnen, und Mark quetschte sich durch die Öffnung, bis er sich hindurchwinden konnte. Nails hinter ihm stemmte sich gegen das Tor. Kaum auf der anderen Seite, rutschte Mark auf Knien in den Staub und griff nach seinem Messer.

Dem Messer, das er im Haus auf dem Tisch hatte liegen lassen.

Mit zitternden Händen versuchte er, den Knoten zu lösen. T-Rides Augen öffneten sich langsam. »Mr. Tuley? Was ist los?«

Mark arbeitete fieberhaft an dem Knoten. »Halt einfach durch, Junge.«

T-Rides Augen weiteten sich, als er den Druck um seine Taille spürte. Er hatte gerade noch Zeit, erneut Marks Namen zu sagen, bevor sich das Seil spannte und ihn vom Boden hob. Es riss ihn zur Seite und ließ ihn in der Luft kreiseln. Mark wurde brutal nach hinten in den Staub geschleudert, als das Seil tief in T-Rides Bauch einschnitt und ihn einen Moment lang freihängend in unnatürlicher Haltung fixierte. Mark konnte den Blick noch abwenden, bevor der Körper des Jungen nachgab und in zwei Teile gerissen wurde.

Er saß – besudelt mit T-Rides Blut – auf dem Boden, während sich einige der Männer um die Überreste des Jungen versammelten. Einige von ihnen stießen wüste Flüche und leere Drohungen aus. Einer übergab sich neben dem oberen Teil des Körpers, aber alles, worauf Mark sich konzentrieren konnte, war ein eigenartiges wimmerndes Geräusch hinter ihm. Er sah sich um. Es war Nails. Er weinte. Der Koloss von einem Mann saß nur ein paar Meter weiter auf dem Boden. Er schaukelte vor und zurück, den riesigen, glänzend kahlen Schädel tief über dem Schoß hinabgebeugt. In den Armen wiegte er den zusammengeknüllten Bademantel, in den Coot die Einzelteile von Freddy Tuten eingewickelt hatte, des einzigen wahren Freunds, den Nelson Nails McKenna noch gehabt hatte – bis jetzt.

17

Edmund's Kuntry Kitchen
Fannin County, Georgia

Wie zur Hölle konnten Leute hier bloß essen?

Vanessa benutzte ein Feuchttuch, um die Karte von Edmund's Kuntry Kitchen, verklebt mit angetrockneter Marmelade, ans andere Ende des Tisches zu schieben. Wenn Sie mit Chon reiste, blieben sie zur Vorsicht immer etwas auf Distanz. Meistens gerieten ihr die paar Kilometer zwischen ihnen zum Vorteil. Für gewöhnlich fand sie ein anständiges Lokal, um dort zu essen oder zu lesen und ungestört ein Glas Wein zu trinken. Natürlich war man hier im Pfirsichstaat Georgia, weshalb jedes Etablissement außerhalb von Atlanta oder Athens bloß eine weitere Replik eines Waffle House oder Denny's darstellte. Edmund's war da keine Ausnahme. Es war eine Schuhschachtel mit hellorangefarbenen Sitznischen, greller Neon-Beleuchtung und einer Kellnerin, die bereits mit Schürze zur Welt gekommen war. Diese Reise war nichts weiter als eine endlose Abfolge von Langeweile und Enttäuschungen. Wie Menschen die Berge dem Meer vorziehen konnten, war aus ihrer Sicht eine Knobelnuss von maximalem Härtegrad. Die einsame Kellnerin, die diesen Vierundzwanzig-Stunden-Schandfleck am Straßenrand schmiss, trug ein Namensschild, auf dem Jeremie stand – geschrieben mit »ie« statt mit »y«. Vanessa nahm an, dass die ulkige Variation jegliche Gender-Verwirrung ausschließen sollte. Jeremie gehörte außerdem zu der Sorte Frau, die von der Unterscheidung profitieren könnte – nichts an ihr war kurvig.

Vanessa saß in einer der beiden Sitznischen, die zu dieser späten Stunde besetzt waren. Die andere war mit drei Rednecks maximal ausgelastet. Zwei hatten den Körperumfang ausgewachsener Walrösser, und der dritte war ein dünner, lerneifrig aussehender Junge mit goldgefasster Brille, die er bei Family Dollar gefunden haben musste. Auf dem Tisch der Einheimischen – denn das waren sie offenkundig – standen Gläser mit gesüßtem Eistee und ein Korb Maisbrot, während Vanessa dieser Jeremie bislang außer einem Glas Eiswasser, das schmeckte, als stamme es aus einem Brunnen im Hinterhof, noch nichts weiter hatte abringen können. Drauf geschissen, dachte sie. Sie würde eh keinen Bissen von diesem frittierten Abfall anrühren, weshalb sie aus ihrer Handtasche die Taschenbuchausgabe von *Jenseits von Eden* herausholte und hoffte, man würde sie weiterhin ignorieren. Aber natürlich entschied sich Jeremie nach drei Seiten schließlich doch noch, herüberzulatschten und Vanessa zu fragen, ob sie nun bestellen wolle. Vorsichtig machte sie ein Eselsohr in die Seite, klappte den Roman zu und fragte die außergewöhnlich unauffällige blonde Kellnerin, ob es irgendetwas auf der Karte gebe, was nicht frittiert war. Jeremie war verblüfft. Sie musste sie zur Hand nehmen und selbst nachschauen.

»Hören Sie zu, Jeremie, ich warte bloß auf ein paar Leute und bin nicht sonderlich hungrig. Wenn ich also nur eine Tasse Kaffee und ein Stück von dem frischesten Kuchen bekommen könnte, den Sie dahaben, wäre mir schon gedient.«

Jeremie war offenkundig unbehaglich zumute, während

sie ihren Kaugummi im Mund von einer Seite auf die andere schob. »Ma'am, es tut mir wirklich leid, aber die Sitznischen sind normalerweise für zwei oder mehrere Personen reserviert.«

Vanessa ließ den Blick an den anderen zwölf leeren Nischen entlanggleiten. »Es ist fast zwei Uhr morgens.«

»Schon kurz nach, glaube ich.«

»Erwarten Sie einen heftigen Ansturm um halb drei?«

»Es ist bloß die Vorschrift, Ma'am.«

»In Ordnung. Das verstehe ich, oder ich könnte es zumindest, wenn noch andere Kunden hier wären, aber angesichts der Anwesenden, meinen Sie nicht, Jeremie, wir könnten diese Vorschrift mal ignorieren?«

»Ja, Ma'am, das habe ich in gewisser Hinsicht bereits getan, als Sie sich setzten, aber Sie müssten zumindest eine vollständige Mahlzeit bestellen, sonst geht mir Karl deswegen auf den Henkel.«

»Geht Ihnen auf den Henkel?« Vanessa schob die Brille ein Stück herunter und strich sich eine Locke ihrer schulterlangen blonden Perücke hinters Ohr.

»Na, Sie wissen schon«, sagte Jeremie perplex. »So wie in ›Geht mir auf den Wecker‹, oder ›Macht mir das Leben schwer‹. Haben Sie das noch nie gehört?«

»Bis gerade eben noch nicht.«

»Hören Sie, ich arbeite nur nachts. Ein Scheißjob. Ich will einfach Karl nicht nerven und dann nie in die Tagesschicht wechseln können, verstehen Sie? Ich habe Kinder, und ein Babysitter für über Nacht kostet ein Vermögen.«

Vanessa schaute auf das Foto zweier freundlich aussehender blonder Kinder, das Jeremie an ihren Bestellblock geklebt hatte. Sie nahm ihre Ray-Ban-Brille ab und legte sie auf den Tisch. »Alles klar. Dann sage ich Ihnen jetzt was. Bringen Sie mir die drei teuersten Kombi-Menüs, die Sie auf der Karte haben und zwar zum Mitnehmen. Wird das reichen, um meine Platzwahl zu rechtfertigen?«

»Sie meinen, ob Sie weiterhin hier sitzen können, wenn Sie das alles bestellen?«

Vanessa seufzte. »Ja, meine Liebe. Genau das meine ich.«

»Na ja, ich denke schon.«

»Großartig.« Vanessa griff nach ihrem Buch und blätterte zu der per Eselsohr markierten Seite.

»Würden Sie gern wissen, was bei den Kombi-Menüs alles dabei ist?«

»Absolut nicht.«

»In Ordnung.« Jeremie kritzelte etwas auf ihren Block.

Vanessa suchte nach der richtigen Stelle auf der Seite.

»Und Sie sagten, Sie hätten das alles gern zum Mitnehmen?«

Vanessa wurde der Unterhaltung langsam überdrüssig. »Ja, korrekt.«

Jeremie schmatzte mit ihrem Kaugummi und kritzelte wieder etwas.

»Und möchten Sie immer noch den Kaffee und den Kuchen?«

Vanessa legte das Buch aus der Hand, den Rücken nach oben, und atmete tief ein. »Ja, wenn es nicht zu viele Umstände macht.«

»Oh, nein, Ma'am, überhaupt nicht. Soll ich Ihnen dann zuerst den Kuchen bringen?«

»Sie meinen vor dem Essen, was ich dann mitnehme?«

»Ähm, ja, Ma'am, genau.«

»Ja, Jeremie, den Kuchen hätte ich gern zuerst. Wären wir

dann hier so weit? Ich habe denselben Satz jetzt schon drei Mal gelesen.«

Vanessa musste einen wunden Punkt getroffen haben. »Ma'am, es gibt keinen Grund, schnippisch zu werden. Ich bemühe mich lediglich, Ihnen den besten Service zu bieten.«

Vanessa schürzte die Lippen und nickte dem leeren Sitz ihr gegenüber zu. »Sicher, Jeremie. Tut mir leid. Ich wollte Ihnen nicht *auf den Henkel gehen*.«

Die Kellnerin lächelte. »Ha, das war ein Witz, oder? Sie sind ulkig, Ma'am – und hübsch sind auf jeden Fall auch.«

»Danke schön.« Vanessa griff zum vierten Mal nach ihrem Buch, und Jeremie entschwand durch die orangefarbenweißen Schwingtüren, wo Edmund's kulinarische Träume Realität wurden.

Sie sah den Vollidioten bereits auf sich zukommen, noch bevor sein Riesenarsch überhaupt den Sitz verlassen hatte. Der Dorfbengel Anfang zwanzig richtete sich auf, zog sich die Jeans hoch und steuerte quer durch das Restaurant Vanessas Sitznische an. Sie senkte den Kopf, und ihr fielen die Fransen der blonden Perücke ins Gesicht. Das Walross stützte sich mit den Händen auf dem Tisch ab und stellte sich vor. »Ich bin Teddy.«

Sie schaute auf. Teddys T-Shirt war senffarben, was es beim Kauf aber nicht zwangsläufig schon gewesen sein musste. Es saß so eng, dass sich darunter seine eindrucksvollen Männertitten abzeichneten. Durch das Nylongewebe seiner Trucker-Kappe, die mit den Buchstaben F.B.I. bedruckt war, konnte Vanessa seine Kopfhaut sehen. Beinahe hätte sie ihm ins Gesicht gelacht. »Und, kann ich irgendetwas für dich tun, Teddy?«

»Das hoffe ich sehr. Ich und meine Jungs da hinten haben da eine Wette am Laufen, und wir haben uns gefragt, ob Sie uns dabei wohl helfen könnten.«

Vanessa klappte ihr Buch zu und schob es über den Tisch. Sie würde es nicht mehr aufschlagen. »Und wie kann ich helfen, Teddy?«

»Na ja, wir haben bloß rumgesessen und zu ihnen rübergeguckt und so weiter und versucht zu erraten, wo Sie wohl herkommen, weil hier irgendwo aus der Gegend ja wohl ganz sicher nicht.«

»Nun, Teddy, damit hast du tatsächlich Recht.«

»Dürften wir Sie also vielleicht danach fragen?«

»Und was bekommt der Gewinner dieser kleinen Wette dafür, dass er richtiglag?«

Teddy beugte sich etwas weiter nach vorn und grinste. Seine Zähne waren überraschend weiß und gerade. »Nun, kleine Lady, der Gewinner erhält das Privileg, ihre Rechnung zu übernehmen.«

»Ach, tatsächlich?«

»Ja, Ma'am, so ist es.«

Sie schaute an Teddy vorbei zu dem Tisch, wo die anderen beiden Jungs saßen. Einer sah aus, als könnte er Teddys Zwillingsbruder sein – *Freddy*, wie sie sich vorstellte. Er zwinkerte ihr tatsächlich zu. Der andere mit der Brille lächelte und winkte schüchtern. Sie erwiderte das Winken nicht, befand aber, dass der junge ein nettes Lächeln und ein freundliches Gesicht hatte. Vanessa kam sogar der Gedanke, dass er womöglich eine Chance im Leben haben würde, wenn er mindestens dreihundert Kilometer von hier wegzog, egal in welche Himmelsrichtung. »Und was war dein Tipp, Teddy?«

»Meiner? Ich habe New York City gesagt, natürlich.«

Vanessa tat übertrieben überrascht.

»Verflucht noch mal, Teddy. Du hast den Jackpot geknackt.«

Per Handzeichen gab er seinen Kumpels zu verstehen, dass er Recht gehabt hatte, und zog dann den Bauch etwas ein. »Scheiße, verdammt, wusst ich's doch. Aber wissen Sie was?« Teddy hielt die Arme ausgestreckt vor sich, die Handflächen nach oben, und trat einen Schritt zurück. »Damit ist die Sache für mich auch erledigt. Ich weiß, Sie kennen mich überhaupt nicht, und ich will nicht, dass sie irgendwas Komisches denken. Ich bezahl bloß ihr Essen, weil ich eben zu dieser Sorte Mann gehöre. Ich habe keinerlei Erwartungen.«

»Na, dann mal vielen Dank, Teddy.«

»Mir gefällt es einfach, nett zu netten Leuten zu sein, die es auf der Durchreise zufällig in unsere kleine Ecke des Paradieses verschlägt. Ich erwarte da keinerlei Gegenleistung.«

»Das ist sehr freundlich, Teddy.«

»Ich will dafür noch nicht mal eine Umarmung haben oder irgendwas.«

»Großartig. Nochmals vielen Dank, Teddy.« Sie schenkte ihm ein aufgesetztes strahlendes Lächeln und hielt es so lange, bis er merkte, dass die Sache gelaufen war. Er tippte sich an den Hut und grinste, sich dessen bewusst, dass er die eigentliche Wette mit seinen Kumpels verloren hatte. »Nun denn, dann Ihnen noch einen schönen Abend weiterhin, Ma'am.«

»Danke, Teddy, werde ich haben.«

Teddy ließ sich zurück auf seinen Platz plumpsen und den Spott über sich ergehen. Er schaute genau in dem Augenblick zu ihr herüber, als Jeremie drei Styropor-Schachteln voller Spezialitäten aus dem Hause Edmund's auf dem Tisch abstellte. Teddys Enttäuschung wuchs. Jeremie ging wieder.

Noch immer kein verdammter Kuchen.

Vanessa starrte den orangefarbenen Plastiksitz ihr gegenüber an und versuchte, sich auf ihre Atmung zu konzentrieren, bis Jeremie mit einer Tasse Kaffee zurückkam. »Ich habe die Rechnung Teddy da drüben gegeben. Er hat drauf bestanden.«

»Netter Kerl, dieser Teddy.«

Jeremie beugte sich zu ihr vor. »Ich glaube kaum, dass er sich bewusst war, in was er sich da reinmanövriert mit der Rechnung, aber was soll's, oder?« Sie streckte Vanessa die Faust entgegen, und Vanessa vermutete, sie sollte den Ghettogruß erwidern. Sie unterließ es. In ihrer Handtasche brummte das Handy. Chon gab ihr das Noch-fünf-Minuten-Signal. Sie machten sich auf den Weg.

Gott sei Dank.

»Hören Sie, Jeremie, darf ich Sie mal was fragen?«

»Klar, denke schon.«

»Haben Sie mit dem Gedanken gespielt, aufs College zu gehen?«

»Klar, denke schon.«

Vanessa wartete noch einen Moment, aber das war ihre ganze Antwort.

»Gut, dann möchte ich Sie noch was anderes fragen. Wenn Sie jetzt fünfhundert Dollar in bar hätten, was würden Sie damit anfangen?«

»Das ist einfach. Ich würde mir meinen verdammten Fahrzeugbrief zurückholen, bevor ich die Karre verliere. Diese Leute sind die allerschlimmsten.«

Vanessa stand auf. Sie nahm fünf Hundert-Dollar-Scheine aus ihrer Brieftasche, faltete sie in der Mitte und drückte Jeremie das Geld in die Hand.

»Hier«, sagte sie. »Lösen Sie damit Ihren Fahrzeugbrief aus und nehmen Sie den Rest, um sich irgendwo bei einem College zu bewerben. Sehen Sie zu, dass ab heute alles anders wird in Ihrem Leben.«

Jeremie strahlte. »Vielen Dank, Ma'am.«

Vanessa legte einen Finger an die Lippen und machte eine Kopfbewegung in Richtung des Tisches mit den anderen Gästen.

Jeremy erwiderte dies mit lebhaftem Zwinkern und malte mit einem Finger ein Herz in die Luft. Vanessa setzte ihre Brille auf und klemmte sich die Handtasche unter den Arm. »Wo ist denn hier der Mülleimer?«

»Da vorne«, sagte Jeremie und zeigte darauf, »gleich neben dem Eingang.«

»Danke.« Vanessa griff nach dem gut zehn Kilo schweren Stapel frittierter Südstaaten-Spezialitäten und ging zur Tür. Dort drehte sie sich um und schaute Teddy direkt an, der, selbstredend, jeden ihrer Schritte verfolgte. Sie lächelte und beförderte alle drei Schachteln in die Abfalltonne. Sein verblüffter Gesichtsausdruck entschädigte sie für jede Sekunde, die sie hier zu viel verbracht hatte. Sie winkte ihm kurz kokett zu und drückte dann mit der Hüfte die Tür auf.

»Lesbe!«, brüllte jemand, noch bevor die Tür wieder ins Schloss fiel.

Was Besseres fiel ihnen nicht ein? Traurig.

Vanessa war nur noch wenige Meter von ihrem Auto entfernt, als sie hörte, wie sich die Tür des Edmund's erneut öffnete und ihr eine Stimme hinterherrief: »Hey!« Ihr Herz begann sofort zu rasen. Sie reagierte nicht und ging einfach weiter. »Hey, warten Sie. Im Ernst!« Vanessa spürte, wie ihre Handflächen feucht wurden, sie im Nacken gleichzeitig ein Frösteln überkam.

Zwischen ihrem Wagen und einem roten Chevy Silverado blieb sie stehen. Sie stellte die Handtasche auf das Dach des BMW und schob sich die Ärmel ihrer Jacke bis zu den Ellbogen hoch. Die Stimme hinter ihr war nun praktisch direkt an ihrem Ohr. »Verdammt, Lady, hören Sie schlecht?« Den Sprecher in unmittelbarer Nähe vermutend, fuhr Vanessa herum und konnte sich gerade noch bremsen, dem gutaussehenden Jungen mit der goldgerandeten Brille die Schlüssel, die sie wie kleine Rasierklingen zwischen ihren Fingern angeordnet hatte, durch das Gesicht zu ziehen. Sie ließ den Arm sinken, und der Junge machte einen Satz nach hinten.

»Hey, Lady, immer mit der Ruhe! Sie haben das hier vergessen. Ich wollte Sie bloß noch erwischen, bevor Sie wegfahren.« Der Junge hielt ihr die zerschlissene Ausgabe von *Jenseits von Eden* hin, die sie drinnen auf dem Tisch vergessen hatte.

»Oh. Das … tut mir leid. Ich dachte …«

»Nein, schon in Ordnung. Es ist dunkel. Sie sind allein. Verstehe schon. Ich dachte bloß, es wäre Ihnen wichtig.«

»Sie haben ja keine Ahnung.« Vanessa betrieb einen extremen Aufwand, um während dieser Ausflüge ihre Identität zu verschleiern. Die Perücke und die Brille, die Feuchttücher in ihrer Tasche – all das hatte seinen Grund, aber sie hatte sich von dem peinlichen Fettsack da drin derart ablenken lassen, dass sie das Buch komplett vergessen hatte, das über und über mit ihren Fingerabdrücken bedeckt war.

Das war nachlässig, dachte sie. Nachlässig und dumm. Gott segne diesen Jungen.

»Es ist ein tolles Buch. Ich habe es vor ein paar Jahren gelesen. Hier …« Er hielt es ihr hin und Vanessa nahm es, wobei die Schlüssel wieder am Ring herabrutschten. »Steinbeck gehört zu meinen Lieblingsautoren«, sagte der Junge.

»Nun denn, ich bin Ihnen wirklich dankbar. Und noch mal Entschuldigung wegen der Kurzschlussreaktion gerade. Ich dachte, es wäre womöglich Ihr Freund von da drin gewesen. Ich war nicht sonderlich nett zu ihm. Auch das tut mir leid.«

»Teddy?« Der Junge schaute hinter sich in Richtung Diner. »Ach was, machen Sie sich deswegen mal keine Gedanken. Der ist ohnehin harmlos. Der hätte nie den Mut, einer Frau zu ihrem Auto zu folgen. Erst Recht keiner, die ihn derart blamiert hat.«

»Ja, ich weiß, gehörte sicher nicht zu meinen Sternstunden, und ich bin froh, dass Sie es stattdessen getan haben.«

»Kein Problem, Ma'am. Ihnen eine gute Nacht.«

»Ihnen auch.«

Der Junge wandte sich ab, um wieder hineinzugehen, und Vanessa griff nach ihrer Handtasche auf dem Wagendach. Sie musste dringend schlafen. Sie wurde unvorsichtig. Noch nie zuvor hatte sie sich eine solche Blöße gegeben. Sie hatte nicht einmal einen Gedanken an das Buch verschwendet. Offenkundig war sie noch immer nicht ganz bei Sinnen, denn sie bekam ebenso wenig mit, wie der Junge sich wieder zu ihr umdrehte und zu einem Schlag ausholte, der Vanessa direkt an der Wirbelsäule traf, zwischen den Schulterblättern. Die Wucht des Hiebs schickte sie zu Boden, wo sie auf allen vieren landete. Der Schmerz schoss ihr kreuz und quer durch den Körper. Ihr flog die Brille von der Nase und landete auf dem Asphalt.

»Das dort drin ist nicht mein Freund, Miststück. Das ist mein Cousin. Er ist mein Fleisch und Blut, und er ist ein guter Mensch.«

Sie versuchte aufzustehen, aber der Junge trat ihr in die Rippen. Sie knallte seitlich gegen den Silverado und ging neben dem Hinterreifen flach zu Boden. Sie spürte, wie ihr langsam schwarz vor Augen wurde. Der unscheinbare Junge mit den freundlichen Augen und der Goldrandbrille ging vor ihr in die Hocke.

»Na, wie gefällt dir das so, Prinzessin? Macht dich das an, Menschen wie Scheiße zu behandeln? Glaubst du, du wärst was Besseres als wir Landeier? Teddy hatte keine schlechten Absichten. Er war bloß auf eine Umarmung von einem hübschen Mädchen aus. Keine große Sache. Du hättest einfach sorry sagen und es dabei bewenden lassen können, aber nein, du musstest ihn ohne Grund bis auf die Knochen blamieren. Nur weil Miststücke wie du denken, ihr könntet euch zum Teufel noch mal alles rausnehmen, bloß weil ihr ein paar falsche Titten und Shopping-Mall-Klamotten habt. Tja, und nun rate mal, Prinzessin. Die Scheißnummer zieht hier draußen nicht. Das ist unsere Stadt. Wir leben hier. Mein Cousin lebt hier, und du kannst hier nicht einfach reingerauscht kommen und dem Mann die Eier abschneiden, bloß weil du der Meinung bist, deine Kacke würde nicht auch miefen. Wird Zeit, dass dir mal jemand einen Denkzettel verpasst, du Klapperarsch.« Der Junge holte aus, um ihr erneut einen Schlag zu verpassen.

»Warte«, stieß sie ächzend hervor, die Hände erhoben, um ihr Gesicht zu schützen.

Der Junge schlug sie mit der flachen Hand, traf sie aber lediglich an den Händen.

»Stopp«, sagte sie.

»Scheiße, Stopp. Vielleicht wirst du es dir, wenn man dir einmal so richtig den Arsch versohlt, beim nächsten Mal zweimal überlegen, bevor du uns Bauern hier noch mal ans Bein pisst, Prinzesschen.« Er stand auf und griff ihr in den blonden Haarschopf. Er riss daran, aber alles, was folgte, war die Perücke. »Was zum Henker?« Er starrte sie an, verwirrt, und das war alles, was Vanessa an Ablenkung benötigte. Sie schwang ihr linkes Bein über den Asphalt und holte den Jungen von den Beinen. Er landete hart auf dem Hüftknochen, und nun spulte Vanessa ab, worin sie gedrillt war. Sie klemmte sich seinen Hals zwischen die Schenkel und verschränkte die Füße ineinander. Dann drehte sie sich auf den Bauch und spannte den ganzen Körper an.

Gute Nacht, Arschloch.

Sie ließ locker, nachdem sie das Knacken gespürt hatte. Als sie das Bein wegzog, baumelte sein Kopf unnatürlich herunter, rutschte dann von ihrem anderen Bein und prallte hart auf den Asphalt.

Was zum Henker ist gerade passiert? So zerbrechlich ist der Junge?

Vanessa würgte und rollte sich auf den Rücken.

Scheiße. Scheiße. Scheiße. In ihrem Kopf drehte sich alles. Sie hatte ihn außer Gefecht setzen wollen, nicht ihm das Genick brechen. Sie hatte nicht einmal gedacht, dazu in der Lage zu sein.

Aber das hast du. Jetzt komm damit klar.

Ihr Rücken schmerzte noch immer von dem ersten Überraschungsschlag, den er ihr verpasst hatte, aber es ließ rasch nach, und sie schaute um den Pick-up herum. Es war niemand sonst aus dem Edmund's gekommen – bis jetzt. Vanessa tastete am Hals des Jungen nach einem Puls, den es dort, wie sie wusste, nicht gab. Dann versuchte sie, ihn an den Schultern aufzurichten. Vanessa schätzte sein Gewicht auf zweihundert Pfund. In Selbstverteidigung fit zu sein, war das eine, einen leblosen Körper zu bewegen allerdings eine ganze andere Sache. Diesen Idioten ins Auto zu bugsieren, würde zu lange dauern. Sie musste ihn hierlassen. »Gottverdammte Scheiße, keuchte sie und ließ ihn zu Boden sinken. Sie überprüfte seine Hände auf irgendwelche Kratzer und seine Fingernägel auf Anzeichen, dass er womöglich *sie* gekratzt hatte. Es gab keinerlei Kampfspuren, nicht einmal eine Schramme an seinen Knöcheln – bloß einen Jungen mit gebrochenem Genick, der auf einem Parkplatz lag. Sie durchsuchte seine Taschen und fand ein Taschenmesser, etwas Kleingeld, ein Kondom und schließlich seine Geldbörse, die dreißig Dollar in bar und ein Rubbellos enthielt.

Ein Raubüberfall. Der Junge wurde ausgeraubt. Einatmen, ausatmen. Immer mit der Ruhe. Schön ruhig. Du hast das hier unter Kontrolle. Immer schön langsam. Lass nichts zurück. Genau wie Chon es dir beigebracht hat. Erinnere dich an deine Ausbildung. Du kriegst das hin.

Vanessa verharrte in kauernder Haltung und suchte ihre Sachen zusammen – ihre Brille, das Buch, die Perücke, die Handtasche und ihre Schlüssel. Sie befüllte das Innenfutter der blonden Perücke mit dem Tascheninhalt des toten Jungen und hob dann einen ihrer Schuhe auf, den sie während der Auseinandersetzung verloren hatte. Sie schaute sich noch einmal genau um, ob sie auch nichts vergessen hatte, was ihr zum Verhängnis werden könnte – nichts. Sie zitterte.

Bleib ruhig, Mädchen.

Vanessa drückte den Knopf auf ihrem Infrarotschlüssel und stieg ins Auto. Als sie hinter dem Steuer saß, ließ sie noch einmal alles vor ihrem inneren Auge ablaufen. Sie sah sich im Rückspiegel an. Ihr schwarzes Haar war zurückgekämmt, mit Hilfe von Haarklammern fixiert und zu einem festen Dutt zusammengebunden, ihr Gesicht hatte nichts abbekommen – Schnitte oder Blut Fehlanzeige. Ihre Hände zitterten, aber auch hier fanden sich weder Schnitte oder Kratzer. Sie war unversehrt. Es gab weder Spuren von ihr auf ihm noch umgekehrt. Sie hatte Recht. Sie hatte es unter Kontrolle. Sie atmete langsam aus und steuerte den BMW im Schneckentempo vom Parkplatz, vorbei an einer Batterie von Mülltonnen, und verschwand auf dem Highway. Nach zehn Minuten brach sie in Gelächter aus. Nach fünfzehn schrie sie aus dem geöffneten Fenster. Sie hatte die Sache heraufbeschworen und sich behauptet. Sie hatte währenddessen womöglich nicht gewusst, was sie da eigentlich tat, aber irgendwo tief im Innern dieses Mädchens namens Bessie May Viner schlummerte ihre neue Persona, dort war Vanessa, und Vanessa musste etwas beweisen. Und das hatte sie gerade getan. Sie war niemandes Opfer. Nicht mehr. Nicht Coots und auch von sonst niemandem. Als sie schließlich McFalls County erreichte, war Vanessas größte Sorge, ob ihre Klamotten tatsächlich so aussahen, als kämen sie aus einer verschissenen Shopping-Mall.

18

Cooper's Field

Clayton hatte den Großteil des Tages beim Cooper's Field verbracht. Er war schon eine ganze Weile nicht mehr dort draußen gewesen, und da niemand der Überwucherung Einhalt gebot, waren die meisten Inschriften auf den Gräbern, die hinten links in der Ecke standen, von der Straße aus weder zu entziffern noch überhaupt zu erkennen. Für gewöhnlich hatte Halford jemanden, der sich um diese Dinge kümmerte, aber solange einen niemand unter Peitschenknallen hinauftrieb, hatte keiner das Bedürfnis, hier rauszufahren und sich des Ortes anzunehmen. Clayton vermutete, dass er wohl derjenige war, der sich eigentlich kümmern sollte, und das würde er auch – irgendwann einmal. Einerseits war er froh, dass das Feld so lange unangetastet geblieben war, denn das hieß nicht nur, dass Unkraut und Gräser hoch standen, sondern auch, dass alle Wildblumen, die normalerweise abgemäht wurden, in hellbunten Grüppchen über den ganzen Hang verstreut blühten. Die orangegelben Blüten, die Kate so liebte, waren überall. Sie nannte sie Feuerräder, und er brachte eine ganze Weile damit zu, sie händeweise zu pflücken. Er konnte sich nicht daran erinnern, wann er ihr zum letzten Mal Blumen mitgebracht hatte. Aber genauso wenig konnte er sich daran erinnern, wann sie ihn belogen hatte. Bis zum gestrigen Abend hatte er nicht gedacht, dass sie das überhaupt je getan hatte.

An dem Abend zuvor hatten sie gemeinsam geduscht,

und während er ihr die Haare wusch, hatte sie gesagt, sie wäre bis spät bei Charmaine Squire gewesen, um »Weiberkram« zu bequatschen. Sie meinte, sie habe ein paar Gläser Wein getrunken und dann ihren Schwips ausgesessen, bevor sie nach Hause gefahren war. Mehr wäre nicht gewesen. Das hatte sie gesagt, aber gegen zehn am Abend, ungefähr zwei Stunden bevor sie nach Hause kam, hatte Darby ihn vom Krankenhaus aus angerufen, um ihn wegen der Berichtssystem-Software auf dem Revier-Computer etwas zu fragen. Da er ja ans Bett gefesselt war und sich von der Explosion in der Drogenküche an der White Bluff Road erholte, konnte niemand außer Claytons Neueinstellung, Woodson Squire, den Nachtdienst übernehmen, aber der Junge kam mit dem Computersystem einfach nicht zu Rande. Er hatte Clayton ebenfalls berichtet, wie schön es war, dass die Mutter des Neulings alle naselang vorbeikam und ihnen etwas zu Essen brachte. Eine unglaubliche Köchin sei sie. Tatsächlich, sagte er, sitze Woodson heute Abend im Revier und esse das Monkey Bread, das sie bloß Minuten bevor er angerufen habe, vorbeigebracht hatte. Er meinte, er hasse es, im Krankenhaus zu liegen, weil das Monkey Bread von Woodsons Mutter echt zum Sterben sei. Sie habe es extra gebacken, da es ja die erste Nacht sei, in der ihr Sohn zum ersten Mal ganz alleine im Sheriffsbüro von McFalls Dienst tue. Sie sei so stolz. Für einen kurzen Augenblick kam Clayton der Gedanke, Kate habe möglicherweise eine Affäre, aber wenn Kate eines war, dann aufs Heftigste loyal. Sie würde ihn verlassen, bevor sie ihm etwas Derartiges antun würde – oder sich selbst. Und dass von einer Äffare nicht die Rede sein konnte, brachte sie dann ja auch deutlich zum Ausdruck, indem sie ihn beinahe angriff, als sie nach Hause kam. So waren sie in der Dusche gelandet, aber dennoch – sie hatte gelogen.

Irgendetwas stimmte nicht.

Clayton wanderte auf Cooper's Field umher und pflückte Garbe um Garbe Feuerräder, bis er ein Brummen am Bein spürte und sein Handy herausholte. Der Name auf dem Display hatte eine ganze Weile nicht mehr dort gestanden. Er lächelte, nahm an und hielt sich das Telefon ans Ohr.

»Wenn das mal nicht Charles Finnegan ist. Wie geht's denn Georgias feinster FBI-Spürnase?«

»Tja, mein Arzt sagt, ich müsse zwanzig Kilo abnehmen, meine Prostata ist aus irgendwelchen Gründen entzündet, und in meinem Büro ist die Klimaanlage kaputt, weshalb ich mit dem schlimmsten Fall von Schwitzarscheritis seit Jahren zu kämpfen habe. Und dir?«

»Na ja, bis zu deinen hübschen Ausschmückungen ging's mir sehr gut damit, hier auf Großvaters Weideland zu stehen und Blumen für meine Frau zu pflücken.«

»Bist du in Ungnade gefallen?«

»Das ist mein zweiter Vorname, Mann.«

»Ich weiß genau, wovon du redest.«

»Also, hast du bloß angerufen, um mir von deinen diversen Hinternproblemen zu berichten, oder gibt es ein tatsächliches Anliegen?«

»Ob du's glaubst oder nicht, und so wichtig er auch ist, kommt mein Arsch heute Nachmittag tatsächlich erst an zweiter Stelle. Ich wollte dich um einen Gefallen bitten.«

»Na, das ist ja mal ganz was Neues.«

»Ja, oder? Für gewöhnlich bedarfst ja du als Landpomeranze meines unerschöpflichen Spezialwissens und Erfahrungsschatzes, nun aber liegt mir ein Fall vor, bei dem ich womöglich einmal davon profitieren könnte, mit einem Dorftrampel drüber zu sprechen.«

»Nun, wo du so nett fragst.«

»Okay, wie gesagt, ich schaue mir da einen Fall an, der ungefähr in deiner Ecke angesiedelt ist und …«

»Ganz kurz nur, Charles. Ich weiß nicht, ob du's gehört hast, aber ich bin ja schon halb im Ruhestand. Geht bei mir mittlerweile alles bisschen langsamer. Mein Deputy, Darby, betreut den Großteil der Fälle und wird mich höchstwahrscheinlich bei der nächsten Ernennung beerben.«

»Klar, hab ich gehört. Das ist der andere Grund, warum ich anrufe. Dazu komm ich noch. Aber was diesen Fall betrifft, den ich mir da ansehe; ist keine große Sache. Ich brauch da einfach ein weiteres Paar Augen in der McFalls-County-Gegend, und das GBI ist ein bisschen knapp an Leuten.«

»Nun denn, okay. Worum geht's?«

»Kennst du den Sheriff drüben in Fannin County? Auch so ein Bauerntrampel wie du. Der Typ heißt Dane Kirby.«

»Ich kenne Dane, ja. Guter Mann. Hab mich 2010 für ihn eingesetzt. Was ist mit ihm?«

»Hat sich einen Mordfall angelacht.«

»Ist nicht wahr.«

»Doch wahr. Jemand hat einem Jungen aus der Gegend das Genick gebrochen – beinahe glatt abgetrennt –, auf dem Parkplatz einer Hähnchenbraterei namens Edmund's Kuntry Kitchen.«

»Zeugen?«

»Niemand, der verlässlich wäre, bloß ein Betrunkener auf der anderen Straßenseite, der sich an ein schickes Auto auf dem Parkplatz erinnert, das auch schon vor der Tat dort stand. Er meinte, er würde sich auch nur daran erinnern, weil sonst nie schicke Autos vor einem Drecksladen wie Edmund's stehen würden.«

»Hat er sich das Nummernschild gemerkt?«

»Ja und nein. An Zahlen konnte er sich nicht erinnern, meinte aber, die letzten beiden Buchstaben hätten ED gelautet. Das und dass auf dem Nummernschild ein Pfirsich abgebildet gewesen wäre.«

»Das ist alles?«

»Ja.«

»Nicht gerade viel.«

»Mir klar, aber ich hab dem Typen Fotos von verschiedenen Autos gezeigt, und am Ende der Eingrenzung stand ein BMW, neues Modell – schwarz. Ich weiß, sonderlich viel ist auch das nicht, um damit was anfangen zu können, anderseits glaube ich kaum, dass in den Gebirgsausläufern dort sonderlich viele 80000-Dollar-BMW herumfahren, und wenn man bisschen drauf achtet, dürfte der auffallen wie ein bunter Hund.«

»Stimmt, ja, würde er wohl.«

»Also, wirst du's bisschen streuen?«

»Klar doch, Charles. Wir sind zwar auch bisschen unterbesetzt derzeit. Darby wurde vor Kurzem bei der Explosion in dem Meth-Labor verletzt, aber ich schau mal, was ich tun kann.«

»Himmel, Clayton, geht's dem Jungen gut?«

»Ja, ja. Er wird wieder. Der ist zäh wie ein Ochse, aber ich werd ihm erzählen, du hättest dich nach ihm erkundigt. Und bestell Dane, ich hoffe, er kriegt seinen Mann zwischen die Finger. Passiert ja nicht viel rund um Fannin, wie man weiß, und er könnte ein Erfolgserlebnis gut gebrauchen.«

»Richte ich aus. Jetzt zu der anderen Sache, von der ich sprach.«

»Welche Sache?«

»Die Sache, dass du nicht mehr lange Dorfbulle sein wirst.«

»Was ist damit?«

»Ist deine Entscheidung in Stein gemeißelt?«

»Es ist nicht wirklich eine Entscheidung, Charles. Ich habe das eindeutige Gefühl, kürzertreten zu müssen. Ich bin einfach nicht mehr so agil wie früher. Wäre das letztens an der White Bluff Road ich statt Darby gewesen, glaube ich kaum, dass ich jetzt mit dir sprechen würde.«

»Aber ich rede doch hier mit dem Mann, der zwei Schüsse aus einem Repetiergewehr in die Brust überlebt hat und darüber sprechen kann, oder etwa nicht?«

»Ja, tust du, aber wie oft steckt man so was weg, bevor es einen doch erwischt?«

»Du willst mir also sagen, du bist dabei, dich in einen alten Knacker zu verwandeln? Keiner ist unsterblich und dieser ganze Schwachsinn. Richtig?«

»Nein, Charles, ich sage bloß, dass sobald ich auch nur irgendeinem Halbstarken in den Wald hinterherrennen muss, weil er bei Pollard's was geklaut hat, ich auf die Nase falle und nicht mehr aufstehen kann. Das wirkt bei den Menschen von McFalls County nicht gerade vertrauenerweckend. Verstehst du, was ich meine?«

»Denke schon. Aber was wäre, wenn du gar keinen Halbstarken mehr wegen Ladendiebstahls hinterherrennen müsstest?«

»Wie meinst du das?«

»Ich meine, wenn du stattdessen von einem Büro aus arbeiten würdest?«

»Worauf willst du hinaus, Charles?«

»Ich biete dir einen Job an, du dämlicher Hillbilly.«

»Beim GBI?«

»Nein, Clayton, bei Walmart als Grüßonkel. Ja, beim GBI. Wir haben große Verluste, was gute Leute angeht. Jeder, den wir ausbilden und der sein Geld wert ist, klettert die Leiter hinauf bis auf Bundesebene. Ein erfahrener Detective, der nicht die Absicht hat, überhaupt irgendwo hinzuklettern, könnte also eine echte Bereicherung bedeuten.«

»Du meinst, ein Detective, der zufällig auch ein Krüppel ist.«

»Ich meine einen verlässlichen Detective, der diese Berge besser kennt als irgendjemand sonst.«

»Ich weiß nicht, Charles. Kate und ich haben gerade begonnen, einige Dinge zu klären, und du redest von Umzug. Außerdem haben wir ein Baby und …«

»Alles klar, Kumpel. Ich habe nicht angerufen, um dich unter Druck zu setzen. Ist nur ein Vorschlag. Denk darüber nach. Erzähl vielleicht Kate davon. Vielleicht ja irgendwann, wenn du den Sheriffhut an den Nagel hängst und einen neuen Plan brauchst. Nimm mich dann gern beim Wort.«

»Danke dir, Charles, aber der einzige Plan, den ich jetzt habe, ist, diese Blumen nach Hause zu meiner Frau zu schaffen.«

»Schlauer Kerl. Sag ich ja. Wie auch immer, behalt den schwarzen BMW auf dem Schirm, sag deinen Pfadfindern, sie sollen die Augen offen halten, und gib mir Bescheid, wenn ihr was seht.«

»Werd ich machen, Charles.«

»Okay. Pass auf dich auf, Clayton.«

»Und du auf dich, Charles.«

Clayton legte auf und starrte eine ganze Weile das Telefon an. Deddy wäre richtig stolz gewesen zu hören, dass sein Kleiner beim GBI war. Beinahe hätte er vergessen, zu erledigen, weswegen er hergekommen war, und wäre zum Bronco zurückmarschiert, die Hände in den Taschen. Er klaubte die paar Bündel Feuerräder, die er zurück ins Gras geworfen hatte, zusammen und schmiss sie auf die Sitzbank des Trucks. Morgen war ein neuer Tag, der heutige aber galt der Versöhnung. Er schirmte mit der Hand seine Augen ab und schaute nach oben. Die Sonne stand auf fünf Uhr. Die perfekte Zeit, um im Lucky's auf einen Drink vorbeizuschauen. Er wusste, dass er, sobald er zu Hause angekommen war, würde mit Kate darüber sprechen müssen, wo sie letzte Nacht gewesen war, und ihm graute davor. Ein Streit mit seiner Frau war das Letzte, was er wollte. Er hoffte, die Blumen bedeuteten einen Schritt in die richtige Richtung. Auf einen Drink bei Lucky's Diner zu halten war definitiv ein Schritt in die falsche Richtung, das war ihm klar. Egal, wie verlockend es auch klang, das würde er auf keinen Fall tun.

19

Lucky's Diner
Waymore-Valley-Siedlung

Clayton starrte das rot-weiße Schild an, das über dem Eingang des Lucky's auf der anderen Straßenseite hing, seinem Büro genau gegenüber. »Komm doch rein …«, stand da, und Clayton schätzte, das würde er tun.

Er betrat das Diner und ging durch den Speisebereich zur Bar. Im Lucky's sah es zu dieser Tageszeit genauso aus, wie er es sich vorgestellt hatte. Tagsüber fungierte der Laden als Diner und größtes Restaurant an der Main Street, mit fest eingebauten Barhockern, eingeschweißten Speisekarten und Salz-und-Pfeffer-Streuern aus Plastik auf den Tischen. Nach sechs Uhr abends diente es allerdings täglich außer sonntags als örtlicher Saloon. Nicole, die Barfrau, ein bildhübsches kleines Ding Anfang zwanzig, die die meisten Frauen in Waymore dafür hassten, ein bildhübsches kleines Ding Anfang zwanzig zu sein, stand hinter der Bar und setzte die Transformation ins Werk. Noch brannten die Lampen hell, und die Jalousien waren hochgezogen, aber die Tischdecken waren bereits zusammengefaltet und weggeräumt worden. Die Speisekarten waren unter dem Tresen verstaut und Kisten mit Bud Light und Yuengling standen auf der Theke, um für den Abend auf die Kühlschränke verteilt zu werden. Zwei Jäger verzehrten an einem der Tische ein frühes Abendessen, eine schlanke blonde Frau saß an der Theke und trank ein Glas Weißwein, und ein paar Hocker weiter saß ein junger Mann in einem dreckigen orangefarbenen T-Shirt und baggerte Nicole an, während sie Zitronen und Limetten für die Cocktails schnitt, die sie in den kommenden Stunden zubereiten würde. Sie lächelte und flirtete mit dem Jungen, der Teer oder etwas in der Art unter den Fingernägeln hatte, während sie die Fruchtspalten in kleine Plastikbehälter warf, die sie auf der Theke aufgereiht hatte. Als sie sah, dass Clayton sich auf einen der Hocker fallen ließ, legte Nicole das Messer auf das Schneidebrett.

»Hey, Sheriff, fester oder flüssiger Lunch heute?«

Clayton versuchte zu lächeln, aber seine Stimmung ließ es nicht zu.

Nicole verstand sofort. »Flüssig also.« Sie goss ihm einen doppelten Bourbon ein, ohne Wasser, und stellte ihn vor ihm hin. Er sah sein Spiegelbild in dem Bernstein und hasste sein eigenes Gesicht. Der Junge hätte nicht sterben dürfen. Er hätte es verhindern können. Er hätte es vor ein paar Tagen bei Pollard's verhindern können, hätte ihn wegen Ladendiebstahls einsperren sollen, anstatt im Wagen sitzenzubleiben und Whiskey in sich hineinzuschütten. »Ich nehme nur den einen, Nicole.« Er griff sich in die Hosentasche, um seine Geldbörse herauszuholen, aber Nicole winkte ab.

»Sie haben bereits einen Deckel, Sheriff. Ihre Freundin meinte, sie würde zahlen.«

»Was für eine Freundin?«

Nicole sah verwirrt aus. »Ähm, die da?« Sie deutete auf die schlanke Blonde mit Weinglas. »Sie sagte, sie würde auf Sie warten.«

Clayton schaute zu der Frau mit den hellblauen Augen hinüber, die ein paar Hocker entfernt saß. Sie winkte brav.

»Ich kenne sie nicht.«

»Aber ich kenne Sie, Sheriff Burroughs«, sagte die Frau. Sie griff nach ihrem Glas und setzte sich auf den Hocker neben Clayton.

»Nun, das bezweifle ich.«

»Aber es stimmt. Ich weiß alles über Sie.«

Clayton trank von seinem Bourbon. »Dann wissen Sie sicher, dass ich verheiratet bin, oder?«

»Ja.«

»Was wollen Sie dann?«

Vanessa schwenkte ihr leeres Glas in der Luft, und Nicole ersetzte es durch ein volles. »Mein Name ist Vanessa Viner.«

»Und?« Clayton hatte seit dem ersten Mal, als er sie angesehen hatte, nicht wieder von seinem Drink aufgeschaut.

»Vor ein paar Tagen wurde mein Neffe auf dem Bull Mountain getötet.«

»Und?« Clayton nahm angestrengt einen weiteren Schluck. Den Namen Viner kannte er. Vanessa drehte sich mit dem Hocker frontal zu ihm hin.

»Und ich glaube, Sie sind derjenige, der ihn umgebracht hat.«

20

Cripple Creek Road

Dass mal jemand eine Waffe auf ihn richtete, gehörte zu den Dingen, an die Clayton sich in seinem ehemaligen Tätigkeitsfeld gewöhnt hatte, aber dass gleich zwei Mann von seiner eigenen Veranda aus auf ihn zielten, war doch mal was ganz anderes. Instinktiv zog er den Bronco nach links, um so viel US-amerikanischen Stahl wie möglich zwischen sich und die Gewehre zu bringen, und riss dann die eigene Flinte aus der Halterung zwischen den Sitzen. Er war längst aus dem Wagen heraus und kauerte hinter dem Wagen, bereit, das Feuer zu erwidern, bevor er überhaupt realisierte, was er da tat. Im Türrahmen erschien ein dritter Mann, von Narben gezeichnet und mit einem buschigen Bart, der lediglich die eine Hälfte seines Gesichts bedeckte. Clayton legte die Stirn gegen das warme Metall des Kotflügels und atmete tief aus. Eine Woge der Erleichterung überrollte ihn, aber das Gewehr behielt er trotzdem im Anschlag. Scabby Mike schlug einem der Männer, die auf Clayton zielten gegen den Hinterkopf, so dass ihm die speckige Baseballkappe vom Schädel flog. Beide Männer ließen die Waffen sinken und trollten sich wie ausgeschimpfte Kinder auf ihre angewiesenen Posten zu beiden Seiten der Eingangstür.

»Clayton«, brüllte Mike. »Mein Fehler. Hätte ihnen deinen Pick-up beschreiben sollen.«

Clayton verharrte in der Hocke, mit der Waffe im Anschlag. »Was zum Teufel geht hier vor? Wo ist Kate?«

Bevor Mike antworten konnte, tauchte Kate im Türrahmen auf. In der Hand hielt sie den Gehstock aus Hickoryholz, den er immer neben die Tür stellte, und benutzte ihn dazu, sich an Mike und den anderen Männern auf der Treppe vorbeizudrängeln. Als er sah, dass seine Frau eindeutig in Sicherheit war, ließ Clayton das Gewehr sinken und stand auf. Rasender Schmerz schoss ihm das Bein hinab, der sich anfühlte, als schöbe ihm jemand ein Moniereisen von der Hüfte bis hinter zur Kniekehle. Es trieb ihm Tränen in die Augen. Er war heute körperlich bis ans Limit und weit darüber hinaus gegangen. Als Kate ihn erreichte, interpretierte sie die Feuchtigkeit in seinen Augen fälschlicherweise als Tränen der Sorge, die er um sie hatte. Es ließ sie erweichen, und er ließ es zu. Den Whiskeygestank aus dem Lucky's witterte sie sofort, aber sie verkniff sich die Standpauke und fiel ihm um den Hals.

»Was zum Henker, Kate?« Das Adrenalin, das durch seine Blutbahn schoss, sorgte dafür, dass er allein stehen konnte, dennoch nahm er den Stock, den sie ihm hinhielt.

»Es ist alles in Ordnung, Baby.«

»Ist das so? Stehen deshalb Mike und die zwei Arschlöcher mit ihren Knarren auf meiner Veranda?«

Kate wischte Clayton die Feuchtigkeit von der Wange, strich ihm über den Bart und küsste ihn, süß und leicht, wieder und wieder.

Das ließ *ihn* weich werden, aber nur ein bisschen.

»Er wird dir alles erklären«, sagte sie. »Komm einfach rein.«

»Wo ist Eben?«

»Dem geht's gut. Er ist in seinem Laufstall und wartet auf seinen Deddy. Jetzt komm.« Kate ergriff Claytons Hand, und er hängte sich seine Flinte über den Rücken.

»Sekunde«, sagte er und drückte die noch offenstehende Tür des Bronco mit dem Ende des Hickorystocks zu. Den Haufen Wildblumen, die nun kreuz und quer im Fußraum lagen, hatte er völlig vergessen. Er ließ zu, dass Kate ihn ins Haus führte, vorbei an den beiden Männern auf der Veranda. Sie waren zu peinlich berührt, um Claytons Blick standhalten zu können, als er sie passierte.

Scabby Mike folgte dem Paar ins Haus und stand in der Diele, seine Kappe in der Hand. »Schön, dich zu sehen, Clayton.«

»Nichts für ungut, Mike, aber warum sparst du dir nicht den Schwachsinn und kommst direkt zum Punkt? Warum hast du mir nichts über den Jungen erzählt, den du raus zu Tümpel gebracht hast? Dass er … den ich …«

»Das spielt keine Rolle, jetzt im Moment.«

»Keine Rolle? Machst du Witze? Mike, ich …«

»Du hast getan, was zu tun war, um deine Familie zu schützen.«

»Ich wollte ihn nicht umbringen.«

»Komm schon, Clayton. Was hast du denn geglaubt, würde passieren?«

»Ich bin kein Mörder, Mike.«

Mike äußerte sich nicht weiter dazu. Er wusste, dass nicht er es war, den Clayton zu überzeugen versuchte. Nach Rückendeckung suchend, wandte Clayton sich Kate zu, aber er konnte in ihren Augen sehen, dass sie ihm diese nicht gewähren würde. Er fühlte sich krank und starrte zu Boden.

»Clayton, es ist okay.«

Er hob wieder den Kopf, um seine Frau anzusehen. Er erwartete, Ekel oder Furcht in ihren Augen zu sehen vor dem, was er getan hatte, aber er lag falsch. Er sah Sorge. Clayton spürte, wie ihm nun richtige Tränen in die Augen stiegen. »Er war achtzehn Jahre alt.«

»Woher weißt du das?«, sagte Mike.

»Das tut nichts zur Sache. Was allerdings sehr wohl eine Rolle spielt, ist, dass ein weiteres Kind tot ist und es meine Schuld ist.«

»Er war kein Kind, Clayton.«

»Was zum Teufel war er dann?«

»Eine Bedrohung.«

Clayton stand einfach da. Er starrte den Mann mit den Narben im Gesicht, der so etwas wie sein Bruder geworden war und den er nicht wiedererkannte, an. »Mein Gott, Mike. Wer bist du? Du wusstest, dass der Junge tot war, und hast mich trotzdem einfach in das Meeting geschickt.«

»Er hat deinen Sohn bedroht.«

»Er war noch ein Kind.«

»Hör auf, das zu sagen«, sagte Kate.

»Und warum? Er war ein Kind, und ich habe ihn getötet. Ich habe jemanden ums Leben gebracht und mich dann auch noch, um der Sache die Krone aufzusetzen, mit Kriminellen an einen Tisch gesetzt, als sei ich gar nicht der Sheriff des Countys.«

»Zuallererst bist du Vater.«

»Kate, er war nichts weiter als ein unschuldiger Junge.«

Kate hob energisch zur Gegenrede an. »Nein, war er nicht. Er war ein Killer aus einer Familie von Killern. Dieser Junge da drin«, Kate zeigte den Flur entlang in Richtung von Ebens Zimmer, »das ist ein unschuldiges Kind, und du solltest dich hinsetzen und zuhören, was Mike zu sagen hat, bevor er aufwächst, nur um dann in Unterwäsche und Gasmaske zu sterben.«

Clayton war völlig perplex. Er schaute Mike an, um zu sehen, ob damit nun die Katze aus dem Sack war, aber der Ausdruck in Mikes Augen zeigte ihm, dass noch etliches folgen würde. Er schluckte seine Schuldgefühle herunter und versuchte, sich auf die Frage zu konzentrieren, warum diese Männer überhaupt in seinem Haus waren. Irgendetwas musste passiert sein. Er ließ sich auf einen der Esszimmerstühle sinken und entlastete das Bein, was ihm Linderung verschaffte. »Nun gut, in Ordnung, was ist los?«

Mike setzte sich an den Tisch, und Kate tat es ihm nach. Mike nahm seine Mütze ab und überlegte, wo er anfangen sollte. »Okay, der Junge am Pond. Der Raubüberfall auf das Chute.«

Kate zuckte zusammen. »Der Name ist einfach ekelhaft.«

Mike ignorierte sie und fuhr fort. »Wir glauben, dass der Überfall nicht einfach zufällig durchgeführt wurde. Wir sind der Meinung, dass sie nach etwas gesucht haben. Etwas, das wesentlich größer ist als das, was sie gefunden haben.«

»Und was soll das sein?«, sagte Clayton und kratzte sich am Bart.

»Wir denken, sie haben versucht, das Geld deines Bruder ausfindig zu machen.«

»Welches Geld?«

Mike lehnte sich nach hinten. »Okay, lass es mich dir erklären. In den letzten paar Jahren, vor den Razzien, lange bevor du angeschossen wurdest oder bevor Halford dich dazu zwang …«

»Ihn umzulegen, meinst du? Meinen eigenen Bruder umzulegen?«

»Na ja, ich denke schon, dass ich das sagen wollte. Jedenfalls bevor passierte, was passierte – egal wie man es nun nennen will – hat Halford jedenfalls, keine Ahnung, die Dinge nicht sonderlich gut unter Kontrolle gehabt. Paranoid war er ja schon immer, wohl ein Geschenk deines Vaters, aber zum Ende hin ging das, bei Hal jetzt, weit darüber hinaus. Er hat sich bizarr verhalten. Manchmal hatte ich keine Ahnung, warum er gewisse Dinge tat.«

»Was du nicht sagst.«

»Clayton, bitte, hör mir einfach zu.«

»Schön. Was meinst du mit bizarr?«

»Er … er hat sich manchmal uns gegenüber einfach merkwürdig benommen.«

»Merkwürdig inwiefern?«

Mike rief sich ein Beispiel ins Gedächtnis. »Manchmal hat er uns etwa alle zum Familiensitz zitiert – an den Sitzungstisch –, und zwar mitten in der Nacht oder ganz früh morgens, vor Sonnenaufgang, bloß um die Munition durchzuzählen oder irgendwelche Finanzgeschichten durchzugehen, die außer ihm offenkundig niemand durchschaute. Er hat oft Selbstgespräche geführt. Manchmal einfach in unserer Anwesenheit. Das ging direkt los, nachdem dein Vater gestorben war, und mit der Zeit wurde es immer schlimmer. Ein paar der Männer begannen an seiner Fähigkeit zu zweifeln, die Geschäfte zu führen, und wenn er bei irgendjemand Lunte roch wegen dieser Zweifel …«

»Brachte er ihn um. Er brachte seine eigenen Leute um. Du erzählst mir hier nichts Neues.«

Mike sah plötzlich müde und ein wenig peinlich berührt aus, als er weitersprach. »An dem Tag, jenem Tag, als er das Mädchen in deinem Büro angriff, dem Tag, als du ihn erschossen hast, hatte er vor unser aller Augen einen Jungen getötet, nicht einmal eine Stunde zuvor, direkt hier auf der Veranda. Er hat dem Jungen aus nächster Nähe mit einer Schrotflinte in den Bauch geschossen. Er befahl mir sauberzumachen. Ich kannte den Jungen. Sein Name war Rabbit. Ein labiler kleiner Scheißer, aber loyal – dumm, aber loyal. Aber was wesentlich wichtiger ist: Der Junge war keine zwanzig Minuten von hier, wo wir jetzt sitzen, geboren worden und aufgewachsen.«

»Mein Gott«, sagte Kate. »Warst du mit dem Jungen befreundet?«

Mike schaute verdattert. »Nun, nein. Nicht richtig, aber das ist nicht der Punkt. Der Punkt ist, er war ein guter Junge. Geboren auf Bull Mountain. Ob wir nun immer bei allem einer Meinung waren oder nicht, egal. Er war einer von uns, und Hal hat ihn in Stücke gerissen und mir dann befohlen, die Sauerei wegzumachen, als ginge es um verschüttetes Bier oder einen umgekippten Latrineneimer. Da wusste ich, dass das alles enden würde. Ich wusste zu dem Zeitpunkt allerdings noch nicht, wie böse.«

Kate lehnte sich zurück und verschränkte die Arme. »Und du wunderst dich, warum ich mich in Herrgotts Namen frage, wieso du dich diesem Psychopathen angeschlossen hast?«

»Weil ich diesen Psychopathen geliebt habe.« Mikes Tonfall war nun ebenso barsch wie Kates. »Er war mein Bruder. Genauso wie Buckley es war. Und Clayton es ist. Man kämpft für die Familie. Man lässt sie nicht im Stich, auch wenn sie vom rechten Weg abkommt. Das weißt du genauso gut wie ich. Halford hat die Orientierung verloren. Es war meine Aufgabe, ihm zu helfen, wieder in die Spur zu kommen.« Mike griff nach seiner Kappe und setzte sie sich wieder auf den Kopf, zog den Schirm tief über die Brauen.

»Aber ich habe versagt. Ich habe ihn im Stich gelassen, und damit muss ich leben. Dich werde ich jetzt nicht im Stich lassen, Clayton. Ich weiß, das mit Hal musstest du tun, und diese Sache liegt hinter uns, aber wir sind jetzt hier.«

»Und wo genau soll das sein? Und was hat das alles mit dem Jungen am Pond zu tun?«

»Hal hat dafür gesorgt, dass wir flüssig blieben. Wir haben alles mit Bargeld gemacht, aber er hat es nie an einem Ort aufbewahrt. Eine weitere Lektion, die er von seinem Vater gelernt hatte. Er unterhielt Verstecke quer über den Berg verstreut, eine Menge, und ich kannte sie alle. Zumindest dachte ich das. Damals war ich der Einzige außer Hal selbst, der genau wusste, wie viel Geld wir genau hatten und wo. Als die Razzien begannen, dachte ich, dass die Bundespolizei wohl einen Großteil davon aufstöbern würde, aber da lag ich falsch. Sie fanden bloß, was Hal hatte herumliegen lassen. Nachdem sich der Rauch verzogen hatte, stellten die Cops die Suche ein, und ich wurde schließlich in allen Punkten freigesprochen. In der Folge überprüfte ich die Verstecke, und sie waren allesamt leergeräumt worden – jedes einzelne.«

»Von wie viel reden wir?«, fragte Clayton.

»Etwas mehr als drei Millionen, nach meinen Unterlagen.«

»Oh, mein Gott. Dir geht es um das Geld. Ich hätte es wissen müssen.«

»Hör einfach zu. Sogar der Notgroschen war futsch, der seit den Tagen, als noch dein Vater das Zepter in Händen hielt, nicht angerührt worden war. Ich nahm daher einfach an, dass Hal irgendetwas mit Bracken und seinen Jungs eingefädelt hatte oder sogar einen Schritt weiter gegangen war und mit Offshore-Banken operiert hatte, weil er selbst mir nicht mehr über den Weg traute. Aber mittlerweile hätte die Polizei da etwas finden müssen, haben die aber nicht. Ich glaube, sie haben die Suche schlicht und einfach eingestellt. Die Million Dollar oder so, die sie entdeckt hatten, kam ihnen wie ein Jackpot im Casino vor, und sie sind damit, so mein Eindruck, schnurstracks zum Auszahlungschalter marschiert.«

»Womöglich hat Halford es in den letzten fünf Jahren seines Lebens ja auch verbrannt, wenn seine Zurechnungsfähigkeit derart nachließ, wie du sagst.«

»Ich habe darüber auch eine Weile nachgedacht, und die Wahrheit ist, ich hätte es ihm tatsächlich zugetraut.«

»Aber du bist jetzt nicht mehr der Meinung?«

»Ich verfüge jetzt über neue Informationen.«

»Erzähl.«

»Mark kam kurz nach seinem Eintreffen hier mit etwas zu mir, das ihm sein Großvater Ernest erzählt hatte.«

»Er war also bereits hier?« Kate schaute Mike verwirrt an, und Clayton warf ihr seinerseits einen irritierten Blick zu.

Sie dachte daran, wie sie ihn wenige Tage zuvor angelogen hatte, darüber, wo sie an dem Abend gewesen war, entschied sich aber, nichts zu sagen.

»Du hast ihn nicht hierher beordert, damit er dir hilft, das Geld zu finden, oder?«

»Nein, Kate. Er war bereits hier, aber ich habe ihn dann darauf angesetzt. Das ist die Wahrheit, Ma'am.«

Clayton erlöste sie aus der Peinlichkeit des Moments. »Was also hat Ernest gesagt?«

»Er sagte, ungefähr drei Monate vor seinem Tod hätte Halford ihn, Ernest, mitten in der Nacht angerufen – ich sagte ja, das tat er häufig – und ihm befohlen, alle Verstecke auf dem Berg leerzuräumen. Bis auf den letzten Penny. Wies ihn an, alles zum Familiensitz zu bringen. Er sagte, es müsse noch in dieser Nacht geschehen und vor Sonnenaufgang.«

»Wieso?«, fragte Clayton.

»Das wusste Ernest nicht. Er fragte auch nicht nach. Er gehörte zur alten Garde deines Vaters. Er hatte sich hochgearbeitet, indem er keine Fragen stellte. Schenkte man den Burrough'schen Machenschaften zu großes Augenmerk, fing man sich eine Kugel. Er tat einfach, was man ihm sagte.«

Kate stand auf und holte drei Flaschen Bier aus dem Kühlschrank. »Und er meinte nicht, jemandem davon erzählen zu müssen, nachdem Hal tot war?«

»Wie gesagt, alte Schule. Das bedeutete, Plaudern war tabu – Punktum –, egal über was. Außerdem hat Geld keinem dieser Oldies je viel bedeutet. Ich bezweifele auch, ob er es Mark überhaupt erzählt hätte, wäre der nicht sein Enkel und hätte ihn während einer Spades-Nacht nicht total abgefüllt, kurz nachdem er hergekommen war.«

Clayton nahm die offene Bierflasche. »Warum hast du mir von alldem nicht gleich erzählt, als du davon erfahren hast?«

»Weil Geld die Menschen verrückt macht. Es verleitet Menschen dazu, verrückten Scheiß zu machen, und hier passiert bereits genug verrückter Scheiß. Stell dir das Chaos vor, das uns bevorstünde, wenn jeder Hillbilly diesseits von Floyd County der Meinung wäre, es hieße Zahltag am Ende des Bull-Mountain-Regenbogens. Coot Viner und seine Jungs wären dann unser geringstes Problem.«

»Und du warst in Sorge, ich könnte ebenfalls durchdrehen?«

»Nein, Clayton, nie. Um dich habe ich mir nie Sorgen gemacht. Es war bloß … na ja … du und Kate, ihr hattet eine schwierige Phase. Mit dem Neugeborenen und allem – daher dachte ich, ich und Mark könnten es vielleicht alleine aufstöbern.«

»Ihr dachtet, da hättet ihr dann den Zahltag ganz für euch alleine?«

»Nein. Mein Gedanke war, dich zu beschützen, deine Frau zu beschützen – und Eben. Wie ich schon sagte, bei deinem Bruder habe ich versagt. Ich wollte diesen Fehler nicht noch einmal machen. Ich wollte dich ins Bild setzen, sobald Mark die Fährte aufgenommen hatte. Das war eine schlechte Entscheidung, und das tut mir leid. Aber ich habe dich nie angelogen, Clayton. Seit unseren Kindertagen nicht einziges Mal.«

Clayton schwieg. Soweit er wusste, entsprach das der Wahrheit.

Kate fuhr sich mit der Hand durchs Haar und atmete tief und erschöpft aus. »Und du hast nicht einmal gedacht, dass, sollte Clayton es finden, er das Geld der Polizei geben würde und nicht dir?«

»Natürlich haben wir das bedacht, aber das wäre Claytons Entscheidung gewesen. Ist es noch immer.«

»Mike, es gibt dieses Geld nicht«, sagte Clayton. »Ich glaube, du hast Recht. Ich glaube, er hat es verbrannt, weil er es konnte. Mein Bruder war von Sinnen.«

»Nein, Halford war nicht verrückt. Er war schlau. Wie ihr alle. Deswegen haben sich die Burroughs überhaupt so lange an der Spitze der Nahrungskette halten können. Das

Problem war bloß, er war schlauer, als ihm gutgetan hätte – das kann manchmal gefährlich sein, wie dir ja wohlbekannt ist.«

»Und du meinst, es war dieses Geld, was die Viners zu finden gehofft hatten, als sie Tuten überfielen?«

»Ich denke, sie kannten bloß einen Teil des Puzzles, aber sollte dem tatsächlich so sein, dann suchen bereits zu viele danach, und das sind schlechte Nachrichten für jeden, der hier oben lebt.«

Clayton ließ sich wieder auf den Stuhl sinken und legte den knotigen Gehstock auf die glatte Oberfläche der Tischplatte. Er hatte das Gefühl, die Welt wirbele um ihn herum. »Ich kann nicht glauben, was hier vor sich geht.« Es schaute seine Frau an. Sah sie dieses Mal eingehend an. Ihr braunes Haar war zu einem Pferdeschwanz zusammengefasst, ihre Augen derart groß und grün und einladend, er wollte sich einfach in sie hineinfallen lassen. »Und was genau führt dich zu der Annahme, ich könnte etwas finden, was weder die Bundespolizei oder eine professionelle Spürnase wie Mike nicht haben finden können?«

»Ich glaube, Halford wollte es dir hinterlassen, wollte, dass nur du es finden kannst.«

»Das ist zu viel der Ehre, Mike. Mein Bruder hat mich gehasst.«

»Und genau da liegst du falsch. Halford hat dich nicht gehasst. Er hatte Angst vor dir.«

Clayton lachte laut auf. »Na, wenn das mal nicht gequirlte Scheiße ist, dann weiß ich's nicht.«

Mike nahm einen Schluck Bier. »Erinnerst du dich an die Geschichte, von der Flut? Die, die du Bracken am Familiensitz erzählt hast?«

»Darüber, wie er mich zum ersten Mal versucht hat umzubringen? Was ist damit?«

»Ich war an dem Tag dort, am Creek. Ich sah, wie er dich im Wasser beobachtete. Ich brüllte ihn an, er soll dir helfen. Weißt du, was er gesagt hat?«

»›Fick dich ins Knie, Mike. Ich will, dass er absäuft‹?«

»Nein. Er sagte, er könne nicht. Er sagte, würde er dich retten, dann wäre es, wenn der Tag komme, an dem dein Deddy Bull Mountain in deine Hände legen würde, einzig und allein seine Schuld.«

»Schwachsinn.«

»Wie gesagt, Clayton. Ich habe dich niemals angelogen.«

Kate stand auf. »Herrgott, Mike. Das belegt in keiner Weise, dass Halford überhaupt vor irgendetwas Angst hatte. Es bestätigt bloß, dass er ein selbstsüchtiges Arschloch war, der sich sogar damals schon nur für sich selbst interessiert hat.«

»So kann man es sehen, aber auch eine andere Sichtweise ist definitiv möglich. Oder nicht, Clayton?«

Clayton antwortete nicht. Er trank sein Bier in einem Zug aus.

Die drei saßen lange Zeit schweigend da, bevor Mike von dem Angriff am Familiensitz erzählte. »Dieser Hurensohn, Coot, meinte, er verlange drei unserer Männer. Zwei hat er bereits getötet. Ich denke, du bist der Nächste auf seiner Liste. Das werde ich nicht zulassen. Deswegen stehen Nipper und Lo-Fat vor der Tür.«

Clayton sagte noch immer nichts. Er stand auf, nahm sich ein weiteres Bier aus dem Kühlschrank und setzte sich wieder. Langsam rollte er den Hickorystab auf der Tischplatte hin und her, hielt dann inne.

»Ich denke, ich weiß, was als Nächstes passieren muss.

Mir ist heute eine Frau begegnet, die behauptet, mit diesem Jungen verwandt zu sein, den ich …«

»Mit dem Jungen vom Pond?«, brachte Mike ihn ins Hier und Jetzt zurück.

»Genau. Ihr Name ist Vanessa Viner. Sie ist die Tante.«

Kate war im Begriff, etwas zu sagen, aber Clayton hob die Hand, weshalb sie weiter schwieg. »Sie behauptet, mit Bracken zusammenzuarbeiten. Sie sei seine Connection zu dem Stoff, den sie hier hindurch transportieren wollen. Sie meinte auch, sie wäre möglicherweise diejenige gewesen, die unabsichtlich die Saat für den Raubüberfall, den ihr Neffe und seine Kumpels abgezogen hätten, ausgebracht hat. Sie hat das Gefühl, das gehe auf ihr Konto, weshalb auch sein Tod ihre Schuld sei. Sie hat keinerlei Interesse daran, meinte sie, Vergeltung zu üben.«

»Und was sollte das dann an dem Abend?«

»Sie sagte, ihr Bruder handelt auf eigene Rechnung. Sie weiß, was diese Bestie da draußen auf Deddys Grund und Boden abgezogen hat, und behauptet, damit nichts zu tun zu haben. Ihrer Ansicht nach ist sie das schwarze Schaf der Viner-Familie. Sie behauptet, sich bereits vor Jahren schon von allen abgewandt zu haben, um ein neues Leben anzufangen. Sie hat sogar ihren Namen geändert, um Abstand zu gewinnen, aber sie ist noch immer die Einzige, der ihre Mama, Twlya, vertraut, die Frau, die der ganzen Sippe vorsteht. Offenkundig hat das ihrem Bruder schon eine ganze Weile nicht geschmeckt. Deshalb hat Coot sich, nachdem Twyla ihr letztes Wort in der Sache gesagt hatte, auf eigene Faust hierher aufgemacht – gegen den Willen der beiden.«

»Es war sein Sohn«, sagte Kate, was beinah klang, als wolle sie ihn in Schutz nehmen.

Mike schenkte ihr keine Beachtung. »Du vertraust dieser Frau also?«

»Ich weiß es noch nicht, aber es war ganz schön mutig, einfach herzukommen, um mit mir zu reden. Aber auch wenn sie nicht die Wahrheit sagt, glaube ich, dass sie der Deal mit Bracken wesentlich mehr beschäftigt als das, was ihrem Neffen passiert ist.«

»Was will sie denn?«

Clayton lehnte sich auf dem Stuhl zurück und kratzte sich den Bart. »Dasselbe wie Bracken. Beteiligt zu werden.«

»Und was haben wir davon, wenn wir dem zustimmen?«, sagte Kate.

»Abgesehen von dem, was Bracken bereits erläutert hat? Sie meinte, sie würde ihren großen Bruder an die Leine nehmen, und der Krieg, den wir angezettelt hätten, würde beendet – und zwar sofort.«

»Und da sollen wir uns einfach auf ihr Ehrenwort verlassen?«

»Kate, ich glaube kaum, dass ich derzeit irgendjemandem beim Wort nehmen sollte, egal in welcher Angelegenheit. Was ich aber nach der kurzen Zeit, in der ich mit dieser Frau gesprochen habe, weiß, ist, dass sie sich von niemandem etwas vormachen lässt. Sie ist clever und interessiert sich mehr für Geld als für irgendetwas sonst.«

»An wen erinnert mich das bloß?«, sagte Kate an Mike gewandt.

»Komm schon, Kate. Das ist nicht fair.«

Clayton spürte eine Vibration an seinem Bein, ignorierte sie aber.

»Wer ist deine rechte Hand, Mike?«

»Tuley.«

Zum zweiten Mal registrierte Clayton, wie seine Frau bei der Erwähnung dieses Namens unruhig wurde.

»Worum kümmert er sich derzeit?«

»Um dich. Er bewacht dieses Haus.«

»Zieh ihn ab.«

»Clayton, du bist in Gefahr. Wir müssen das Haus bewachen.«

»Ich kann mein Haus selbst bewachen, Mike. Wenn es dir hilft, behalt die zwei da draußen, aber postier sie im Wald. Ich will sie nicht sehen. Tuley brauch ich woanders.«

»Und wo?«

»Er ist eine Spürnase. Er soll Cooter oder wie auch immer er heißt, aufspüren, aber keinen Kontakt aufnehmen. Sag ihm, er soll ihn lediglich überwachen und Bericht erstatten. Solange wir wissen, wo das Arschloch ist, sollte es hier kein Problem geben.«

»Warum lassen wir Mark ihn nicht einfach ausschalten?«

»Weil, Michael«, sagte Kate, »wir damit riskieren, dass diese Vanessa durchdreht. Clayton hält sie für den schwereren Gegner, weshalb unser Problem nur größer würde.«

»Wie wär's mit: Weil ich der gottverdammte Sheriff von McFalls County bin und nicht einfach anordne, irgendwelche Leute umzulegen? Darum.« Clayton sah seiner Frau in die Augen. Er wusste nicht, warum er so überrascht darüber war, wie sie dachte. Kate war stets die toughste Frau gewesen, die er je kennengelernt hatte. Das war es ja gerade, was sie all die Jahre für ihn so attraktiv gemacht hatte. Weshalb er sie geheiratet hatte. Mike erhob sich, ohne seine Flasche leerzutrinken, deren Kondenswasser auf dem Tisch eine Lache hinterlassen hatte.

»Ich werde sofort mit Mark Kontakt aufnehmen.«

»Gut. Und dann finde heraus, ob Bracken Leek sich noch immer in Georgia aufhält. Falls möglich, vereinbare ein weiteres Treffen in Deddys Haus. Ich will seine Meinung zu Vanessa hören und erfahren, was er über dieses angebliche Geldversteck weiß.«

»Klar ist das möglich«, sagte Mike, etwas zu eifrig.

Clayton und Kate starrten ihn an.

»Was ist?« Mike hob die Hände.

»Nichts«, sagte Clayton. »Ruf ihn an.« Er war sich ziemlich sicher, dass Mike nicht nur dafür gesorgt hatte, dass Bracken sich noch immer im Bundesstaat aufhielt, er war aller Wahrscheinlichkeit nach sogar noch immer in McFalls County. Mike zog ein Sprechfunkgerät aus der Jacke, lieferte Clayton damit den Beweis und verließ den Raum. Clayton und Kate saßen schweigend da und lauschten, wie die Eingangstür ins Schloss fiel. Sie saßen lange so da. Irgendwann erhob sich Kate und räumte den Tisch ab. Sie schüttete Mikes Bier in den Ausguss und warf die leere Flasche in den Müll. »Ich werde mal duschen.«

»Okay.«

»Kommst du auch?«

Er wollte, aber das sagte er nicht. »Nein, Kate. Ich komme nicht mit unter die Dusche. Diese Sache, das alles hier, mir geht es damit nicht gut. Mir geht es gar nicht gut damit. Es hat mir zugesetzt, was ich diesem Jungen angetan habe.«

»Das verstehe ich.«

»Nein. Ich glaube, das tust du nicht. Du hast gerade erst erfahren, dass dein Mann ein Mörder ist. Nichts von wegen Notwehr, die man vorschieben könnte. Nichts von wegen ausgleichende Gerechtigkeit. Schlicht und einfach: ein Mörder.«

»Nein, das bist du nicht. Du hast ein tollwütiges Tier zur Strecke gebracht, das gedroht hat, deiner Familie etwas anzutun. Das ist etwas anderes.«

»Wenn du mir das nur lange genug einredest, vielleicht werde ich es dir eines Tages glauben können.«

Kate erwiderte nichts. Sie schüttete auch ihr eigenes Bier aus und warf die Flasche weg. »Lass dir nicht allzu viel Zeit damit.« Sie ging zum Tisch und legte ihre Hand auf seine. »Ich brauche dich.«

»Ich bin mir nicht so sicher, ob das stimmt.«

Sie wandte sich zum Gehen.

»Kate.«

»Ja.«

»Du warst mit Mark zusammen an dem Abend. Nicht bei Charmaine. Stimmt's?«

»Ja.«

»Er wollte, dass du ihm hilfst, mich davon zu überzeugen, bei dieser Schatzsuche mitzumachen, richtig?«

»Ja.«

Clayton saß auf dem Stuhl, mit dem Rücken zu ihr. »Aber das hast du nicht gewusst, als du zugestimmt hast, dich mit ihm zu treffen, oder?«

Sie zögerte, sagte aber schließlich: »Nein.« Dann verließ sie den Raum.

Nachdem sie kurz nach dem Baby geschaut hatte, schloss sie leise ihre Schlafzimmertür. Als Clayton hörte, wie die Dusche anging, stand er auf und holte sich ein weiteres Bier. Er drehte den Schraubverschluss ab und trank den Großteil davon vor dem offenen Kühlschrank. Er schnappte sich ein weiteres und ging ins Wohnzimmer. Er stellte die Flaschen auf den Couchtisch und ließ sich aufs Sofa fallen. Dann schaute er auf sein Telefon und sah, dass Charles versucht hatte, ihn anzurufen – von seinem Festanschluss aus. Nach einer ganzen Weile zog er eine Pillendose und ein kleines zusammengefaltetes Stück Papier aus der Tasche. Er öffnete die Dose und schüttelte zwei weiße Dragees heraus. Er zerkaute die Pillen und spülte sie mit dem Rest seines zweiten Biers hinunter, entfaltete dann den kleinen Zettel. Er studierte die Ziffern, die er selbst notiert hatte. Es war das Nummernschild des schwarzen BMW, den er auf der Main Street vor dem Lucky's hatte stehen sehen, nachdem er Vanessa an der Bar zurückgelassen hatte. Die letzten zwei Buchstaben waren ein E und ein D. Das passte zu dem Wagen, der in dem Mordfall in Fannin County eine Rolle gespielt hatte, wegen dem Charles Finnegan ihn kontaktiert hatte. Der Betrunkene, der den Wagen gesehen hatte, hatte angegeben, einen Pfirsich auf dem Nummernschild gesehen zu haben. Es war aber eine Apfelsine. Vanessa Viner war eine Killerin.

»Man kriegt zwar das Mädchen aus Boneville raus«, sagte Clayton zu sich selbst und warf den Zettel auf den Tisch. Er öffnete sein drittes Bier und hielt es einfach in der Hand. Bier allein würde nicht ausreichen heute Abend. Er ließ sich in das Plüschsofa sinken und wartete darauf, dass das Hydrocodon seinen Zauber entfaltete.

Clayton war sich nicht sicher, wie lange er geschlafen hatte, als er zu sich kam. Die Tabletten hatten dafür gesorgt, dass er im Sitzen eingenickt war. Im Schlaf hatte er sich das Bier in den Schoß geschüttet und hatte nun einen nassen Fleck im Schritt. »Verdammte Scheiße.« Er stellte die Flasche auf den Tisch und wollte gerade aufstehen, als er den Schwarzen bemerkte, der neben dem Sofa stand, in der Hand den Stock aus Hickory, den er auf dem Tisch hatte liegen lassen.

»Howdy, Sheriff.« Tate holte aus und traf Clayton mit dem Knüppel rechts im Gesicht. Er fiel zurück auf das Sofa und sank in den tiefen Schlaf zurück, aus dem er gerade erwacht war.

Tate stieß ihn mit dem Gehstock gegen Brust und Arme, bis er überzeugt war, dass er nicht wieder aufstehen würde, und wandte dann seine Aufmerksamkeit dem anderen Teil des Hauses und dem eigentlichen Anlass seines Besuchs zu.

21

Western Outpost
unweit Little Finger Rapids

Mark hatte Coot Viner längst im Visier gehabt, als Mike ihn von Clayton Burroughs abberief, weshalb es kaum Zeit brauchte, sich auf den neuen Auftrag einzustellen. Diese Aufgabe entsprach ohnehin wesentlich mehr seinen Fähigkeiten. Er verlagerte das Gewicht von der linken Hüfte auf sein Becken. In seinem Ausguck hatte er bereits die weiche Erde von kleinen Ästen und Laub befreit, so dass die Bewegung beinahe geräuschlos war. Lautlosigkeit und die Fähigkeit, mit der Umgebung zu verschmelzen, waren das Entscheidende bei dieser Arbeit. Genauso wie Geduld. Er hatte bereits zwei Stunden lang jede Bewegung des Viner-Clans verfolgt und ein Dutzend Mal Coot und Donnie ins Fadenkreuz genommen, die vor einer alten Fischerhütte an den Little Finger Rapids saßen. Der andere, Tate, war nicht dabei, worüber er Mike unterrichtete. Coot Viner war ein Speedjunkie, und Mark verfolgte, wie er und Donnie sich die ganze Zeit über den Dreck in ihre Nasen löffelten. Je mehr Coot nahm, umso lauter wurde er. Ganz offenkundig begriff er sich längst als rechtmäßiger Thronfolger im Rauschgifthandel des nördlichen Georgia. Sein Leben lang hatte Mark mit Leuten wie ihm zu tun gehabt. Er wusste, sein Ego würde ihm das Genick brechen. So war es immer.

Stolz bringt dich schneller um als eine Kugel.

Am liebsten hätte er die beiden Wichser gleich jetzt umgelegt. Das wäre ein Spaß. Und so einfach.

Vielleicht aber auch nicht.

Marks eigenes Ego verhinderte, dass er hörte, wie sich der Mann mit der Narbe am Ohr von hinten näherte, bis es zu spät war. Das Nächste, was er sah, waren Sterne.

Als Mark zu sich kam, war er an allen vieren gefesselt, das Gesicht in den feuchten Schlamm des Creek-Ufers gedrückt. »Spürst du das, Tuley?«, sagte Coot. »Das ist ein Tellereisen, was dir da in den Schwanz kneift.«

Mark blieb reglos liegen, bäuchlings, und verfluchte sich dafür, so arrogant gewesen zu sein. Er nahm an, der Mann musste das Gelände sondiert haben, bevor er eingetroffen war.

»Was sagst du, mein Hübscher? Ich nehme an, wir Viners sind wohl doch nicht nur der Haufen Vollspastis, für den du uns gehalten hast. Wozu meinst du, Donnie, hat er wohl diese fette Kanone dabeigehabt?«

»Denke mal, er hat drüber nachgedacht, jemanden abzuknallen, Coot.«

»Mag sein, Donnie. Mag sein.«

Mark gelang es, seine Panik zu drosseln, indem er im Kopf mögliche Fluchtszenarios durchspielte. Coot und sein Kumpel plauderten. Das war schon mal gut. Er musste sie dazu ermuntern, damit weiterzumachen.

»War das dein Plan, Tuley? Wolltest du mich und meinen Cousin hier abknallen wie Hunde, aus weniger als fünfzig Metern?«

»Hab bloß geschaut, Coot. Bisschen Aufklärung betrieben, mehr nicht.«

»Ah, Aufklärung – mit einem verschissenen Kaliber .50? Du musst mich wirklich für bescheuert halten.« Coot trat Mark in die Seite. Der Stahlkappenstiefel brach ihm drei Rippen.

»Glaubst du wirklich, wir würden auf so einen dilettantischen Schwachsinn reinfallen? Hältst du uns tatsächlich für derart dämlich?«

»Nun, ehrlich gesagt …«

Wieder trat Donnie zu und traf Mark direkt unter der Achselhöhle. Dieses Mal wurde er von dem Schmerz beinahe ohnmächtig. Er schmeckte Magensäure, gleichzeitig überkam ihn Brechreiz. Er wehrte sich gegen die Übelkeit und versuchte, bei Bewusstsein zu bleiben, so wie er es gelernt hatte.

»So bescheuert sind wir nicht, Tuley. Wir wussten sehr wohl, dass dieser Burroughs-Clown diesen Zug machen würde. Wir wussten außerdem, dass Mike dich schicken würde, bist ja sein Lieblings-*Großstadtkiller* und so weiter, also wartete Tank genau da, wo du seiner Meinung nach deine Zelte aufschlagen würdest. Er hat dich beobachtet, wie du uns beobachtet hast.« Coot grinste breit. »Du wurdest gelinkt, mein Hübscher. Wie fühlt sich das so an?«

Mark reagierte nicht darauf. Er konnte nicht. Coot hatte Recht. Er war arrogant gewesen und hatte seinen Gegner falsch eingeschätzt. Es war seine Schuld.

Tank? Verdammt noch mal. Sie hatten die ganze Zeit über einen Informanten gehabt. Oder sie hatten ihn umgedreht. Wie konnte ich bloß so dämlich sein?

»Weißt du, was dein Problem ist, Tuley?«

So ist es gut, quatsch einfach weiter, du kleiner Mistkerl. Quatsch weiter, bis mein Stichwort kommt.

»Warum sagst du es mir nicht, Coot, da du ja offenbar den Durchblick hast?«

Wieder grinste Coot und schob die Brust mit dem Löwen darauf etwas vor. »Dein Problem ist, dass du dich für etwas Besseres hältst. Aber stell dir vor! Das bist du nicht. Du bist genauso als weißer Unterschichtler geboren wie wir. Das heißt, du und ich, Tuley, sind ein und dasselbe. Gleichen wie ein Ei dem anderen. Es gibt nur einen großen Unterschied. Weißt du, worin der besteht, Tuley?«

»Dein Pimmel ist winzig?«

Coot und Donnie sahen sich an und kicherten. »Der Mann hat Humor, Donnie.«

»Ein richtiger Spaßvogel, Coot.«

»Allerdings. Aber nein, Tuley, der Unterschied besteht darin, dass ich akzeptiere, wer ich bin. Ich *liebe*, wer ich bin. Wie steht's bei dir, Donnie – liebst du dich auch?«

»Sicher doch, Coot.«

»Aber du?« Coot richtete mit einer Hand Marks Scharfschützengewehr auf ihn. »Du hast offenbar ein Selbstwertproblem. Du glaubst, das Leben auf dem Land ist deiner irgendwie nicht würdig. Du glaubst, du könntest dir einfach ein paar schicke Klamotten anziehen, paar Jahre in der Großstadt verbringen und dann zurückkommen und hier den großen Max spielen. Auf jemanden wie mich hinabschauen, als wärst du mir irgendwie voraus. Aber da hab ich Neuigkeiten für dich, Arschloch. Du *bist* ich. Und die traurige Wahrheit ist: Wärst du einfach hiergeblieben und hättest mit dem Rest von uns Hillbillys ein bisschen mit Erdklumpen geschmissen, hätte ich dich vielleicht jetzt gerade gut gebrauchen können. Dann würdest du jetzt vielleicht für das Siegerteam am Schlagmal stehen.«

»Warum ersparst du mir nicht einfach deine Dreckspredigt, Cooter, und bringst die Sache hinter dich?« Mark wusste, dass die Flinte, die Coot in der Hand hielt, ihm ohne vernünftiges Training den Arm abreißen würde. Sie hatte zudem einen Linksdrall, was Mark zu seiner Chance verhelfen würde, sich ans Fußgelenk greifen zu können.

Wieder grinste Coot. »Was denn hinter mich bringen, Tuley? Dich umlegen? Oh, umlegen werd ich dich. Deswegen mach dir mal keine Sorgen. Dazu kommen wir noch früh genug. Aber erstmal wirst du zuschauen müssen.«

»Wobei zuschauen? Zuschauen, wie du und der Schwachkopf hier zur Sache kommen wie in *Beim Sterben ist jeder der Erste*?«

»Siehst du, Donnie, hab ich doch gesagt, der Mann ist lustig.« Coot ging in die Hocke, legte sich das Scharfschützengewehr quer auf den Schoß und packte sich einen Büschel von Marks Haar. Donnie hielt ihm seine Flinte näher vors Gesicht, damit er sich nicht wehrte, und kam ganz nah heran. »Nein, wir ficken uns nicht gegenseitig, Tuley. Ist nicht so mein Ding. Ich stehe nur auf Möse – und wo wir gerade davon sprechen: Der Zufall will, dass, während wir hier so nett plaudern, mein Cousin Tate auf dem Weg zu dieser süßen Muschi ist, die du letztens abends angebaggert hast, und sie, nachdem er das Rattenloch, in dem sie lebt, abgefackelt hat, zu einer kleinen Party hierherbringen wird.«

Mark bäumte sich unter Coots Griff auf, aber Donnie drückte den Gewehrlauf mit Wucht in Marks linke Augenhöhle.

»Und du wirst dabei zusehen, wie ich und meine Jungs ihr etwas geben, was sie dringend braucht.« Coot kam noch etwas näher heran. »Normalerweise teile ich meine Ladys nicht so gern mit anderen, aber eigentlich ist es auch kein Teilen, wenn man es recht bedenkt. Mein Cousin da ist nämlich ziemlich klassisch orientiert, weißt du. Aber ich? Ich bin eher so der Typ Hintereingang, wenn du verstehst, was ich meine.«

Mark drehte und wand sich unter Coots Griff, wobei Haarbüschel aus der Kopfhaut gerissen wurden. Der Schmerz war schneidend, so als attackiere eine Armee von Feuerameisen seinen Kopf, aber er war zu nichts mehr nutze. Donnie hieb ihm mit dem Kolben des Gewehrs auf den Schädel. Es gab nun kein Halten mehr. Er hatte dem nichts entgegenzusetzen. Sie schlugen noch eine Weile auf ihn ein, auch dann noch, als er längst das Bewusstsein verloren hatte.

22

Das Feuer

Es war nicht der Rauch, der Kate weckte, oder der Kerosingestank, oder der Geruch von brennendem Holz. Es war Eben. Er brüllte. Kate fuhr hoch und beging damit den ersten und oftmals tödlichen Fehler jener, die bei einem Hausbrand einer Rauchvergiftung zum Opfer fallen, aber sie inhalierte nur ganz wenig von dem blauschwarzen Nebel, der begonnen hatte, von den Dachsparren ihres Schlafzimmers herabzusickern. Sie würgte und hustete das giftige Gas sofort wieder aus. Im gleichen Moment konnte sie nichts mehr sehen. Ihre Augen schwollen zu, wie von Bienen zerstochen. Panik ließ ihre Muskeln erstarren. Sie fiel zurück auf die Seite und rieb sich hustend die Augen. Instinktiv tastete sie nach Clayton. Er war nicht im Bett. Sie versuchte, seinen Namen zu rufen, bekam aber außer einem tiefen Keuchen nichts heraus. Ihre Gedanken rasten. Sie schätzte die Entfernung ab. Danach zu urteilen, wie sein Weinen klang, lag Eben noch in seinem Bettchen. Draußen war es dunkel – noch immer Nacht. Wo war Clayton? Hitze. Rauch.

Oh, Gott – Feuer.

»Eben!«, röchelte sie erneut ins Dunkel, ihre Stimme ein ersticktes Krächzen, ihre Lungen kämpften noch immer darum, den Rauch wieder loszuwerden. Ihre Kehle fühlte sich an wie mit Schmirgelpapier bearbeitet. Dieser zweite Versuch zu sprechen, löste einen weiteren Hustenanfall aus. Sie griff nach dem Laken und hielt es sich vor den Mund. Von

Hustenkrämpfen geschüttelt, kippte sie vom Bett, schlug mit der Schulter auf dem Holzboden auf, riss dabei das Laken, das sie vors Gesicht presste, vom Bett. Hier unten war die Luft besser, und mit einem Auge konnte sie die Dinge zumindest schemenhaft erkennen. Es war, als versuchte sie, durch Zuckersirup hindurchzuschauen, den man ihr ins Gesicht schüttete. Der Husten beruhigte sich. Schwarzer Sabber hatte einen Fleck auf dem Laken hinterlassen. Sie presste die Wange auf die kühlen Dielen, sog durch den Baumwollstoff hindurch so viel Sauerstoff ein wie möglich und hielt die Luft an. Eben brüllte noch immer. Das Geräusch kam aus allen Richtungen. Zu viele Dinge passierten gleichzeitig. Sie hatte das Gefühl, den Verstand zu verlieren. Alles drehte sich. Das Herz wummerte ihr in der Brust – sie war verloren auf dem Fußboden ihres eigenen Schlafzimmers. Ebens Geschrei weckte in ihr das Verlangen, ebenfalls zu schreien. Die Dielen an ihrem Gesicht fühlten sich nun nicht mehr kühl an. Sie musste aufstehen. Um des Wohls ihres Sohnes willen musste sie aufstehen. Das Babyfon. Es war das Babyfon, das dafür sorgte, dass seine Stimme von überall herkam. Sie konzentrierte sich auf die weiter entfernte Stimme – seine echte Stimme. Sie tastete den Boden ab, versuchte sich zu entsinnen, wo die Tür war. Wie konnte es sein, dass sie nicht wusste, wo ihre Schlafzimmertür war? Wo waren die gottverdammten Fenster? Zu ihrer Linken war ein weiches orangefarbenes Glimmen auszumachen, oder zu ihrer Rechten. Sie konnte nicht genau sagen, wo. Ihre Augen tränten, aber mittlerweile konnte sie mit beiden wieder etwas besser sehen. Sie musste die Tür finden. Sie setzte sich kriechend in Bewegung, glitt mit den Bauch über den Boden, robbte vorwärts. Wenn sie doch bloß die Wand finden könnte.

Eben. Denk an Eben.

Kriechend erreichte sie eine Wand und fuhr mit der Hand die Fußleiste entlang. Dieser folgte sie, bis sie das Profil des Türrahmens ertastete. Instinktiv wollte sie aufstehen, aber sie rappelte sich bloß auf alle viere hoch und hielt dann inne.

Bleib unten, Kate. Bleib unten und mach, dass du zu deinem Sohn kommst.

Als sie durch die geöffnete Tür kroch, verfing sich das Laken irgendwo, zwang sie dazu, es loszulassen. Sie hielt sich den Kragen ihres T-Shirts vor Mund und Nase, befeuchtete es mit Spucke und kroch weiter, bis sie ganz im Flur war. Das orangefarbene Glimmen war nun überall. An einigen Stellen konnte sie richtige Flammen erkennen, die an den Wänden der Diele entlang in Richtung Wohnzimmer und Küche leckten.

Wohnzimmer. Clayton. Wieder rief sie nach ihrem Mann, diesmal war ihre Stimme laut zu hören.

»Clayton!«

Die dicke Rauchdecke am Boden schwoll immer mehr an. Es sah aus, als lebte sie. Sollte der Teufel tatsächlich ein Lebewesen sein, dann sah er sicher so aus. Sie bewegte sich auf sie zu – auf ihr Baby. Auf der dem Feuer abgewandten Seite kroch sie den Korridor entlang und stieß dabei einen kleinen Tisch um, auf dem eine Lampe und ein paar Familienfotos standen. Er fiel auf sie, und einer der Bilderrahmen verpasste ihr einen tiefen Schnitt auf der Kopfhaut. Aber der Schmerz schärfte ihre Sinne bloß. Er machte sie wütend, und sie sammelte sich.

»Eben«, rief sie. Ihre Kehle war noch immer rau und brannte, aber ihre Stimme hatte nun wieder mehr Volumen. Das Rufen schmerzte, aber das war ihr egal. »Ich komme,

Baby. Mama ist auf dem Weg.« Sie schob den zerbrochenen Tisch beiseite und rutschte ein paar Meter weiter in Richtung Kinderzimmer, hielt sich dabei so tief am Boden wie möglich. Als sie fühlte, wie die Fußleiste in den Türrahmen überging, zog sie sich mit aller Kraft heran und drückte dagegen. Die Tür bewegte sich nicht. Sie war geschlossen – und kühl. Sie griff nach dem Türknauf, gleichzeitig darauf bedacht, weiterhin ihr Gesicht mit dem XL-T-Shirt zu bedecken. Der Messingknauf fühlte sich kühl an.

Eine Woge der Hoffnung überkam sie. Womöglich hatte der Rauch Ebens Zimmer noch gar nicht erreicht. Sie drehte den Knauf und drückte die Tür auf. Die kühle Luft, die ihr ins Gesicht schlug, gab ihr das Gefühl, aus einem Traum zu erwachen. Sie kroch ins Zimmer, schürfte sich dabei die Hüfte an der Türschwelle aus Messing auf, warf die Tür hinter sich ins Schloss, half mit einem Tritt ihres nackten Fußes nach. Die Luft im Zimmer war kühl und roch wie immer. Durch das Fenster schien der Mond hinein. Sie lag rücklings auf dem Boden und atmete die saubere Luft in tiefen Zügen. Sie räumte sich bloß einen Augenblick ein und ließ den köstlichen Sauerstoff durch sich hindurchströmen. Das Gefühl der Erleichterung verteilte sich in ihrem Körper, das Kribbeln drang ihr bis in die Fingerspitzen. Dann rieb sie sich die Augen, raffte sich auf und kam auf die Knie. Eben brüllte noch immer wie verrückt, aber jetzt konnte sie sehen, wie er dort stand, sich am Rand seiner Wiege festhielt und wusste, dass er in Sicherheit war. Er war in Sicherheit. Sie war in Sicherheit. Er hatte ihr durch sein Schreien das Leben gerettet. Sie könnte ihn nun einfach nehmen und durch das Fenster in die Sicherheit der Nacht hinausschlüpfen.

Clayton würde draußen warten – direkt vor dem Fenster. Sie wusste, auch er war da, um Eben zu retten. »Ich bin bei dir, kleiner Mann«, sagte sie. »Ich bin ja da. Alles wird gut.«

»Drauf wetten würde ich nicht, Schlampe.«

Kate fuhr auf Knien herum und sah Tate Viner, der, halb von der Dunkelheit verschluckt, am Fußende von Ebens Wiege stand. Ohne nachzudenken, stürzte sie sich auf die Schattenfigur. Sie überraschte Tate damit, sorgte aber bloß einen Augenblick lang für Irritation, bevor sie zu Boden krachte. Als er dann mit seinem ganzen Gewicht auf ihr saß, war es ein ungleicher Kampf. Ihre Lungen waren abgedrückt. Sie hatte keinerlei Kraft. Seine schwieligen Hände bedeckten ihren Hals, während sie vergebens daran herumzerrte. Sie griffen nur noch fester zu. Sie versuchte, den Kopf zu drehen, um ihren Sohn zu sehen – nur ein Mal –, aber es gelang ihr nicht. Wenn sie doch nur in Richtung Fenster deuten könnte, würde Clayton dort sein. Er musste einfach da sein. Er war immer da.

War er nicht.

Tut mir so leid, kleiner Mann. Tut mir so leid.

Sie wiederholte die Worte wieder und wieder in ihrem Kopf, bis sich eine Schwärze über sie legte, tiefer und endgültiger als die des Qualms, der ihr Haus ausfüllte.

Clayton erwachte schwitzend. Das Licht und der Nebel, die ihn einhüllten, überrumpelten seine Sinne zunächst, aber die Flammen, die sich mit hoher Geschwindigkeit vom Kamin aus quer über den Teppich und die Wände ausbreiteten, brachten ihn zur Besinnung und in die Realität zurück. Er lag zwischen Sofa und Wohnzimmertisch auf dem Boden. Das schwere Eichenmöbel fing nur schwer Feuer und bildete eine Schutzwand zwischen ihm und den Flammen. Höchstwahrscheinlich war es der Tisch gewesen, der ihm bisher das Leben gerettet hatte. Plötzlich wurde er sich des pochenden Schmerzes und der Beule an der Kopfseite bewusst. Man hatte ihm einen Schlag verpasst. Es war jemand im Haus. Wie lange schon? Wie lange war er bewusstlos gewesen? Wo war … »Kate!«, brüllte er und wand sich aus dem Spalt heraus, in dem er feststeckte. Mit Feuer kannte er sich aus. Häufig genug hatte er mit Feuerwehrmännern zu tun gehabt, um zu wissen, dass er am Boden bleiben musste. Er sah in Richtung Flur, der nach hinten zu den Schlafzimmern führte. Er brannte lichterloh. »Kate!«, brüllte er erneut. Keine Antwort. Nichts außer dem Knistern der rotorangefarbenen Bestie, die sein Haus auffraß. Hüfte und Bein taten höllisch weh, aber der Schmerz beschleunigte seine Bewegungen. Auf allen vieren kroch er in die Küche, nahm den Weg des geringsten Widerstands, räumte dabei Tisch und Stühle von unten beiseite. Riesige Flammen, die an der Haustür hinaufwogten und an der Decke züngelten, blockierten den Fluchtweg. Es war unendlich heiß. Die Luft wurde dünner, und der beißende Phosphor-Geschmack füllte ihm den Mund mit Spucke. Er sah hinauf zum Fenster über der Spüle. Er war nicht sicher, ob er hindurchpasste, aber das war der einzige Ausweg. Es musste einfach gehen. Würde er es nach draußen schaffen, konnte er ums Haus herumlaufen und zu den Schlafzimmerfenstern gelangen. »Kate!«, schrie er ein letztes Mal. Noch immer keine Antwort. Er kroch zu den Schränken unter der Spüle und öffnete sie. Er zog eine rot-weiß karierte Tischdecke hervor, die Kate dort aufbewahrte. Vorsichtig richtete er sich auf und griff nach dem Mixer auf der Arbeitsfläche. Er nahm den gusseisernen Fuß und warf ihn mit aller Kraft gegen das Fenster, schlug dabei den Rahmen und einen Großteil des Fensterglases heraus. Kühle Nachtluft strömte ihm entgegen, die aber auch den Flammen Nahrung gab, die ihm in die Küche gefolgt waren und bereits den Durchgang in Beschlag genommen hatten. Die Hitze an seinem Rücken war unerträglich. Er umwickelte die Faust mit der Tischdecke und fuhr mit der gepolsterten Hand die Fensteröffnung entlang, beseitigte die letzten Glasreste. Er ignorierte den Schmerz in seinem Bein, als er sich unbeholfen auf die Arbeitsplatte wuchtete und dann den Körper durch die Öffnung schob, die er geschaffen hatte. Das zweite Mal innerhalb von vierundzwanzig Stunden landete Clayton auf den Knien, dieses Mal, nachdem er ein an sich undurchdringliches Dickicht rotblühender Azaleen durchschlagen hatte. Die kleinen Äste zerschrammten ihm das Gesicht und rissen an seinen Kleidern. Nachdem er am Boden aufgeschlagen war, rollte er sich einige Meter auf der kühlen, taubedeckten Rasenfläche ab. Er gestattete sich nicht, sich in der wohligen Sicherheit hier draußen auszuruhen, sondern rappelte sich gleich wieder auf und rannte zur Rückseite des Hauses. Der Schmerz in seinem Bein und seiner Seite war beinahe unerträglich. »Kate!«, rief er im Laufen wieder und wieder. Die Fenster des Schlafzimmers waren unbeleuchtet und verschlossen. Was hieß, das niemand auf diesem Weg herausgekommen war. Die Faust noch immer mit der Tischdecke umwickelt, hämmerte er dagegen. Ihm war bewusst, dass, sollte das Feuer sich bislang noch nicht den Weg hinein bahnen können, er dafür sorgen würde, dass es hineingezogen wurde, wenn er die Fenster einschlug. Er legte die unbedeckte Hand ans Glas. Es war heiß, aber nicht derart, dass er sich verbrannt hätte. Er schaute hinein und erkannte die Umrisse des Bettes. Wichtiger noch, er sah, dass Kate nicht darin lag. »Wo bist du?«, sagte er laut, kannte aber im gleichen Moment bereits die Antwort auf die Frage. Er wusste genau, wo sie sein würde, wenn es ihr gelungen sein sollte, aus dem Raum herauszukommen. Er rannte weiter um das Haus herum zu Ebens Fenster. Es stand weit offen. Eine Flutwelle der Erleichterung spülte über ihn hinweg.

Sie hat es rausgeschafft. Sie ist zu Eben gelangt, und sie haben es rausgeschafft.

Er keuchte und kniete sich hin, als er erneut ihren Namen schrie. Noch immer bekam er keine Antwort, aber diesmal hörte er etwas. Er hörte Eben weinen. Der Jungen war noch im Haus. Clayton zog sich den Kragen seines Hemds vor Mund und Nase und steckte den Kopf durch Ebens Fenster. Sein Sohn lag noch immer auf dem Rücken in seiner Wiege. Die Schreie des Babys ließen Claytons Blut gefrieren. Er hatte noch nie etwas Vergleichbares gehört.

»Halt durch, Kleiner, ich komme.« Er schüttelte die Tischdecke aus, damit sie frei von Glassplittern war, stützte sich auf den Fensterrahmen und warf den rot-weiß karierten Stoff in das Bettchen. Dann streckte er den Arm so weit in den Raum hinein, wie er konnte, bekam den Gitterrahmen des Bettchens zu fassen und zog ihn zu sich. Sobald es nah genug war, dass er hineingreifen konnte, wickelte er das Baby in die Decke und zog seinen Sohn durch das Fenster und in die Sicherheit seiner Arme.

Dann verlor er das Bewusstsein.

Er fiel mit geschlossenen Augen rücklings ins Gras, seinen Sohn fest an die Brust gedrückt. Eben schrie und schrie, aber er war in Sicherheit. Sie waren in Sicherheit. Clayton schlug die Augen wieder auf.

Kate.

Er versuchte, auf die Knie zu kommen. Er musste Eben irgendwo ablegen, wo er sicher war, und dann wieder hineingehen. Bevor er auch nur aufstehen konnte, bemerkte er etwas, das zu verarbeiten ihn ein paar Sekunden kostete. Kates Jeep – er war nicht da. Wo konnte sie hingefahren sein? Niemals würde sie Eben mitten in der Nacht allein lassen, ohne Clayton etwas zu sagen. Niemals würde sie einfach so gehen. Eine weitere Flutwelle spülte über ihn hinweg, und ihm schwirrte der Kopf, als er die Situation begriff.

Oh Gott. Nein …

Eben an sich gedrückt humpelte er zum Bronco, der gleich neben dem Platz stand, wo Kates Jeep hätte sein sollen, und legte das aufgelöste Baby in den Kindersitz auf der Rückbank. Er riss die Fahrertür auf und griff nach dem Mikrofon des Funkgeräts. Als Erstes rief er die 911, wechselte dann auf den Kanal, auf dem, wie er wusste, nur ein einziger Mensch erreichbar war.

»Mike! Bitte melden. Mike!«

»Clayton?«

»Mike! Ich war nicht das Ziel. Sie hatten es nicht auf mich abgesehen.«

»Wovon redest du, Clayton?«

»Mike, sie haben Kate.«

23

Little Finger Rapids

Coot Viner legte seine Smith & Wesson .357 auf dem Spanplattenregal ab. Das Innere des anderthalb mal zwei Meter großen Verschlags, den er draußen bei den kleinen Stromschnellen entdeckt hatte, war mit Freddy Tutens getrocknetem Blut besudelt, und es stank erbärmlich. Tate war zwar effektiv darin, an Informationen heranzukommen, aber sein Vorgehen war schlampig. Coot trat in den Eingang und pisste direkt aus der Tür. Hinterließ eine schlammige Pfütze auf dem Boden. Er zog den Reißverschluss seiner Jeans zu, hielt sich die in Fingerhandschuhen steckenden Hände vor den Mund und blies kräftig hinein, um sein Gesicht warmzuhalten. Der Wind, der vom Berg kam, war kalt geworden und blies schneidend durch die Bäume und vom Wasser her wie ein Gewittersturm aus Rasierklingen. Coot zog sich die Baseballkappe tief ins Gesicht und rieb die Hände aneinander, während er auf der morschen Schwelle des Verschlags stand. Seine vom Wind rissigen Wangen leuchteten hellrosa, angesichts des Wetterumschwungs wäre er gern nach Hause gefahren, doch das änderte sich, als er die Scheinwerfer auf der Hauptstraße über ihm auftauchen sah.

Er rief Donnie, der unten am Ufer stand und Whiskey direkt aus der Flasche trank.

»Hey, Cousin. Showtime.«

Donnie hatte genügend Amphetamine intus, um gegen die beißende Kälte immun zu sein, und versuchte sich mit dem Schnaps wieder etwas ins Gleichgewicht zu bringen. Er schraubte die Flasche zu, gesellte sich zu Coot und zog ein pralles Tütchen mit gelblichem, zusammengebackenem Pulver aus der Tasche. Er schnupfte eine Prise davon vom überlangen Nagel seines kleinen Fingers. Coot tastete in der Jackentasche nach dem eigenen schwindenden Vorrat. Neidisch schaute er auf Donnies Tütchen.

»Du hast genug gehabt, Donnie. Spar dir den Rest für die Rückfahrt auf.«

Donnie sagte nichts, nahm stattdessen eine weitere Prise. Er hielt Coot das offene Tütchen hin. Coot griff danach und schnupfte ein Häufchen des Pulvers von seinem Vitara-Schlüssel. Das Feuer und die Adrenalin-Woge der Droge wärmten ihn schlagartig. Mit wässrigen, blutunterlaufenen Augen verfolgten die beiden, wie ihr Cousin Kates kanariengelben Jeep Wrangler zwischen den Bäumen hindurchmanövrierte, bis er auf der Lichtung neben Coots Vitara zum Stehen kam. Tate sprang aus dem Jeep, schirmte mit der Hand sein Feuerzeug ab und zündete sich eine Zigarette an.

Coot wischte sich mit dem Handrücken die wunde Nase ab. »Hast du das Haus abgefackelt?«

»Jep.«

»Den Sheriff auch?«

»Jep.«

»Hast du zugesehen, wie er gegrillt wurde?«

»Nein.«

»Woher weißt du dann, dass er tot ist?«

»Er ist tot, Coot. Versprochen.«

»Versprochen.« Coot äffte seinen Cousin nach.

Tate hob die Hände. »Ich hab ihm eins übergebraten und dann ihn und die Bude angesteckt. Was willst du noch?«

»Nichts. Was ist mit dem Kind?«

Tate zögerte nur einen kurzen Moment und füllte sich die Lungen mit warmem Rauch. »Coot, Twyla meinte, wir sollen niemandem aus der Familie wehtun. Wir sollten eigentlich gar nicht hier draußen sein.«

Coot packte ihn am Kragen seiner Jacke. »Mir ist es scheißegal, was Mama gesagt hat. Ich habe dich was gefragt. Hast du dich um das Kind gekümmert?«

Tate riss sich los. »Ja, ich hab mich um das Kind gekümmert. Aber wenn das hier alles vorbei ist, geht diese Scheiße allein auf dein Konto. Du bist derjenige, der Twyla erklären wird, was passiert ist, und du wirst mich außen vor lassen. Ich werd nicht vor ihr dafür geradestehen, dass du bei der Sache hier einen Alleingang machst.«

»Ich kümmere mich um Mama.«

»Na hoffentlich.«

»Willst du mir drohen, Tate?« Coot schniefte, die Reste des Crystal Meth sorgten dafür, dass ihm die Nase lief.

»Komm runter, Coot. Ich mein ja bloß. Ich hab getan, was du gesagt hast, wie ich das immer tue, ohne irgendwelche Fragen. Ich will bloß nicht, dass die Frau stinkig auf mich ist – und stinkig wird sie in jedem Fall sein.«

»Sie wird sich einkriegen«, sagte Donnie.

»Halt die Fresse, Donnie«, sagten Tate und Coot unisono. Donnie gehorchte.

Coot wischte sich die Nase mit dem Ärmel ab und schlug mit der Faust auf die Motorhaube des Jeeps. »Wie auch immer. Mach die Luke von diesem Stück Scheiße auf und lass uns mit der Party loslegen.«

Tate warf Coot die Schlüssel zu. »Viel Spaß dann.«

»Wie, bleibst du nicht für eine kleine Kostprobe?«

»Nicht mein Stil, Coot. Tut, was ihr nicht lassen könnt, aber mich an dürren weißen Frauen zu vergehen, steht nicht auf meiner To-do-Liste. Ich werd mir irgendwo ein warmes Motel suchen und mich entspannen. Wenn ich schon ein Rohr verlege, dann bei jemandem, der auch Bock auf den Klempner hat.«

Coot wedelte mit dem Schlüsselbund vor Tates Gesicht. »Dein Pech, Amigo.« Er ging zur Rückseite des Jeeps. Donnie sah zu, wie Tate die Zigarette austrat und den steilen Pfad zurück zur Straße hochstieg. In Wahrheit war auch er nicht wirklich angetan von der Idee, aber er wollte nicht, dass Coot wegen ihm ausrastete, und das würde er, das war sicher. Ihm war lieber, wenn Twyla auf ihn sauer war, als Coots vom Crank befeuerten Zorn erdulden zu müssen. Er stellte die Whiskeyflasche auf den Boden und gesellte sich zu seinem Cousin.

Coot hielt die Jeep-Schlüssel ins Mondlicht und fand den kleinen, silberfarbenen für die Heckklappe. Er schloss auf, zog die Querstrebe zur Seite, die den Reservereifen fixierte, und ließ die Heckklappe weit aufschwingen.

»Hier.« Er warf Donnie die Schlüssel zu. »Schmeiß die in den Fluss.«

»Wieso das denn?«

»Weil ich es sage. Ich will nicht, dass die hübsche Lady hier auf die Idee kommt, die Party früher zu verlassen.« Kate trug eines von Claytons T-Shirts und eine helle Schlafanzughose, die jetzt eher braun als blau war, nachdem sie durch ein brennendes Haus gerobbt und durch ihren Vorgarten geschleift worden war. Ihre nackten Füße waren aufgeschürft und dreckig, und ihre Fußgelenke waren mit einem breiten schwarzen Kabelbinder zusammengebunden.

Ein weiterer schwarzer Plastikriemen fixierte ihre Handgelenke, während ihr Mund mit einen roten Kopftuch verbunden war, das ihr in die Backen schnitt. Es war derart straff gebunden, dass es ihre Mundwinkel zu einem furchtbaren Grinsen verzog. Sie hatte geweint, und ihre Nase war verstopft, weshalb das Atmen sie große Anstrengung kostete. Sie sah hilflos und bemitleidenswert aus, und Coot hätte gar nicht begeisterter sein können.

»Sieh mal einer an, Cousin. Die Königin von Bull Mountain, eingepackt wie ein Geburtstagsgeschenk und verängstigt wie eine Scheißhausratte.« Coot fasste sich in den Schritt, während er sprach, und steckte dann den Kopf unter das Verdeck. »Na, wenn das mal kein verdammt heißes Früchtchen ist. Weißt du, wer ich bin, Süße?«

Kate starrte ihn bloß an, versuchte, nicht zu weinen. Sie saß zusammengekauert so dicht an die rauen Bezüge der Rücksitze gedrückt wie möglich.

»Mein Name ist Coot Viner.« Er zeigte auf Donnie. »Und das ist mein schwachsinniger Cousin, Donnie. Klingelt da was bei unseren Namen? Sollte eigentlich. Ich bin mir sicher, dein Mann oder der Wichser mit dem Narbengesicht haben dir schon etwas von uns erzählt.«

Kate bewegte sich nicht. Sie konnte nicht.

»Meinen Jungen zu töten, war das Dümmste, was dein Gatte hätte tun können, und das hier ist die Abrechnung. In gewisser Weise hoffe ich, er überlebt den Anschlag, den Tate auf euer Haus verübt hat, damit er auch in vollem Umfang begreift, dass das, was ich dir antun werde, einzig und allein seine Schuld ist.« Coot langte in den Jeep hinein und griff nach dem Kabelbinder, der Kates Füße fixierte. Sie trat nach ihm, aber sobald er ihre Gelenke fest im Griff hatte, zog er kräftig, und Kate rutschte leicht ins Freie und fiel zu Boden. Sie landete auf Hüfte und Schulter, ohne jede Möglichkeit, den Sturz irgendwie abzufangen. Sie kämpfte darum, den Schmerz des Aufpralls zu ignorieren, und versuchte sofort, sich krabbelnd von den Männern zu entfernen.

Coot sah ihr dabei zu und lachte, wusste, dass sie nirgendwohin abhauen konnte. In diesem Moment sah sie Mark. Er war übel zugerichtet und an allen vieren gefesselt. Ein Auge war zugeschwollen und seine Nase offenkundig gebrochen, plattgeschlagen und fleischig wie ein glanzlosvioletter Silberdollar. Sollte er noch am Leben sein, würde er nie mehr so aussehen wie früher. Sie wurde von Schuldgefühlen übermannt. Mark war über und über mit dem Schlamm des Flussufers bedeckt, die kleinen getrockneten Brocken klebten ihm am Leib wie Schindeln aus Teerpappe. Sein makellos weißes T-Shirt war jetzt genauso braun und matschig wie der Schlamm, in dem er lag. Für einen kurzen Augenblick verschwand der Schmerz, und Zorn brandete ihn ihr auf. Sie kroch auf ihn zu, und Coot lief neben ihr her. Er verfolgte ihre Reaktion mit immenser Genugtuung und grinste breit wie ein Kind an Weihnachten. Das hier war noch besser als Weihnachten.

»Ach ja. Das ist ja dein Freund, richtig? Wir haben ihn ordentlich in die Mangel genommen, aber keine Sorge. Er lebt noch. Wir haben gedacht, er würde vielleicht gern zusehen. Schön das gute Auge offenlassen, Knackarsch. Glaub mir, das solltest du dir nicht entgehen lassen.«

Mark bewegte sich nicht.

Coot streckte die Hand aus, um Kate am Hemd zu packen, aber sie rollte zur Seite und trat ihm mit beiden Füßen in die Weichteile. Coot taumelte nach hinten und fluchte, hüpfte hin und her, als sei er in einen Ameisenhügel getreten. Kate nutzte die kostbare Gelegenheit und versuchte, ihre Fesseln zu lockern. Donnie beendete ihre Bemühungen mit einem Tritt in den Magen. Sie krümmte sich, und vor ihren Augen blitzte es weiß auf, aber das Bewusstsein verlor sie nicht. Coot hatte sich schnell erholt und packte sie an Hemd und Schlafanzughose. Brutal drehte er sie auf den Bauch. Er griff ihr in den dichten braunen Haarschopf, packte richtig fest zu und drückte ihr Gesicht in den Sumpfboden.

»Auch dafür wirst du bezahlen, Schlampe.« Er umwickelte seine Faust enger mit ihrem Haar und zerrte sie ein paar Meter durch den Schlamm bis zum flachen Ufer des Little Finger Creek. Ihr Gesicht schrammte über Geröll und Dreck. Eine hervorstehende Wurzel verfing sich in ihrem Knebel, riss ihn herunter, so dass er ihr nun um den Hals hing. Sie hielt die Augen geschlossen und presste den Kiefer zusammen, um zu verhindern, dass Schlick und Schlamm ihr die Augen verklebten oder sie erstickten, während sie zuhörte, wie Coot vor sich hin brabbelte, was er ihr alles antun wollte. Als es ihr gelang, den Kopf weit genug aus dem Schlamm zu heben, schrie sie. Coot schüttelte ihren Kopf wie den einer Puppe und ohrfeigte sie mit der flachen Hand.

»Den Scheiß lassen wir mal schön, Mädchen. Dazu gibt es in Kürze noch reichlich Gelegenheit.« Wieder drehte er die Faust in ihrer Mähne, bis sich Haare aus der Kopfhaut zu lösen begannen, und packte sie mit der freien Hand hinten am Bund ihrer Hose. Er hievte sie auf einen riesigen, glattgeschliffenen Vorsprung aus Kalkstein, der über den Stromschnellen hervorragte, und rief Donnie, damit der ihm half, sie unten zu halten. Donnie kam herübergelatscht, wenig angetan von der ganzen Angelegenheit, tat aber, so wie immer, was von ihm verlangt wurde. Kraft aufzuwenden brauchte er nicht, um sie am Boden zu halten. Die Energie, die der Anblick von Mark in ihr mobilisiert hatte, war verpufft. Nicht dass das entscheidend gewesen wäre. Die beiden waren ohnehin zu stark. Ein Anflug von Coots Körpergeruch drang ihr plötzlich in die Nase. Der säuerliche Gestank übertrug sich im Handumdrehen auf sie und sorgte dafür, dass sich ihr Magen zu einer Faust verdrehte. Panik rieselte ihr den Nacken und das Rückgrat hinab wie Eiswasser. Sie schloss die Augen und suchte Zuflucht in einem Gedanken, bis dieser zu einem Mantra wurde, das so selbstverständlich in ihrem Kopf pulsierte wie das Blut in ihren Adern.

Finde einen Weg. Bleib am Leben und finde einen Weg.

Sie wiederholte es wieder und wieder, bis ihr Körper ganz im Einklang war mit den Worten, sie alle anderen Sinnesorgane verlangsamt oder ganz abgeschaltet hatte. Sie wiederholte die Worte, bis sie das Einzige waren, was noch von ihr übrig war.

Finde einen Weg. Bleib am Leben und finde einen Weg.

»Runter mit ihren verdammten Armen, Donnie.«

Der Hüne zerrte an Kates zusammengebundenen Handgelenken, so dass sie mit ausgestreckten, über den Wasserlauf ragenden Armen auf dem riesigen Felsbrocken lag. Dafür musste er bis zu den Knöcheln in den flachen Stromschnellen stehen, was ihn nur noch sehnlicher wünschen ließ, die Sache möglichst bald hinter sich zu haben. Coot sprang auf sie und spreizte Kates Schenkel gleich oberhalb ihrer weichen Kniekehlen. Immer wenn sie doch noch ein Fünkchen Kraft aufbrachte, um sich aufzubäumen, presste Coot sie nur noch fester zu Boden. Sie fand ihre Stimme wieder und schrie erneut, aber es war kein Angstschrei – es hatte etwas Animalisches, sie klang wie ein Tier.

Coot holte ein scharfes Messer mit schmaler Klinge hervor, das er im Verschlag entdeckt hatte. Es war die Sorte Messer, die man für gewöhnlich zum Schuppen und Ausnehmen von Fisch verwendete, und es war mit Freddie Tutens getrocknetem Blut verklebt. Er hielt ihr die rasiermesserscharfe Klinge an die Kehle. »Wenn du von jetzt an irgendwas anderes als meinen Namen schreist, schlitze ich dir den Hals von Ohr zu Ohr auf. Du wirst verbluten wie ein aufgeknüpfter Weißwedelhirsch. Und weißt du was? Ich werd's dir trotzdem besorgen.«

Kate hatte sich bereits wieder in ihren Kopf zurückgezogen.

Finde einen Weg. Bleib am Leben und finde einen Weg.

»Einen Dreck bist du wert, Schlampe. Weiß schon, du hältst dich für wer weiß wie toll, wo du mit dem Clown von Sheriff verheiratet bist und alles, aber das bist du nicht. Warst du nie. Jetzt bin ich der König des Dschungels. Ich bin der Löwe auf dem Berg, nicht du. Siehst du das hier?« Er drehte ihren Kopf zur Seite und zog sein Hemd auseinander. Der Knast-Tattoo-Löwe brüllte.

»Das bin ich. Du bist bloß eine Gazelle – ein Hase vielleicht. Mehr nicht. Ein Happy-Meal auf zwei Beinen.«

Kate schrie nicht, sie sprach in einem eisigen Tonfall, der von einem Ort jenseits der Angst kam. Sie war besiegt und hilflos, hatte aber ihre Furcht überwunden und war nun von einem kraftvollen Hass erfüllt, der ihr nicht nur als Panzer diente, sondern den sie verströmte wie ein schweres Parfum. Sie sprach die einzigen Worte, auf die es ankam, mit einer Stimme, die sie selbst nicht als die eigene erkannte. »Mein Name ist Katelyn Burroughs, und du kannst mir nicht wehtun.«

Coot lachte und sah seinen Cousin an. Donnie zwang sich zu einem Kichern, fand aber an der ganzen Angelegenheit so ziemlich gar nichts lustig.

»Genug gelabert. Donnie, hast du sie im Griff?«

»Ja, ja.«

Mit dem Entschupper schlitzte Coot den Stoff von Kates Schlafanzughose auf. Vorsichtig schnitt er an der Naht entlang, bis er den Gummizug des Hosenbunds erreichte und ihn mühelos zertrennte. Das schmutzig blaue Material glitt an ihr hinab, ließ sie nackt und entblößt zurück.

»Schau dir das an, Donnie. Ganz ohne Bären-Verdeck. Ich hatte auf einen hübschen Tanga für meinen Rückspiegel gehofft. Wirklich schade.«

Kates pinkfarbene Haut war meilenweit das einzig Saubere. Vielleicht das einzig Saubere, was es auf dem Berg überhaupt noch gab. Donnie wendete den Blick ab. Er starrte hinab in die flachen Stromschnellen und versuchte, an etwas anderes zu denken. Er fragte sich, wo Tate hingegangen war. Er wünschte, er hätte sich ihm angeschlossen.

»Bring's einfach hinter dich, Coot. Ich hab eiskalte Füße.«

Coot grinste und legte das Messer auf dem Felsen ab. Mit beiden Händen zog er Kate die Schlafanzughose weiter herunter, stützte sich dann ab, um seinen Gürtel zu lösen. Neben ihm im Schlamm warf Mark sich wie wild hin und her und brüllte unter seinem Knebel. Coot grinste ihn an und äffte das Geräusch nach, während er den Gürtel ins Gras neben Tuleys Gesicht warf und sich die Jeans hinunterzog. Mark wand sich weiter im Schlamm hin und her, drehte sich auf die andere, die vom Creek abgewandte Seite. Kate sah, wie er sich wegdrehte. Sie verstand.

Mit den Zähnen zog Coot die Handschuhe aus und spuckte in die Hand. Er rieb sich und fluchte über die Kälte. Nach einer Weile spuckte er wieder, diesmal auf Kates entblößtes Hinterteil. Der beißend kalte Wind und der Stoff, den er intus hatte, bereiteten ihm Probleme. Angewidert blickte Donnie zu ihm hinauf, während Coot das Gewicht verlagerte und wie irre versuchte, sich die verknäulte Jeans bis über die Knie zu ziehen. Als er das Bein frei hatte, griff er nach unten, um sich besser anfassen zu können. Gerade als er sich noch ein Stück weiter nach oben schieben wollte, fiel der Schuss. Die Kugel pfiff nah genug an seinem Schädel vorbei, um ihm die Haut von der Wange zu reißen.

Der Schuss klang wie Kanonendonner, der von den Bergen zurückgeworfen wurde. Er verfehlte sein eigentliches Ziel, traf aber Donnie in die Schulter. Die Kugel biss zu wie die Zähne einer Schlange, und die Wucht sorgte dafür, dass er nach hinten in den Strom fiel. Er saß in dem rauschenden Wasser einfach da, verwirrt, während Blut aus einem winzigen Loch in seiner Jacke zu sickern begann. Mit einer eigentümlichen Fassrolle glitt Coot von Kate herunter und bedeckte sein Gesicht mit beiden Händen. Als er am Boden aufschlug, suchte er an den Kalkstein gedrückt Deckung. Seine Jeans hing ihm noch immer in einem wirren Knäuel am Bein, und er tastete sich überall ab, um sicherzustellen, dass er nicht getroffen worden war. Dann verharrte er reglos und wartete auf einen zweiten Schuss oder die Stimme des Schützen, aber außer den tosenden Stromschnellen des Creek war nichts zu hören. Er versuchte, wieder in seine Hose zu kommen, aber das gelang ihm nicht, seine Hände zitterten zu sehr. Vorsichtig hob er den Kopf und spähte um den Fels herum, kniff die Augen zusammen, um durch die Bäume zu schauen. Eine Laterne auf der Schwelle des Schuppens spendete genügend Licht, aber zu sehen war niemand. Er brüllte, ließ leere Drohungen los, hörte aber lediglich das Echo seiner eigenen Stimme. Er drehte sich um und spähte auf der dem Creek zugewandten Seite um den Fels herum. Donnie war noch da, saß im Wasser und schaute auf seine blutige Schulter. Er saß mitten im Schussfeld.

Wieso schießen sie nicht noch mal auf ihn?, dachte Coot. Er ist doch leichte Beute.

Er sah zu Kate hoch, die sich auf dem Felsen nur leicht bewegt hatte und offenkundig nach wie vor benommen war. Etwas weiter sah er Mark, er war noch immer an allen vieren gefesselt, lag noch immer auf der Seite, den Blick in die andere Richtung gewendet. Noch einmal suchte Coot die Umgebung eingehend ab, als er es schließlich entdeckte – ein kleines, silbriges Glimmen im Schlamm neben Mark. Lange starrte er es an, bevor er schließlich aufstand und den Kopf schüttelte.

»Verdammter Hurensohn.« Coot kam hinter dem Fels hervor, schüttelte sich die Hose vom Bein und ging hinüber, um sich das Stück Metall im Schlamm genauer anzusehen. Es lag bloß ein paar Zentimeter von Mark Tuleys Fingern entfernt. »Du raffinierter Mistkerl. Ein Damenrevolver?« Coot beugte sich hinunter und hob die Waffe auf. Er hielt den winzigen Revolver ins Mondlicht, stand in der Kälte von der Taille abwärts nackt da und untersuchte die Miniaturwaffe. Es war eine einschüssige Pistole, Kaliber .45. Sie war so klein wie eine Dillinger, hatte aber wesentlich mehr Wumms und konnte leicht in einer Handtasche, Hosentasche oder einem Stiefel versteckt werden. »Herrgott noch mal, Tank hat nicht daran gedacht, deine Stiefel zu filzen? Ich schwöre bei Gott, Tuley, ich bin wirklich nur von Zurückgebliebenen umgeben. Ich werd ihm seinen hässlichen Arsch mit diesem Ding wegpusten, sobald ich ihn sehe. Und du hattest diese Zimmerflak die ganze Zeit über bei dir? Hey, Donnie, komm und sieh dir das Ding hier mal an. Der Wichser hätte mir fast den Pimmel weggeschossen.«

Mark grunzte unter dem Knebel. Offenbar lachte er. Coot ging in die Hocke und riss das Klebeband ab. »Was ist so lustig, Wichser?«

Mark sog eine Riesenladung kalter Bergluft in seine Lungen, wovon er husten musste, aber unter dem trockenen Husten wurde sein Lachen immer lauter.

»Du hast danebengeschossen, Tuley.«

Mark lachte einfach immer weiter.

»Ich meine, du weißt schon, dass ich dich jetzt umlege, oder? Ich werd dir die verdammte Kehle durchschneiden, weshalb mir nicht ganz klar ist, was so lustig ist.«

Mark sog noch etwas kühle Nachtluft ein und reduzierte sein Gelächter auf ein gehauchtes Kichern. »Ja, Coot, ich weiß schon, aber was du da vorhin meintest, war einfach ziemlich lustig, das musst du schon zugeben.«

»Was habe ich denn gesagt, Tuley?«

»Du weißt schon. Was du da vor einer Minute gesagt hast.«

Coots Gesichtsausdruck blieb leer.

Mark gab sich alle Mühe zu lächeln, trotz der Schmerzen, die die aufgeplatzte Lippe und die fehlenden Zähnen verursachten. Die Angst wich aus seinem Gesicht, als er Viner direkt in die hellblauen Augen schaute. »Ich weiß ja dein Vertrauen in meine Fähigkeiten wirklich zu schätzen.« Mark spuckte einen Pfropfen aus Blut und Rotz aus, der ihm an der Zunge hängenblieb und dann an seiner Backe festklebte. »Aber es gibt auf dem ganzen Planeten keinen Scharfschützen, der so etwas Winziges treffen könnte. Ich meine, Scheiße, Scooter, der ist ja wie von einem Baby. Ich wette, du hast noch nicht mal Haare dran.«

Coot stand auf.

»Komm schon, Scooter, lass uns ehrlich sein. Von Mann zu Mann. Ist das der eigentliche Grund, warum man dich ›Cooter‹ nennt? Weil dein Dings da mehr wie eine Ritze aussieht als wie ein Pimmel?« Mark brach erneut in schallendes Gelächter aus, was dazu führte, dass er noch mehr Blut und Rotz hervorhustete. »Ist wohl eher eine *Jeannie* als ein *Johnny*. Nicht mal ein kleiner Stapel Centstücke. Jesus, Alter, ich bin hier derjenige, der dem Tod ins Auge blickt, und *ich* habe Mitleid mit *dir*.« Mark spuckte ein letztes Mal aus, schloss dabei aber nicht einmal die Augen. Coot griff nach dem Schuppenmesser in seiner Jacke.

Mark fing wieder an zu lachen. Es klang beinahe hysterisch.

»Lach nur weiter, Tuley. Bin gleich zurück.«

Coot wandte sich erneut dem Felsbrocken zu und sah zum ersten Mal seit seiner Ankunft auf dem Berg etwas, das ihm Angst einjagte. Der Fels war noch da, aber Kate war verschwunden. Wie irre zerrte er an seiner Hose und stolperte auf den Stein zu.

»Du hast es vermasselt, Scooter«, sagte Mark. »Sie wird dich töten.«

»Gequirlte Scheiße. Die kommt nicht weit.« Er schaute zum Creek hinüber. »Hey, Donnie, wie's aussieht, werden wir die beiden einfach abknallen und dann Feierabend machen.« Er zog sich die Hose hoch und den Reißverschluss zu. »Donnie?« Angestrengt hielt er nach seinem Cousin Ausschau und sah, dass dieser nun rücklings im flachen Wasser der Stromschnellen lang. Dünne Strahlen schwarzen Bluts schossen bogenförmig aus den zahlreichen Stichwunden, die seinen Brustkorb übersäten. Sein Gesicht glühte fahlweiß.

»Verfluchte Scheiße.«

Coot rannte zum Verschlag hinüber, schnappte sich seine Schuhe und die .357er. »Jetzt hol ich dich, Kate.« Er wusste, dass sie nicht weit kommen würde. Er würde sie finden. Das musste er. Er konnte nicht zulassen, dass das hier aus dem Ruder lief. Er griff nach der Laterne auf der Türschwelle und hielt die Lichtquelle in die Höhe, um das Ufer abzuleuchten. Er ignorierte seinen Cousin und entdeckte, wonach er suchte. Die Vertiefungen von Kates Fußabdrücken in der weichen Erde waren deutlich erkennbar. Er lächelte, als er sich die Schuhe anzog. »Bin gleich bei dir, Schnucki. Deddy kommt zu dir.« Er folgte den Abdrücken im Uferschlamm in den Wald hinein. Kates Schlafanzughose hing im Unterholz, und Coot sah sich die Spuren genau an. Abgeknickte Zweige und frische Fußabdrücke wiesen den Weg hinauf zu einer Gruppe von Fichten jenseits eines tiefen Grabens. Er setzte die Laterne im dichten Gesträuch ab, das den Waldboden bedeckte, und pfiff. »Komm schon, Süße. Spann doch den alten Coot nicht so auf die Folter.« Er zog den Hahn des schweren Revolvers zurück, bewegte sich durch die Senke hindurch und auf die Baumgruppe zu. »Tut mir ja leid, was unser Date betrifft, aber da du meinen Cousin so übel zugerichtet hast, müssen wir den romantischen Teil wohl überspringen und gleich zum Punkt kommen. Komm raus und lass uns die Sache hier sauber zum Abschluss bringen.« Er machte einen großen Schritt, um aus dem Graben herauszukommen, als er neben seinem Fuß ein Rascheln bemerkte. Kate durchstieß die Lagen aus verklebtem Laub und Kiefernnadeln und schlitzte Coot von hinten mit dem Entschupper die Achillessehne durch. Er brüllte. Bevor er zu Boden ging, rammte sie ihm die Klinge in die Wade, die sie glatt durchdrang. Er fiel auf die Knie und rutschte in die Senke. Kate entstieg ihrem selbstgeschaufelten Grab und stürzte sich auf ihn, sorgte dafür, dass er flach auf der Brust landete. Coot schrie und schrie, während sie ihm wieder und wieder das Messer in den Rücken rammte, bis er überhaupt kein Geräusch mehr von sich gab. Ihr Arm war glitschig vom Blut und sah im Laternenlicht aus wie glänzend schwarz lackiert. Sie glitt von ihm und drehte ihn um. Sie ließ das Messer ins Dunkel fallen, bevor sie einen Schrei ausstieß, der von den Gebirgsausläufern zurückgeworfen wurde. Sie packte ihn an der Jacke und starrte ihm direkt in sein kalkweißes Gesicht. »Bist du noch da drin, Coot?«

Er stieß auf, eine schwarze Blutblase kam zum Vorschein. Sie zerplatzte und lief ihm an Lippe und Kinn herab.

»Sehr gut«, sagte sie. »Denn ich will, dass mein Gesicht das Letzte ist, was du von der Welt siehst. Ich will, dass du weißt, du hattest Recht. Du *bist* genauso.« Sie schlug ihm mit der Faust auf den Brustkorb. Er war bereits viel zu weit weg, um überhaupt noch zu zucken. Sie platzierte einen weiteren Schlag auf dem Löwentattoo, das jetzt vom Blut an ihren Händen knallrot gefärbt war. Coots fahlblaue Augen standen weit offen und leuchteten im Mondlicht wie Kristalle. Sie ohrfeigte ihn, um ihn bei Bewusstsein zu halten.

»Das ist ein männlicher Löwe.« Sie drückte auf die Tätowierung. »Faul, arrogant, schwach. Jeder, der lesen kann, weiß, es sind die Löwinnen, die das Töten besorgen. Erinnere dich daran, wohin auch immer du gehst, Coot Viner. Und daran, wer dich dorthin geschickt hat.« Sie spuckte ihm ins Gesicht. »Ich hab's dir gesagt. Mein Name ist Katelyn Burroughs, und du kannst mir nicht wehtun.«

Das war das Letzte, was Coot Viner hörte, bevor seine Augen zum letzten Mal glasig wurden und das letzte Fünkchen Leben in ihm erlosch.

Kate starrte ihm ins Gesicht und hielt noch eine ganze Weile seine Jacke fest, bis sie schließlich von ihm abließ und sich rücklings auf die dicke Matte aus Laub legte, die ihr als Versteck gedient hatte. So verharrte sie, bis sich ihr Atem beruhigt hatte und die Kälte der Nacht sich ihrer nackten Beine und klebrig-nassen Arme bemächtigte. Sie zwang sich, sich aufzusetzen, und sah hinauf zur Straße. Das Einzige, woran sie denken konnte, waren Clayton und ihr Sohn und daran, ob ihnen tatsächlich zugestoßen war, was Tate gesagt hatte. Sie betete, dass dem nicht so war, während sie Coot Hemd und Schuhe auszog.

24

Cripple Creek Road

»Ich erreich keine Menschenseele über Funk.«

»Ich dachte, du hättest Leute auf das Haus abgestellt, Mike.«

»Hatte ich ja. Drei meiner besten Männer. Haben entweder die Seiten gewechselt oder sind tot. Tank wurde gekauft, wenn du mich fragst.«

»Was ist mit Tuley?«

»Erreich ich auch nicht.«

»Der würde uns niemals in den Rücken fallen.«

»Ich weiß. Will gar nicht darüber nachdenken, was ihm möglicherweise passiert ist.«

»Mike, konzentrier dich. Mark kommt allein zurecht. Aber hat er, bevor er vom Radar verschwunden ist, zufällig was über die Viners gesagt?«

»Ja. Schon eine Weile her. Hat mich angefunkt, um mir zu sagen, einer von ihnen würde vermisst. Der Schwarze, der Tate heißt.«

»Das ist der, der mir eins übergebraten hat.« Clayton betastete die Wunde, die ihm quer über die Schläfe lief. »Er muss derjenige sein, der sie mitgenommen hat, Mike. Wo, meinte er, wären die anderen beiden?«

»In einer alten Fischerhütte unweit von Little Finger, aber davon gibt's ja Hunderte.«

»Nein, gibt's nicht. Es gibt vier, und davon liegt nur eine abgeschieden genug, um …«

Rauschen.

»Clayton?«

»Pine Camp Road, Kilometerstein 31.«

»Bin schon unterwegs.«

»Wo bist du?«

»Am Familiensitz – im Haus deines Deddys.«

»Zieh alle Männer ab. Nimm jeden mit, der zur Verfügung steht. Hast du verstanden? Nimm jeden aus dem Haus mit, den du kriegen kannst, und fahr zu dem Schuppen. Ich höre bereits Krankenwagen und Feuerwehr. Sobald ich sicher bin, dass es Eben gut geht, komm ich nach.«

»Clayton, bleib bei dem Jungen. Ich bringe Kate zurück.«

Clayton schaute im Rückspiegel nach seinem Sohn. »Der Gipfel ist fast eine halbe Stunde von Pine Camp entfernt. Ich bin schneller da.«

»In Ordnung, Boss.«

»Nimm jeden Mann mit, Mike. Jeden.«

»Okay.«

»Und Mike?« Clayton ließ den Motor des Bronco an, um auf der Hauptstraße zu sein, wenn ihm der Krankenwagen entgegenkam.

»Ja?«

Rauschen.

»Solltest du vor mir da sein, lass den Mistkerl Coot am Leben, bis ich komme.«

»Natürlich.«

»Fahr los.«

»Schon unterwegs.«

Clayton knallte das Sprechteil in die Halterung und haute den Gang rein. Das Geräusch der Sirenen war jetzt laut. Sie würden jeden Moment hier sein. Er fuhr die Zufahrt hoch, ihnen entgegen. Er schenkte dem Feuer keinerlei Beachtung, das nun vom ganzen Haus Besitz ergriffen hatte. Es bedeutete ihm nichts. Das Einzige, was ihm etwas bedeutete, war im Wald. Allein. Zählte auf ihn.

Halt durch, Kate. Ich komme.

Kate war in Coots Turnschuhe geschlüpft und hatte sich sein Hemd um die Hüfte geschlungen wie einen langen Rock. Allein die Vorstellung war ihr zuwider, aber sie hatte keine Wahl. Nachdem sie sich bedeckt hatte, durchsuchte sie die Hosentaschen des Toten nach einem Telefon oder den Schlüsseln für den Vitara. Ohne Erfolg. Sie tastete in der näheren Umgebung nach Coots Waffe, hatte aber auch hierbei kein Glück. Der Geruch nach Kupfer und Kot verlieh der Nachtluft etwas Ranziges. Ein intensiver Anflug des abscheulichen Geruchs ließ sie im hohen Gras trocken würgen. Sie war kurz davor, das Bewusstsein zu verlieren. Plötzlich fiel ihr Mark ein, und sie drehte sich nach dem Kalksteinfelsen um. Sie sah nur Dunkelheit. Zurück konnte sie nicht. Das erwartete er auch nicht von ihr. Sie musste zur Straße. Dort war die Chance, von jemandem gesehen zu werden, größer, außerdem würde der Schwarze, der, der sie gekidnappt und hergebracht hatte, möglicherweise zurückkommen.

»Mark«, schrie sie mit heiserer Stimme, wovon ihr Hals nur noch rauer wurde. Keine Antwort. Sie fing an zu weinen und hatte das Gefühl, die Temperatur würde gleich um mehrere Grad sinken. Sie zitterte. Wieder rief sie seinen Namen, aber diesmal war ihre Stimme kaum vernehmbar. Ein Nachtvogel zwitscherte, und die Grillen wurden lauter und lauter, während sie versuchte, etwas zu erlauschen, irgendein Geräusch von dem Mann, der ihr geholfen hatte, diese Nacht zu überleben, aber da war nichts. Er hatte ihr ein Geschenk gemacht – Zeit. Es würde keinem von ihnen helfen, wenn sie zurückging. Sie musste aus der Senke heraus und hoch zur Pine Camp Road klettern. Nachdem sie sich die Augen getrocknet hatte und wieder ruhiger atmete, machte sie sich auf den Weg den Hang hinauf. Sie konnte kaum die Beine bewegen, müde wie sie war. Noch nie hatte sie sich so müde, dreckig und allein gefühlt. Die Straße lag bloß fünfzehn Meter den Hügel hinauf, aber es hätten genauso gut fünfzehn Kilometer sein können. Sie war erschöpft, aber sie hörte nicht auf, sich in der kalten Erde und an den knotigen Wurzeln festzukrallen, bis sie die Strecke geschafft hatte. Dornen und spitze Steine rissen ihr die Knie auf, aber ihr Bewusstsein war derart abgekoppelt vom Schmerzempfinden, dass sie glaubte, Schmerz überhaupt nicht mehr wahrnehmen zu können. Mittlerweile war ihr bewusst, dass, sollte Clayton noch am Leben sein, er nach ihr suchen würde. War sich sicher, er würde schon wissen, wie er sie finden konnte. Woher er das wissen sollte, wusste sie nicht, sie war sich einfach sicher.

Aber was war, sollte er das Feuer nicht überlebt haben? Was, wenn mein Mann und mein Kind tot sind?

Der Gedanke ließ sie bis auf die Knochen frösteln, und sie verwarf ihn. Das konnte einfach nicht sein. Sie würde es nicht zulassen, dass es so war. Er war auf dem Weg zu ihr. Michael ebenfalls. Sie hatten veranlasst, dass jeder Einzelne, der ihrer Familie gegenüber loyal war, die Berge durchkämmte. Sie musste ihnen die Suche erleichtern.

Die Straße.

Die gelbe Farbe der durchbrochenen Markierungslinie reflektierte das Mondlicht, aber sie hielt sich abseits der

Fahrbahn, lief geduckt durch den flachen Graben, der parallel zur Straße verlief. Sie lehnte sich mit dem Rücken gegen eine dicke Kiefer und schaute durch die Zweige hinauf zum Mond. Sie dachte an ihren Magnolienbaum. An den Tag, an dem sie ihn gefällt hatte, daran, wie die Äste nach und nach zu Boden gefallen waren. Es dauerte bloß Sekunden, bis sie die Erschöpfung endgültig übermannte und sie das Bewusstsein verlor.

Es mochten genauso gut ein paar Minuten wie ein paar Stunden vergangen sein, als das erste Paar Schweinwerfer auftauchte und langsam die Straße entlang auf sie zukroch. Aus dem Fenster an der Beifahrerseite hing eine Taschenlampe, deren Lichtkegel in den Bäumen hin und her huschte. Als sie in das Astwerk über Kates Kopf leuchtete, kam sie zu Bewusstsein, wenn auch nur halb. Die wachsartigen Blätter der Magnolie waren dunkel und dünn. Womöglich war sie tot, dachte sie, und die Lichter, die durch die Bäume hindurch zu sehen waren, waren Engel, die sie holen wollten, retten wollten – dabei retteten Engel nie irgendjemanden, sie taugten bloß zur Bergung, kamen aber immer erst, wenn es schon zu spät war. Sie hörte ihren Namen.

»Kate!«

Sie riefen nach ihr.

»Kate! Bist du das Kate?« Sie war am Ende ihrer Kräfte und kurz davor, vollständig im Delirium zu versinken, weshalb sie auf die Engel reagierte und hinter den Bäumen hervor ins Freie stolperte. So gut es ging, streckte sie einen Arm in den doppelten Lichtstrahl. Wieder hörte sie ihren Namen, und dieses Mal war es klar, dass die Stimme einem Engel gehörte. Die Stimme, die da ihren Namen rief, gehörte einer Frau.

Als Clayton an der Senke eintraf, waren beinahe weitere zwanzig Minuten vergangen. Er hatte die Schaltung in die Park-Position gerammt, war aus dem Wagen gesprungen und hatte den Bronco mit laufendem Motor und geöffneter Tür am Straßenrand stehenlassen, weit oberhalb der Fischerhütte. Er hatte gleich Kates Jeep unten am Wasser stehen sehen. Beinah brach er sich das Genick, als er halb rennend, halb stürzend den Hügel hinabhetzte, aber er verlangsamte keine Sekunde, bis er unten anlangte und Mark Tuley im Schlamm und Donnie Viners Leiche im Flussbett entdeckte. Er ging neben Mark in die Knie und zog reflexhaft ein Taschenmesser aus der Sheriffjacke. Er durchtrennte die Kabelbinder an Marks Hand- und Fußgelenken, und Tuley stöhnte auf, als alle vier Extremitäten der Länge nach in den Schlamm sanken.

»Wo ist sie, Mark?«

Mark ächzte. Clayton hob ihm am Hemd beinahe vollständig vom Boden hoch. »Wo ist Kate?«

Mark ächzte wieder. Diesmal allerdings sah Clayton, dass er in Richtung eines schwachen Lichts in der Ferne zeigte. Er merkte, dass das kein Grunzen gewesen war. Mark sagte es wieder: »Los.«

»Ich schick dir Hilfe.«

»Los«, sagte Mark zum dritten Mal und sank zurück auf den Boden. Clayton war bereits losgerannt, den zugewucherten Pfad in Richtung der umgekippten Laterne entlang, und rief den Namen seiner Frau.

»Kate!« Er klammerte sich an die Hoffnung, sie lebend wiederzusehen, und dieses Licht gab dem Nahrung. Er griff nach seinem Colt, als er darauf zurannte, merkte nicht, dass er ihn bereits in der Hand hielt. Er verlangsamte, als er Coot

Viners obenrum nackten und zerstochenen Leichnam entdeckte, von Blut und Kiefernnadeln bedeckt. Das war alles, was er sah. Aber seine Hoffnung konnte einiges einstecken.

»Kate!«, rief er wieder. Claytons Augen füllten sich mit Tränen. Er griff nach der Laterne, schwang sie wie irre hin und her, auf der Suche nach etwas, was auch nur entfernt einem Pfad glich. Als er fündig wurde, hetzte er den Hügel hinauf, folgte dabei den Spuren, die Kate in der Erde hinterlassen hatte. Den Schmerz ignorierend, genauso wie die Tatsache, dass er seinem Bein bleibenden Schaden zufügte, lief er schneller und schneller, je näher er der Straße kam. Er sah den Graben und die Schleifspuren auf dem Lehmboden, bevor er auch nur die Hälfte der Strecke zurückgelegt hatte, und verlor vollends die Nerven. Er schrie ihren Namen. Er schrie nach irgendjemanden. Er fuhr mit den Händen über die Spur aus roter Tonerde und feuchtem Laub, die hoch zur Fahrbahn führte und am Straßenrand endete – bis dahin, wo ein Auto gehalten haben musste. Dass Mike ihm zuvorgekommen sein könnte, war unmöglich. Er hätte Clayton angefunkt, wenn es so gewesen wäre. Jemand anderes hatte sie in seiner Gewalt. Claytons graue Augen wurden schwarz und schienen sich tief in die Höhlen zurückzuziehen, aber der Zorn zerbarst so schnell, wie er gekommen war. Die Tränen kamen mit voller Wucht. Wieder rief er nach ihr, aber da war nichts – bloß die eigene Stimme, die zu ihm zurückgeworfen wurde. Das hier passierte nicht wirklich. Alles drehte sich. Er hatte sie im Stich gelassen. Er schrie und schrie und versuchte, sich aus dem Graben zu ziehen, aber sein verletztes Bein hatte sich in ein nutzloses Stück Gummi verwandelt. Um Halt zu bekommen, stieß er den Colt in die Erde, aber die Schmerzen beim Aufstehen waren nicht auszuhalten. Er fiel rücklings zurück auf den weichen Waldboden. Mit dem dreckühberzogenen Revolver zielte er gerade nach oben, als könne er dem Mond eine Kugel verpassen und so alles wieder in Ordnung bringen, was schiefgegangen war. Das war der Moment, als auch er die Engel sah. Bloß waren das keine Engel. Es waren Scheinwerfer. Dann hörte er den Pick-up. Er war jetzt lauter, der Motor klopfte und mahlte. Er hörte, wie Türen geöffnet und zugeschlagen wurden. Er senkte die Waffe und zielte in Richtung der sich nähernden Schritte. Mit dem Daumen spannte er den Hahn, der Zeigefinger zog bereits am Abzug. Er feuerte.

»Scheiße, Clayton! Sachte, sachte. Ich bin's, Mike.«

Claytons Hand sank mit der Waffe steif zu Boden, und er fiel zurück nach hinten in den Graben. Sein Hut verdrehte sich und fiel ab, kullerte ins Gehölz.

»Hast du sie gefunden? Clayton? Oh, Gott, wo ist sie?«

»Ich weiß es nicht …«, sagte er, kaum in der Lage zu atmen. »Ich weiß es nicht.« Clayton sah zu Mike und den anderen Männern hoch, deren Silhouetten sich vor den Scheinwerfern des Pick-ups abzeichneten.

»Bitte helft mir. Helft mir, sie zu finden.«

»Bringt ihn von hier weg.«

Zwei Männer, die Clayton nicht kannte, stiegen in den Graben und zogen ihn heraus. Er konnte nicht alleine stehen, weshalb sie ihn zum Pick-up brachten und ihn gegen den Kühlergrill lehnten.

»Bitte sehr, Mr. Burroughs«, sagte einer der Männer und hielt Clayton den Hut hin. Der nahm ihn und legte ihn auf die Motorhaube. Er hielt noch immer seine Waffe so fest umklammert, dass seine Knöchel weiß hervortraten, und nutzte sie, um sich an das rostige Metall gelehnt im Gleichgewicht zu halten. Niemand sagte etwas, während er sich die Augen abwischte.

»Tuley liegt da unten in der Nähe des Verschlags. Er ist übel zugerichtet, aber er lebt.«

Mike pfiff und machte ein Handzeichen, und zwei weitere Männer rannten in den Wald.

»Er braucht medizinische Hilfe. Aber ihr müsst euch beeilen. Es liegen da unten zwei Leichen, die verschwinden müssen«, sagte Clayton. Seine Stimme klang nun wieder etwas mehr nach seiner eigenen. »Coot und Donnie Viner sind tot. Ich glaube, Kate hat sie beide ausgeschaltet.«

Mike nahm seine Kappe ab und zerknitterte sie mit beiden Händen fest.

»Was zum Teufel ist mit ihr passiert, Clayton?«

»Ich weiß es nicht. Ich bin ihren Spuren hier hinauf gefolgt, aber sie enden abrupt an dieser Stelle.« Er zeigte auf einen Punkt am Straßenrand, unweit von dort, wo sie standen.

»Wo fangen wir an, Clayton? Sag's mir, Mann. Was soll ich machen?«

Clayton verlagerte sein ganzes Gewicht auf das gesunde Bein, kippte dabei beinahe um, aber Mike und die anderen sprangen vor und fingen ihn auf. »Meines Wissens gibt es nur noch zwei Akteure, deren Rollen mir bislang unklar sind. Der Typ, der bei mir eingebrochen ist, und Vanessa, Coots Schwester.«

»Hast du nicht gesagt, sie hätte mit der ganzen Sache nichts zu tun.«

»*Sie* hat gesagt, sie hätte damit nichts zu tun. Ich sagte, dass ich nicht weiß, was ich glauben soll. Alles, was ich sicher weiß, ist, dass Kate verschwunden ist und die beiden die einzige Spur sind, die ich noch habe, also schnapp dir ein paar deiner Männer und findet sie. Ich nehme mir auch zwei und wir werden …«

Das Quaken eines Funkgeräts, gefolgt von krachendem Rauschen unterbrach Clayton. »Sheriff Burroughs? Hören Sie mich?« Der Mann neben Mike hörte den Polizeifunk ab. Als Clayton ihn ansah, löste er rasch den Scanner von seinem Gürtel und reichte ihn rüber.

»Cricket? Ich höre. Schieß los.«

»Sheriff. Es geht um Kate.«

»Was ist mit ihr? Weißt du, wo sie ist?«

Rauschen.

»Sie ist im McFall Memorial, Clayton. Eine Frau hat sie gerade dort abgeliefert. Sie ist in schlechter Verfassung. Du musst so schnell wie möglich kommen.«

»Sie liegt in Waymore im Krankenhaus?«

»Ja, Sir.«

Clayton schloss die Augen und sank nach hinten gegen den Pick-up.

»Und geht es ihr gut?«

»Nein, Sheriff, es geht ihr nicht gut. Debbie Payne, die Schwester, hat gerade angerufen und gesagt, sie sähe aus, als sei sie durch die Hölle gegangen. Aber sie lebt. Was zum Teufel ist da draußen passiert?«

»Sie wird es schaffen«, sagte Clayton zu sich selbst, und eine Welle der Erleichterung ließ ihn erzittern. »Keine Zeit. Erzähl ich dir später. Ruf Debbie zurück. Sag ihr, ich bin auf dem Weg – und sag ihr, sie soll einen Krankenwagen zur Pine Camp Road schicken. Kilometerstein 31. Ein Verwundeter, der umgehend Hilfe braucht. Sie sollen den Turbo einlegen.«

»Ja, Sir. Mach ich.«

»Cricket?

»Ja, Sir?«

»Wer ist die Frau, die sie eingeliefert hat?«

»Ich habe keine Ahnung. Debbie meinte, sie kannte sie nicht. Sie hat nur den Nachnamen gesagt. Viner, glaube ich?«

Clayton und Mike schauten einander an, und Clayton warf das Funkgerät seinem Besitzer zu. Cricket war noch einmal durch den Lautsprecher zu hören, erkundigte sich erneut, was los sei, aber Clayton ignorierte sie. »Ausschalten«, sagte er zu dem jungen Kerl mit dem Scanner.

Der Junge drehte den Knopf, bis es Klick machte.

»Mike, wir müssen die Leichen loswerden. Sie müssen verschwinden und zwar sofort.«

»Geht klar, Clayton. Wir kümmern uns darum. Mach du dich auf den Weg.«

Clayton setzte sich humpelnd in Richtung Bronco in Bewegung, ohne um Hilfe zu bitten. Mike nickte dem jungen Mann mit dem Scanner zu und rannte Clayton hinterher, um ihn zu stützen.

»Clayton?«

»Ja?« Er blieb nicht stehen.

»Meinst du, Vanessa wusste, dass das passieren würde? Meinst du, sie hat es geplant?«

»Das weiß ich noch nicht.«

»Könnte sie das bloß arrangiert haben, damit sie auftauchen und dein Vertrauen gewinnen kann?«

»Das ist schon möglich. Ich an deiner Stelle würde ruhig schon mal ein drittes Loch ausheben.«

25

McFalls Memorial Hospital
Waymore-Valley-Siedlung

Clayton saß in dem kalten, weißen Krankenhauszimmer und hielt Kates Hand, während sie schlief. Mit dem Daumen fuhr er über das Pflaster, das die Kanüle in der Hand seiner Frau fixierte, und spürte einen Schmerz, den er nie zuvor gespürt hatte. Nichts von alledem, was er hinter sich hatte – die Schießerei, die ihn zum Krüppel gemacht hatte, die chronischen Schmerzen, die infolgedessen in seinen Knochen hausten, und selbst das Feuer, das sein Haus vernichtet und ihn und seinen Sohn beinahe das Leben gekostet hatte –, war mit dem hohlen Pochen vergleichbar, das dafür sorgte, dass er wie angewachsen auf dem unbequemen Stahlstuhl neben dem Bett saß. Fast wäre sie gestorben. Und ein Teil von ihr war tatsächlich tot, das wusste er. Der Mensch, der sie noch vor zwölf Stunden gewesen war, existierte nicht mehr, nach dem, was sie hatte erdulden und selbst vollbringen müssen, um zu überleben. Er fuhr ihr sachte mit dem Finger durch das Haar. Es fühlte sich an wie Weizenstroh. Sie würde es hassen, dass Menschen sie so unvollkommen, derart verletzlich sahen. Jetzt begriff er, wie sie sich während all der Monate gefühlt haben musste, als er in einem ähnlichen Bett in Atlanta gelegen hatte, nachdem er angeschossen worden war. Jetzt begriff er, wie allein sie mit der Frage gewesen sein musste, ob er wohl je aufwachen würde oder ob sie sich auf ein Leben ohne ihn einstellen musste. Wie hatte er bloß so selbstsüchtig sein können? Wie das alles zulassen können? Er hatte ihr versprochen, sie immer zu beschützen, und sie hatte ihm geglaubt. Und auch er selbst hatte es geglaubt, jedes Mal, wenn er es versprochen hatte, aber als die Wölfe schließlich kamen, hatte sie allein dagestanden. Er drückte sanft ihre Hand und wieder kamen ihm die Tränen. Sie kamen alle paar Minuten in Wellen. Er schaute Kate an und gestattete es sich nicht einzuschlafen. Auf der anderen Seite des Bettes piepste, ebenfalls alle paar Minuten, eine Maschine, was ihn jedes Mal zusammenzucken ließ. Sie spuckte einen Papierstreifen aus, der für ihn keinerlei Bedeutung hatte – darauf irgendwelches Gekritzel, das er nicht verstand. Sehr wohl aber verstand er, was es bedeutete, wenn sich ihr Brustkorb im selben Rhythmus hob und senkte wie sein eigener: Sie lebte. Als sich die Zimmertür öffnete und die Schwester hereinkam, Debbie, die einen Kittel trug und ein Klemmbrett dabeihatte, zuckte er erneut zusammen. Sie lächelte ihn an, während er sich die Augen rieb.

»Wie geht es ihr?«

»Unverändert«, sagte er. »Sie ist noch immer nicht aufgewacht.«

Schweigend riss Debbie den Papierstreifen an der Maschine ab und vermerkte die EKG-Werte auf dem Klemmbrett. »Das ist gut, Clayton. Sie muss sich ausruhen. Unverändert ist gut.«

Clayton verschränkte die Arme auf dem Bettgeländer und stützte den Kopf auf.

Debbie zog einen weiteren Stuhl hinter der Tür hervor. »Hören Sie zu«, sagte sie, als sie sich setzte, »ich weiß, Sie wollen hier sein, wenn sie aufwacht, aber das kann noch sehr lange dauern. Sie muss schlafen. Wir haben ihr etwas gegeben, um das zu unterstützen, und ihrem Aussehen nach zu urteilen, könnten Sie selbst ein wenig Ruhe gebrauchen. Wieso lassen wir nicht eine Schwester einen Blick auf den Schnitt in ihrem Gesicht werfen, und dann versuchen Sie selbst, etwas zu schlafen?«

»Mir geht es gut«, sagte Clayton. Er rührte sich nicht.

Debbie seufzte. »Nun denn, dann lassen Sie mich wenigstens ein paar Minuten hier bei ihr sitzen, während Sie sich säubern.«

Clayton sah hinab auf seine Stiefel, und zum ersten Mal, seit er hergekommen war, bemerkte er die Schmierspuren roter Tonerde, die er auf dem Fußboden hinterlassen hatte. Sie zementierten bloß das Gefühl, dass er alles Saubere, mit dem er in Berührung kam, besudelte, allein durch seine Anwesenheit. Trotzdem machte er keine Anstalten aufzustehen.

»Sie ist am besten Ort, an dem sie sein könnte, Sheriff, und ich werde sie nicht allein lassen. Das verspreche ich. Gehen Sie, und schauen Sie nach Eben. Auch er braucht Sie. Kate ist in guten Händen.« Debbie legte ihm die Hand auf die Schulter. »Ihr seid es beide.«

Clayton verharrte noch eine Minute schweigend, bevor er die Frau im Kittel ansah, die Versprechungen machte, die sie nicht würde halten können, und hob seinen Hut vom Boden auf. »Die Frau, die sie eingeliefert hat.«

»Was ist mir ihr?«

»Wo ist sie?«

Clayton traf vor dem Zimmer, in dem man Mark Tuley untergebracht hatte, auf Darby Ellis. Darby war selbst erst an dem Tag aus diesem Krankenhaus entlassen worden und sollte eigentlich zu Hause im Bett liegen. Stattdessen trug er seine gebügelte hellbraune Uniform und wartete darauf, von Clayton auf den neusten Stand gebracht zu werden.

»Wie geht es ihm?«, fragte Clayton.

»Nicht gut. Er müsste eigentlich tot sein. Er hat massive Prellungen an Kopf, Brust und Rücken. Seine Nase ist zertrümmert. Da wird plastische Chirurgie nötig sein, wenn er überhaupt durchkommt. Beide Beine sind gebrochen, und er hat eine Schädelfissur.«

»Mein Gott.«

»Aber das größte Problem waren die inneren Blutungen. Die Ärzte sagen zwar, sie hätten sie unter Kontrolle, aber ich denke, jetzt liegt es in Gottes Hand.«

»Er wird's schon schaffen.«

»Das hoffe ich, Boss.« Darby nahm den Hut ab und fuhr sich durch den dicken Busch sandblonder Haare. »Was zum Henker ist passiert, Boss? Wer hat das getan?«

Clayton steckte die Hände in die Taschen und schaute durch die Glasscheibe in Tuleys Zimmer. »Ich weiß es nicht.«

Es gab zwei Dinge, die Darby über den Mann, der vor ihm stand, mit Gewissheit sagen konnte. Erstens: Er war kein besonders guter Lügner. Und zweitens: Wenn er log, sah er einem dabei nie in die Augen und steckte immer die Hände in die Taschen.

»Clayton. Ich bin hier, um zu helfen. Sag mir, was ich tun kann, und ich tue's.«

»Ich weiß, Darby, das tust du ja bereits. Aber noch hast du keine Dienstfreigabe, und der Mann da drin braucht jemanden wie dich, der auf ihn aufpasst. Bleib hier. Wenn ich irgendetwas herausfinde, bist du der Erste, der es erfährt.«

Darby hakte nicht weiter nach.

»Ist hier sonst irgendwer aufgetaucht?«

»Scabby Mike und Nails McKenna, ausgerechnet, haben vor einer Weile versucht, raufzukommen, aber Jim, der Sicherheitsmann, hat sie nicht durchgelassen. Nur Familienmitglieder.«

»Geht's ihm gut?«

»Wem? Mike oder Nails?«

Clayton sah Darby an. »Jim.«

»Oh, ja klar. Und sie sind gegangen, ohne eine Szene zu machen.«

»Das ist gut.« Clayton wandte sich zum Gehen.

»Sir, wegen Kate. Ich …«

»Ich weiß, Kleiner. Ich weiß. Ich werd ihr sagen, du hättest dich nach ihr erkundigt, wenn sie aufwacht.«

»Danke, Sir.«

Clayton ließ Darby im Flur zurück und ging zum Aufzug. Im ersten Stock fand er das kleine Wartezimmer, von dem Debbie ihm erzählt hatte. Die Frau, die Kate hergebracht hatte, hatte gesagt, sie würde dort warten für den Fall, sollte die Polizei oder sonst wer mit ihr sprechen wollen. Clayton bedeutete das, es war Vanessa, die auf ihn wartete. Sie wartete darauf, ihn noch tiefer in das Netz falscher Sicherheit zu ziehen, das sie spann, seit er ihr im Diner begegnet war. Er spürte es in den Knochen, dass sie eine Schlange war, aber er musste ihr in die Augen schauen. Er musste verlässlich herausfinden, ob sie in die Sache verwickelt war – oder ganz hinter alldem steckte. Ihm schlug das Herz bis zum Hals, als er die Tür aufstieß und sich wappnete, der Viner-Frau erneut entgegenzutreten, aber sie war nicht da. Niemand war da. Bloß eine alte Frau, die so müde aussah, wie er sich fühlte, und etwas Blaues strickte. Sie legte die Nadeln und was auch immer es war, woran sie gearbeitet hatte, auf ihrer Handtasche am Boden ab, als Clayton den Raum betrat. Er setzte sich nicht, und sie stand nicht auf.

»Hallo, Sheriff. Sind Sie wegen mir hier?«

Er schaute auf die Dienstmarke an seiner Jacke. »Tut mir leid. Nein«, sagte er. »Ich suche jemand anderen.«

Die alte Frau sah sich im Raum um. »Niemand da außer mir.«

»Können Sie mir sagen, wann die andere Frau gegangen ist?«

»Tut mir leid, mein Sohn. Seit ich hier sitze, war niemand da.«

»Und wie lange sind Sie schon hier?«

»Ach, Gott. Ein paar Stunden, würde ich denken.«

Clayton sah verwirrt aus. »Eine junge Frau. Blaue Augen. Blonde Haare. Sehr groß. War niemand hier, auf den diese Beschreibung passen könnte?«

»Tut mir leid, Sheriff, nein.«

»Dann entschuldigen Sie bitte die Störung.« Clayton wandte sich zum Gehen.

»Kein Problem«, sagte die Frau und hantierte mit dem langen Plastikschlauch, der mit einer kleinen tragbaren Sauerstoffflasche neben ihr verbunden war. Sie nahm ihre Stricknadeln wieder zur Hand. »Sie hat schwarze Haare.«

Clayton drehte sich um. »Wie bitte?«

»Vanessa. Sie hat schwarze Haare. Ich habe keine Ahnung, warum sie diese lächerliche Perücke trägt.«

Clayton war ganz perplex.

»Ich nehme an, Sie suchen meine Tochter, Sheriff.«

Clayton starrte die Frau lange an, bis er die Ähnlichkeit bemerkte. »Sie sind Twyla Viner.«

»Die bin ich«, sagte sie und erhob sich langsam.

»Waren Sie diejenige, die meine Frau hergebracht hat?«

»Ja, das war ich.«

Clayton spürte, wie seine Selbstsicherheit dahinschwand. Damit hatte er nicht gerechnet. Er führte einen Vorschlaghammer aus Schmerz und Zorn mit sich, hatte aber nichts, was er damit zertrümmern konnte.

»Haben Sie das zu verantworten?«

»Was Ihrer Frau passiert ist?«

»Das Ganze. Tun Sie bloß nicht so unwissend. War das, was diese Bastarde uns heute Nacht angetan haben, Ihre Idee?«

»Nein, Sheriff, war es nicht. Mein Stiefsohn, Daniel, hat das ganz allein angezettelt. Tatsächlich habe ich ihn sogar gebeten, sich von diesem Berg fernzuhalten, aber Daniel hat schon immer Alleingänge geliebt.«

Clayton trat einen Schritt auf sie zu, spürte nach wie vor deutlich das Gewicht des Vorschlaghammers. Er sprach leise und mit knurrendem Ton. »Er hat heute Nacht sein jähes Ende gefunden. Er wird nun nirgends mehr hingehen.«

Twlya schloss kurz die Augen und atmete aus. »Ich bin sicher, Sie haben Recht, junger Mann, und ich fühle mich dafür verantwortlich – für alles, was passiert ist. Darum bin ich hier.«

»Wo ist Vanessa?«

»Das weiß ich nicht.«

»Ich glaube Ihnen nicht. Hatte sie damit zu tun?«

»Nein. Ich gebe zwar nur noch wenig auf Gewissheiten, Sheriff, aber so viel kann ich Ihnen sagen: Ich kenne meine Tochter, und was heute Nacht hier geschehen ist, gehört nicht zu den Dingen, an denen Bessie May – ich meine Vanessa – sich beteiligen würde.«

»Nun, das will ich aus ihrem eigenen Mund hören. Sollten Sie also wissen, wo sie ist, rate ich Ihnen, es mir zu sagen.«

»Und was gedenken Sie zu tun, wenn Sie sie gefunden haben?«

»Ich frage Sie das nicht noch einmal, Twyla. Sollten Sie wissen, wo sie ist, sagen Sie es mir.«

Twyla deutete auf die breite Couch, auf der sie gesessen hatte. »Dürfte ich mich vielleicht setzen? Meine Knie sind nicht in der besten Verfassung.«

»Es ist mir egal, was Sie tun. Wo ist sie?«

»Clayton, bitte, nehmen Sie auch einen Moment Platz. Hören Sie mir zu, dann werde ich Ihnen sagen, was Sie wissen möchten.«

Clayton starrte die alte Frau an und versuchte, sich einen Reim auf sie zu machen. Darauf, wie vertraut sie seinen Vornamen verwendet hatte. Vanessa und sie waren beide vollkommen undurchschaubar.

»Sprechen Sie«, sagte er. »Und beeilen Sie sich. Ich verliere langsam die Geduld. Und ich versichere Ihnen, sollte ich herausfinden, dass Sie mit dem, was heute Nacht passiert ist, auch nur das Geringste zu tun haben, werden wir beide sehr bald auf dieses Gespräch zurückkommen.«

»Ich verstehe.« Vorsichtig nahm die alte Frau wieder auf dem Sofa Platz und fixierte ihre Nasenkanüle über der Oberlippe. Als sie sich so gut wie möglich eingerichtet hatte, saß sie einen Moment lang still da und sog tief Sauerstoff ein. Clayton setzte sich und hörte zu, wie die alte Frau keuchte. Sie entschuldigte sich dafür, dass es so lange dauerte, bis sie wieder zu Atem kam. Clayton sagte nichts. Es war ihm egal.

»Ich hätte mir niemals ausmalen können, dass ich einmal so enden würde. Als alte Frau, die nicht einmal zum Briefkasten gehen kann, ohne aus der Puste zu kommen. Ich habe so viel mehr gewollt. Für mich und für meine Kinder. Aber hier bin ich, und ich muss versuchen, das Beste aus der Zeit zu machen, die mir noch bleibt.«

Clayton verfolgte, wie sie beim Sprechen stoßweise atmete. Ihr Gesicht war faltig. Alter, Stress und Zigaretten hatten tiefe Spuren hinterlassen, aber an den Augen konnte Clayton ablesen, dass sie einmal schön gewesen sein musste. Dieser Schönheit war sie beraubt worden, wie Erde der Kohle beraubt wird, nichts zurücklassend außer einer vertrockneten und hohlen Kruste, auf der nie wieder etwas wachsen wird. Der Gedanke, dass genau das Kate in diesem kalten Zimmer über ihm widerfahren könnte, ließ den Hammer nur noch schwerer wiegen. Er unterbrach ihr Geplänkel.

»Kommen Sie zu dem Teil der Geschichte, der mich interessiert, Twyla. Ich kenne Sie nicht, und Ihr Leben ist mir vollkommen egal.«

Die Frau verlagerte das Gewicht, um sich etwas vorzubeugen. »Wir haben eine Menge gemeinsam, wissen Sie. Ich könnte Ihnen Geschichten über Leute aus der Gegend erzählen, da hätten wir Stunden zu tun.«

»In Ordnung. Das reicht jetzt.« Clayton umfasste die Kante des Sofapolsters, um sich hochzuwuchten.

»Ich habe Ihren Vater gekannt.«

Clayton hielt inne und starrte sie an.

Die Frau schaute sich im Raum um, als hätte sie Angst, belauscht zu werden, obwohl sie wusste, dass das nicht der

Fall war. Und es wäre ihr auch egal gewesen. Ihr Interesse an Geheimnissen war schon vor langer Zeit verschwunden. »Ich bin diejenige, die ihn getötet hat.«

»Wie bitte?«

»Nun, nicht ich persönlich. Ich habe meinen Mann Joseph und seinen Sohn Daniel geschickt. Sie sollten die Scheune Ihres Vaters niederbrennen. Meine Idee war, dass, würde ich all Ihre Maschinen zerstören, ich Ihre Brüder aus diesem gottlosen Geschäft heraushalten könnte, noch bevor sie einstiegen, aber alles, was ich fertigbrachte, war, Ihren Vater zu töten. An dem Punkt ging es auch bei Daniel los, glaube ich. Er war ja noch ein Kind damals, aber nach dieser Nacht war an ihm etwas anders. Er war nie wieder der Alte. Ich habe viel über damals nachgedacht, und seit Kurzem bin ich zu der Überzeugung gelangt, dass es die chemischen Dämpfe des Feuers waren, die bei meinem Joseph den Krebs ausgelöst haben. Ich denke, auch seinen Tod habe ich verschuldet, durch das, worum ich ihn an dem Abend gebeten habe.« Twlya plauderte locker vor sich hin, als hätte sie nicht gerade gestanden, Claytons Vater getötet zu haben, und Clayton war deswegen so perplex, dass er den Hut absetzte und sich auf ihre Geschichte einließ, ganz so, als sei es gar nicht *sein* Vater, um dessen Mord es ging.

»Ich bin für den Tod von beinahe jedem verantwortlich, den ich je geliebt habe«, sagte Twyla. Sie schaute Clayton direkt und tief in die Augen, was ihn nervös machte. »Ich erwarte keine Vergebung, und ich erwarte auch kein Verständnis dafür, wenn ich sage, wie leid mir das alles tut.«

Er sagte nichts. Ihm war plötzlich bewusst, wie irre diese Frau womöglich war. Dass sein Vater Opfer eines Brandes geworden war, war allgemein bekannt, jeder konnte für sich beanspruchen, dafür verantwortlich zu sein. Aber was sie da sagte, verblüffte ihn dennoch in einem Maße, dass er weiter zuhörte.

Twyla registrierte den verwirrten Ausdruck in seinen Augen und sog erneut flach den Atem ein. »Ich kann nur erahnen, wie das für Sie klingen muss, Sheriff, in diesem Moment. Ich weiß nicht, welche Gefühle diese Informationen in Ihnen auslösen, ebenso wenig weiß ich, ob Sie mir glauben oder nicht. Aber darum geht es auch nicht. Ich bin nicht wegen der Vergangenheit hier. Ich habe fast mein ganzes Leben lang in Angst vor der Vergangenheit gelebt. Ich will nicht mehr, dass Angst regiert. Unter Ihrem Vater war das der Fall – und auch unter Ihren Brüdern. Und auch ich habe das lange genug betrieben, und sehen Sie, wohin es mich geführt hat – wozu es bei uns beiden geführt hat. Ihre Frau und Ihr Sohn liegen in Krankenhausbetten. Mein Mann ist tot. Einige meiner Kinder sind tot. Mein Neffe ist tot, ich hingegen bin noch immer am Leben und sehe das alles, und ich kann – will – das nicht mehr. Ich will die Zeit, die mir auf Erden noch bleibt, ohne Angst leben, Angst davor, zu sterben, oder davor, dass noch mehr Menschen getötet werden. Darum bin ich hier. Ich habe einen Punkt in meinem Leben erreicht, an dem ich akzeptieren muss, dass das böse Blut, das die Geißel meiner Familie gewesen ist, wohl auf mich zurückgeht. Ich hatte immer geglaubt, diejenige zu sein, die sie davor bewahren würde, aber die Wahrheit ist, ich habe das alles erst in Gang gesetzt. Ich habe mich an ihnen versündigt. Sie vor die Hunde gehen lassen. Alle außer einer, und ich bin hier, um um ihr Leben zu betteln.«

Ein weiteres flaches Atmen.

»Sind Sie fertig?« Clayton konnte diesem Märchen nicht

länger zuhören. Es stand auf und setzte sich den Hut auf. »Sagen Sie mir, wo ich Vanessa finde.«

»Wissen Sie, Sie sehen genau aus wie er – Ihr Vater.«

»Schluss mit dem Schwachsinn, Lady, sagen Sie mir endlich, wo sie ist.«

»Wie schon gesagt, ich weiß es nicht.«

»Dann war der Schwachsinn hier also reine Taktik, um mich hinzuhalten? Sollten Sie dafür sorgen, dass ich Ihrem Stuss lange genug zuhöre, damit sie entkommen kann? Glauben Sie wirklich, es gebe auf diesem Planeten irgendeinen Ort, wo sie sich vor mir verstecken könnte, nach dem, was sie getan hat?«

»Clayton, bitte. Sie irren sich. Der Zorn, den Sie jetzt fühlen, ist mir allzu vertraut, aber bitte tun Sie das nicht. Seien Sie nicht wie alle anderen auch.«

»Wo – ist – sie? Letzte Chance.«

Twyla sog so viel Sauerstoff ein, wie ihre angegriffenen Lungen aufnehmen konnten, und beugte sich dann vor, um nach ihrer Handtasche zu greifen. Sie entnahm ihr einen kleinen Zettel und reicht ihn Clayton. Er faltete ihn auseinander. Es war eine Adresse.

»Ist sie dorthin unterwegs?«

»Nein, aber dort werden Sie finden, was Sie brauchen, um all das hier zum Abschluss zu bringen.«

Clayton schaute auf den Zettel, sah dann die alte Frau an. Weitere Auskünfte würde er von ihr nicht erhalten. Wortlos verließ er den Raum.

Nachdem die Tür klickend zugefallen war, packte Twyla Viner ihre Sachen zusammen. Sie brauchte einige Minuten, um das Wägelchen mit der Sauerstoffflasche über die Schwelle des Wartezimmers zu bugsieren, aber es gelang ihr, und sie ging langsam hinaus in den kleinen Empfangsbereich des Krankenhauses. Sie zog ihr Wägelchen bis zum Tresen, wo ein freundlich aussehender Schwarzer in der grauen Uniform des Sicherheitsdienstes tippend hinter einem Computer saß.

»Kann ich Ihnen helfen, Ma'am?«

»Ja«, sagte sie und las sein Namensschild. »Ich habe mich gefragt, ob Sie mir vielleicht einen Gefallen tun könnten, Jim.«

Jim stand auf. »Sicher, Ma'am, worum geht's denn?«

»Meinen Sie, Sie könnten das hier einem der Patienten zukommen lassen?« Twyla legte die marineblaue Wolldecke auf den Tresen, die sie gestrickt hatte.

»Selbstverständlich, Ma'am. Wie heißt denn der Patient?«

»Burroughs. Eben Burroughs.«

26

The Red Land Motel
Washington, Georgia

Tate Viner öffnete mit der Schlüsselkarte die Tür und stellte seine Tasche auf den Stuhl neben dem Bett. Er betätigte den Lichtschalter, aber nichts passierte. Er schaltete ein paarmal hin und her, bevor er es aufgab. »Verdammter Mist. Nichts funktioniert mehr einfach so. Beschissenes Dreckshotel.« Im Zimmer herrschte noch immer Chaos von den letzten paar Tagen, die er hier verbrachte hatte, aber solange er nichts von Coot gehört hatte, würde er verdammt noch mal ganz sicher nicht nach Hause fahren. Er würde nicht derjenige sein, der Twyla erklären musste, was Coot sich alles hatte einfallen lassen, um die Sache in North Georgia zu verkacken. Er hatte längst mit einem Anruf gerechnet, aber auch die verfickten letzten zwei Tage noch immer nichts gehört. Er hatte Coots Scheißmätzchen dermaßen satt. Vielleicht war es ja tatsächlich besser, wenn er derjenige war, der Twyla ins Bild setzte. Vielleicht würde sie dann endlich begreifen, dass er derjenige war, dem man die Geschäfte übertragen sollte, nicht diesem Psycho, der wahrscheinlich gerade mit dem Flachwichser Donnie einen Amphetamin-Marathon durchzog. Tate ging ins Badezimmer und knipste dort das Licht an. Hier funktionierte es, und er wusch sich das Gesicht. Dann duschte er, trocknete sich ab und wand sich das feuchte Handtuch um die Taille. Er versuchte es nicht noch mal, ob der Hauptlichtschalter womöglich doch funktionierte. Stattdessen wühlte er in seiner Reisetasche nach der Flasche Gin, die er sich besorgt hatte, schraubte sie auf und setzte sich aufs Bett. Er streckte die Hand in Richtung Nachttisch aus, knipste die kleine Lampe an, und der winzige Raum füllte sich mit schummerig-orangefarbenem Licht.

»Howdy, Tate.«

Tate rollte rückwärts über das Bett und ließ dabei die offene Ginflasche zu Boden fallen. Während eine Hand instinktiv das Handtuch festhielt, drückte er den Rücken gegen das Kopfteil und versuchte, gleichzeitig nach seiner Tasche zu greifen.

»In der Tasche ist nichts, was du brauchen könntest, Tate. Das Messer habe ich mir geschnappt, während du unter der Dusche warst.« Clayton verlagerte sein Gewicht auf dem kleinen Sofa und öffnete die Jacke, um Tate das Messer mit der feststehenden Klinge in seiner Innentasche zu zeigen. Ebenso gestattete er ihm einen Blick auf den silberfarbenen Colt einige Zentimeter weiter unten. »Es gefällt mir. Ich denke, ich werde es behalten.«

Tate warf den Kopf hin und her, schaute sich im Zimmer um, die Augen weit aufgerissen und ruhelos.

»Ehrlich gesagt, Kleiner, bin ich irgendwie überrascht, dass du hier nicht irgendwo eine Schusswaffe hast. Sollte mich aber wahrscheinlich nicht wundern.« Clayton hob den leicht angekohlten Gehstock aus Hickory in seinem Schoß an. »Wo es offenbar eher dein Stil ist, die Leute im Schlaf einfach k. o. zu schlagen.«

»Hey, Moment, warten Sie, Mr. Burroughs, ich weiß, was Sie denken, aber da irren Sie sich. Ich schwöre.«

Clayton schlug die Beine übereinander und fuhr mit der Hand den angesengten Stock entlang.

»Kannst du dir vorstellen, dass von allem, was du in dieser Nacht zerstört hast, dieser alte Stock das Einzige ist, was übrig ist?«

»Mr. Burroughs, bitte, hören Sie zu.«

»Hickory ist ein stures Holz.«

»Bitte, Mann.«

»In Ordnung, Tate. Ich gebe dir eine Minute. In welchem Punkt irre ich mich? Hast du mir etwa nicht diesen Knüppel übergezogen und dann mein Haus angesteckt? In Kauf genommen, dass ich und mein Sohn bei lebendigem Leib verbrennen, und dann meine Frau entführt und sie diesen Tieren ausgeliefert? Was daran verstehe ich falsch? Bitte, nur zu, sag mir, was ich übesehe.«

Tate rutschte vor zur Bettkante, aber Clayton legte eine Hand auf den Griff seines Revolvers. »Sag es mir von da, wo du bist.«

Tate stützte sich mit beiden Händen seitlich ab. »Okay, okay. Ich bin ganz ruhig. Sehen Sie, ich sag ja nicht, dass ich ein paar richtig schlimme Sachen gemacht habe, aber, ich schwöre, hierbei bin ich derjenige, der Ihnen allen das Leben gerettet hat.«

»Ach, wirklich.«

»Ich lüge nicht, Mann. Coot wollte, dass Sie alle sterben. Er hat mir befohlen, alles anzustecken und dabei zuzusehen. Er ist der, der wollte, dass Sie verbrennen, nicht ich. Der, der vom Plan abgewichen ist. Ich habe Ihnen zumindest eine Chance gegeben.«

»Tatsächlich?«

»Aber ja. Ich hab zwar das Feuer gelegt, aber ich hab Ihnen Zeit gegeben rauszukommen. Ich hätte nicht zugelassen, dass dem kleinen Baby irgendetwas zustößt, das schwöre ich. Das ist nicht das, was Twyla wollte. Und ich wollte das auch nicht. Das ist alles Coots Schuld. Er muss dafür bezahlen. Ihn müssen Sie finden.«

»Coot ist tot.« Clayton wartete, bis die Nachricht angekommen war, und fügte dann hinzu: »Donnie ebenfalls. Kate hat sie beide getötet, bloß wenige Stunden, nachdem du sie ihnen überlassen hast.«

Tate rutschte auf dem Bett ein paar Zentimeter nach vorn, hielt noch immer das Handtuch fest. »Na dann, verdammt, Mann, dann haben Sie ja bereits Ihre Rache gehabt. Wieso dann noch mich umlegen? Ich hab bloß versucht, meine Familie durchzubringen, ohne das ganze Töten. Bitte, Mann. Ich habe versucht, das Richtige zu tun.«

Claytons Blick bekam etwas Kaltes und Graues. »Meine Frau zurückzulassen, damit sie vergewaltigt und gefoltert wird, hältst du für das Richtige?«

»Bitte, Mr. Burroughs. Ich hab versucht, es zu beenden. Wirklich.«

»Mach dir keine Sorgen. Kate hat es beendet. Sie hat beide mit dem Fischmesser durchlöchert, jeden sicher zwanzig Mal, soweit das noch zu erkennen war. Wir haben ihre wertlosen Leichen in ein Loch geworfen. Das zu tun, fühlte sich gut an. Somit gibt es nur noch ein loses Ende.« Clayton stemmte das Ende seines Stocks in den Teppich.

»Werden Sie mich jetzt töten? Mich auch in ein Loch werfen, obwohl ich die eigenen Reihen verraten und Gnade gezeigt habe?«

Clayton stand auf. »Nein, Tate, ich bin nicht hergekommen, um dich zu töten, sondern um dir zu sagen, dass deine Cousins tot sind. Außerdem dachte ich, würdest du vielleicht gern wissen, wer mich zu dir geführt hat.«

Tate rutschte noch etwas weiter vor, aber Clayton blieb unbeeindruckt.

»Dieses Miststück, Bessie May.«

»Oh, nein. Vanessa habe ich noch gar nicht gesehen. Es war Twyla. Sie wusste, wo du sein würdest. Hat es mir fein säuberlich aufgeschrieben. Nachdem sie geholfen hatte, Kate ins Krankenhaus zu bringen, hat sie mir liebend gern gesagt, wo du steckst. Nehme an, du bist wohl doch nicht ihr Liebling.« Clayton durchquerte das Zimmer und setzte seinen Hut auf, zog ihn sich tief in die Stirn. Er drehte den Türknauf, öffnete die Tür einen Spalt weit, hielt dann inne und drehte sich um. Tate stand jetzt.

»Weißt du?«, sagte Clayton. »Ich will nicht, dass du denkst, ich hätte nicht gehört, was du gesagt hast. Du hast es Gnade genannt. Nun, eine Hand wäscht die andere, deswegen …« Er öffnete seine Jacke und zog das Messer hervor, das er aus Tates Reisetasche genommen hatte. »Hier ist deine Chance.« Er ließ das Messer mit der feststehenden Klinge zu Boden fallen. »Mach's gut, Tate. Viel Glück.«

»Ich verstehe nicht.«

»Das war mir klar, aber das wirst du.« Clayton öffnete die Tür und trat hinaus in die Nacht. Bevor sie wieder ins Schloss fiel, trat Nails McKenna ein, den Kopf eingezogen.

»Ich weiß, dass du es warst.«

»Was zum Teufel?« Tate versuchte, blitzschnell das Messer zu greifen, aber Nails trat es unter das Bett und legte Tate einen seiner dicken Arme um den Hals. Mit der freien Hand zog er an dem Arm und presste dem kräftigen Schwarzen mit aller Kraft die Luft ab. Er hob den fast zwei Meter großen Viner mindestens zehn Zentimeter hoch in die Luft, während er immer fester zudrückte. Zog an seinem Unterarm, bis die Adern hervortraten. In Tates Augen platzten Kapillargefäße, und bald waren sie blutunterlaufen. Während er versuchte, seine Finger zwischen seinen Hals und Nails Arm zu bohren, nahm sein Gesicht die Farbe einer Aubergine an. Er trat um sich, beförderte Lampe und Beistelltisch in die Ecke, aber Nails gab nicht nach. Tate stieß sich mit beiden Beinen von der Bettkante ab, sorgte aber bloß dafür, dass der Hüne ein paar Zentimeter nach hinten taumelte. Nails fing sich gleich wieder und drückte nur noch fester zu.

»Ich weiß, dass du es warst«, sagte er wieder. Tate röchelte und tippte verzweifelt auf Nails Arm um Gnade – um nur einen Atemzug, damit er sich erklären konnte. Aber Gnade gab es nicht. Tate hörte schließlich auf, sich zu bewegen, baumelte schlaff an Nails' Arm, aber der hielt ihn weiter fest. Er wartete, bis die letzten Zuckungen verebbten, bevor er den Toten zu Boden fallen ließ.

»Er war mein Freund.« Nails griff in die Tasche und zog ein Foto hervor. Es war das Foto, das in Freddy Tutens Bar neben dem Tresor gehangen hatte, seit er den Mann kannte. Das Bild von Freddy und seinem Bruder Jacob, aufgenommen, während die beiden in Korea stationiert gewesen waren, war das Einzige auf der Welt, was für Freddy von Bedeutung gewesen war. Eines Nachts, nachdem alle anderen nach Hause gegangen waren, hatte er Nails im Chute alles von dem Tag erzählt, an dem das Bild gemacht worden war. Freddy meinte, er habe noch nie jemandem etwas darüber erzählt. Es war das letzte Mal, soweit Nails sich entsinnen konnte, dass er sich wie ein Mensch gefühlt hatte. Diese Nacht bedeutete ihm alles. Er legte das Foto auf Tates Leiche und schaute hinab, rief sich dieses eine Gespräch ins

Gedächtnis, zwischen ihm und der einzigen Person auf der Welt, die er als Freund erachtete – einen Freund, der grundlos ermordet und verstümmelt worden war. Beinahe zehn Minuten lang stand Nails neben Tates Leiche, bevor er mit der unversehrten Hand den Reißverschluss seiner Hose öffnete und auf ihn pisste.

Clayton fuhr zwei Stunden lang Richtung Norden, ohne anzuhalten. Zum ersten Mal seit langer Zeit fand er keinen Trost darin, allein zu sein. Er wollte bei seiner Familie sein. Mit der Hand fuhr er den Stock aus Hickory entlang, der auf dem Beifahrersitz des Bronco lag. Er war ihm in den letzten Tagen ziemlich ans Herz gewachsen. Über ein Jahr lang war er zu stolz gewesen, ihn zu benutzen. Aber Stolz interessierte ihn nicht mehr. Stolz hatte ihm noch nie weitergeholfen, nur dafür gesorgt, dass Leute getötet worden waren. Nie wieder würde er Stolz die Oberhand überlassen. Es wurde Zeit, der Mann zu sein, der er sein wollte, und nicht der, den andere in ihm sahen. Und dieser Mann musste bei seiner Frau und seinem Sohn im McFalls Memorial sein. Aber es gab noch eine Sache, die vorher erledigt werden musste. Er rief Scabby Mike an. Als er im McFalls County eintraf, war alles arrangiert.

27

Burnt Hickory Pond

Als Clayton vor die Grabsteine trat, die die letzten Ruhestätten seines Vaters und seiner beiden Brüder markierten, ging über dem Wasser gerade erst die Sonne auf. Für das jüngste und letzte lebende Mitglied des Burroughs-Clans war dies der Ort auf dem Berg, der die meisten Widersprüche in sich vereinte. Der Pond war ein Schlachtfeld, auf dem sich seine Geister bekämpften. Die aus seiner Kindheit, als er und seine Brüder sich hier auf einem alten Traktorreifen an einem Seil weit hinaus in das smaragdgrüne Wasser hatten katapultieren lassen, gegen jene aus jüngeren Jahren, die der Männer, zu denen diese Kinder geworden waren. Diese Geister aus Vergangenheit und Gegenwart rangen unentwegt miteinander, Gefühle der Scham und der Schuld hatten ihn deswegen den Großteil seines Erwachsenenlebens über verfolgt. Das würde heute enden.

Gleichzeitig stellte der Pond ein Rätsel dar. Eines, über das er bis vor Kurzem wenig nachgedacht hatte. Es hatte ihm nie eingeleuchtet, warum Halford ihren Vater hier beerdigt hatte – jetzt aber tat es das. Während Clayton verfolgte, wie Mikes Pick-up auf die Lichtung fuhr, ging er zum Heck des Bronco und öffnete die Klappe. Er nahm zwei Schaufeln heraus und lehnte sie gegen den Wagen. Dann holte er ein Softpack hervor und hielt eine der verbogenen Zigaretten lange einfach in der Hand, ohne sie anzuzünden. Schließlich steckte er sie zurück in das Päckchen und warf es durch das offene Fenster des Pick-ups. Mit dem Scheiß war er auch durch. Mike stellte den Motor ab und stieg aus.

»Okay, Mann, hier bin ich. Willst du mir nicht erklären, warum wir uns hier treffen? Ich dachte, wir würden die Sache am Familiensitz zu Ende bringen.«

»Werden wir auch, aber ich möchte dir erst noch etwas zeigen.« Er nahm eine der Schaufeln und warf sie Mike zu. Dann griff er sich die andere. »Komm mit.«

Die Oberfläche des Teichs kräuselte sich in der morgendlichen Brise, und die Bäume wurden mit aufsteigender Sonne heller und heller. Clayton blieb in dem Schneidegras stehen, das das Grab seines Vaters bedeckte.

»Hey, Clayton, Moment mal.« Mike war direkt vor dem Flecken Gras stehengeblieben. »Du willst doch wohl niemanden ausbuddeln, oder?«

»Nicht jemanden, Mike, etwas.«

Mike blieb, wo er war.

»Was ist los, Mike? Du hast doch wohl keine Angst davor, ein Loch zu buddeln, oder? Du hast mehr Löcher gebuddelt als irgendjemand, den ich kenne. Du solltest dich langsam dran gewöhnt haben.«

»Ich versteh's bloß nicht, Clayton. Erklär mir, worum es geht.«

Womöglich zum letzten Mal las er der vertrauten Baumreihe den Namen seines Vaters laut vor. »Keine Sorge, Mike. Er ist nicht dort drin.«

»Wie kommst du da drauf?«

»Ich weiß es einfach.«

»Nun, warum auch immer du das hier tun willst – es ist vielleicht keine so gute Idee, wenn ich dir dabei helfe.«

Clayton legte seinen Hut auf die Granitplatte. »Und wieso das?«

»Weil du sein Sohn bist. Du kannst mit seinem Grab anstellen, was du willst. Aber wir sind nicht verwandt. Ich will nicht der Typ sein, der die Knochen von Gareth Burroughs ausgebuddelt und geschändet hat. Schlechtes Karma dieser Art kann mich in dieser Gegend den Kopf kosten.«

Clayton trieb die Schaufel tief in die feuchte Erde und grinste. »Und aus *genau dem Grund* weiß ich, dass in dieser Kiste keine Knochen sind.«

»Welchem Grund?«

»Angst.«

»Ich verstehe nicht.«

»Doch, tust du, Mike. Du hattest Recht. Halford war nicht verrückt. Er war bloß der Sohn seines Vaters. Deddy hat früh gelernt, dass dieses ganze Kartenhaus – dieser ganze Berg – auf Angst gebaut ist. Es war das nützlichste Werkzeug im Geräteschuppen. Ich erzähle dir da nichts Neues, Mike. Angst war die Währung der Könige hier draußen, und jeder, der genug davon anhäufte, war in der Lage, dafür zu sorgen, dass die Scheiße geradewegs bergabwärts floss – weg von einem selbst. Deddy war ein Meister darin und Halford sogar noch besser. Wenn man nur lange genug dafür sorgt, dass jeder Angst vor einem hat, beginnen die Leute, sie mit Respekt zu verwechseln. Jahrzehntelang liefen die Rädchen der Burroughs-Maschine wie geschmiert, und was die Leute hier für Führungsstärke hielten, war in Wahrheit die Angst, zu einem Sandkörnchen im Getriebe zu werden. Und nachdem genügend Zeit verstrichen war und man die Geschichten häufig genug umgeschrieben hatte, war der Legendenstatus erreicht.«

Mike wischte sich die ersten Schweißtropfen des Tages aus dem Gesicht. »Ich weiß nicht so recht, Clayton. Ich habe nicht zu deinem Bruder gestanden, weil ich Angst vor ihm hatte. Sondern weil ich ihn geliebt habe.«

Clayton warf eine Ladung Gras und Erde beiseite. »Erinnerst du dich daran, als Hal damals dachte, du hättest ein Auge auf Michelle Wallen geworfen? Er hat dich am Hemdkragen gepackt und über dem Steinbruch beim Pumpkin Center baumeln lassen. Wie hoch ist das da? Knapp fünfundzwanzig Meter?«

Entweder erinnerte Mike sich nicht, oder er wollte es nicht sagen. Er stand einfach mit der Schaufel in der Hand da.

Clayton wischte sich sein rotes Haar aus dem Gesicht. »Verstehst du, was ich meine von wegen man würde die Dinge im Laufe der Zeit durcheinanderbringen? Er hätte dich an dem Tag vor aller Augen fallen lassen, hättest du ihm die Wahrheit gesagt.«

Mike dachte darüber einen Moment nach. »Hey, warte mal kurz. Woher weißt du überhaupt, was zwischen Michelle und mir war?«

Clayton verzog den Mund zu einem Grinsen. »Ich wollte doch schon immer Detective werden, Mike, erinnerst du dich?« Wieder rammte er die Schaufel in den Boden. »Es war bloß logisch, dass Hal genau diese Angst einsetzen würde, um alle von seinem Geld fernzuhalten. Also: An welchem Ort würdest du bei der Suche nach einem Schatz im Leben nicht nachschauen, weil es bedeuten würde, den Zorn jedes Einzelnen auf diesem Berg auf dich zu ziehen?«

Mike nickte. »Gareth Burroughs Grab.«

»Ganz genau – denn schlechtes Karma dieser Art kann einen in dieser Gegend den Kopf kosten.«

»Du bist ein ziemlich schlaues Kerlchen, Clayton. Das Köpfchen hast du von dem alten Mann da drin, ob du's nun willst oder nicht.«

»Wie gesagt, Mike. Hier gibt's keinen alten Mann. Mein Vater liegt draußen am Cooper's Field, wo er hingehört. Nur Halford weiß, wo genau, aber er hat es mir nie gesagt. Das war sein letztes *Fuck you* an mich.« Er schippte weiter Erde.

»Das hingegen glaub ich sofort.« Mike machte ein paar Schritte nach vorn und fing an zu graben.

»Willst du noch etwas hören?«, fragte Clayton.

»Was denn?«

»Ich glaube sogar, Hal wollte, dass *ich* es finde.«

Mike lachte. »Ach, ja? Und warum in aller Welt glaubst du das?«

Clayton schaute hinab zu Halfords Grabstein, der gleich neben dem seines Vaters stand, und wandte den Blick nicht ab, während er sprach. »Es hat für mich nie einen Sinn ergeben, wieso Halford meinen Vater hier begraben hat. Ich glaube, er wusste, es würde mich umtreiben. Er wusste, ich würde nicht davon ablassen, bis ich es verstand. Er war sich sicher, irgendwann würde ich draufkommen. Genau wie du meintest, ich bin schließlich der Sohn dieses Mannes, hab ich Recht?«

Mike dachte darüber nach und setzte die Schaufel an. Sie gruben eine Weile, bis sie auf etwas Hartes stießen. Die stählerne Spitze der Schaufel traf so heftig auf das Holz, dass der Stiel in Mikes Händen vibrierte. Ein dumpfes Geräusch war zu hören, nichts, was nach einem hohlen Sarg klang. Mit der Seite der Schaufel kratzte er Erde beiseite, bis das Sperrholz zum Vorschein kam.

»Bist du bereit?«, sagte Clayton.

Mike nickte, und beide knieten sich hin. Mit seiner Schaufel kratzte Clayton eine Ecke der Kiste frei. Als er sie ganz von Erde befreit hatte, stand er auf, und Mike setzte seine Schaufel als Hebel an. Er legte sein gesamtes Gewicht auf den Stiel, aber es brauchte nicht viel, um das verrottete Holz zum Bersten zu bringen. Eine Ecke des Deckels gab splitternd nach. Er legte die Schaufel aus der Hand, ging wieder in die Knie und half Clayton, weitere Erde beiseitezufegen. Kein Todesgeruch. Kein Gestank verwesten Fleisches. Sie zerrten an dem angebrochenen Stück Holz, bis es nachgab.

Das Geld war gebündelt und in Klarsichtfolie verpackt. Mike griff sich einen der kompakten Ziegel aus gemischten Scheinen. »Ja, leck mich doch am Arsch.«

28

Burroughs-Gipfel

Clayton war noch immer verdreckt vom Graben, als er auf der Veranda des Hauses seines Deddys saß und den Blick über das Land schweifen ließ, auf dem er aufgewachsen war. Das Gebäude hatte mit dem Haus, in dem er als Kind gelebt hatte, nichts mehr gemein, aber auch wenn es nun mehr nach Festung aussah als nach trautem Heim, konnte er nicht anders, als sich wieder wie ein Kind zu fühlen, das in der Sonne saß, sich wünschte, so zu sein wie der eigene Bruder, und doch wusste, dass das niemals wahr werden würde. Es war eigentümlich, diesen Ort jetzt so einsam und verlassen zu sehen. Es erfüllte Clayton mit einer Sehnsucht, von der er nicht gewusst hatte, dass er sie noch in sich trug. Einer Sehnsucht danach, Teil von etwas zu sein, von dem er nie Teil gewesen war. Die Betonplatte, die einmal das Fundament der Scheune gebildet hatte – dem Ort, wo sein Vater gestorben war –, war noch immer da. Er dachte an Twyla Viner und die Geschichte, die sie erzählt hatte. Sie ergab Sinn. Mehr Sinn, als daran zu glauben, sein Vater habe sich das selbst angetan. Die Platte war mit Ölflecken und getrocknetem Schlamm überzogen, aus der Zeit, als Halford dort an alten Schrottkisten für illegale Straßenrennen herumgeschraubt hatte, aber Clayton meinte, zudem noch immer die Brandspuren auf dem Beton erkennen zu können. Es war womöglich bloß seine Phantasie, aber der Gedanke brachte ihn noch immer aus der Fassung. Er vermisste seinen Vater, so aggressiv und boshaft er auch gewesen sein mochte, und auch wenn alle auf dem Berg diesen Ort nur den Familiensitz der Burroughs nannten, würde es für ihn doch immer einfach Deddys Haus bleiben. Er holte sein Telefon hervor und wählte die Nummer des Krankenhauses.

»Würden Sie mich bitte mit Zimmer 1108 verbinden?«

»Einen Moment.«

Clayton wartete, hörte, wie es ein paar Mal piepte, bis Charmaine Squires Stimme antwortete. »Clayton?«

»Hey, Charmaine, wie geht es ihr?«

Charmaine sprach mit gedämpfter Stimme, aber Clayton merkte, wie aufgeregt sie war. »Oh, Gott, Clayton. Sie ist wach. Sie hat richtig übel was abgekommen, aber sie ist bei Bewusstsein.«

Clayton stand auf und griff nach dem Stock. »Kann ich sie sprechen?«

»Die Ärzte sagen, sie sollte eigentlich nicht, aber sie fragt nach dir, seit sie die Augen aufgemacht hat. Du solltest deinen Hintern herbewegen, und zwar sofort. Warte mal eben – bleib kurz dran.«

Clayton hörte gedämpfte Stimmen, Charmaine hielt sich den Hörer vor die Brust. »Clayton, hörst du?«

»Ja, natürlich.«

»Aber nur ganz kurz, meinte der Arzt – hier.«

Er wartete.

»Clayton?« Kates Stimme klang trocken und rau.

»Ja, ich bin's, Baby. Ich bin hier.«

»Wo denn?«

»Ich musste bloß noch kurz was bei Deddy erledigen. Ich bin schon unterwegs.«

»Beeil dich.«

»Mach ich.«

»Okay.«

»Kate? Ich liebe dich, Kate.«

»Ich werd's ihr ausrichten, Clayton. Sie sackt immer noch mal wieder zurück, aber ich bin mir sicher, sie wird wieder wach sein, wenn du kommst. Wird das lange dauern?«

Clayton hörte den Wagen näher kommen und setzte sich wieder auf die Stufen. »Nein. Überhaupt nicht.«

Der BMW fuhr durch das offene Maschendrahttor und beschrieb einen Kreis auf dem mit Kies bedeckten Vorplatz, bis er vor der Veranda zum Stehen kam. Vanessa stellte den Motor ab, und Clayton beobachtete, wie sie im Rückspiegel ihr Make-up kontrollierte, ihre Sonnenbrille im Etui verstaute und es in ihre Handtasche steckte. Den Anschein erweckend, sie habe alle Zeit der Welt, öffnete sie schließlich die Tür und stieg aus. Sie war größer, als Clayton es in Erinnerung hatte, und diesmal trug sie ihr Haar rabenschwarz. Mit den dunklen Haaren kam sie ihm vertraut vor, aber der Zorn, der in seinen Adern prickelte, verhinderte weitere Fragen. Bislang war ihm nie irgendetwas an ihr aufgefallen. Jetzt sah er klar.

»Clayton.«

»Vanessa.«

»Bin ich zu früh?«

»Nein.«

»Mhm ...« Vanessa sah sich auf dem Grundstück um und hob die Hände. »Sind die zu Fuß gekommen? Ist Leek da?«

Clayton kratzte sich den Bart. »Nein.«

»Spielen wir hier irgendwelche Spielchen, Sheriff?«

Clayton kniff die Augen zusammen. »Nein.«

»Ich dachte, wir wollten uns hier treffen und unsere neue Partnerschaft besprechen.«

»Hat Mike das so gesagt?« Clayton schob seinen Hut ein Stück hoch und kratzte sich am Kopf. Vanessa verlor die Geduld.

»Ja, das hat er.«

»Nun, da hat es wohl irgendwo Abstimmungsprobleme gegeben. Bracken ist mittlerweile wieder in Florida, nehme ich an. Und offenbar ist meine Familie unverhofft zu einem kleinen Vermögen gekommen. Groß genug allerdings, um die Dinge hier zusammenzuhalten, ohne den Ort in einen Highway für Opiate verwandeln zu müssen, so wie Sie es vorhatten.«

Vanessa starrte ihn an. »Ach, wirklich?«

»Ja, ja. Wirklich. Da fragt man sich doch, ob es das alles wert war, oder? Meine Leute zu töten, meine Familie anzugreifen, mein Haus niederzubrennen.« Sollte bei dem, was Clayton sagte, eine gewisse Flapsigkeit mitgeschwungen haben, verlor diese sich vollständig, als er die Ereignisse der letzten Tage auflistete.

Vanessa ließ die Hände etwas sinken. »Okay. Ich bin mir nicht sicher, worauf Sie hinauswollen, aber ich gehe jetzt.«

Clayton griff nach seinem Colt hinter dem Geländer und stand auf. »Vom Wagen weg und stehenbleiben, Vanessa.«

Ihm den Rücken zugewandt, vor sich den BMW, spielte sie ihre Optionen durch und tat dann exakt das, was Clayton erwartet hatte. Sie machte auf Unschuldslamm. Sie drehte sich um. »Ach, kommen Sie, Sheriff, vertrauen Sie mir noch immer nicht?« Beinahe reflexartig hatte sie ihre Jacke aufgeknöpft. »Wie ich Mike bereits gesagt habe – und das sage ich Ihnen jetzt ebenfalls –, hatte ich nichts damit zu tun, was mein Bruder und die anderen getan haben. Ich bin einzig und allein hier, um Geschäfte zu machen.«

Clayton richtete die Waffe auf sie. Die Zittrigkeit, von der seine Hände noch vor wenigen Tagen befallen gewesen waren, war verschwunden, und er hielt die Waffe so ruhig wie zuvor. »Auf die Knie, Vanessa.« Er ging die zwei Stufen hinab und auf sie zu.

»Das soll doch wohl ein Witz sein, oder?«

»Findest du irgendetwas an dieser .45er witzig?«

»Und dann? Wirst du mich umbringen? Die einzige Person, die in der Lage ist, dich zum reichsten Mann von ganz McFall County zu machen?«

»Wie schon erwähnt, Geld spielt keine Rolle mehr. Ich habe das Geld meines Bruders gefunden, die Sache ist also gegessen. Dein Drogendeal mit den Bikern kommt nicht zustande. Was heißt, ich habe dich nur aus einem einzigen Grund herzitiert.« Clayton spannte den Hahn.

»Du begehst einen Fehler.«

Er ließ die Waffe keinen Millimeter sinken, als er einen weiteren Schritt auf sie zuging. »Auf die Knie, habe ich gesagt.«

»Das werde ich nicht tun«, sagte sie und raunte dann, als spreche sie mit den Bäumen: »Mach ihn kalt, Chon.«

Clayton machte einen weiteren Schritt und grinste. Einen weiteren Beweis brauchte er nicht.

Beim zweiten Mal sprach Vanessa schon lauter: »Ich sagte, mach ihn kalt, Chon. Die Sache ist geplatzt. Mach ihn fertig und zwar jetzt.« Noch immer passierte nichts. Nur das Geknatter eines alten Fordmotors war zu hören, und Vanessa drehte sich um. Scabby Mikes Pick-up näherte sich über die Schotterpiste dem Familiensitz. Sie wandte sich wieder

Clayton zu, sah jetzt zunehmend verzweifelt aus. Mike fuhr durch das Tor und stellte den Motor ab. Er griff über den Sitz und öffnete die Tür auf der Beifahrerseite. Vanessa und Clayton sahen gemeinsam zu, wie Mike Chons leblosen Körper hinausstieß, der auf dem Boden aufschlug – ein einziges, unblutiges Einschussloch oberhalb des linken Auges.

Clayton hob etwas die Hände und sah Mike an, enttäuscht.

»Was denn?«, sagte Mike. »War keine Absicht.« Er kam um den Pick-up herum. »Der kleinen Wichser war einfach nicht bereit zu kooperieren.«

Vanessa wandte sich Clayton zu, und kaltes Feuer brannte in ihren fahlblauen Augen. Zum dritten Mal änderte sich ihr Gebaren.

Da ist sie ja, dachte Clayton. Das ist die echte Vanessa. Endlich.

»Du hättest ihn nicht töten müssen. Er hat dir nichts getan.«

»Aber, aber. Er hätte mich umgelegt, so sicher wie das Amen in der Kirche, wenn Mike ihm nicht zuvorgekommen wäre.«

»Du bist Sheriff, Clayton. Kein Mörder. Du darfst so etwas nicht tun.«

Clayton sah an seinem Hemd hinab und löste den silbernen Stern von seiner linken Brusttasche. Er warf ihn in den Staub. »Nicht mehr«, sagte er. »Ab jetzt.« Er ging einen letzten Schritt auf sie zu, der Lauf des Colts war nur noch Zentimeter von Vanessas bleichem Gesicht entfernt. »Runter auf die verdammen Knie jetzt, bevor ich sie dir wegschieße.«

Vanessas Hände begannen zu zittern, während sie sich

ansonsten nicht von der Stelle rührte und Clayton in die grauen Augen starrte, nach einem Ansatzpunkt suchte – nach Gnade. Nach einigen Sekunden des Schweigens griff auch Scabby Mike nach seinem Revolver und zog den Schlitten zurück. Clayton sah zu, wie Vanessa – endlich – verschwand und Bessie May Viner an ihre Stelle trat. Sie sah gedemütigt und schwach aus, den Tränen nah, und dann tat sie die eine Sache, die sie an dem Tag, als sie Boneville verließ, geschworen hatte nie wieder zu tun. Sie gehorchte und sank auf die Knie.

»Dann tu es, du beschissener Hillbilly. Mach schon, zieh's durch, aber glaub bloß nicht, ich würde dich um irgendwas anflehen.«

Clayton kam nah genug heran, um zu sehen, wie der Schweiß auf der Stirn ihr das Make-up verschmierte. Sie sah hinab auf den Schotter am Boden. »Ich habe meiner Mutter gesagt, du wärst kein bisschen anders als der Rest.«

»Da hattest du Recht, und der einzige Grund, warum deine Mutter noch atmet, liegt darin, was sie für Kate getan hat. Ihr verzweifelter Versuch, all das geradezubiegen, was du verbockt hast.«

Vanessa schaute zu ihm auf, legte den Kopf zur Seite und sah genau in den Lauf der .45er. »Du bist meiner Mutter begegnet?«

»Ja. Sie hat mich angefleht, dich zu verschonen. Warum tut sie das, wenn sie dich für unschuldig hält?«

Vanessa starrte ihn mit unverminderter Intensität an. »Nun, vielleicht kann ich dich etwas fragen, Detective. Glaubst du, nachdem du eine Weile mit meiner Mutter im selben Raum warst, wirklich, dass sie in der Lage gewesen wäre, diese Schleichwege abzufahren, Kate aufzustöbern, geschweige denn sie im ohnmächtigen Zustand in ihr Auto zu laden? Sie kommt selbst kaum ohne Hilfe aus dem Stuhl. Ist dir je der Gedanke gekommen, dass ihr eventuell jemand geholfen haben könnte?« Sie schaute kurz zu Chons Leiche hinüber, als Mike ihn hinter sich her über den Kiesplatz schleifte, wandte dann den Blick ab. Sie sah zu Boden, und während Mike Chons Leiche in den Kofferraum des BMW verfrachtete, hielt Clayton die ganze Zeit über die Waffe auf sie gerichtet. Vanessa zuckte zusammen, als Mike die Kofferraumklappe zuknallte.

Clayton ließ die Waffe ins Halfter gleiten.

Sie sah zu ihm auf. Eher hasserfüllt als erleichtert.

»Es ist vorbei. Geh nach Hause.«

Vanessa ließ sich das nicht zweimal sagen und stand auf. »Einfach so?«

»Einfach so.«

»Und vor dem muss ich auch keine Angst haben?« Sie zeigte auf Mike. »Oder dass mich dieser eklige Hüne verfolgt, der Tate getötet hat?«

»Nein, aber ich will, dass du mein County verlässt und nie wieder herkommst.«

Vanessa wartete keine Sekunde länger. Sie taumelte zum Auto und startete den Motor, noch bevor sie die Tür geschlossen hatte. Mike gesellte sich zu Clayton, und gemeinsam verfolgten sie, wie sie über den Platz fuhr. Innerhalb von Sekunden war sie verschwunden, hinterließ nichts außer einer Staubwolke.

Auch Mike steckte sich die Pistole zurück in den Hosenbund. »Bist du dir in der Sache sicher?«

»Bin ich.«

»Selbst nach alldem, was sie getan hat?«

»Bin ich.«

»Sie hat nicht gezögert, ihren kleinen Freund zu rufen, damit er dich umlegt.«

»Ich weiß.«

Clayton ging zurück zur Veranda und griff nach seinem Stock.

»Was hast du mit der Waffe gemacht, mit der du den Kleinen erschossen hast?«

»Liegt neben ihm bei ihr im Kofferraum.«

»Kann man sie zurückverfolgen?«

»Zu ihm vielleicht. Es war seine.«

Clayton lachte leise und setzte sich wieder auf die Stufen.

»Was denn?«, sagte Mike.

»Ach nichts, Mann. Warte mal kurz.« Er legte seine Waffe neben sich auf die Veranda und holte sein Telefon hervor. Er wählte, und es klingelte nur einmal.

»Special Agent Finnegan.«

»Hey, Charles.«

»Sieh an, sieh an, hallo Landei. Hab wohl den Bauern-Jackpot geknackt, wenn ich dich gleich zweimal in einer Woche an der Strippe habe. Was gibt's?«

»Nur ganz kurz. Wollte dir bloß mitteilen, dass ich in deinem Fannin-County-Mordfall eine Spur habe.«

»Erzähl.«

»Der Wagen, von dem du gesprochen hast. Mich hat ein Kumpel angerufen, der ihn gerade oben am Burroughs-Gipfel gesehen hat.«

»Welcher Kumpel?«

»Spielt das eine Rolle?«

»Schätze nicht. Bist du sicher, es ist derselbe Wagen?«

»Ziemlich sicher.«

»Lange her?«

»Praktisch gerade erst. Es gibt bloß drei Hauptverkehrsadern, die vom Bull Mountain runterführen. Kriegst du deine Leute rechtzeitig postiert, wird das wie Angeln mit Handgranaten. Dann kannst du bei Sheriff Kirbys Mordfall den Sack zumachen und«, Clayton grinste Mike an, »wer weiß, worauf du noch so stoßen wirst.«

»Ich liebe es, wenn du so kryptisch redest, Landei.«

»Am besten, du beeilst dich. Nicht, dass du's vergeigst.«

»Okay, ich bin dran, geht sofort los.«

»Warte, Charles, eine Sache noch.«

»Spuck's aus.«

»Wegen des Jobs, den du beim letzten Mal erwähnt hast – im Büro in Atlanta. Ist das noch aktuell?«

»Aber so was von, verdammte Axt.«

»Hättest du vielleicht Zeit, nächste Woche irgendwann mal drüber zu sprechen?«

»Clayton, ich arbeite für das GBI. Ich habe immer Zeit.«

»Dann haben wir einen Termin.«

»Was ist denn mit deinem jetzigen Job? Meinst du, die edlen und aufrechten Bürger von McFalls County kommen ohne ihren furchtlosen Sheriff aus?«

Clayton ließ den Blick über die Kiesfläche schweifen, die leicht silbrig schimmerte. »Na ja, da ich gerade gekündigt habe, denke ich, sie müssen.«

»Scheiße noch mal, Landei. Wie wär's denn mit Abendessen?«

»Wenn du zahlst.«

»Abgemacht.«

»Dann lass uns die Tage sprechen. Jetzt muss du erstmal einen Mordfall aufklären.«

Clayton legte auf. Mike setzte sich neben ihn auf die Stufen. »Du hattest nie vor, sie zu töten, oder?«

»Nein, Mike. Ich bin kein Killer, und glaub mir, das Leben im Gefängnis ist für eine Frau wie sie wesentlich schlimmer, als tot zu sein.«

Mike schüttelte den Kopf. »Siehst du? Halford hatte Recht. Man muss echt Angst vor dir haben.«

Mike trat die Fahrt vom Gipfel hinab an, und Clayton schaute ihm nach. Als der alte Pick-up nicht mehr zu sehen war, ging er zum Bronco und öffnete die Heckklappe. Er lehnte den Stock an die Stoßstange und schob die Reisetasche, Eigentum des McFalls County, zur Seite. Er hob zwei Zwanzig-Liter-Kanister mit Benzin heraus und trug sie nacheinander zur Veranda. Er brauchte rund zehn Minuten, um innen und außen alles gut zu tränken. Das Zippo, das er vor ein paar Tagen bei Pollard's gekauft hatte, brauchte weniger Zeit, um die Spur, die er hinaus auf den Hof gelegt hatte, in Flammen aufgehen zu lassen. Im Umkreis mehrerer Kilometer war niemand, und er hatte sichergestellt, dass Mike mit seinem Anteil des Geldes beschäftigt war und nicht zurückkam. Das Haus stand zudem zu weit von der Baumgrenze entfernt, um ein Waldbrandrisiko darzustellen, weshalb es noch nicht einmal nötig war, die Feuerwehr zu verständigen, wenn er hier fertig war. Die Teile des alten Hauses, die noch aus Holz bestanden, brannten gleich lichterloh, und Clayton spürte, komischerweise, keinerlei Reue. Er sah so lange zu, bis er sichergehen konnte, dass der Job erledigt war, und warf dann seinen Stock auf den Rücksitz, ließ den Bronco an und machte sich auf den Weg zum McFall Memorial. Sein ganzes bisheriges Leben lang war er zerrissen gewesen. Würde er einst der Mann am Gipfel des Berges sein oder der, den dieser unter sich begraben hatte? Clayton hatte sich entschieden, keiner der beiden zu sein. Als er durchs Tor fuhr, schaute er nicht einmal in den Rückspiegel. Er stellte das Radio an, und Waylon Jennings Stimme erfüllte das Innere des Pick-ups, während der höchste Punkt von Bull Mountain in Flammen aufging.

EPILOG

T&A Travel Station
Hart County, Georgia
1972

Annette zählte das Geld durch und legte die elf Dollar zur Seite, die sie brauchte, um ihre Rechnung zu begleichen. Blieben noch achtundneunzig Dollar und sechzig Cents. Sie hatte gedacht, dass das Geld eigentlich für mehr als zwei Wochen reichen würde. Allerdings hatte sie auch gedacht, nach zwei Wochen die Staatsgrenze hinter sich gelassen zu haben, aber hier saß sie nun. Zumindest war sie aus McFalls County raus. Dieser Gedanke elektrisierte sie. Sie war noch nie zuvor im Flachland gewesen. Aber immer, wenn sie diese Lebenslust überkam, unterband sie die Gefühle gleich wieder, indem sie an ihre Kinder dachte. Und schon wieder brach sie beinahe in Tränen aus. Zweimal war ihr das nun schon passiert, seit sie die Raststätte betreten hatte, und die Leute fingen bereits an, sie zu beäugen. Vielleicht lag das aber auch daran, wie sie aussah. Seit die netten Zeitgenossen sie in Habersham mitgenommen hatten und sogar für ein Zimmer im Motel-6 aufgekommen waren, hatte sie nicht mehr geduscht. Nach der Dusche dort, mit diesen niedlichen Fläschchen mit extravagantem Duschgel, hatte sie sich so sauber gefühlt wie seit Jahren nicht, aber das war nun mehr als eine Woche her, und jetzt kam sie sich wie ein verdreckter Hippie vor. Dabei stand sie erst seit wenigen Tagen mit einem Pappschild in der Hand an Straßenkreuzungen. Ihr Haar war so fettig, dass sie es zu einem Knoten gebunden hatte, damit sie sich in den Spiegeln der Raststätten-Toiletten, die zu den einzigen Orten für Körperpflege geworden waren, nicht selbst Angst einjagte.

»Darf ich das mitnehmen?«, sagte die Kellnerin im Vorbeigehen, wies auf die Rechnung und das Geld auf dem Tisch.

»Oh, natürlich, Ma'am. Vielen Dank.«

»Kein Problem, Süße. Bin gleich zurück mit dem Wechselgeld.«

»Oh, nein, schon okay. Stimmt so.«

Die Kellnerin, eine großgewachsene Frau mit blauem Lidschatten und dem schönsten kaugummifarbenen Lippenstift, ließ die Hand auf dem Geld ruhen und schenkte Annette ein niedliches Lächeln. »Bist du sicher, Süße?« Sie beugte sich etwas vor. »Versteh mich nicht falsch, ich will mich nicht in deine Angelegenheiten einmischen, aber es sieht doch so aus, als hättest du das bisschen Extra wesentlich nötiger als ich. Ist total in Ordnung, wenn du kein Trinkgeld gibst. Warst ja total pflegeleicht.«

»Oh«, sagte Annette. »Vielen Dank. War zuletzt nicht ganz einfach. Habe wohl den rechten Pfad noch nicht gefunden, wenn Sie verstehen, was ich meine.«

»Süße, einigen von uns gelingt das nie.«

»Ihr Lippenstift ist wirklich toll«, platzte sie heraus, ohne nachzudenken. Gott, wie sie es vermisste, Lippenstift zu tragen.

»Danke dir, Liebes.« Die Kellnerin lächelte. Es war ein freundliches Lächeln. »Bin gleich wieder zurück.« Sie schnappte sich das Geld und die Rechnung für Annettes Frühstück und wandte sich zum Gehen, aber Annette griff nach ihrem Handgelenk und hielt sie auf. Sie sprach ganz leise. »Es ist mir schrecklich unangenehm, Ma'am, aber die Duschen dort drüben, kann die jeder benutzen?« Sie deutete in Richtung der Türen, die zu den Toiletten führten.

»Nein, Süße. Tut mir leid. Die sind bloß für die Fernfahrer. Wenn die so ein hübsches junges Ding wie dich da drin entdecken, gar nicht auszudenken, wie dann die Hölle los wär.«

Annette schämte sich plötzlich, als habe sie ihr Glück herausgefordert. »Oh. Okay. Wollte mich bloß erkundigen.«

Wieder schenkte ihr die hochgewachsene Frau ein Lächeln, aber diesmal war es schwach und traurig. Von der Sorte, die Annette so gut kannte. Die Kellnerin ging zur Registrierkasse. Nach ein paar Minuten kam sie mit einem Dollar und etwas Kleingeld zurück und legte beides auf den Tisch. Sie beugte sich vor und sprach nun ihrerseits leise: »Hör zu«, sagte sie, »ich hab Hector gesagt, er soll die Duschen zum Putzen absperren, damit keiner reingeht. Wenn du also schnell machst, kannst du dich waschen, wenn du willst, aber trödel nicht rum. Ich will nicht, dass Hector rumschnüffelt und uns beide in Schwierigkeiten bringt.«

»Oh, mein Gott, vielen Dank.« Blitzschnell suchte Annette ihre Sachen zusammen.

»Wenn du dein Zeug hierlassen willst, kann ich gern drauf aufpassen. Nimm bloß dein Geld mit. Da kann ich keine Verantwortung für übernehmen. Seife, Shampoo und frische Handtücher liegen bereit, kann also losgehen.«

»Ich weiß nicht, was ich sagen soll. Vielen Dank.«

»Das reicht dicke, denke ich.«

Annette duschte schnell und zog dann dieselbe Kleidung an, die sie zuvor getragen hatte. Sie schlüpfte an dem großen gelben Schild mit der Aufschrift *Wegen Reinigung geschlossen* vorbei ins Freie, und bloß ein paar Leute zeigten auf sie und tuschelten. Es war ihr egal. Sie fühlte sich gut. Sie kehrte zu ihrer Sitznische zurück und suchte den Rest ihrer Sachen zusammen; viel war es nicht. Eine Dollar-General-Plastiktüte mit einigen Kleidungsstücken, die sie gefunden hatte, ein paar Flip-Flops, einer dünnen Decke und der Gideon-Bibel, die sie aus dem Motel in Habersham mitgenommen hatte. Als sie nach der gelben Tüte griff, sah sie etwas darin, das sie nicht wiedererkannte. Sie streckte die Hand danach aus und zog einen Lippenstift hervor. In dem schönsten Kaugummi-Farbton. Die hochgewachsene Frau zwinkerte ihr zu, und Annette schickte ihr vom anderen Ende des Diners ein weiteres lautloses Dankeschön. Sie nahm das Geld und die Rechnung an sich und ging durch die Tür. Sie hatte den Parkplatz nicht einmal zu einem Viertel überquert, als sie hörte, wie ihr ein Mann laut hinterherrief: »Hey, schöne Frau, wo soll's denn hingehen?«

Die Freundlichkeit der Kellnerin hatte dafür gesorgt, dass Annette sich zum ersten Mal seit zwei Wochen wohl in ihrer Haut fühlte, weshalb sie überhaupt darauf einging. Es fühlte sich eigentümlich an, mit einem anderen Mann als dem eigenen zu sprechen, ohne Konsequenzen befürchten zu müssen, aber das Gefühl war ihr willkommen. Sie ging hinüber zur Fahrerseite des burgunderfarbenen Peterbilt, hinter dessen Steuer ein gutaussehender Mann mittleren Alters mit blauen Augen und struppigem blondem Haar saß.

»Ich bin mir noch nicht ganz sicher, wohin es gehen soll, Mister. Wieso fragen Sie?«

»Na ja, weil ich da, wo Sie hinwollen, auch hinwill, wo auch immer das ist.«

»Ach, wirklich?«

»Ja, Ma'am, tatsächlich.«

»Verspechen Sie, nett zu mir zu sein?«

»Hab keine Wahl. Meine Mutter hat mich so erzogen«.

Annette lächelte. Der blonde Mann ebenfalls. Sie mochte sein Lächeln. Der Trucker deutete auf die Beifahrerseite des Führerhäuschens, und sie kletterte hinauf. Sie schaute sich in dem riesigen Seitenspiegel an und fischte den Lippenstift aus ihrer Tasche. Sie bedeckte ihre spröden Lippen mit dem rosafarbenen Kaugummi und tupfte sie mit der Rechnung aus dem Diner ab. Sie fühlte sich wieder hübsch.

»Und, wie heißt du?«, sagte der Mann und streckte ihr die Hand entgegen. Annette spürte, wie sie die Traurigkeit erneut überkam. Sie wollte ihm ihren Namen nicht sagen. Es wäre, als würde sie einen Geist heraufbeschwören, oder dieser Trucker kannte ihren Ehemann. Er würde vielleicht sogar versuchen, sie zurückzubringen. Eher würde sie sterben, als zurückzugehen. Der Trucker saß mit ausgestreckter Hand da und wartete, aber Annette wollte ihm die Frage nicht beantworten. Sie wollte nicht mehr Annette sein. Übelkeit stieg in ihr auf, und sie sah hinab auf die Rechnung in ihren Händen, die nun mit pinkfarbenen Küssen bedeckt war. Die Kellnerin hatte etwas auf die Rückseite geschrieben.

Alles Gute da draußen, Süße. – Twyla

Annette fühlte sich wie ausgewechselt. Sie lächelte ihren neuen Freund an und schüttelte ihm die Hand. »Ich bin Twyla«, sagte sie. »Freut mich, dich kennenzulernen.«

»Die Freude ist ganz meinerseits, Miss Twyla. Ich bin Joseph. Joseph Viner. Wie wär's, wir fahren einfach los und sehen, wohin die Straße uns führt?«

Danksagung

Mein Freund und Schriftstellerkollege Jordan Harper formuliert es am Schluss seines außergewöhnlichen Debüts *Die Rache der Polly McClusky* so: »Romane sind schwierig.« Das ist nur die halbe Wahrheit, glaube ich. *Bull Mountain*, mein eigenes erstes Buch, zu schreiben, durchzusehen und umzuarbeiten, war nichts als die reine Freude. Dieses Buch zu schreiben, ohne jede Erwartung, was einmal damit geschehen würde, war womöglich das, was mir in meinem Leben bislang am meisten Spaß gemacht hat. In abgeänderter Form allerdings würde ich Mr. Harpers Statement unumwunden beipflichten: »Den *zweiten* Roman zu schreiben ist knüppelhart.«

Denn das war es.

Es ist ein himmelweiter Unterschied, ob man sich im Verborgenen eine Geschichte ausdenkt, ganz für sich eine Welt erschafft, Wort für Wort und Seite für Seite, die womöglich nie jemand zu Gesicht bekommen wird – oder aber, beim zweiten Versuch, vor aller Augen. Den Erwartungen all der vielen Menschen ausgesetzt zu sein, die auf dich zählen, von Verlegern und Lektoren, Familienmitgliedern und Freunden und schließlich der Leser, denen man alles verdankt, fühlt sich an, als lebe man in einem Dampfgartopf auf Stufe 11. Die Wandlung vom Feuerwehrmann und zeitweiligen Kurzgeschichtenschreiber zum publizierten Romanautor, der nach Italien auf Tour geschickt und mit Meistern wie Steinbeck und Mario Puzo verglichen wird, kann also, gelinde gesagt, ganz schön heftig sein. Auf diesem Weg habe ich mich ziemlich häufig in der Finsternis verirrt, und ich stehe tief in der Schuld von Nat Sobel und Judith Weber, die immer wieder das Licht angeknipst, unermüdlich drangeblieben und mich mehr als einmal davon überzeugt haben, doch wieder vom Fensterbrett herunterzukommen. Ich liebe euch beide und werde das ewig tun.

Außerdem haben mir folgende Menschen und Institutionen dabei geholfen, daran zu glauben, dass ich das nicht nur irgendwie hinkriege, sondern auch weiterhin Spaß daran haben kann: *The Southern Independent Booksellers Association* und all die wunderbaren BuchhändlerInnen, die meine Bücher empfohlen und so meine Karriere erst möglich gemacht haben. Der unabhängige Buchladen gehört zu den letzten magischen Orten auf diesem Planeten, und ich schätze mich glücklich, so viele davon kennengelernt zu haben. Macht einen davon in eurer Stadt ausfindig, ihr werdet verstehen, wovon ich spreche – und nie mehr gehen wollen. Der *International Thrillers Writer Association* danke ich dafür, mich aufgenommen und zu einem der ihren gemacht zu haben. Dieser Club hat nichts Elitäres. Diese Leute lieben einfach, was sie tun, und allein ihre schiere Existenz sorgt wiederum bei mir dafür, dass ich es ebenfalls umso mehr liebe. Dann: Matt Blackwell von Barnes & Noble, aka Thunder Smoke Mandando, meinem Freund, zweifellos einer der höflichsten Menschen der Welt. Reba Brown, Kat McCall und Steven Uhls – dafür, eine solch unwahrscheinliche und wundervolle Allianz eingegangen zu sein. David Hutchison von der Book Tavern und Chuck Box – dafür, sich die Zeit genommen zu haben, um mir dabei zu helfen, herauszufinden, wohin genau ich denn nun mit dem Ganzen überhaupt will und wie ich hinkomme. Reed Farrel Coleman – einfach dafür, Reed zu sein. Mann, Alter, bist du cool. Zach Steele von der *Broadleaf Writer's Association* und Joe Davich vom *Georgia Center For The Book* dafür, Georgia ins rechte Licht zu rücken. Chuck Reece und The Bitter Southerner. Ellen und Gary vom Foxtale Bookshoppe und Nic Cheetham für den letzten Schliff – du hast Recht, der letzte Satz vibriert, verdammt noch mal.

Und schließlich all den Frauen in meinem Leben, denen ich dieses Buch widme. Meiner Mutter Doreen, meiner Frau Neicy und meinen Töchtern Talia, Ivy und Olivia. Ihr seid mein ganzer Stolz, welch ein Glück, euch zu haben.

Ich kann es kaum erwarten, euch bald allesamt *on the road* wiederzusehen.

Brian Panowich
Ost-Georgia, Oktober 2017